JN434804

티보가家 사람들

민음

티보가 사람들

1914년 여름 2

로제 마르탱 뒤 가르
정지영 옮김

7

일러두기

- 이 책은 갈리마르 출판사에서 펴낸 Bibliothèque de la Pléiade판의 로제 마르탱 뒤 가르 전집 I, II(1955)에 실린 *Les Thibault*를 번역한 것이다.
- 「티보가 사람들」은 총 여덟 작품으로 이루어진 대하소설이다. 이 책 『티보가 사람들—1914년 여름 2』는 그중 일곱 번째 작품의 중반이다.
- 「1914년 여름」은 총 3권에 걸쳐 진행되며, 해당 '작품 해설'을 마지막 3권에서 볼 수 있다.
- 주는 모두 옮긴이의 주이다.

차례

1914년 여름 2

29 7월 24일, 금요일 제롬의 관 앞에서 퐁타냉 부인의 묵상 9
30 7월 24일, 금요일 옵세르바투아르가 아파트에 홀로 돌아온 제니의 오후 21
31 7월 24일, 금요일 자크, 다니엘을 방문하다. 다니엘, 자크를 자신의 화실로 안내하다 27
32 7월 24일, 금요일 자크, 위마니테사에서 저녁 한때를 보내다. 비관적인 정세 46
33 7월 25일, 토요일 퐁타냉 부인과 다니엘, 마지막 아침을 병원에서 보내다 53
34 7월 25일, 토요일 자크, 제롬 드 퐁타냉의 장례식에 참석하다 63
35 7월 25일, 토요일 자크, 점심을 하기 위해 형의 집으로 가다. 앙투안과 그의 동료들 70
36 7월 25일, 토요일 자크, 다니엘과 작별하기 위해 동부역으로 가다 87
37 7월 25일, 토요일 자크, 제니를 찾아가다 95
38 7월 25일, 토요일 자크와 제니, 생 뱅상 드 폴 공원에서 저녁 한때를 보내다 102
39 7월 26일, 일요일 자크의 오전 중/새로운 정치 현황. 오스트리아와 세르비아의 단교 118
40 7월 26일, 일요일 앙투안의 집에서 일요일 접견. 필립 박사,

외교관 뤼멜 135
41 7월 26일, 일요일 뤼멜, 앙투안과 단둘이서 자신의 걱정을 털어놓다 162
42 7월 26일, 일요일 자크, 제니의 집을 처음 방문하다 173
43 7월 27일, 월요일 자크, 베를린에서의 비밀 임무 지령을 받다 194
44 7월 27일, 월요일 자크, 제니의 집을 두 번째 방문하다 209
45 7월 27일, 월요일 오후의 새로운 정치 현황 215
46 7월 27일, 월요일 자크와 제니, 증권거래소 근처에서 함께 저녁을 하다 225
47 7월 27일, 월요일 자크, 큰 거리에서의 시위에 가담하다 242
48 7월 28일, 화요일 자크의 베를린 여행: 폰라우트 방문 253
49 7월 28일, 화요일 슈톨바하 대령의 가방 265
50 7월 29일, 수요일 브뤼셀에서: 자크, 본부의 그룹을 만나다 275
51 7월 29일, 수요일 메네스트렐, 슈톨바하의 서류를 면밀히 조사하다 286
52 7월 29일, 수요일 시르크 루아얄의 집회 299
53 7월 29일, 수요일 브뤼셀에서 평화적인 시위의 밤 307
54 7월 29일, 수요일 패터슨, 알프레다와 출발을 자크에게 알리다 / 메네스트렐의 자살 미수 317
55 7월 30일, 목요일 자크, 파리에서 돌아오다: 제니의 집을 세 번째 방문하다 325
56 7월 30일, 목요일 앙투안, 뤼멜을 방문하다. 공포에 싸인 케 도르세 338
57 7월 30일, 목요일 앙투안, 시몽 드 바탱쿠르의 방문을 받고 안과 헤어질 결심을 하다 350

58 7월 30일, 목요일 자크, 몽루주 회합에 제니를 데리고 가다. 그곳에서 연설을 하다 365

티보가 사람들

1부 회색 노트
2부 소년원
3부 아름다운 계절
4부 진찰
5부 라 소렐리나
6부 아버지의 죽음
7부 1914년 여름(3권)
8부 에필로그

부록 회상

29

제롬 드 퐁타냉의 입관은 병원의 관례대로 새벽에 행해졌다. 그리고 입관이 끝나자 관은 곧 마당 구석의 작은 건물 안으로 옮겨졌다. 왜냐하면 병원 당국은 환자들이 숨을 거둘 경우 살아 있는 환자들로부터 될 수 있는 대로 멀리 떨어진 곳에다 장례식 때까지 시신을 안치하도록 조치했기 때문이다.

남편이 숨을 거둘 때까지 오랫동안 거의 방을 떠나지 않았던 퐁타냉 부인은 유해가 있는 지하실의 좁은 방에 가서 자리 잡았다. 지금 부인 곁에는 아무도 없다. 제니는 방금 막 나갔다. 어머니 심부름으로 옵세르바투아르가街의 집으로 모녀가 내일 장례식 때 입을 상복을 가지러 간 것이다. 그리고 동생을 문까지 바래다준 다니엘은 마당에서 담배를 피우느라고 늑장을 부리고 있었다.

채광 환기창 밑으로 햇살이 스며드는 지하 묘소 같은 방에서 짚으로 만든 의자에 광선을 등지고 앉아 있는 부인에게는 이것이 병원에서 보내는 마지막 날이었다. 부인은 방 한가운데, 두 개의 검은 발판 위에 아무것도 덮이지 않은 채 놓여 있는 관을 응시하고 있었다. 고인의 약력이라고는 구리로 된 카르투슈 위에 다음과 같이 새겨진 것 말고는 눈에 띄는 표시가 아무것도 없었다.

제롬-엘리 드 퐁타냉

1857년 5월 11일—1914년 7월 23일

그녀는 마음이 안정되고 평온해짐을 느꼈다. 그것은 하느님의 보살핌 때문이었다. 첫날 밤의 충격, 일이 너무나 급작스러운 것이어서 기절할 수밖에 없었던 그 순간, 그것도 이제는 지난 일이 되고 말았다. 그녀의 마음속에는 애틋하면서도 가책 없는 슬픔만이 남아 있었다. 우리 모두가 언젠가는 각자의 순간적인 형태를 떠나 그 속으로 들어가지 않으면 안 되는 절대적인 것, 그리고 모든 생명을 관장하는 큰 힘을 믿고 또 그것과 함께하며 살아온 부인이었다. 죽음을 앞에 놓고 조금도 두려움을 느끼지 않던 부인이었다. 소녀 때도 아버지 유해 앞에서 조금도 무섭다는 느낌을 갖지 않았던 것이다. 자신이 숭배하고 있는 인도자의 영적 존재, 그것은 육체적인 소멸 뒤에도 자신에게 간직되어 있을 것이라는 사실을 그녀는 한순간도 의심해 본 적이 없었다. 사실 그녀에게는 이런 의지할 수 있는 존재가 언제나 같이하고 있었다. 언제나—이번 주에도 그 증거를 보았지만—목사가 그녀의 생활과 투쟁에 계속 깊이 연루되어 왔으며, 그녀의 번민을 지도하고 그녀에게 결단력을 불어넣어주었던 것이다.

오늘도 마찬가지로 그녀는 제롬의 죽음이 하나의 종말이라고는 생각하지 않았다. 그 어느 것도 죽는 것이 아니다. 모든 것은 변형되어 다시 살아나는 것이다. 계절이 연속되는 것과 마찬가지이다. 덧없는 물체를 영원히 봉인해버린 이 관을 앞에 두고 그녀는 무언가 신비스런 흥분을 느꼈다. 그것은 해마다 메종의 정원에서 봄에 싹이 트는 것을 보았던 나뭇잎들이 가을이 되면 드디어 때가 되어서 하나씩 떨어져 나가는 것을 보았을 때 사로잡혔던 감정과 비슷했다. 그렇게 나뭇잎이 온통 떨어져 나간다고 해서 수액이 깃들어 있고 생명의 비약이 끊임없이 계속되고 있는 나무줄기의 숨은 힘에는 조금도 손상이 가지 않는다. 죽음이란 그녀에게는 언제나 생명의 현상이었다. 그리고 이러한 영원한 발아의 불가피한 회귀를 두려움 없이 바라볼 수 있다는 것은 주님의 권능에 겸허한 자세로 참여하는 것이나 다름없었다.

묘지같이 썰렁한 방 안 공기 속에는 제니가 관 위에 놓아둔 장미꽃의 은은하면서도 좀 매스꺼운 냄새가 섞여 있었다. 퐁타냉 부인은 아무 생각 없이 오른손 손톱을 왼손 손바닥에다 문지르고 있었다. (그녀는 매일 아침 화장을 마쳤을 때 창 앞에 잠시 앉아서는 손톱을 닦으면서 새로운 하루가 시작되는 순간을 맞이하여 아침기도로 간주하는 짧은 명상을 하는 것이 습관처럼 되어 있었다. 이러한 습관을 통해서 그녀의 마음속에는 손톱을 닦는 일과 성령을 부르는 것 사이에 반사적인 관련이 이루어졌다.)

제롬이 살아 있을 때는 비록 그가 자기와 멀리 떨어져 있어도 그런 괴로운 연모의 정이 언젠가는 인간적인 보상을 가져다주리라는 것, 그리고 언젠가는 제롬이 후회하면서 정신을 차리고 자기에게 돌아오리라는 것, 또한 두 사람의 과거를 깨끗이 잊고 서로 의지하며 일생을 마치게 되리라는 희망을 남몰래 품고 있었다. 그러나 그것도 허망한 기대로 끝났다. 그녀는 그것을 영원히 체념하지 않으면 안 되는 바로 그 순간에 비로소 의식한 것이다. 아무튼 지금까지 겪어온 여러 가지 고통스런 추억이 어찌나 생생했던지 그런 시련에서 해방되었다는 홀가분한 마음을 느끼지 않을 수 없었다. 제롬의 죽음으로 인해 기나긴 세월에 걸쳐 그녀의 삶을 좀먹고 있던 유일한 슬픔의 샘이 고갈된 것이다. 그것은 오랫동안 속박된 생활을 하다가 뜻하지 않게 일어서게 된 것이나 다름없었다. 그것은 아주 인간적이고 지극히 당연한 감정이었다. 그녀는 자신도 모르게 그러한 즐거움을 맛보았다. 그것은 실로 부끄러워해야 할 일이었는지도 모른다. 그녀의 맹목적인 신앙은 그녀로 하여금 양심의 밑바닥까지 진실로 꿰뚫어보게 하지 못했다. 그녀는 지극히 본능적인 이기주의의 결과에 지나지 않는 것을 영적인 은총에 따른 것같이 생각하고 있었다. 이런 체념과 마음의 평화를 얻게 해준 하느님께 그녀는 감사하고 있었다. 그리고 아무런 양심의 가책 없이 이렇게 마음이 홀가분해진 것을 만끽하고 있었다.

부인은 오늘이야말로 부담 없이 그것에 몸을 맡길 수 있었다. 왜냐하면 밤샘을 하게 되는 오늘만이 그녀에게는 그나마 휴식이라고 할 수 있고, 그 뒤부터는 피로와 투쟁의 나날이 기다리고 있었기 때문이다. 내일 토요일은 장례식, 집으로 귀가, 다니엘이 떠나는 날이다. 그리고 일요일부터는 급히 처리해야 할 까다로운 일들이 시작된다. 그것은 아이들 이름을 불명예에서 구해주는 일과, 즉시 트리에스테와 빈으로 가서 남편의 일을 확실히해두는 것이다. 제니와 다니엘에게는 아직 알리지 않았다. 아이들의 반대를 짐작하고 있었기 때문에 쓸데없는 논쟁으로 시간을 끌고 싶지 않았던 것이다. 아무튼 부인의 결심은 이미 서 있었다. 활동 계획은 성령에 따라 정해진 것이었다. 이런 무모한 계획을 생각해낸 그녀는 자기가 잘 알고 있는 정신적인 흥분, 신의 뜻을 실증하는 일종의 초자연적이고 절대적인 원기를 느낄 수밖에 없었으며, 또한 거기에 어떤 의심도 두지 않았다…. 될 수 있으면 일요일, 늦어도 월요일에는 오스트리아를 향해 출발하자. 그곳에는 이 주일 또는 삼 주일 동안, 필요하면 팔월 한 달 내내 체류하자. 수명受命 판사도 만나봐야지. 다른 이사들도 만나서 파산한 사업에 관해서 차근차근 논의해봐야지…. 그녀는 성공을 의심하지 않았다. 그러기 위해서는 현지에 가서 직접적인 영향력을 발휘하여 활동할 필요가 있었다. (그리고 이 점에 관해 그녀는 자신의 직감에 자신이 있었다. 이미 지금까지 여러 차례 어려운 처지에 놓였을 때 그녀는 자신의 능력을 확신할 수 있었던 것이다. 그렇다고 그런 능력을 자기 자신의 개인적 매력으로 돌리려는 생각은 물론 해본 적이 없었다. 거기에서 오직 하느님의 신비한 영향력, 곧 그녀를 통해 신의 섭리가 빛나는 것으로 생각했던 것이다.)

빈에는 또 하나의 미묘한 사건이 그녀를 기다리고 있었다. 그것은 빌헬민이라는 여인을 만나보는 일이었다. 제롬의 가방에서 그 여인에게서 온 순박하고 애정 어린 몇 통의 편지를 발견했는데, 거기에 마음이 쓰였던 것이다.

그녀는 남편의 눈을 감겨준 다음에야 비로소 그의 옷가지를 정리할 생각을 했다. 어제저녁에 결심한 일이지만 아이들이 어디까지나 아버지의 여러 가지 비밀을 눈치채지 못하게 하기 위해 분명히 혼자 있게 되는 시간을 택한 것이었다. 여러 가지 서류를 찾아내는 데 그녀는 굉장한 시간을 소비했다. 왜냐하면 그것들은 여러 가지 옷가지 속에 흩어져 있었기 때문이다. 거의 한 시간이나 걸려 그녀는 낯익은 그 물건들, 사치스러운 것과 보잘것없는 것 등, 제롬이 마치 난파한 배의 파편과도 같이 남기고 간 것들을 만져보았다. 닳아빠진 명주 속내의, 낡을 때까지 입은 보기 좋은 양복, 거기서는 아직 시큼하면서 상쾌한 냄새, 라벤더, 베티버, 레몬 향내 등이 났다. 그것은 제롬이 삼십 년 동안 좋아했던 냄새이며, 그녀에게는 애무와 같이 가슴을 설레게 하는 것이었다…. 아직 지불이 안 된 여러 통의 청구서가 구두 상자와 화장품 상자 속에까지 굴러다녔다. 은행, 제과점, 구둣방, 꽃집, 귀금속상, 의사의 묵은 계산서, 게다가 뜻밖의 청구서, 뉴 본드 스트리트에서 발을 치료하는 중국 의사의 청구서와 아직 지불이 안 된 라페로路의 모로코 가죽 제조점의 은으로 도금한 화장품 상자 대금 청구서가 나왔다. 트리에스테의 공영 전당포 보관증은 진주 넥타이핀과 수달 깃이 달린 외투를 터무니없는 헐값으로 저당잡힌 것을 말해주고 있었다. 백작의 모습이 그려져 있는 지갑에는 퐁타냉 부인, 다니엘, 제니의 사진과 함께 빈의 가수의 헌사가 있는 사진이 들어 있었다. 마지막으로 외설스런 그림이 들어 있는 독일판 소책자 사이에서 얇은 종이로 된 포켓용 낡은 성경이 나오자 퐁타냉 부인은 놀라지 않을 수 없었다…. 부인은 이 작은 성경 말고는 모두 잊고 싶었다…. 제롬은 자신의 방탕한 행실을 그럴듯하게 얼버무리기 위해 비통한 '해명'을 하면서 수없이 이렇게 외쳤다. "여보, 당신은 너무 나를 엄격하게 판단하고 있소…. 나는 당신이 생각하는 것처럼 악하지 않아!…" 그것은 사실이었다.

성령만이 각자의 비밀을 알고 계신다. 인간들이 어떤 험난한 길을 통해, 그리고 어떤 필요한 목적을 위해 각자 자기 완성의 길을 걸어가는지는 성령만이 아신다.

부인은 눈물이 글썽한 눈으로 벌써 장미꽃이 시들어가는 관 위를 응시하고 있었다.

'아니에요.' 하며 그녀는 마음속으로 말했다. '아니에요, 당신은 근본적으로 악에 물들어 있는 사람은 아니었어요….'

다니엘과 함께 니콜 에케가 들어오자 그녀는 명상에서 깨어났다.

니콜은 눈부시게 아름다웠다. 그녀의 상복은 혈색을 한층 더 돋보이게 했다. 빛나는 두 눈, 치켜진 눈썹, 자연스럽게 앞으로 내민 그녀의 얼굴은 언제나 급히 달려온 듯한 모습, 자신의 청춘을 선물로 바치고자 하는 듯한 인상을 주었다. 그녀는 아주머니에게 키스하려고 몸을 굽혔다. 퐁타냉 부인으로서는 상투적인 말로 침묵을 깨뜨리지 않는 것이 고마웠다. 니콜은 관 곁으로 걸어갔다. 그리고 얼마 동안 팔을 앞으로 늘어뜨리고 두 손가락을 모은 채로 꼿꼿이 서 있었다. 퐁타냉 부인은 니콜을 살펴보았다. 니콜은 기도를 하고 있는 것일까? 아니면 자신의 과거, 제롬 아저씨가 육중하게 자리 잡았던 자신의 부끄러운 어린 시절을 생각하고 있는 것일까? …니콜은 얼마 동안 그런 불가사의한 부동 자세를 취한 뒤에 마침내 아주머니 쪽으로 돌아와 또 한 번 그녀의 이마에 키스했다. 그리고 방에서 나갔다. 그동안 어머니 뒤에 줄곧 서 있던 다니엘이 그녀의 뒤를 쫓아 나갔다.

복도로 나오자 니콜은 발걸음을 멈추고는 물었다.

"내일 몇 시지?"

"여기서 열한시에 출발해. 장렬葬列은 직접 묘지로 갈 거야."

둘은 건물 입구의 그늘진 현관에 서 있었다. 그들 앞에는 햇살이 비치는 정원이 펼쳐져 있었다. 그곳에는 밝은 빛깔의 실내복을 입은 회복기 환자들이 양지바른 잔디밭 가장자리를 따라 수없이 누워 있었다. 오후의 햇살은 뜨겁고 찬란했다. 바람 한 점 없는 대기 속에 여름이 완전히 자리 잡은 듯한 느낌이었다.

다니엘이 말을 꺼냈다.

"매장한 뒤 그레고리 목사님이 간략하게 기도를 해주시기로 했어. 어머니는 그 밖의 어떤 의식도 원하지 않으셔."

니콜은 생각에 잠긴 채 그의 말을 듣고 있었다.

"테레즈 아주머니는 정말 훌륭한 분이야." 하고 그녀는 속삭이듯 말했다. "아주 꿋꿋하시고 침착하셔…. 정말 훌륭하셔, 언제나 한결같이…."

다니엘은 우정 어린 미소로 감사의 뜻을 표했다. 그녀에게서는 이미 어린애 같은 시선은 찾아볼 수 없었다. 그러나 푸른 눈동자 속에는 옛날과 같은 독특한 투명함과 전에 그의 마음을 흔들어놓았던 우수에 젖은 부드러운 표정이 깃들어 있었다.

"정말 오랫동안 못 만났어!" 하고 다니엘이 말했다. "그런데 니콜, 너는 행복해?"

멀리 녹색이 우거진 곳을 바라보던 그녀의 시선은 천천히 주위를 두리번거리다가 다시 다니엘에게로 향했다. 그녀의 얼굴에는 괴로운 표정이 어렸다. 다니엘은 그녀가 와락 울음을 터뜨릴 것으로 믿었다.

"알겠어…." 하고 그는 더듬거리며 말했다. "니콜, 너라고 해서 괴로움이 없는 것은 아니었겠지…."

다니엘은 그때 비로소 그녀가 몹시 변했다는 사실을 눈치챘다. 얼굴 아랫부분은 살이 쪄 있었다. 눈에 안 띌 정도로 분홍색 연지를 바른 두 뺨을 통해 약간 생기를 잃은 피곤한 모습이 비쳤다.

"그래도 니콜, 너는 젊어, 앞으로 너의 인생은 창창하니까! 행복해야지!"

"행복이라고?" 그녀는 애매하게 어깨를 으쓱해 보이면서 되풀이했다.

다니엘은 놀라 그녀를 바라보았다.

"그럼, 행복해야지. 당연하지 않아?"

니콜은 다시 햇살이 찬란하게 비치는 정원 쪽을 멍하게 바라보았다. 그녀는 잠시 침묵을 지키고 있다가 돌아보지도 않고 말했다.

"인생이란 이상한 거야…. 그렇게 생각 안 해? 스물다섯밖에 안 됐는데 벌써 꽤 늙었다는 느낌이 드니 말이야…." 그녀는 좀 망설이다가 말했다. "…너무 외로워…."

"너무 외롭다고?"

"그래." 그녀는 여전히 먼 곳을 바라보면서 말했다. "어머니도, 과거도, 나의 청춘도, 모두가 멀리멀리 가버렸어…. 아이도 없고…. 그리고 영원히 못 가질 거야. 끝장이지. 나는 아이를 결코 갖지 못할 거야…."

부드러운 말투에 별로 절망의 빛은 보이지 않았다.

"그래도 남편이 있으니까…." 하고 다니엘은 무심코 말했다.

“남편, 그래…. 우리는 깊고 흔들리지 않는 애정을 갖고 서로 사랑하고 있어…. 그는 똑똑하고 착해…. 내 생활을 즐겁게 해주려고 무척 애쓰고 있지.”

다니엘은 잠자코 있었다.

그녀는 벽 쪽으로 한 발 다가가 몸을 기댔다. 그리고 목소리를 높이지 않고 마치 서슴없이 모든 것을 다 말해버리기로 작정이라도 한 듯 고개를 살짝 치켜들며 말했다.

“그런데, 그게 어쨌다는 거야. 아무튼 알다시피 펠릭스와 나 사이에는 별로 공통점이 없어…. 그 사람은 나보다 열세 살이나 위라서인지 나를 한 번도 동등하게 대해준 적이 없어…. 거기에다 그 사람은 어떤 여자에게나 환자를 대하듯이 아버지 같은 친절한 마음으로 대하고 있어….”

다니엘은 에케의 모습이 떠올랐다. 잔주름이 많은 회색빛 관자놀이, 근시인 날카로운 시선, 신중하고 분명하며 강직한 태도, 그런 에케가 왜 니콜과 결혼했을까? 지나가는 길에 맛있는 과일이 눈에 띄어 따먹고 싶은 심정으로 했을까? 그렇지 않으면 언제나 일 때문에 바쁘다 보니까 지금까지 누리지 못했던 젊음, 자연 그대로의 우아함을 좀 맛보고 싶어서였을까?

“그리고” 하며 니콜이 말을 계속했다. “그 사람에게는 그 사람 나름의 생활, 외과의사로서의 생활이 있어. 의사라는 직업이 어떤 것인지 알겠지만 아침부터 저녁까지 자기 생활은 없는 거야…. 같이 식사를 해본 적이 거의 없을 정도니까…. 오히려 그런 편이 나을지도 모르지. 왜냐하면 둘이 같이 있어도 별로 이야기가 없는 데다가 서로 이해하려 들지도 않고, 취미도 다르고 또 둘의 추억 같은 것도 전혀 없으니…. 그래! 말다툼 같은 건 한 번도 없었어. 의견 충돌 같은 것도 없었고!…" 니콜은 웃으며 말을 계속했다. "우선 나는 그 사람이 무어라고 하면 어떤 일이라도 '예'라고 말해버려…. 그 사람이 무엇을 생각하고 있는지를 미리 짐작해버려…." 그녀는 웃음을 거두었다. 그리고 이상하게 느린 투로 말했다. "어떻게 되든 나에게는 전혀 상관없으니까!"

그녀는 서서히 벽에서 등을 떼더니 걷기 시작했다. 그리고 넋 나간 사람처럼 현관 앞 돌층계를 내려갔다. 다니엘은 아무 말도 하지 않고 따라갔다. 니콜은 아무렇지 않게 다니엘 쪽을 돌아보면서 미소를 지었다.

"들어봐!" 하며 그녀는 말했다. "이번 겨울에 그 사람은 작은 거실에 놓으려고 새 책장을 몇 개 만들었는데, 놓아둘 데가 없어서 마호가니 책상을 팔기로 했어. 그것은 내가 어머니한테서 물려받은 거야. 하지만 나는 그런 것에는 관심 없었어. 무엇 하나 내 것이라고는 없고, 또 나는 아무것도 가지고 싶은 게 없으니까. 그런데 그 책상을 비워야 했어. 그 속에는 지금까지 들여다본 적도 없는 종이 뭉치들이 가득 들어 있었어. 나의 부모들이 주고받은 편지, 옛날 장부, 할머니의 옛날 편지, 안내장, 친구에게서 온 편지… 옛날 추억이 가득했어. 렌 동네, 르와야 동네, 비아리츠*… 온갖 옛날 일들, 잊고 있던 많은 옛날이야기, 고인이 된 옛날 사람들의 온갖 것들… 그것들을 불사르기 전에 나는 한 줄 한 줄 모두 읽어봤어…. 그때 일을 생각하고 두 주일 동안 울었지…." 그녀는 다시 웃었다. "또 두 주일 동안… 정말

* 프랑스 대서양 연안, 스페인과의 국경 지대에 위치한 관광 도시이다.

즐거웠어! …펠릭스는 그것을 조금도 눈치채지 못했어. 알았다 해도 이해하지 못했을 테지만. 나에 관해서는 아무것도 몰라. 나의 어린 시절이라든가 나의 추억 같은 것은…."

둘은 천천히 정원을 가로질러 걸어갔다. 니콜은 환자들 앞을 지나면서 목소리를 낮추었다.

"지금은 그래도 괜찮은 편이지…. 하지만 장래를 생각하면 이따금 무서워져…. 알다시피 우리는 현재 각자 서로 자기 일을 갖고 있어. 그 사람은 병원이 있고, 사람들과 만날 일이 있고, 환자가 있어. 나는 나대로 언제나 물건을 사러 나가는가 하면 사람들을 방문하러 나가는 거야. 게다가 요즘은 바이올린을 시작해서 친구들과 같이 음악 공부를 해. 저녁에는 일주일에 몇 번 외식하러 나가기도 해. 펠릭스 입장에서는 직업상 줄곧 교제도 해야 하니까…. 하지만 먼 훗날에는? 그 사람이 일을 그만두게 되면 말이야. 더 이상 저녁 초대 같은 것이 없을 때는? 나는 그것이 무서워…. 노부부가 되어 우리는 어떻게 될까?"

"니콜, 네가 하는 소리가 끔찍해." 하고 다니엘이 중얼거렸다.

니콜은 깔깔거리며 쾌활하게 웃었다. 그런 모습은 뜻밖에도 그녀의 젊음을 되살아나게 하는 것 같았다.

"너는 바보야!" 하고 그녀는 말했다. "나는 한탄하는 게 아니야. 인생이란 그런 거니까. 그렇다는 거야. 다른 사람들의 인생이라고 해서 더 나을 것도 없어. 오히려 그 반대야. 그래도 나는 가장 행복한 사람들 축에 속해…. 고작 이런 거지 뭐. 어렸을 때는 여러 가지 일을 생각하지…. 동화 속의 삶을 살아갈 것처럼 말이야…."

그들은 철문 가까이 왔다.

"만나서 즐거웠어." 그녀는 말했다. "군복 입은 모습이 멋있어! …언제 제대해?"

"시월에."

"그렇게 빨리?"

그는 웃었다.

"너에게는 시간이 짧은 것 같겠지!"

니콜은 발걸음을 멈추었다. 햇볕으로 인한 그림자가 그녀 얼굴 위에서 어른거리며 그녀의 치아를 빛나게 했고, 머리카락을 군데군데 짙은 갈색 비늘처럼 보이게 했다.

"안녕." 하며 그녀는 다정하게 손을 내밀었다. "제니에게 만나지 못해 섭섭해하더라고 전해줘…. 그리고 올겨울에 파리로 다시 오면 가끔 들러줘…. 동정을 베푸는 셈 치고…. 둘이서 잡담도 하고 오랜 친구로서 여러 가지 추억도 더듬어보게…. 나이를 먹을수록 옛날 일에 온통 마음이 가는 걸 보면 이상해…. 와주겠지? 약속하는 거지?"

다니엘은 약간 지나칠 정도로 크고 둥글며 맑은 물 같은 니콜의 아름다운 눈 속을 잠시 유심히 들여다보았다.

"약속해." 그는 거의 침통한 투로 말했다.

30

일요일 이후 제니가 병원 밖으로 나온 것은 이번이 처음이었다. 날마다 다니엘과 함께 정원을 잠깐 산책하는 것이 고작이었다. 죽음과 가까이해본 경험이 없는 그녀는 기나긴 이 나흘을 살아 있는 사람들 사이에서 유령같이 지내왔다. 그녀를 둘러싸고 있는 모든 것이 조리에 맞지 않고 낯선 세계의 일 같았다. 그래서 오빠가 자동차에 태워주자마자, 햇빛이 비치는 큰 길에서 혼자라는 것을 깨닫는 순간 그녀는 해방감 같은 것을 느꼈다. 그러나 그러한 느낌도 잠시뿐이었다. 자동차가 샹페레 문에 이르기도 전에 나흘 동안이나 자신을 괴롭혀온 그토록 깊고 걷잡을 수 없는 번민이 다시 엄습해옴을 느꼈다. 더구나 병원에서는 다른 사람들이 있어서 꼼짝없이 참을 수밖에 없었던 부자유스러움에서 해방되어 갑자기 혼자 있게 되니까 그 번민은 무서울 정도로 심도를 더해가는 느낌이었다.

정문 앞에 이르러 택시에서 내렸을 때는 한시였다.

제니는 수위 아주머니의 질문과 애도의 말을 듣는 둥 마는 둥 하면서 곧 아파트로 올라갔다.

모든 것이 어지럽게 널려 있었다. 문이란 문은 마치 도망간 뒤처럼 모두 열려 있었다. 옷가지는 침대에 던져져 있고, 구두는 마룻바닥에서 뒹굴고, 장롱이란 장롱은 모두 열린 채로 있어서 퐁타냉 부인의 방은 강도라도 들어왔다 나간 방을 연상케 했다. 이 년 전부터 식모 없이 살아온 모녀가 그날 급히 식사를 했던 둥근 식탁에는 먹다 만 저녁 식사 찌꺼기가 아직도 그대로 있었다. 모두 깨끗이 치워야 했다. 다음 날 묘지에서 돌아오는 어머니가 이 을씨년스러운 난장판을 보고 일요일 저녁에 겪었던 끔찍한 순간의 생생한 기억을 되새기는 슬픔은 없도록 해야만 했다.

가슴이 답답한 데다가 무슨 일부터 시작해야 할지 몰라 제니는 자기 방에 들어갔다. 나갈 때 창문 닫는 것을 잊은 것이 틀림없었다. 바닥은 어제의 소나기로 축축이 젖어 있었다. 바람이 불어들어와 작은 책상 위에 있던 편지를 어지럽게 흐트러뜨렸으며, 꽃병은 쓰러진 채 꽃잎들이 떨어져 있었다.

제니는 서서 이런 어지러운 광경을 물끄러미 바라보면서 천천히 장갑을 벗었다. 어떻게 하든지 다시 정신을 차리려고 애썼다. 어머니는 제니에게 여러 가지로 세심한 지시를 해주었다. 책상 속에서 열쇠를 꺼내어 집 안쪽에 있는 다락을 열어 옷장 속의 상자나 트렁크를 뒤져야 했다. 그리고 상복용의 숄 두 장과 엷은 비단 베일이 든 초록색 종이 상자도 찾아야 했다. 그녀는 매일 아침 집에서 일할 때 입는 블라우스를 기계적으로 들고 작업복으로 차려입었다. 그러나 완전히 기진맥진해 있었다. 그래서 침대 끝에 앉았다. 아파트의 정적이 어깨를 짓눌렀다.

'도대체 왜 이렇게 피곤할까?' 하고 그녀는 그 이유를 잘 알면서도 자문해보았다.

지난주만 해도 자신은 바로 이 방을 왔다 갔다 하며 삶의 기쁨에 흥겨워하고 있었다. 일주일 만에, 아니 일주일도 채 안 된 나흘 만에 그토록 고심해서 얻은 정신적 균형이 깨어지고 말았단 말인가?

그녀는 목덜미가 무거운 것을 느끼면서 움츠리고 앉아 있었다. 울기라도 하면 마음이 후련해졌을지도 모른다. 그러나 그런 마음 약한 치료 방법은 항상 거부해왔다. 어렸을 때도 슬프다고 해서 울어본 적이 없었고, 오히려 슬픔은 그녀로 하여금 언제나 긴장하게 하고 비장한 마음을 갖게 했다…. 그녀의 메마른 시선은 흐트러진 편지, 가구, 벽난로의 자질구레한 실내 장식품들 위를 더듬고 나서 거울로 쏠렸다. 그런 그녀의 눈길은 밖의 눈부신 햇살에 끌려 빨려들어가는 것처럼 보였다. 그러나 문득 반짝이는 햇살의 반사 속에 잠시 자크의 모습이 떠올랐다. 황급히 일어나 덧문과 창문을 닫고는 흐트러진 편지와 꽃을 주워 모은 뒤에 복도로 나왔다.

다락 안의 공기는 숨이 막힐 정도였다. 방 안 열기 때문에 모직물, 먼지, 장뇌樟腦, 햇빛에 바랜 헌 신문지의 타는 듯한 냄새가 코를 찔렀다. 그녀는 창문을 열기 위해 나무걸상에 간신히 올라갔다. 밖의 공기와 함께 눈을 찌르는 듯한 햇살이 방 안으로 흘러들어와 그곳에 겹겹이 쌓여 있고, 보기에도 을씨년스런 여러 가지 물건들의 모습을 그대로 드러냈다. 속이 텅 빈 가방, 못 쓰게 된 침구, 석유 램프, 교과서, 회색빛 먼지와 죽은 파리가 뒤덮인 종이 상자. 트렁크를 쌓아놓은 구석을 치우기 위해 속을 넣은 마네킹 인형의 허리를 안아 옮겨야 했다. 인형 위에는 오래된 램프갓이 씌워져 있었다. 그 갓의 금박 주름 장식은 헝겊으로 만든 물망초 꽃다발로 들어 올려져 있었다. 제니는 아주 어렸을 때부터 응접실 피아노 위에 놓여 있던 이 거창한 갓을 보고는 한순간 가슴이 뭉클해졌다. 그녀는 힘을 내어 일을 시작했다. 여러 개의 상자를 열어보기도 하고 선반들을 샅샅이 뒤지기도 하며, 코를 찌르는 매스꺼운 작은 나프탈렌 주머니를 조심스럽게 바꿔놓기도 했다. 땀에 흠뻑 젖은 채 녹초가 되어 있었지만, 자기 생각에도 창피하게 여겨지는 이런 무기력과 싸우면서, 적어도 자신을 여러 가지 상념으로부터 해방시켜주는 이 일에 혼신의 힘을 다했다.

그러나 불현듯 안개 속을 뚫는 빛의 화살처럼 한 가지 생각, 막연하면서도 실은 확실한 한 가지 생각이 급소를 찌르듯이 그녀의 가슴에 와닿으며 손길을 멈추게 했다. '아무것도 파멸한 것은 없다…. **모든 것은 여전히 가능하다**….' 그렇다. 어쨌든 자신은 젊다. 앞길에는 창창한 미지의 삶이 있다. 삶! **여러 가지 가능성의** 무한한 원천!…

이런 평범한 생각을 통해 그녀가 발견한 것은 너무도 새롭고 위험한 것이어서 아연실색하지 않을 수 없었다. 그녀는 자크가 자기를 버리고 떠난 뒤에 회복되고 자제력을 다시 찾을 수 있었던 것은 오직 그 당시에 지극히 하찮은 희망까지도 물리칠 수 있었기 때문이라는 것을 문득 깨달았다.

'나는 다시 **희망**을 가질 수 있을까?'

그 대답은 너무도 긍정적이었기 때문에 제니는 몸을 떨기 시작했고, 옷장의 기둥에 어깨를 기대야만 했다. 얼마 동안 꼼짝도 않고 눈을 내리깐 채 정신이 마비된 듯한 멍청한 상태로 있었다는 사실을 자신도 거의 의식하지 못하고 있었다. 환영 같은 광경들이 머리를 스쳐 지나갔다. 메종 라피트에서 테니스를 한 뒤에 자크는 자기 바로 옆 벤치에 앉아 있었고, 자신은 그의 관자놀이를 적시던 자잘한 땀방울을 분명하게 보고 있었다…. 숲속의 길가, 차고 근처에 자기와 단둘이 있던 자크, 그들은 거기에서 늙은 개 한 마리가 치인 것을 막 목격했던 것이다. 그리고 그녀는 침통한 자크의 목소리를 들었다. "당신은 죽음에 대해서 자주 생각합니까?…" 정원의 작은 문이 있는 데서 달빛을 받아 흙담 위에 비친 제니의 그림자에 살짝 입술을 갖다 대던 자크. 어둠 속에서 풀밭 위로 달아나던 그의 발소리가 지금도 들리는 듯했다….

제니는 더위에도 불구하고 몸을 떨면서 등을 기댄 채 서 있었다. 믿을 수 없을 정도의 평온함을 되찾았다. 높은 창을 통해 들려오는 거리의 소음이 먼 다른 세계에서 들려오는 것 같았다. 나흘 전에 자크를 만난 뒤부터 다시 불붙기 시작한 미칠 것 같은 행복의 갈구를 어떻게 하면 꺼버릴 수 있을까? 다시 병이 시작된 것이다. 그리고 이 병은 앞으로 그치지 않고 지속되리라는 것을 그녀는 잘 알고 있었다…. 이번에는 치유될 것 같지 않았다. 왜냐하면 이제는 **자신이 치유되기를 원치 않으니까**….

가장 괴로운 것은 홀로 있다는 것, 언제나 홀로 있다는 것이었다. 오빠는? 뇌이에서 함께 살 때는 그는 동생에게 많은 관심을 베풀었었다. 오늘 아침만 하더라도 둘이 함께 병원 식당에서 식사를 할 때 제니의 멍한 모습에 놀랐는지 그는 제니의 손을 잡고는 웃지도 않고 속삭였었다. "도대체 무슨 일이야, 제니?" 제니는 회피하는 태도로 고개를 저으면서 잡고 있던 손을 놓았다…. 아! 이렇게 오빠를 사랑하면서도 그에게 아무 말도 할 수 없다는 것, 둘의 생활 때문에, 둘의 성격 때문에, 어쩌면 오누이 관계라는 것 때문에 그들 사이에 놓여 있는 이 장벽들을 단번에 무너뜨릴 수 있는 것을 전혀 찾아내지 못한다는 것이 언제나 큰 괴로움이었다! 그렇다. 자신에게는 속내 이야기를 할 만한 사람이 아무도 없다. 자신의 말을 들어주고 이해해 줄 만한 사람이 지금까지 아무도 없었다…. 아무도. **그이**라면, 어쩌면… 언젠가는?… 그녀의 깊은 곳에서 부드럽고 은밀한 목소리가 속삭이듯 들려왔다. "나의 자크…." 제니는 얼굴을 붉혔다.

그녀는 녹초가 되고 쓰러질 것 같은 느낌이었다. 시원한 물이라도 마시면 좋으련만….

제니는 장님처럼 조심스러운 발걸음으로 한 손으로 벽을 짚어 몸을 의지하면서 부엌으로 갔다. 수돗물은 얼음 같았다. 두 손에 물을 받아 이마와 눈을 적셨다. 다시 힘이 났다. 조금만 참자…. 창문을 열고 창틀에 두 팔꿈치를 올려놓았다. 지붕 위에서는 아지랑이가 아른거리고 있었다. 뤽상부르역에서 기관차의 기적 소리가 미친 듯이 울려 퍼졌다. 지난 몇 주일 동안 오늘 같은 오후에 찻물을 끓이면서 여기에 이렇게 팔꿈치를 기대고 거의 들뜬 기분으로 얼마나 수없이 노래를 흥얼거렸던가! 올봄의 자기 자신, 마음도 가라앉고 정신적으로도 완전히 회복되었던 자기 자신에 대해 말할 수 없는 향수를 느꼈다. '내일, 모레, 계속되는 나날을 살아갈 힘을 어디에서 얻을까?' 낮은 소리로 자문해보았다. 그러나 머리에 떠오른 말들은 상투적인 생각을 표현할 뿐, 마음속의 숨겨진 진실을 나타내지는 않았다. 희망을 되찾은 뒤부터 그녀는 고통도 기꺼이 감수하겠다고 다짐했다…. 갑자기, 지금까지 미소를 보인 적이 없던 그녀가 거울 앞에 있었더라면 분명히 보았을 어설픈 미소를 입술에 짓고 있었다.

31

오전 내내, 그리고 두 독일 사람과 식사할 때도 자크는 여러 차례 자문해보았다. '다니엘을 만나러 갈까?' 그럴 때마다 그는

자신에게 이렇게 대답했다. '그만두지. 만나면 뭘 해?'

그러나 세시쯤 키르헨블라트와 같이 음식점을 나와 증권거래소 광장을 가로질러 지하철역 앞을 지나갈 무렵에 갑자기 그는 생각했다. '보지라르의 집회는 다섯시다…. 뇌이에 갈 마음이 있다면 지금이 가장 좋은 기회인데….' 그는 어쩔 줄을 몰라 멈칫 섰다. '이번에 간다면 앞으로는 두 번 다시 갈 생각을 말아야지….' 그리고 그는 독일인과 헤어져 서슴지 않고 지하철 계단으로 달려갔다.

비노가街의 병원 입구에서 그는 인도의 가장자리, 자동차 옆에서 담배를 피우고 있는 형의 운전사 빅토르를 보았다. "결국 그렇게 하는 것이 좋겠다." 하고 그는 형도 그 자리에 같이 있게 될 걸로 생각하면서 혼잣말했다.

마침 정원에 이르렀을 때 그는 자기 쪽으로 오는 형을 보았다.

"좀 더 일찍 왔더라면 너를 시내까지 데려다줄 수 있었을 텐데. 지금은 바빠서…. 오늘 저녁 나하고 식사하지 않겠니? 안 돼? 그럼 언제 하지?"

자크는 질문에는 아랑곳도 하지 않고 물었다.

"다니엘을 만나려면 어떻게 해야 할까? 그것도… 단둘이 만나려면."

"문제없어…. 퐁타냉 부인은 지하실을 떠나지 않을 테고 그리고 제니는 나가고 없으니까."

"없다고?"

"저쪽 나무숲 뒤로 회색빛 지붕이 보이지? 그곳이 바로 시체실이야. 다니엘은 그곳에 있어. 문지기가 알리러 가줄 거다."

"제니는 병원에 없어?"

"없어. 어머니 심부름으로 옵세르바투아르가街에 있는 집에 무엇인가를 가지러 갔어…. 파리에 오래 있을 거니? …그럼 전화라도 걸어주겠지?…"

그는 철책문을 나가 자동차 안으로 자취를 감추었다.

자크는 그 건물을 향해 계속 걸어갔다. 갑자기 그의 걸음이 느려졌다. 머릿속에 엉뚱한 생각이 떠올랐던 것이다…. 그는 몸을 돌려 철책문까지 다시 나와 택시를 불렀다.

"빨리요." 하고 그는 쉰 목소리로 말했다. "옵세르바투아르가!"

그는 가로수, 길 가는 사람들, 마주 오는 자동차를 열심히 보고 있었다. 그리고 아무것도 생각하지 않으려고 노력했다. 어떤 미지의 힘이 바로 실천에 옮기도록 명령하지만 잠시만 깊이 생각할 여유를 갖는다면 그는 부질없는 이런 행동은 하지 않으리라는 것을 잘 알고 있었다. 거기에 가서 무엇을 한다는 건가? 자신도 전혀 알 수 없었다. **스스로를 합리화시키자**! 처음부터 끝까지 잘못되었다고 여겼던 자신으로부터 탈피하자! 그녀에게 그것을 설명하고 이번만은 결말을, 결말을 내야 한다!

그는 뤽상부르 공원 철책 앞에서 차를 세웠다. 그리고 거의 뛰다시피 걸어갔다. 전에 여러 번 와서 멀리서 물끄러미 바라보던 그 발코니, 그 창문을 보지 않으려고 애썼다. 집 안으로 뛰어들어가 수위실 앞을 쏜살같이 지나갔다. 수위 아주머니가 제니에게서 미리 무슨 부탁을 받지나 않았을까 두려웠기 때문이다.

아무것도 변한 것이 없었다. 다니엘과 수다를 떨면서 자주 올라갔던 계단… 그 무렵 다니엘은 반바지 차림으로 옆구리에

책을 끼고 있었다…. 마르세유에서 돌아오던 날 밤에 처음으로 퐁타냉 부인이 모습을 나타냈던 층계. 그때 부인은 그 뒤에서 두 도망자 쪽으로 몸을 굽히며 준엄한 미소를 보냈을 뿐, 아무런 꾸짖는 말을 하지 않았었다…. 아무것도 변한 것이 없었다. 아무것도. 까마득한 기억 속에서 울려 퍼지는 아파트의 벨 소리까지도….

이제 곧 제니가 나타날 것이다. 무어라고 말하면 좋을까?

그는 난간에 불끈 쥔 주먹을 올려놓고 윗몸을 비스듬히 하면서 귀를 기울였다…. 그러나 문 저쪽에서는 아무런 소리도 들려오지 않았다. 발소리조차도…. 무엇을 하고 있을까?

그는 한동안 기다렸다. 그러다가 조금 전보다 더 멋쩍은 듯이 다시 초인종을 눌렀다.

여전히 조용했다.

그는 급히 아래의 수위실까지 뛰어내려갔다.

"제니는 집에 있지요?"

"없어요…. 아시겠지만 퐁타냉 씨가 그만…."

"알고 있어요. 그리고 제니가 집에 있다는 것도 알고 있어요. 급한 전갈이 있어서…."

"아가씨는 점심 식사 뒤에 분명히 왔는데, 다시 나갔어요. 십오분은 됐을걸요."

"아!" 그는 말했다. "다시 나갔단 말입니까?"

얼빠진 사람처럼 그는 아주머니를 뚫어지게 바라보았다. 그 심정을 어떻게 설명해야 할지 자신도 몰랐을 것이다. 한결 마음이 가벼워졌다고 할까? 크나큰 실망을 맛보았다고 할까?

보지라르 거리의 집회는 다섯시가 되어야 시작된다. 거기나

갈 수밖에 없나? 지금 그는 그럴 마음도 내키지 않았다. 처음으로 어떤 것—개인적인 어떤 것—이 자기 자신과 행동 대원으로서의 자신의 생활 사이에 어렴풋하게나마 끼어들고 있었다. 순간적으로 그는 결심했다. 뇌이로 돌아가자. 제니가 들를 곳이 있다면 먼저 도착해서 철책문 앞에서 기다리면 된다. 그러면… 터무니없고 무모하기 이를 데 없는 계획…. 하지만 어찌 되었건 이러한 패배감에 사로잡혀 있는 것보다는 낫다!

자크는 우연을 고려에 넣지 않고 있었던 것이다. 앞으로 어떻게 해야 할지 망설이며 병원 앞에서 전차에 내렸을 때 누군가가 뒤에서 불렀다.

"자크!"

마침 저쪽 인도에서 전화를 기다리고 있던 다니엘이 그를 보자 어리둥절해하면서 차도를 건너왔다.

"네가? 아직 파리에 있었니?"

"어제 돌아왔어." 자크는 더듬거리며 말했다. "형한테서 들어 알고 있어…."

"의식을 회복하지 못한 채 돌아가셨어." 다니엘은 간단히 말했다.

그는 오히려 자크보다 더 거북해하는 것 같았다. 심지어는 난처해하는 것 같기도 했다.

"만날 약속이 있는데 미룰 수가 없어." 하며 다니엘은 낮은 소리로 말했다. "뤼드비그손에게 몇 작품을 팔기로 했어. 집에 돈이 필요하기 때문에. 그가 나를 만나러 오늘 내 아틀리에로 오기로 되어 있어…. 네가 온다는 것을 알았더라면… 어쩌지?

같이 가지 않을래? 아틀리에에서 조용히 기다리면서."

"괜찮다면." 하고 자크는 계획했던 것 모두를 순간적으로 단념하면서 말했다.

다니엘은 고맙다는 뜻으로 미소를 지었다.

"좀 걷자구. 그리고 성터에서 택시를 잡도록 하자."

그들 앞에는 눈부신 넓은 거리가 펼쳐져 있었다. 그늘진 인도는 걷기에 적합했다. 번쩍거리는 헬멧을 쓰고 장식용 깃털을 휘날리며 걷고 있는 다니엘의 모습은 멋지기는 했지만 한편 우스꽝스러워 보이기도 했다. 그가 찬 군도軍刀는 정강이에 부딪혀 박차를 때리면서 씩씩한 그의 발걸음과 잘 어울렸다. 전쟁이라는 강박관념에 사로잡혀 있는 자크는 친구의 설명을 건성으로 듣고 있었다. 그는 다니엘의 말을 막으며 그의 팔을 잡고 이렇게 외칠 뻔했다. "이것 봐, 무슨 일이 일어나고 있는지도 모르는군!…" 불길한 생각이 그의 뇌리를 스쳐갔다. 그래서 그는 갑자기 걸음을 멈추었다. 어쩌다가 만일 인터내셔널의 저항이 평화를 수호하지 못할 경우 로렌 국경 지대에 전위로 있는 이 훌륭한 용기병*은 아마 전쟁이 시작되는 첫날에 목숨을 잃게 될 것이다…. 그는 가슴이 찢어지는 듯했다. 그래서 하려던 말도 못 하고 말았다.

다니엘이 이야기를 계속했다.

"뤼드비그손은 '다섯시쯤'이라고 말했어. 그러나 그가 오기 전에 작품을 골라놓을 필요가 있어…. 알겠지만 어떻게 하든지

* 용기병(龍騎兵)은 드래곤이라는 이름의 소총으로 무장하고 있었기 때문에 이런 이름이 붙었다. 16세기 프랑스를 발생지로 하는 용기병은 제1차 세계대전 이전까지는 각국 육군에서 중요한 역할을 했다.

헤쳐나가야 해. 아버지는 빚만 남겨놓았어."

그는 야릇하게 웃었다. 그 웃음, 그의 수다스러움, 떨리는 듯하며 퉁명스런 그 목소리. 이 모든 것이 평소에는 그에게서 찾아볼 수 없던 신경과민 증세를 나타냈다. 그리고 그 원인은 오늘 밤에 여러 가지 일이 겹쳐 있었기 때문이다. 곧 자크를 다시 보게 된 놀라움, 그들이 처음 만났을 때의 씁쓸한 기억, 예전에 이야기를 주고받던 분위기를 되찾고 싶은 생각, 속내 이야기를 마음껏 털어놓음으로써 침묵을 지키고 있는 상대의 신뢰를 회복하고 싶은 욕망, 또한 나흘 동안 아버지의 죽음을 기다리며 유폐된 날들을 보낸 뒤에 이렇게 밖에 나오게 된 즐거움, 오늘같이 맑게 개인 날씨가 가져다주는 황홀감, 거기에 이렇게 둘만이 걷고 있다는 사실 때문이다.

자크는 어디엔가 자기 명의로 되어 있으면서도 이용하지 않고 있는 재산이 있다는 것을 까맣게 잊고 있었으며, 자기가 친구를 도와줄 수 있다는 생각은 전혀 하지 못했다. 더더구나 다니엘도 그런 생각을 하지 못했다. 그렇지 않았다면 그런 궁상스런 말을 하지 않았을 것이다.

"빚이⋯ 거기에다 가문의 치욕이야." 하며 다니엘은 침울하게 말을 계속했다. "철저하게 아버지는 우리의 생활을 망쳐놓았어! ⋯오늘 아침에 영국에서 아버지에게 온 편지를 보았어. 아버지가 돈을 주기로 약속했던 여자한테서 온 편지였어. 아버지는 런던과 빈 사이를 왔다 갔다 하면서 마치 침대차 보이처럼 양쪽 종점에 살림을 차려놓고 있었던 거야⋯. 그럴 수가!" 하며 그는 격하게 덧붙였다. "아버지의 그런 무분별한 행동은 그렇다 치겠어! 가증스러운 것은 그 밖의 모든 행실이야."

자크는 애매하게 고개를 끄덕여 보였다.

"이런 것까지 말하면 놀라겠지?" 하며 다니엘은 말을 계속했다. "나는 아버지를 몹시 원망해. 하지만 여자 문제 때문은 아니야. 그래! 그 문제라면 오히려 그 반대라고 말할 수 있어…. 이상하지? 아버지는 나한테 무엇 하나 털어놓고 이야기하거나 또 마음을 주고받지도 못하고 돌아가셨어. 그러나 만일 아버지와 나 사이에 마음이 통할 수 있는 것이 있었다면 그것은 오로지 이 문제에 관해서였을 거야. 여자, 연애… 아마 이것은 어쩌면 내가 아버지와 닮았기 때문일 거야." 하고 그는 은밀한 투로 말했다. "아주 닮았어. 유혹에 저항할 줄 모르고 그것을 후회할 줄도 몰라." 그는 머뭇거리다가 덧붙였다. "너는 그렇지 않지?"

자크도 사 년 전부터 다소 그런 '유혹'에 굴복해왔다. 그러나 언제나 후회했다. 자신도 모르게 그늘진 양심의 어느 구석에는 전에 다니엘과 논쟁할 때 자주 말했던 '순수'와 '불순'을 그래도 순진하게나마 구별하는 어떤 면이 남아 있었다.

"응." 하고 그는 대답했다. "나는 그런 용기… 있는 그대로의 자신을 받아들이는 용기를 가져본 적이 없었어."

"그게 용기일까? 연약함일지도 모르지…. 아니면 자만이거나… 뭐라고 불러도 좋아…. 내 생각에는 어떤 기질의 사람, 나 같은 기질의 사람에게는 이런저런 욕망을 추구한다는 것은 그야말로 당연하고 필수적인 생활 방식이며, 그 나름의 특유한 생활 리듬이야. 굴러 들어오는 떡은 절대로 거절하는 법이 없어!" 그는 마음으로 어떤 맹세라도 되풀이하듯이 격렬한 어조로 분명하게 말했다.

'운 좋게도 저 애는 잘생겼어.' 자크는 생각하며 헬멧의 챙 밑으로 뚜렷하게 드러나면서 남자답고 의지가 강한 다니엘의 옆모습을 슬며시 바라보았다. '욕망에 관해 이토록 자신 있게 말할 수 있으려면 '이성을 끄는 매력'이 틀림없이 있을 거야. 그리고 스스로 언제나 그런 욕망을 자극할 것이 틀림없어…. 어쩌면 또 나와는 다른 경험을 갖고 있을지도 모르지….' 자크는 프륄링 어멈의 조카이며 알자스 태생의 감상적인 금발 소녀였던 리스벳의 품 안에서 처음으로 사랑의 경험을 한 일을 생각했다. 다니엘의 경우는 더 어렸을 때 마르세유에서 하룻밤을 묵게 해주었던 창녀의 침대 속에서 이미 쾌락에 눈떴었다. 이렇게 다른 첫 경험이 그들의 운명을 영원히 정해버렸난 말인가? '인간은 정말로 그의 첫 경험에 의해 '방향이 결정'되는 것일까?' 하고 자크는 자문해보았다. '아니면 그와 반대로 그 첫 경험은 그가 일생 동안 따라야 할 숨은 법칙에 지배받은 것일까?'

다니엘은 자크의 생각을 완전히 꿰뚫어 보기나 한 것처럼 큰 소리로 외쳤다.

"우리는 이런 문제를 복잡하게 생각하는 나쁜 버릇이 있어. 사랑? 그것은 건강에 속하는 문제야. 육체적이고 동시에 정신적인 건강에 속하는 문제야. 나는 이야고*의 정의를 전적으로 받아들여. 기억나? It is merely a lust of the blood and a permission of the will…. 그래, 사랑이란 그런 거야. 정액의 방사일 뿐 아무것도 아니라고 생각해야 돼. 이야고는 정말 멋진 말을 했어. '뜻이 맞고 피가 끓는 것….'"

* 셰익스피어의 「오셀로」에 나오는 인물.

"영어 텍스트를 인용하는 버릇은 여전하군." 자크는 웃으며 빈정댔다. 자크는 지금 사랑 같은 것으로 논쟁하고 싶은 생각은 전혀 없었다…. 시계를 보았다. 『위마니테』사에는 통신이 네시 반이나 다섯시 이전에는 전달되지 않는다….

다니엘은 자크의 태도를 눈치챘다.

"오! 시간은 있어." 하고 그는 말했다. "우리 집에 가면 이야기도 더 자유롭게 할 수 있을 거야."

그리고 그는 택시를 불렀다.

차 속에서 다니엘은 이야기를 중단시키지 않기 위해 자신에 관해, 뤼네빌과 낭시에서의 여성 편력에 관해 계속 떠들어댔다. 그러면서 일시적이었던 그런 행각을 자랑삼아 이야기했다.

"내 이야기 듣고 있어…?" 하고 그는 갑자기 쑥스러워하면서 물었다. "나만 떠들고 있군…. 도대체 무얼 생각하고 있는 거야?"

자크는 자신도 모르게 소스라쳤다. 그는 언제나 자기의 머리를 떠나지 않는 몇 가지 의문 있는 점을 이번만은 다니엘에게 묻고 싶은 충동을 느꼈다. 그러나 이번에도 그만두고 말았다.

"무얼 생각하고 있느냐고? …뭐… 이런 일 저런 일 모두 다!"

그리고 침묵이 계속되는 동안 그들은 각자 지금까지 상대에 대해 간직하고 있던 모습이 과연 현실의 모습과 일치하는지 어떤지를 무거운 마음으로 자문해보았다.

"센 거리로 가주세요." 다니엘은 운전사에게 큰 소리로 말했다. 그러고는 자크 쪽을 보면서 물었다. "그렇지, 너는 아직 내 아틀리에를 못 가봤지?"

그 아틀리에는 다니엘이 입대하기 전해에 빌린 것으로서(집세는 뤼드비그손이 다니엘에게 그들의 미술잡지 문헌을 그곳에다 보관해달라는 그럴듯한 구실을 내세워 지불해주고 있었다.) 바닥에 돌이 깔린 마당 구석에 높은 창이 있는 옛날 건물의 꼭대기에 있었다.

돌계단은 어둡고, 군데군데 파인 곳이 있는가 하면 냄새가 나고 노후한 것이었다. 그러나 폭은 넓고 공들여 다듬은 철 난간으로 장식되어 있었다. 감옥에서나 볼 수 있는 작은 창이 나 있는 아틀리에의 문을 다니엘은 수위에게서 받아 온 묵직한 열쇠로 열었다.

자크는 다니엘을 따라 넓은 지붕 밑 방으로 들어갔다. 천장은 먼지투성이였지만 유리로 된 큰 지붕이 있어서 환하게 빛이 들어오고 있었다. 다니엘이 분주하게 움직이고 있는 동안 자크는 호기심에 차서 방 안을 둘러보았다. 아틀리에의 벽은 전혀 색조의 변화가 없는 베이지색으로 되어 있었다. 구석의 벽을 뚫어 만든 중이층 같은 작은 방 두 개가 있었는데, 커튼으로 반쯤 가려져 있었다. 그 가운데 흰색으로 칠해진 방은 화장실로 개조되어 있었다. 엷은 붉은색 벽지로 장식되어 있고 낮은 침대가 방을 온통 차지하고 있는 또 하나의 방은 알코브*로 쓰이고 있었다. 구석에 제도용 책상이 있고, 그 위에는 책, 화집, 산더미 같은 잡지가 쌓여 있었다. 그리고 위에는 초록색 전기갓이 드리워져 있었다. 덮여 있던 커버들을 다니엘이 서둘러서 벗기자 아래에 작은 바퀴가 달린 여러 개의 캔버스와 갖가

* 벽을 움푹하게 만들어서 침대나 의자를 들여놓은 곳을 말한다.

지 모양의 의자 몇 개가 쌓여 있었다. 벽에 붙여놓은 흰 칠을 한 나무상자 안에는 몇 개의 틀과 판지가 들어 있었는데 가지런히 놓인 일부 모양만 보였다.

다니엘은 낡아빠진 가죽이 씌워진 안락의자를 자크가 서 있는 곳까지 밀고 왔다.

"앉아…. 손 씻고 올게."

자크는 용수철이 삐걱대는 의자에 앉았다. 그는 창 쪽으로 눈을 들어 뜨거운 햇살을 받고 있는 집들의 지붕 풍경을 바라보았다. 아카데미의 둥근 지붕, 생 제르맹 데 프레 성당의 뾰족한 탑, 생 쉴피스 성당의 탑 등이 뚜렷이 보였다.

화장실 쪽으로 몸을 돌렸을 때 커튼 사이로 다니엘의 모습이 보였다. 다니엘은 군복을 푸르스름한 파자마 윗도리로 갈아입었다. 그는 거울 앞에 앉아 조심스러운 미소를 띠면서 손바닥으로 머리를 매만지고 있었다. 자크는 마치 무슨 비밀이라도 발견한 것같이 놀랐다. 다니엘은 정말 미남이었다. 그러나 그는 별로 그런 사실을 의식하고 있는 것 같지 않았다. 메달 속의 프로필을 연상케 하는 그 얼굴은 소박함을 곁들여 발랄해 보였다. 그 때문에 자크는 이처럼 즐거운 듯이 거울 앞에 느긋이 앉아 있는 다니엘을 일찍이 상상해본 적이 없었다. 다니엘이 방에 돌아왔을 때 자크는 갑자기 끓어오르는 감동으로 제니와의 일을 생각했다. 오빠와 동생은 조금도 닮은 데가 없었다. 그러나 둘 다 아버지에게서 균형 잡힌 몸매와, 똑같이 훤칠한 유연성을 물려받아서 그들의 거동을 볼 때 혈연관계임을 부정할 수 없었다.

자크는 얼른 의자에서 일어나 틀이 들어 있는 상자 쪽으로 걸어갔다.

"그것은 틀렸어." 하고 다니엘이 다가서며 말했다. "모두 오래된 작품이야…. 1911년쯤의 것…. 그해에 그린 것들은 모두 다른 작품의 복제에 불과해…. 휘슬러*가 번 존스**에 대해서 한 신랄한 이 말을 알고 있지? '**이 작품은** 매우 **그럴싸한** 것과 **비슷하다**….' 그것보다는 이쪽 것을 봐줘." 하면서 그는 거의 전부가 같은 나체를 그린 몇 장의 유화를 끌어냈다. "모두 입대 직전의 작품이야…. 이런 습작으로 나는 확실히 알게 됐어…."

자크는 다니엘이 하던 말을 끝마치지 않았다는 것을 알았다.

"알게 됐다니, 뭘?"

"이것 말이야…. 이 등, 이 어깨 말이야…. 이 어깨나 등처럼 견고한 것을 선택하는 것이 무엇보다도 중요해. 그리고 진실을 어렴풋하게나마 깨닫게 될 때까지 계속 매달리는 거야…. 탄탄하고 영원한 것으로부터 창출되는 소박한 이 진실 말이야…. 어느 정도 꾸준히 노력하고 깊이 연구하면 결국 비밀을 포착하게 마련이야…. 모든 것의 실마리… 우주를 여는 일종의 열쇠 같은 것 말이야…. 그래서 이 어깨라든가 이 등이…."

이 어깨, 이 등… 자크는 마음속으로 유럽의 앞날과 전쟁을 생각하고 있었다.

"내가 배운 것은 모두가" 하며 다니엘이 말을 계속했다. "언제나 같은 모델을 두고 끈질기게 연구한 데서 나왔어…. 바꿀 필요가 어디 있어? 같은 출발점으로 끊임없이 되돌아가려고

* 19세기 미국 화가이자 비평가로, 런던 화단에서 활약했다.

** 19세기 영국 화가로, 라파엘 전파에 속한다.

고집할 때 자신으로부터 얻어지는 것이 더 많은 법이야. 다시 말하면 매번 다시 시작하면서 같은 방향으로 더 멀리 가겠다는 마음가짐으로 말이야…. 내가 작가였다면 새로운 작품마다 등장인물을 바꾸지 않고 무한히 같은 인물에 매달려서 그것을 깊이 파고들 거야….”

자크는 적개심을 느끼며 입을 다물고 있었다. 그런 미학상의 문제라는 것이 그가 볼 때는 얼마나 인위적이고 무익하며 시대에 역행하는 것인지 모른다! 그에게는 다니엘 같은 생활이 무슨 목적을 지니고 있는지 이해할 수 없었다. 그는 자문해보았다. ‘제네바에 있는 동료들이라면 그를 어떻게 생각할까?’ 그는 다니엘과 같은 친구를 두었다는 것이 부끄럽게 여겨졌다.

다니엘은 한 장 한 장 캔버스를 들어 그것을 환한 쪽으로 돌려 눈을 가늘게 뜨고 한번 슬쩍 본 뒤에 제자리에 가져다놓았다. 그는 이따금 그 가운데 하나를 골라 들면서 그것을 가까운 캔버스 밑에 따로 놓곤 했다. “뤼드비그손을 위해 그린 거야.”

다니엘은 어깨를 으쓱해 보이면서 입속으로 중얼거렸다.

“결국 재능이라는 것은 별것 아닌 거야. 물론 그것이 없어도 곤란하지! …중요한 것은 노력이야. 노력 없이는 재능 같은 것은 불꽃에 불과해. 잠깐 반짝하기는 하지. 그러나 남는 것은 아무것도 없어.” 그는 아쉬운 듯 틀을 차례로 석 장을 꺼냈다. 그리고 한숨을 지었다. “**그자들에게** 아무것도 팔지 않을 수 있다면. 절대로. 그리고 일생 동안 노력, 노력만 하는 거야.”

다니엘을 계속 지켜보던 자크가 물었다.

“너는 언제나 그렇게 너의 예술에 심취해 있니?”

그 말투에는 의아해하면서 약간 경멸 조가 깃들어 있었다.

다니엘도 그것을 눈치챘다.

"그렇다고 달리 어떻게 할 수도 없잖아?" 하고 그는 타협적인 투로 말했다. "누구나 행동에 재능이 있는 것은 아니야."

신중을 기하기 위해 다니엘은 자신의 진정한 생각을 털어놓지 않았다. 세상에는 인류에게 혜택을 주는 여러 가지 복지를 위해 행동하는 사람이 너무나 많다고 그는 생각했다. 그리고 자기나 자크처럼 다행스럽게도 자신들의 재능을 연마하여 예술가가 될 수 있는 사람들은 별다른 영역을 갖지 못한 사람들에게 인류 공동체의 이익을 위해 행동이라는 영역을 확보해야 한다고 생각하고 있었다. 이런 그의 견해로 보면 자크는 타고난 사명을 틀림없이 배신한 것이나. 그리고 과묵하고 초조해하는 어린 시절의 친구인 자크의 태도를 보고 그는 자신의 판단이 틀리지 않았다고 생각했다. 곧, 그러한 태도야말로 숨은 불만의 표시이며 자신의 운명을 달성 못 한 것을 막연하게나마 의식한 나머지 겉으로는 용감한 체하고 남을 우습게 보지만 실은 마음속의 소외감을 거만하게 숨기고 있는 사람들의 회한 같은 것이라고 생각했다.

자크의 표정은 굳어 있었다.

"이봐, 다니엘" 하고 그는 고개를 숙이며 말했다. 이로 인해 목소리도 짓눌리는 것같이 들렸다. "너는 네 작품 속에 파묻혀 살고 있어. 마치 인간에 대해서 아무것도 모르는 것같이…."

다니엘은 손에 쥐고 있던 한 장의 습작을 내려놓았다.

"인간에 대해서?"

"인간은 불행한 동물이야." 하며 자크는 말을 계속했다. "학대받고 있는 동물이야… 그런 고통에서 눈을 돌릴 수만 있다면 아마 너같이 살아갈 수 있을지도 몰라. 그러나 일단 모든 인간이 겪는 역경을 접해본 일이 있으면 예술가로서의 생활 같은 것, 그래, 그런 것은 절대로 할 수 없게 돼…. 알겠어?"

"알겠어." 다니엘은 천천히 대답했다. 그리고 큰 유리벽으로 걸어가서 얼마 동안 지붕 너머로 보이는 지평선을 바라보았다.

'그래' 하고 그는 생각했다. '자크가 한 말은 확실히 옳다…. 역경… 그러나 그것이 어떻다는 건가? 모든 것이 절망적인데…. 모든 게 그렇지. 바로 예술만 빼놓고!' 그는 자기가 일생을 맡길 수 있는 멋진 은신처에 그 어느 때보다도 더 애착을 느끼고 있음을 알았다. '이 세상의 죄와 불행을 왜 내가 짊어진단 말인가? 그럴 경우 나의 창의력은 마비될 것이며, 나의 재능은 질식되고 말 텐데. 그렇게 되면 아무에게도 이익되는 것이 없게 돼. 나는 사도使徒가 되기 위해 이 세상에 태어난 것은 아니다…. 또—나는 아주 괴짜라고 해두자—그렇더라도 **행복하다**는 굳은 의지를 가지고 살아왔어!' 그건 사실이었다. 그는 어릴 때부터 모든 것을 무릅쓰고 자신의 행복을 지키려고 노력해왔으며, 그것이야말로 자기 자신에 대한 의무 가운데서 가장 중요한 것이라고 생각했다. 이런 마음가짐이란 순박하다고 할 수도 있지만 그에게는 지극히 타당한 것이었다. 더구나 이것은 어려운 의무였으며 부단한 주의를 요했다. 조금이라도 기분 내키는 대로 하다가는 즉시 불행이 닥쳐오게 마련이니까…. 그런데 그의 행복의 첫 조건은 우선 자신의 독립성이었다. 그래서 그는 자신의 자유를 희생시킬 각오가 되어 있지 않다면 어떤 집단적인 목적에 참여해서는 안 된다는 것을 잘 알고 있었다…. 그렇다고 그런 자신의 생각을 자크에게 털어놓을 수는 없었다. 그는 잠자코 있을 수밖에 없었으며, 친구의 시선 속에서 읽은 경멸적인 폭언을 감수하는 도리밖에 없었다.

다니엘은 몸을 돌렸다. 그러고는 자크 쪽으로 다가가 의아스러운 눈초리로 잠시 자크를 바라보았다.

"너는 행복하다고 말하지만 그렇지 않은 것 같아." 다니엘이 드디어 말했다. (그러나 자크는 그런 말을 한 적이 없었다.) "오히려 너는 아주… 슬프고… 번민에 차 있는 사람처럼 보여!…"

자크는 다시 일어섰다. 이번만은 한마디 해야만 했다! 별안간 오랫동안 미루어오던 결심이라도 한 것같이 보였다. 자크의 표정이 어찌나 침통했던지 다니엘은 어리둥절해하며 그를 주시했다.

마침 그때 요란한 벨 소리가 그들을 소스라치게 했다.

"뤼드비그손이야." 다니엘이 말했다.

'잘됐구나.' 자크는 생각했다. '말해보았자 무슨?…'

"오래 걸리지 않아. 기다려!" 다니엘이 낮은 소리로 말했다. "나중에 내가 바래다줄게…."

자크는 고개를 흔들며 거절의 뜻을 표시했다.

다니엘은 간청했다.

"이대로 가버리는 것은 아니겠지?"

"가야 해."

그의 얼굴에서는 아무런 표정도 읽을 수 없었다.

다니엘은 순간 실망스런 표정을 지으며 그를 바라보았다. 아무리 호소해보아야 소용이 없다는 것을 알고 그는 실망한 몸짓을 했다. 그리고 문을 열러 뛰어갔다.

뤼드비그손은 크림색의 튀소르*로 된, 몸에 잘 맞는 코트다

쥐르**식의 양복을 입고 있었는데, 거기에 달린 장미꽃 모양의 장식이 눈길을 끌었다. 희끄무레하고 물렁물렁한 반죽으로 빚어낸 것 같은 큰 머리는 두 겹으로 주름 잡힌 목 위에 얹혀 있었는데, 낮은 칼라를 하고 있어서 지극히 편해 보였다. 두개골은 뾰족하고 눈언저리는 약간 주름이 잡혀 있었으며, 광대뼈는 편편했다. 아랫입술이 두툼하고 옆으로 길게 뻗은 그의 입은 올가미를 연상케 했다.

그는 분명히 다니엘과 단둘이서 가격을 흥정하려고 했었다. 그런데 그 자리에 제삼자가 있는 것을 보고 약간 놀라는 기색이었다. 하지만 그는 상냥하게 자크 쪽으로 걸어왔다. 한 번밖에 본 일이 없었을 텐데도 그는 대번에 자크를 알아보았다.

"만나서 기쁩니다." 하고 그는 r음을 혀끝으로 굴리면서 말했다.*** "사 년 전에 러시아 무용을 보러 갔을 때 막간에 이야기를 나눈 적이 있습니다. 그렇지요? 당신은 그때 고등사범학교 시험 준비를 하고 계셨지요?"

"그랬습니다." 하고 자크가 말했다. "대단한 기억력을 갖고 계시는군요."

"물론이지요." 뤼드비그손은 말했다. 그는 두툼한 눈꺼풀을 내려 뜨면서 자크의 찬사에 신이 나서 맞장구라도 치듯 다니엘 쪽을 돌아보았다. "지금 이분이 당신 친구인 티보 씨로서 옛날 그리스에서는—확실히 테베라고 생각되는데—법관이 되고자

* 작잠견(柞蠶繭)을 가리킨다.

** 지중해 연안의 피서지.

*** 기쁘다는 뜻의 charr'mé를 발음하며 r발음을 굴렸다는 뜻.

하는 사람은 적어도 십 년 동안은 장사를 해본 일이 없는 사람이어야 한다는 이야기를 해주셨어요…. 이상하지요? 나는 그것을 잊은 적이 없어요…. 그날 저녁에 당신은 또 이런 것도 가르쳐주셨어요." 하며 이번에 그는 자크 쪽을 보면서 말을 이었다. "프랑스에서는 앙시앵 레짐* 시대에 귀족 칭호를 받으려는 사람은 적어도 이십 년 동안, 뭐라고 그랬던가요? 귀족 신분을 가지고 있지 않으면 안 된다고 하셨지요. 안 그래요?" 그는 정중하게 고개를 숙이면서 말을 맺었다. "하여간 교양 있는 분들하고 이야기하는 것은 한없이 즐거운 일이지요…."

자크는 미소를 지었다. 그러고는 급히 떠나려고 뤼드비그손에게 인사했다.

"그럼" 하고 다니엘은 문간까지 자크 뒤를 따라가면서 중얼거렸다. "정말 기다려줄 수 없다는 거야?"

"안 돼. 벌써 늦었어…."

그는 다니엘의 시선을 피했다. 또다시 끔찍한 공상이 그의 가슴을 죄는 듯했다. 최전선에 있는 다니엘….

뤼드비그손을 의식한 둘은 기계적으로 악수를 했다.

자크는 직접 가서 무거운 문을 열고는 "안녕." 하고 인사를 한 다음 어두운 계단을 뛰어내려갔다.

인도에 우두커니 서서 그는 숨을 들이마시면서 시계를 보았다. 보지라르 거리의 집회는 이미 오래전에 끝났다.

시장기가 들었다. 그는 빵집에 들어가 크루아상 두 개와 초콜릿 한 개를 사서 증권거래소 쪽을 향해 걸어갔다.

* 프랑스혁명 이전의 구식의 프랑스 정치 체제를 뜻한다.

32

7월 24일 금요일 저녁, 『위마니테』에 있는 갈로와 스테파니의 사무실에서 있었던 이야기는 비관적이었다. 보스를 만난 사람들은 모두가 불안한 모습을 하고 있었다. 증권거래소에서는 갑작스런 공황 때문에 삼 퍼센트 이윤의 국채가 팔십 프랑이나 떨어졌으며 한때는 칠십팔 프랑까지 내려갔다. 1871년*이래 국채의 가격이 이토록 내려간 적은 한 번도 없었다. 그리고 독일 쪽의 전문가에 따르면 베를린 거래소에서는 이것과 평행하는 공황이 있었다.

조레스는 오후에 또다시 외무부에 갔었으나 몹시 걱정스러운 모습으로 되돌아왔다. 그는 아무도 만나지 않고 사무실에 틀어박혀 일을 하고 있었다. 다음 날에 실릴 논설은 이미 준비되어 있었다. 현재로서는 그 제목만을 알고 있으나 그것만으로도 그동안의 일을 충분히 말해주고 있었다. 곧, **평화를 위한 최후의 기회**. 그는 스테파니에게 말했다. "오스트리아의 각서는 지극히 강경해. 오스트리아 정부는 공격을 급히 서둘러서 열강의 온갖 예방책을 불가능하게 만들려는 생각이야…."

모든 것은 유럽에서 최악의 혼란을 야기시키기 위해 악랄하게 획책된 것 같았다. 프랑스 정부의 수뇌들은 31일까지 돌아오지 않았다. 그들은 러시아에서 스웨덴으로 향하는 배 안에서 이 정보를 접했을 것이 틀림없으며 프랑스의 다른 각료나 연합국 정부들과 쉽사리 협의할 수 없었다. (베르히톨트는 프랑

* 프로이센-프랑스 전쟁에서 프랑스가 패한 해이다.

스 대통령이 출발한 뒤에야 러시아가 그 각서를 알도록 꾸며 놓았다. 그것은 아마 푸앵카레가 조정을 권할 우려가 있기 때문에 그렇게 한 것이 틀림없다.) 카이저도 아직 바다 위에 있었다. 따라서 멀리 떨어져 있기 때문에 설령 하려고 해도 프란츠 요제프에게 즉각적으로 태도 완화를 권고할 수가 없었다. 한편 러시아에서 절정에 달해 있던 파업은 러시아 지도층의 행동의 자유를 마비시켰다. 마찬가지로 아일랜드의 내란도 영국의 행동을 마비시켰다. 그런가 하면 세르비아 정부도 최근 며칠 동안 선거 때문에 법석을 떨었다. 대부분의 각료들은 그들의 유세를 위해 지방에 가 있었다. 오스트리아의 각서가 건네졌을 때 수상 파시치까지도 베오그라드에 없었다.

각서에 대해서 확실한 것이 밝혀지지 않았다. 어제 세르비아 정부에 제출된 텍스트는 오늘 열강에 전달되었다. 오스트리아가 여러 차례 선전했던 타협적인 태도의 보장에도 불구하고 (베르히톨트는 러시아-프랑스 두 나라 대사에게 확언하기를 몇 가지 요구는 **지극히 수락할 만하다**고 했다.) 각서는 분명히 최후통첩의 성격을 띠고 있었다. 곧, 오스트리아 정부는 그들이 내세우는 조건 전부를 받아들일 것을 요구하고 있었으며, 기한부로 회답을 요구하고 있었다.—그것도 사십팔 시간이라는 믿을 수 없을 정도의 짧은 기한부였다!—여기에는 다른 열강들이 세르비아를 위해 중재하려는 것을 방해하려는 의도가 다분히 있었다. 오스메르가 보낸 빈의 한 사회주의자는 오스트리아 외무부에서 탐지한 비밀 정보를 조레스에게 가져왔는데, 그것은 지금까지 걱정하고 있던 것이 정당한 것이었음을 입증해주고 있었다. 베오그라드 주재 오스트리아 대사 기슬 남작은 각서를 전달하라는 명령과 동시에 다음 날 토요일 오후 여섯시까지 세르비아 정부가 이의 없이 오스트리아의 요구를 받아들이지 않을 경우 외교 관계를 끊고 곧 세르비아를 떠나라는 명백한 훈령을 받은 것이 틀림없었다. 그러한 훈령으로 보아서 최후통첩이 고의적으로 모욕적이고 수락하기 힘든 형식으로 씌어졌고, 오스트리아가 곧 선전포고를 할 수 있게 꾸며진 것임을 충분히 알 수 있었다. 다른 몇 개의 정보도 모두 그 이상의 비관적 가정을 나타내는 것들이었다. 참모총장 회첸도르프는 전보를 받자마자 티롤에서 휴가를 중단하고 급히 빈으로 돌아왔다. 베르히테스가덴에서 휴양하고 있던 프랑스 주재 독일 대사인 폰 쉰 씨도 갑자기 파리로 돌아왔다. 베르히톨트 백작은 이슐에서 황제와 만난 뒤에 일부러 잘츠부르크로 돌아가서 거기서 독일 재상 베트만홀베크와 만났다.

이처럼 모든 것이 교묘하게 꾸며진 광범위한 음모 같은 인상을 주고도 남았다. 그런데 이에 대한 독일의 역할은 어떠했는가? 친독파들은 잘못을 러시아에 전가시키면서 독일은 범슬라브주의라는 불안한 계획을 갑자기 알게 되었다는 사실과 러시아에서 이미 대대적인 군비를 시작했다는 사실을 들어 독일의 태도를 변명하고 나섰다. 베를린에서는 정부 관계자들이 의논이나 한 듯이 독일 지도자들은 그날까지 오스트리아의 요구를 몰랐었고, 그것이 열강들에게 통첩되고 나서 처음으로 알게 된 것같이 주장하고 나섰다. 외상 야고브도 영국 대사에게 확실히 그렇게 말했다는 것이다. 그러나 각서의 사본은 적어도 이틀 전에 독일에 전달된 것 같았다.

이런 사실로 미루어 보아 독일이 확실히 오스트리아를 지지하고 전쟁을 원하고 있다고 결론지을 수 있을까? 그날 저녁 무렵 스테파니의 방에서 자크가 만난, 독일에서 방금 온 트라우텐바하는 너무나 단순한 그런 식의 추정에 대해서 반대 의견을 내세웠다. 그에 따르면 베를린의 군부에서 아직 러시아가 전쟁 준비가 되어 있지 않다고 믿고 있는 것으로 미루어 보아 독일의 태도는 이해할 수 있다는 것이다. 만일 독일 군부의 계산이 틀림이 없고, 러시아가 별수 없이 수동적으로 나와서 전반적인 전쟁의 위험이 아주 없다면 게르만 제국은 어떤 일이라도 해낼 수 있으며, 그렇게 되면 게르만 제국에 분명한 승산이 돌아간다는 것이다. 모든 문제는 힘으로 신속히 일을 진행시키는 데에 있었다. 삼국협상국* 쪽에서 중재나 협의를 들고 나오기 전에 오스트리아군이 베오그라드에 진주하는 것이 필요했다. 그때 독일이 개입한다는 것이다. 독일은 모든 묵계나 사전 모의에 대해서는 모르는 척하면서 분쟁의 확산을 국부적으로 처리하기 위해, 그리고 독일이 주도권을 잡고 분쟁을 해결하기 위해 중재를 맡고 나올 것이다. 유럽은 평화를 확보하고 싶은 일념에서 독일의 중재를 기꺼이 받아들일 것이 틀림없었다. 그리고 별다른 토론도 없이 세르비아의 이해관계를 희생시킬 것이다. 이렇게 해서 독일 덕분에 다시 안정이 회복되고 일은 결국 게르만계 제국에 유리하도록 귀착될 것이다. 오스트리아-헝가리 제국은 이것으로 영원히 그 기반이 공고해질 것이며, 삼국동맹**은 전례 없는 외교적 승리를 기록하게 될 것이다. 독일의

* 프랑스-영국-러시아의 삼국협상을 가리킨다.

** 독일-오스트리아-이탈리아 동맹을 뜻한다.

비밀 계획에 관한 이러한 추정은 베를린 주재 이탈리아 대사관을 중심으로 수집된 몇 가지 정보에 따라 확인된 것이었다.

스테파니가 보스에게 불려 가자 자크는 트라우텐바하를 데리고 『프로그레』로 갔다.

작은 방 안은 온통 야단법석이었다. 석간 신문들의 논조나 『위마니테』 편집부에서 보내온 여러 기사를 보면 갑론을박의 서로 모순된 논평을 보여주고 있었다.

아홉시쯤 되어서 낙관적인 공기가 감돌았다. 파제스는 지금 막 보스와 잠시 만나고 오는 길이었는데, 그가 본 보스는 걱정하는 기색이 많이 줄었다는 것이다. 조레스는 이런 말을 했다고 한다. "불행도 무엇인가에는 도움이 되지…. 오스트리아의 태도는 유럽을 반드시 각성하게 할 거야." 다른 한편으로 계속 들어오는 전보문은 인터내셔널의 활동상에 관해 여러 가지 정보를 제공해주고 있었다. 벨기에, 이탈리아, 독일, 오스트리아, 영국, 러시아의 당 본부는 프랑스의 당 본부와 끊임없이 연락을 취하면서 대대적인 시위 준비를 서두르고 있었다. 때마침 독일 당 본부에서 보내온 희망적 보고에 따르면 베트만이나 야고브는 말할 것도 없고, 카이저도 전쟁에 휘말려 들어가는 것을 용인하지 않을 것이라고 했다. 따라서 독일에 의한 강력하고도 유효한 중재를 충분히 기대할 수 있다는 것이었다.

러시아에서도 고무적인 정보가 들어왔다. 오스트리아의 각서를 받자마자 차르 주재하에 급히 소집된 각의에서는 오스트리아 정부로 하여금 세르비아에 통보한 기한을 연장하도록 긴급 조치를 취하기로 결정했다는 것이다. 문제의 핵심은 건드리지 않고 다만 기한이라는 이차적 문제를 들고 나선 이 교묘한 요구에는 오스트리아 정부도 거절할 것 같지는 않았다. 그런데 기한 연장은 비록 그것이 이삼 일에 지나지 않더라도 유럽 외교계가 공동의 행동 노선을 위한 의견 일치를 보기에는 충분한 시간임에 틀림없었다. 그런데 이미 러시아 외무부는 시간을 놓칠세라 페테르부르크 주재 각국 대사와 적절한 회담을 시작했고, 그 결과는 기대할 만한 것으로 생각되었다. 그것과 거의 때를 같이해서 런던에서 온 전보문은 이러한 희망을 뒷받침해주는 것이었다. 외상 에드워드 그레이 경은 기한 연장에 관한 러시아의 제의를 앞장서서 전적으로 지지했다. 게다가 그는 서둘러 중재 계획을 세웠는데, 거기에는 분쟁과 직접적으로 관계가 없었던 독일, 이탈리아, 프랑스, 영국 이 네 강대국을 규합시키려고 했다. 그것은 거절당할 위험이 없는 신중한 제안이었다. 왜냐하면 이 중재 석상에는 양쪽 진영에 각각 같은 수의 지지자가 있게 되기 때문이다. 즉 한편에는 오스트리아의 이익을 옹호하는 입장에 서는 독일과 이탈리아, 그리고 다른 한편에는 세르비아와 슬라브족의 이익을 대표하는 프랑스와 영국.

그러나 열한시가 넘자 다시 불길한 조짐이 분위기를 어둡게 했다. 먼저 독일이 에드워드 그레이 경의 안을 수락하기는 했으나 그것은 매우 주저하는 말로 되어 있어서, 이것으로 미루어 독일은 다른 열강과 허심탄회하게 중재에 나서겠다는 의사가 없는 것 같다는 소문이 퍼졌다. 게다가 외무부에서 돌아온 마르크 르부아르의 말을 듣고 모두가 불안감을 감추지 못했다. 그에 따르면 오스트리아는 여러 가지 기대와는 반대로 기한 연장을 요구해온 러시아의 제의를 냉정히 거절했다는 것. 그것은 곧 오스트리아의 침략 의사 표출로 볼 수 있는 것이었다.

새벽 한시쯤 대부분의 행동 대원들은 떠나버렸지만 자크는 다시 『위마니테』에 돌아왔다.

현관에서는 갈로가 조레스의 사무실에서 나온 사회당 의원 두 사람을 전송하려는 참이었다. 그들은 걱정스런 비밀 정보를 가지고 온 것이다. 오늘 각국 정부는 독일의 타협적 중재를 기대하고 있었는데 파리에 막 귀임한 독일 대사 폰 쇤 씨는 케 도르세를 방문하고 외상 대리 비앵브뉘 마르탱 씨에게 독일 정부의 선언문을 읽어주었다는 것이다. 더구나 이 뜻밖의 문서는 경고와 같은, 아니 협박과 같은 냉담한 문장이었다고 한다. 독일은 그 문서에서 오스트리아의 통첩을 '그 **근본**에서나 **형식**에서나 승인한다'라고 아주 오만한 투로 표현하고 있었다. 그리고 유럽 외교계는 여기에 신경 쓸 아무런 이유가 없다는 것을 비치고 있었으며, 분쟁은 오스트리아와 세르비아 두 나라 사이에 국한되어야 하고, '어떠한 **제삼국**'도 논쟁에 개입해서는 안 되며 '그렇지 않을 경우 **중대한 결과**를 야기시킬 위험이 있다'라는 뜻을 천명하고 있었다. 그 뜻은 분명히 '우리는 오스트리아를 지지할 것을 결의했다. 만일 러시아가 세르비아를 위해 개입할 경우 우리는 하는 수 없이 군대를 동원하지 않을 수 없을 것이다. 그렇게 되면 자동적으로 동맹 관계에 의해 프랑스와 러시아는 삼국동맹을 상대로 전쟁의 위기에 봉착할지 모른다'라는 것을 나타내고 있었다. 이러한 폰 쇤의 성명은 흉조임에 틀림없는 독일 제국주의의 편협한 침략 태도, 거기에 협박의 의사를 갑자기 나타낸 것이라고 할 수 있었다. 그렇다면 반쯤은 도전적인 이러한 태도에 임하는 프랑스의 반응은 어떠할 것인가?

갈로와 자크는 현관에 있었다. 자크가 나가려고 할 때 갑자기 한쪽 문이 열렸다. 조레스가 나타났다. 땀에 번쩍거리는 이마, 뒤로 젖혀 쓴 밀짚모자, 둥근 어깨, 눈썹 아래에 숨은 눈. 그는 허리춤에 짧은 팔로 서류가 가득 든 가방을 꼭 껴안고 있었다. 지나면서 두 사람을 한번 힐끗 쳐다보는 순간, 그들이 인사하자 기계적으로 거기에 응하고는 무거운 발걸음으로 방을 가로질러 자취를 감추었다.

33

퐁타냉 부인과 다니엘은 관 옆에 있는 두 의자에서 밤을 새웠다. 제니는 오빠가 억지로 권해 몇 시간 쉬러 갔었다.

아침 일곱시쯤 제니가 돌아왔을 때 다니엘은 어머니 곁으로 다가와 부드럽게 어깨를 어루만지고 있었다.

"어머니, 같이 가세요…. 우리가 차를 마시고 올 동안 제니가 있을 테니까요."

그 목소리는 부드러우면서도 확고했다. 퐁타냉 부인은 피곤한 얼굴로 아들 쪽을 돌아보았다. 그녀는 아무리 사양해보아야 소용없다는 것을 알았다. '그래.' 하고 그녀는 생각했다. '이 기회를 이용해 오스트리아 여행을 말해보자.' 부인은 관을 한번 힐끗 보고는 일어섰다. 그리고 순순히 아들 뒤를 따라갔다.

아침은 제니가 하룻밤을 지낸 부속 건물에서 들기로 했다. 창문은 정원을 향해 활짝 열려 있었다. 광택이 나는 홍차 끓이는 그릇, 유리그릇에 담긴 버터와 꿀을 보자 퐁타냉 부인의 얼굴에는 자신도 모르게 천진스런 미소가 떠올랐다. 하루가 시작되는 아침에 자식들과 함께하는 식사란 그녀에게는 언제나 축복과 휴식과 기쁨을 가져다주는 한때이며, 그로 인해 그녀의 타고난 낙천적인 성격이 더욱 새로운 힘을 얻을 수 있었다.

"그러고 보니 시장했었나 보다." 하고 부인은 식탁에 다가가면서 실토했다. "얘야, 너는 어땠니?"

그녀는 의자에 앉아 기계적으로 빵에 버터를 바르기 시작했다. 다니엘은 미소를 띠면서 어머니가 하는 것을 보고 있었다. 불빛이 환한 방 안에서 희고 도톰한 작은 손으로 매일 하던 동작이지만 이렇게 솜씨 있게 하는 것을 보고 다니엘은 가슴이 뭉클해짐을 느꼈다. 그것은 그가 어렸을 때 매일 아침에 보던 어머니의 모습을 떠올리게 했던 것이다.

푸짐한 쟁반을 앞에 놓고 여러 가지 상념에 사로잡힌 퐁타냉 부인은 대답했다.

"얘야, 나는 네가 군복무를 하고 있는 동안 네 생각을 얼마나 했는지 모른다. 영양은 충분히 취하고 있었니? …밤에 네가 비에 젖은 옷을 입은 채로 지푸라기 위에서 자지나 않을까 하는 생각이 들 때는 내가 침대에서 자고 있는 것이 부끄러웠단다. 그래서 잠을 이루지 못하곤 했어."

다니엘은 몸을 굽히며 손을 어머니의 팔 위에 올려놓았다.

"무슨 말씀이세요, 어머니! 몇 년 동안 군대 생활을 하다보니 전쟁놀이를 하는 것도 기분 풀이가 되는 것 같았어요…." 이렇게 말하면서 그는 어머니 쪽으로 몸을 숙여 손목에 차고 있던 금으로 만든 줄을 만지작거렸다. "그리고 어머니도 아시다시피" 하며 그는 말을 계속했다. "훈련 중인 하사관은 언제나 민가에서 재워주니까요!”

그는 이 말을 아무 생각 없이 내뱉었지만 민박할 때 우연히 몇 차례 있었던 여자와의 관계가 머리에 떠올랐다. 그러고는 자기도 모르게 쑥스러움을 느꼈다. 퐁타냉 부인도 이 말의 울림을 암암리에 포착할 수 있었다. 어머니는 아들에게서 눈을 돌렸다.

잠시 침묵이 흘렀다. 그러다가 그녀는 머뭇거리며 물었다.

“몇 시에 떠나니?”

“오늘 밤 여덟시에요…. 휴가는 자정까지이지만 내일 아침 점호 때 가면 되니까요.”

그녀는 장례가 한시 반 이전에는 끝나지 않을 것이고, 집에 돌아가자면 두시나 되어야 할 텐데, 그렇다면 다니엘과 같이 있게 될 마지막 하루도 너무나 짧다는 생각이 들었다….

다니엘도 마치 같은 것을 생각하고 있었던 것처럼 이렇게 말했다.

“그런데 오늘 오후 잠깐 나가야 할 일이 있어요. 피치 못할 일이라서….”

그 목소리에서 부인은 아들이 무엇인가 감추고 있다는 것을 짐작할 수 있었다. 그러나 그 비밀이 무엇인지에 관해서는 잘못 이해했다. 왜냐하면 얼버무리는 듯하면서도 좀 지나치다 할 정도로 거침없는 그 말투는 옛날 벽난로 앞에서 저녁 한 시간을 같이 보낸 뒤에 일어나면서 “저어, 어머니 나 친구들하고 만날 약속이 있어요”라고 말하던 때와 똑같았기 때문이다.

다니엘 쪽에서도 어머니가 의심하고 있다는 것을 막연하게나마 눈치챘다. 그래서 곧 그것을 떨쳐버려야겠다고 생각했다.

"수표 한 장을 받을 것이 있어서…. 뤼드비그손의 수표를요."

그것은 정말이었다. 그는 파리를 떠나기 전에 그 돈을 어머니에게 전하고 싶었던 것이다.

부인은 그 말을 못 들은 척했다. 언제나 그렇게 하듯이 찻잔을 내려놓지 않고 두 눈에 홍차의 더운 김을 받으면서 뜨거워서 차를 한 모금씩 마시고 있었다. 다니엘의 출발을 생각하자 그녀는 마음이 무척 무거워졌다. 곧 있을 장례식의 일도 잠시 잊고 있었다. 그러나 별로 섭섭하게 생각할 여유도 없었다. 왜냐하면 지난 몇 달 동안 다니엘이 집에 없었기 때문에 겪어야 했던 고통도 이제 곧 끝나가고 있기 때문이다. 시월이 되면 집으로 돌아올 것이다. 시월이 되면 또 세 식구의 생활이 시작될 것이다. 이런 것을 생각만 해도 그녀의 뇌리에는 앞으로의 평화스런 생활이 떠올랐다. 스스로 그렇게 시인은 하지 않았지만 뜻하지 않은 제롬의 죽음이 앞날을 밝게 해주었던 것이다. 이제부터는 혼자서 홀가분하게 두 아이들 사이에서 살 수 있으리라….

다니엘은 무언가 마음에 걸리는 것이 있는 듯 지그시 어머니를 바라다보았다.

"그런데 여름 몇 달 동안 제니와 어떻게 파리에서 지내실 거예요?" 하고 그는 물었다.

(퐁타냉 부인은 돈이 필요하기 때문에 이번 여름 동안 메종라피트의 집을 외국인들에게 세놓았다.)

'마침 좋은 기회다. 여행 이야기를 꺼내야지.' 그녀는 생각했다.

"걱정 안 해도 돼…. 우선 이런저런 일의 뒷처리로 굉장히 바빠질 테니까….”

다니엘은 어머니의 말을 가로막았다.

“어머니, 제가 걱정하고 있는 것은 제니 때문이에요….”

오래전부터 제니의 말수 적고 조심스러워하는 태도에 익숙해져 있지만 지난 며칠 동안 제니의 초췌한 얼굴, 열이 있는 듯한 시선에 그는 충격을 받지 않을 수 없었다.

“확실히 몸이 좋지 않아요.” 하고 그는 말했다. “신선한 공기를 마시게 할 필요가 있는 것 같아요.”

퐁타냉 부인은 아무런 대답도 않고 쟁반 위에 찻잔을 놓았다. 부인도 딸의 모습에서 심상치 않은 것이 있다는 것을 눈치챘던 것이다. 멍한 채 무엇에 홀린 듯한 제니의 표정은 아버지가 돌아가셨기 때문이라는 이유만으로는 석연치 않은 점이 있었다. 그러나 제니를 보는 부인의 견해는 다니엘과는 달랐다.

“제니는 불쌍한 아이야.” 그녀는 한숨을 지으며 말했다. 그러면서 지나칠 정도로 고지식하게 덧붙였다. “그 애는 사람을 믿질 못해….”

그리고 언제나 문제가 생겼을 때 하는 것처럼 좀 엄숙하고 신중한 투로 덧붙였다.

“그래. 사람은 모두 마음속의 시련이나 갈등을 갖게 되나 보구나.”

“그거야 그렇겠지요.” 하고 다니엘은 어머니의 말을 가로막았다. “하여간 제니는 이번 여름에 산이나 바다에 가서 좀 지낼 수 있으면 하는데요….”

“바다도 산도 그 아이에게는 아무 소용이 없어.” 퐁타냉 부인은 머리를 저으면서 말했다. 그 태도는 온순한 사람들이 불굴의 확신을 가지고 고집부리는 것과 같았다. "제니는 몸이 나쁜 게 아니다. 그 애한테는 어느 누구도 아무것도 해줄 수 없어…. 사람은 저마다 홀로 싸워나가야 하는 거란다. 마치 정해진 날에 자기 혼자 죽어야만 하는 것처럼…." 이렇게 말하면서 부인은 남편의 외로운 마지막을 생각했다. 그녀의 두 눈에는 어느새 눈물이 가득했다. 잠시 말을 멈추었다가 독백이라도 하듯 나지막하게 덧붙였다. "홀로, 다만 성령과 함께."

"또 그런 원칙 얘기를…!" 하고 다니엘이 말했다. 그의 목소리는 약간 짜증스러워하며 떨고 있었다. 그는 케이스에서 담배 한 대를 꺼낸 다음 입에 다물었다.

"그런 원칙 얘기라니…?" 하고 놀란 퐁타냉 부인이 되물었다.

그녀는 다니엘이 거칠게 담배 케이스를 닫고 나서 담배를 입에 물기 전에 그것을 손등에 가볍게 두들기는 것을 보았다. '아버지와 똑같은 버릇이구나.' 부인은 생각했다. '아버지를 꼭 닮은 손….' 다니엘의 약지에는 영면을 앞에 둔 남편의 손을 마주잡아주기 전에 그 손에서 뺀 반지가 끼어 있어서 더욱 닮아 보였다. 그리고 그 커다란 카메오 반지를 보고 이제는 오직 추억으로 남아 있을 남편의 멋지고 남성적인 그 손을 생각하면서 비통해했다. 제롬의 육체를 생각만 해도 스무 살 때 그러했듯이 가슴이 울렁거리는 것을 억제할 수 없었다…. 그러나 아들이 아버지를 닮았다는 생각은 그녀에게 언제나 흐뭇한 감회와 함께 두려운 불안감을 불러일으키곤 했다.

"그런 원칙…?" 하고 부인이 되풀이했다.

"저는 그저…." 하고 다니엘이 말했다. 그는 눈썹을 찡그린 채 말이 얼른 생각나지 않아 머뭇거렸다. "어머니의 그런 원칙은 언제나… **다른 사람들**로 하여금… 아무런 간섭도 받지 않고 제멋대로 자신의 운명을 걸어가게 내버려두었지요. 설사 그들이 가는 길이 분명히 틀렸을지라도. 또 그러한 운명이 그들의 생활뿐만 아니고… 어머니 자신의 생활 속에 괴로움만 가져다주었을 때도 말이에요!"

그녀는 가슴 아픈 충격을 받았다. 그러나 끝까지 모르는 척하면서 미소까지 띠었다.

"그럼 지금 와서 너를 너무나 자유롭게 내버려두었다고 불평하는 거니?"

이번에는 다니엘이 미소를 지었다. 그리고 몸을 굽히면서 어머니의 손 위에 자기의 손을 겹쳐놓았다.

"어머니에게 불평하는 게 아니에요. 앞으로도 절대로 불평은 않겠어요." 하고 그는 다정하게 어머니를 바라보며 말했다. 그리고 자신도 모르게 집요한 태도로 말을 계속했다. "그리고 제가 말씀드린 것이 제 자신의 일이 아니라는 것은 아실 텐데."

"어머, 얘야." 하고 부인은 갑자기 발끈해서 말했다. "그래서는 안 된다…!" 그녀는 아픈 곳을 찔렸던 것이다. "너는 기회 있을 때마다 언제나 아버지를 책망하려고 드는구나!"

장례를 몇 시간 앞두고 오늘 아침에 이런 논쟁을 한다는 것은 아무리 생각해도 온당치 않았다. 다니엘도 그것을 느끼고 있었다. 그는 벌써 자신이 한 말을 후회하고 있었다. 그러나 이왕에 그런 말을 해서 기분이 상해 있는 이상 내친김에 더 심한 말을 해보자는 생각이 들었다.

"아무튼 어머니는 아버지를 변호할 생각만 하시는군요. 그러면서 아버지 때문에 우리가 이렇게 수습할 수 없을 정도로 어려운 처지에 놓이게 됐다는 것도 모두 잊고 계시니 말이에요!"

물론 부인도 다니엘처럼 생각할 만한 이유가 얼마든지 있었을지 모른다. 그러나 지금의 그녀로서는 아들의 통렬한 비난에 대해 아버지의 추억을 좋게 갖도록 해주어야겠다는 생각밖에는 없었다.

"아, 다니엘, 네 태도는 옳지 못해!" 하고 그녀는 오열로 목이 멘 소리로 말했다. "너는 한 번도 아버지의 진정한 성품을 이해하려고 하지 않았어!" 그녀는 변호해서는 안 되는 일을 변호할 때처럼 어색한 흥분을 보이며 말을 계속했다. "아버지에게는 조금도 책망할 일이 없었던 거야! 아무것도! …아버지는 사업에 성공하기에는 너무나 의협심이 강했고 관대했으며 사람을 너무 믿었던 것뿐이야! 이것이 아버지의 결점이었어! 아버지는 파렴치한 사람들을 거절하지 못해서 그런 자들의 희생이 되신 거야! 이 점이 아버지의 결점이었어, 유일한 결점이었지! 그것을 증명할 수 있어! 어쩌면 신중하지 못했는지도 몰라. 스텔링 씨가 내 앞에서 말한 것같이 유감이지만 경솔한 점이 있었어. 결국은 그랬던 거야! 유감이지만 경솔했다는 것!"

다니엘은 어머니를 보지 않고 입술을 떨면서 약간 어깨를 움찔했다. 그러나 스스로 자제하고는 아무런 대답도 하지 않았다. 모자는 언제나 이렇게 서로 애정을 느끼고 있고, 또 서로 마음을 터놓고 이야기하고 싶어 하면서도 그것을 못하고 있었던 것이다. 처음 건드리자마자 각자가 숨기고 있던 생각이 서로 부딪쳐버린 것이다. 그리고 그들의 오랜 회한은 침묵조차 어색한 것으로 만들었다…. 다니엘은 고개를 숙였다. 그리고 두 눈을 마루 위로 향한 채 꼼짝도 하지 않고 있었다.

퐁타냉 부인도 입을 다물었다. 출발부터 좋지 않았던 이야기를 계속한들 무슨 소용이 있겠는가? 부인은 남편을 상대로 제기되고 있는 심각한 소송에 대해 아들에게 알려주어 자신의 이번 여행이 얼마나 절박한 일인지를 깨닫게 할 생각도 없지는 않았다. 그러나 마음에 거슬리는 다니엘의 냉혹함에 직면하자 남편을 변호해야겠다는 일념밖에는 아무 생각도 없었다. 그런데 그것은 자신의 출발을 정당화시킬 수도 있을 여러 가지 이유의 타당성을 감소시킬 뿐이었다. '할 수 없지.' 하고 그녀는 생각했다. '편지로 알려주어야지.'

괴로운 침묵은 잠시 더 지속되었다.

다니엘은 지금 창 쪽으로 몸을 돌리고 아침 하늘과 나뭇가지들을 보면서 아무렇지도 않은 척하고 담배를 피우고 있었다. 그런 아들을 보면서 어머니도 속지는 않았다.

"여덟시다." 하고 퐁타냉 부인은 병원 시계가 치는 소리를 듣고 난 뒤에 중얼거렸다. 그녀는 드레스 위에 떨어진 빵을 집곤 잘게 뜯어 창틀에 있는 참새들에게 던져주었다. 그리고 침착한 목소리로 말했다.

"나 저리로 가겠다."

다니엘은 이미 일어서 있었다. 자기 자신이 부끄러웠다. 그리고 양심의 가책을 받았다. 어머니가 아버지를 맹목적으로 사랑한다는 것을 알게 될 때마다 아버지에 대한 그의 원한은 고조되는 것이었다. 자신은 무어라 말할 수 없는 어떤 감정 때문에 아버지에 대해 지나치게 관대한 어머니의 애정을 나무라지 않을 수 없었던 것이다…. 그는 담배를 던졌다. 그리고 멋쩍은 미소를 띠면서 어머니 곁으로 걸어왔다. 그리고 아무 말도 하지 않고 몸을 굽혀 언제나처럼 어머니의 이마 위, 나이보다 빨리 백발이 된 머리 언저리에 키스를 하려고 했다. 입술은 그 장소를 알고 있었다. 그리고 코는 어머니의 피부에서 나는 포근한 냄새를 알고 있었다. 그녀는 약간 고개를 젖히고 다니엘의 얼굴을 두 손으로 안았다. 그러고는 아무 말도 하지 않고 다만 미소를 지으면서 지그시 아들의 눈 속을 들여다보았다. 조금도 나무라는 빛이 보이지 않는 어머니의 시선, 어머니의 미소는 말하는 것 같았다. '모든 것은 과거의 일이야. 신경질을 낸 나를 용서해다오. 어머니를 괴롭혔다고 해서 걱정할 것은 없다.' 다니엘은 이 무언의 말을 너무나 잘 알고 있었기 때문에 알았다는 표시로 두 번 눈을 깜빡여 보였다. 그리고 어머니가 일어서려고 하자 부축했다.

부인은 말없이 아들의 팔에 몸을 맡긴 채 지하실 쪽으로 내려갔다.

다니엘이 문을 열었다. 그리고 어머니만 안에 들어가게 했다.

차가운 지하실 공기와 관 위에서 시들어가던 장미 냄새가 섞여 부인의 얼굴에 와 닿았다.

제니는 두 손을 무릎에 얹어놓은 채 꼼짝도 않고 앉아 있었다.

퐁타냉 부인은 다시 딸 옆자리에 가서 앉았다. 그리고 의자 등에 걸어놓은 핸드백에서 성경책을 꺼내어 아무렇게나 들추어보았다. (그런데 그녀는 그것을 '아무렇게나'라고 말하곤 했다. 그러나 사실은 겉장이 낡아빠진 그 헌 성경책을 펼칠 때면 언제나 그녀가 지금까지 가장 열심히 읽고 좋아하는 구절의 하나가 펼쳐지곤 하는 것이었다.) 부인은 읽어 내려 갔다.

…누가 부정한 데서 정한 것이 오게 할 수 있겠습니까? 아무도 없습니다. 사람이 며칠이나 살며 몇 달이나 움직일지는 당신께서 결정하시는 일이 아닙니까? 넘어갈 수 없는 삶의 마감날을 그어주신 것도 당신이십니다. 그러니 이제 그에게서 눈을 돌리시고 품꾼같이 보낸 하루나마 편히 쉬게 내버려두소서….*

부인은 눈을 들어 잠시 무슨 생각에 잠기더니 곧 성경책을 스커트의 주름진 사이에 놓았다. 성경책을 손에 들어 그것을 열고 덮는 조심스러운 자세는 그녀에게서만 찾아볼 수 있는 경건함과 감사의 행동이었다.

부인은 지금 완전히 자신의 평정을 되찾았다.

34

자크는 어젯밤 조레스가 택시를 타고 어둠 속으로 사라지는 것을 본 뒤에, 대개 밤늦게까지 카페 쇼프에 꾸역꾸역 모여 밤을 지내는 행동 대원들 무리에 섞이려고 그곳에 갔다. 페도가街의 카페에는 사회주의자들을 위해 마련해둔 특별실이 있었는데, 그 방에는 정원으로 통하는 입구가 하나 있었다. 그렇기 때

* 「욥기」 제14장 4-6절에 나오는 말이다.

문에 가게가 닫힌 뒤에도 방문을 열어놓을 수 있었다. 논쟁이 매우 활기를 띠고 있었으며, 또 밤늦게까지 계속되었기 때문에 자크는 새벽 세시가 되어서야 겨우 그곳을 빠져나올 수 있었다. 그러나 이렇게 시간이 늦어지자 모베르 광장의 하숙까지 갈 엄두가 나질 않아 증권거래소 가까이에 있는 한 싸구려 여관에 들어갔다. 그리고 침대에 눕자마자 깊은 잠으로 곯아떨어졌기 때문에 동네가 왁자지껄하는 아침의 소음에도 불구하고 그는 잠에 묻혀 있었다.

눈을 떴을 때는 해가 중천에 있었다.

간단히 세수를 한 다음에 거리에 나가 몇 가지 신문을 샀다. 그것을 읽기 위해 급히 큰 거리에 있는 카페 테라스로 갔다.

드디어 신문도 경종을 울리기로 작정했다. 카요 재판 기사는 이제야 2면으로 밀려나가고 모든 신문은 큰 표제로 시국의 중대성을 보도했으며, 오스트리아의 각서를 '최후통첩'으로 다루면서 오스트리아의 태도를 '염치없는 도전'이라고 몰아붙였다. 일주일 동안 매일 지면에 카요 변론을 **상세하게** 보도하던 『르 피가로』조차도 오늘은 일면에서부터 '오스트리아의 협박'이라는 제목을 머리기사로 다루면서 '전쟁은 올 것인가?'라는 불안한 제목 밑에 1면을 온통 외교적 긴장감에 할애했다. 정부 기관지격인 『르 마탱』에는 호전적인 투가 엿보였다. **오스트리아-세르비아 사이의 분쟁은 대통령의 러시아 방문 동안에 이루어졌다. 두 나라*의 동맹이 허를 찔린다는 것은 있을 수 없는 일이다…**. 클레망소도 자신이 이끄는 『르 리베르테르』**에 다음과 같이 썼

* 프랑스와 러시아를 가리킨다.

다. **1870년***이래 유럽은 오늘과 같은 일촉즉발의 전쟁 위기에 처한 적이 없었으며, 이번에야말로 그 확대 범위를 헤아릴 수 없는 것이다.** 『레코 드 파리』는 폰 쇤 대사의 케 도르세 방문에 대해 보도했다. 오스트리아의 강요에 이어 독일의 협박까지…. 그리고 마감 직전에 들어온 보도는 다음과 같은 경고로 끝을 맺고 있었다. **세르비아가 양보하지 않는 한 당장에라도 선전포고가 있을지 모른다.** 이것은 물론 오스트리아-세르비아 사이의 전쟁을 두고 하는 말이다. 그러나 전쟁을 그 선에서 막을 수 있다고 누가 장담할 수 있겠는가? 조레스는 그의 머리기사에서 **평화를 위한 최상의 기회**는 세르비아의 굴복, 그리고 오스트리아의 요구를 굴욕적으로 수락하는 것 이외에는 다른 방법이 없다고 솔직히 피력했다. 신문의 발췌 보도에 따르면 외국 신문들도 역시 비관적인 견해였다. 오늘 7월 25일 아침 세르비아에 주어진 유효 기한 만료 불과 열두 시간 전에 전 유럽은 갑자기 공포 속에서 눈을 뜬 것이다.(그것은 이 주 전에 자크가 빈에서 입수한 오스트리아 장군의 예언 그대로였다.)

자크는 테이블을 어수선하게 뒤덮고 있는 신문들을 밀어놓으면서 식은 커피를 마셨다. 이미 알고 있는 것 이외에는 새로운 읽을거리가 아무것도 없었다. 그러나 한결같은 이 불안감은 그에게 새롭고 극적인 소리를 들을 수 있게 했다. 그는 수많은 노동자들과 버스에서 내리는 군중들을 멍하게 바라보면서 허탈 상태에 빠져 있었다. 그들은 언제나처럼 신문을 손에 들고

** '자유인'이라는 뜻.

*** 프로이센-프랑스 전쟁이 발발한 해이다.

평소보다 더 진지한 얼굴로 일터를 향해 달려가고 있었다. 자크는 잠시 맥이 풀리는 듯했다. 자기만이 느낄 수 있는 고독감이 참을 수 없을 만큼 그를 짓누르고 있었다. 제니와 다니엘 그리고 오늘 아침에 있었던 장례식에 대한 생각이 그의 뇌리를 스쳐갔다.

자크는 벌떡 일어나서 몽마르트르 쪽으로 걷기 시작했다. 당쿠르 광장까지 올라가 『르 리베르테르』에 들러보겠다는 생각이 들었다. 한시라도 빨리 투쟁의 분위기 속에 뛰어들고 싶었다.

벌써 정보를 구하러 온 열 명 정도의 동지가 오르셀가街에 있었다. 모두가 좌익 신문들의 여러 가지 일관성 없는 자세에 대해 열을 올리며 논평을 하고 있었다. 『르 보네 루주』*는 일면 전부를 러시아의 파업 기사로 메웠다. 혁명가들 대부분의 견해로는 페테르부르크에서 있었던 노동자들의 소요 사태는 그 중요성으로 미루어 보아 러시아의 중립적 입장을 가장 확실하게, 다시 말하면 분쟁을 발칸에 국한시키는 데 가장 확실한 보장의 하나라는 것이었다. 그리고 『르 리베르테르』에서는 모두가 입을 모아 인터내셔널의 우유부단함을 공격하고, 그 수뇌들이 정부와 타협하고 있음을 비난했다. 지금이야말로 일격을 가할 시기가 아닌가? 모든 수단을 다 동원해 다른 나라에 파업을 종용하고, 유럽의 모든 정부를 동시에 마비 상태로 몰아넣을 수 있는 절호의 기회가 아닌가? 지금이야말로 집단적 봉기를 위한 유일한 기회이며, 현존하는 전쟁 위협을 불식시킬 뿐만 아니라 혁명을 몇십 년 앞당길 수 있는 유일한 기회라는 것이었다!

* '붉은 모자'라는 뜻.

자크는 그런 논쟁에 귀를 기울였다. 그리고 자신의 의견은 말하기를 망설였다. 그가 볼 때 러시아의 파업은 양수겸장兩手兼將의 효과를 지닌 것이었다. 곧, 그것은 참모본부의 호전적 속셈을 마비시킬 수도 있었다. 그런가 하면 또한 나쁜 입장에 처해 있는 정부에 급전환의 유혹을 줄 수도 있었다. 곧, 전쟁의 위험을 구실로 계엄령을 선포하고 냉혹한 강압 정책으로 민중의 봉기를 단호히 봉쇄시킬 수도 있는 것이었다.

피갈 광장에 이르렀을 때 시계는 열한시 정각을 가리키고 있었다. '도대체 오늘 열한시에 무슨 볼일이 있었더라?' 하고 그는 자문해보았다. 생각이 나질 않았다. 토요인 열한시 . 갑자기 불안스러워진 그는 기억을 더듬어보았다. 퐁타냉가家의 장례식이던가? 그러나 거기에 갈 생각은 처음부터 없었는데…. 그는 고개를 숙인 채 안절부절못하며 걸었다. '이런 꼴로는 사람들 앞에 나설 수 없어…. 수염도 깎지 않고… 뭐, 다른 사람들 속에 숨어 있으면 그만이지만… 몽마르트르의 묘지 근처구나…. 마음만 있다면 이발소에서 오분이면 되는데… 다니엘과 악수를 할 테고. 그것도 좋은 일이지…. 그래 그것도 확실히 좋은 일일 거야. 그렇다고 어떻게 될 것도 아닐 텐데….'

그는 벌써 이발소 간판을 찾고 있었다.

묘지에 이르자 입구의 수위는 이미 장례 행렬이 지나갔다고 일러주었다. 그러면서 방향을 가리켜주었다.

드디어 그는 묘 사이로, 좁고 기다란 묘석 앞에 모여 있는 한 무리의 사람들을 보았다.

그는 다니엘과 그레고리 목사의 뒷모습을 찾아냈다.

목사의 쉰 듯한 목소리가 조용한 가운데 들려왔다.

"주께서는 모세에게 '**나는 너와 함께 있을 것이니라!**'라고 말씀하셨습니다. 그렇다면 죄인이여, 당신도 음침한 골짜기를 걸어가도 두려워 마십시오. 주께서는 당신과 함께 계실 것입니다!"

자크는 그곳에 있는 사람들을 앞에서 보기 위해 한 바퀴 돌았다. 광선을 정면으로 받으면서 모자도 안 쓴 다니엘의 이마가 다른 사람들의 머리 위로 드러나 보였다. 그 곁에 세 여인이 똑같이 검은 베일을 쓰고 서 있었다. 제일 앞에 있는 여인이 퐁타냉 부인이었다. 그런데 다른 두 여인 가운데 어느 쪽이 제니일까?

목사는 텁수룩한 머리에 넋을 잃은 듯한 눈초리로 선 채 위협적인 몸짓으로 팔을 치켜올리면서 묘혈 가장자리에서 직사광을 받고 있는 노란 널로 짠 관을 향해 기운차게 부르짖고 있었다.

"가엾고 가여운 죄인이여! 당신의 태양은 날이 저물기도 전에 지고 말았습니다. 그러나 우리는 당신을 희망 없는 사람들처럼 한탄하려 하지 않습니다! 당신은 눈에 보이는 세계에서는 떠났습니다. 그러나 우리들 눈에서 사라진 것은 천한 물질인 보잘것없는 형태뿐인 것입니다. 오늘 당신은 대단히 영광스런 봉사를 위해 주님 곁에 불려 가 빛나고 있는 것입니다! 그래서 당신은 우리보다 앞서 강림의 기쁨 속에 도달한 것입니다! …지금 여기 나와 더불어 기도하는 형제들이여, 당신들은 모두 인내를 가지고 마음을 굳게 가지십시오! 예수님의 강림은 우리 모두에게 가까워오고 있습니다! …여호와 아버지, 우리의 영혼을 당신의 거룩하신 손에 맡기겠나이다! 아멘."

지금 사람들은 관을 들어 그것을 끈에 달아 흔들거리면서 부딪치지 않게 내리고 있었다. 퐁타냉 부인은 다니엘의 부축을 받고 묘혈을 내려다보고 있었다. 뒤에 있는 여인이 제니인가? 옆에 있는 사람은 니콜 에케이고? 드디어 세 여인은 장의사 남자의 안내로 길에서 기다리고 있던 영구차 있는 곳까지 조용히 걸어갔다. 차는 곧 천천히 출발했다.

다니엘은 오솔길 끝에서 혼자 햇볕에 반짝이는 헬멧을 옆에 끼고 서 있었다. 그는 위풍당당해 보였다. 키가 늘씬하고 몸매가 우아하며 태도가 언제나 좀 엄숙한 티를 내지만 그래도 전혀 꾸밈이 없는 다니엘, 그는 지금 앞을 천천히 지나가는 문상객들의 인사를 받고 있었다.

자크는 그를 지켜보고 있었다. 이렇게 멀리서 그를 바라보는 것만으로도 옛날 같은 감미롭고 애틋한 사랑의 감정을 느끼는 듯했다.

다니엘도 그가 있는 것을 알았다. 사람들과 악수를 하면서도 그는 뜻밖에 와주어서 고맙다는 표정을 지으며 이따금 자크 쪽으로 눈길을 보냈다.

"와주어서 고마워." 하고 그는 말했다. 그리고 잠깐 망설이다가 덧붙여 말했다. "난 오늘 밤 떠나…. 한 번 더 만났으면 하는 생각도 했었지!"

다니엘을 앞에 두고 자크는 전쟁이며 돌격부대이며 최초의 전사자들을 생각하고 있었다.

"신문 보았어?" 그는 물어보았다.

다니엘은 무슨 말인지 잘 모르겠다는 듯이 그의 얼굴을 물끄러미 바라보았다.

"신문? 아니. 그런데 왜?" 그러고 나서 강요하는 것 같은 인상을 주지 않으려는 목소리로 "오늘 저녁 동부역에 나를 배웅하러 와주지 않겠어?"

"몇 시에 떠나지?"

"아홉시 반 기차인데, 아홉시에 역 구내식당에서 기다릴까?"

"갈게."

그들은 잠시 서로의 얼굴을 마주 보다가 악수했다.

"고마워." 다니엘이 나지막한 소리로 말했다.

자크는 뒤도 돌아보지 않고 훌훌히 사라졌다.

35

그날 아침에 자크는 이러한 정치적 상황 악화에 대해 앙투안의 반응이 어떠할까를 여러 번 자문해보았다. 막연하게나마 장례식에서 형을 만날 수 있기를 기대했었다.

그는 빨리 점심을 먹고 위니베르시테가街의 집에 가기로 작정했다.

"아직 식사 중이십니다." 하면서 레옹은 자크를 식당 안으로 안내했다. "그런데 막 과일을 가져다드렸어요."

자크는 들어서는 순간 이자크 스튀들레와 주슬렝과 애송이르와가 형을 둘러싸고 식탁에 앉아 있는 것을 보고는 실망했다. 그는 이렇게 매일 몰려서 식사하는 줄은 모르고 있었다.(그것은 앙투안의 요청에 따른 것이었다. 이렇게 함으로써 병원에서의 오전과 환자들에게 얽매여 있는 오후 동안에 그 동료들과 매일 접촉할 수 있었다. 한편 그들 세 사람의 입장도, 셋이 모두 독신자이므로 시간상으로도 경제적이며 금전적으로 적지 않은 이익이었다.)

"식사는?" 앙투안이 물었다.

"됐어. 먹고 왔어."

자크는 큰 식탁을 한 바퀴 돌면서 그들과 악수를 했다. 그러고는 의자에 앉기 전에 아무에게나 말하듯 물어보았다.

"신문을 읽어보았어요?"

앙투안은 대답하기 전에 잠시 동생의 얼굴을 뚫어지게 바라보았다. 그 시선은 '네 말이 옳았던 것 같다'라고 말하는 것 같았다.

"읽었어." 하고 앙투안은 근심에 찬 모습으로 말했다. "모두들 다 읽었어."

"식사하면서부터 모두들 그 이야기뿐이었어요." 하고 스튀들레가 검은 수염을 쓰다듬으면서 솔직히 말했다.

앙투안은 불안한 마음을 겉으로 드러내지 않으려고 애썼다. 오전 내내 그는 무언가 알 수 없는 초조감을 느꼈다. 그에게는 잘 정돈된 집이 필요하듯이 믿음직스럽게 조직된 하나의 서클이 필요했다. 그래서 자신이 아니더라도 어느 누군가 양심적인 사람이 있어서 적절하게 여러 가지 물질적인 문제를 처리해주기를 바랐다. 그는 사회제도의 몇 가지 병폐는 너그러이 봐주고 의회의 스캔들 따위는 모르는 척하려고 했다. 그것은 그가 레옹의 낭비나 클로틸드가 조금씩 돈을 떼어먹는 것 따위는 못 본 척하는 것과 같았다. 그러나 어떤 경우에도 프랑스의 운명이 사무실 운영이나 부엌살림 이상으로 자신의 마음을 괴롭히는 것이어서는 안 되었다. 그리고 정치상의 소란 때문에 자신의 생활이 방해를 받는다든가 일의 계획 같은 것이 위협을 받는다는 것은 생각조차 할 수 없는 일이었다.

"그러나" 하고 그는 말했다. "지나치게 걱정할 필요는 없다고 생각해…. 이런 일이 어디 한두 번인가…. 하기는 오늘 아침 신문은 꽤 예상 밖의 불유쾌한 사브르 소리*를 내고 있더군…. 매우 불쾌한…."

마뉘엘 르와는 마지막 말을 듣자 검은 눈의 젊은 얼굴을 앙투안 쪽으로 들었다.

"사브르 소리가 국경 너머까지 들릴 겁니다. 그리고 그것은 분명히 욕심 많은 이웃들을 섬뜩하게 하겠지요!"

접시 위로 고개를 숙이고 있던 주슬렝이 르와를 주시하려고 얼굴을 들었다. 그러고 나서 하던 일을 계속했다. 그는 얌전하게 포크와 나이프 끝으로 복숭아 껍질을 벗기고 있었다.

"뭐가 뭔지 모르겠어." 스튀들레가 말했다.

"아무튼 그렇게 될 가능성이 커." 하고 앙투안이 말했다. "그리고 그럴 필요가 있었는지도 모르지."

"뭐가 뭔지 모르겠는걸!" 하고 스튀들레가 말했다. "위협 정책이란 항상 위험한 거야. 그것은 상대를 마비시키기보다는 흥분시키는 일이 흔해. 아무튼 정부가 당신이 말하는… 사브르

* 사브르는 서양의 검으로, 사브르 소리란 전쟁의 위협을 의미한다.

소리를 내게 한다는 것은 큰 잘못이라고 생각해!"

"책임 있는 사람들 입장에 서서 생각한다는 것은 어쨌든 어려운 일이야." 앙투안이 침착한 투로 말했다.

"나 같으면 책임 있는 사람들에게 무엇보다도 신중한 사람이 되어달라고 부탁하겠어." 하고 스튀들레가 되받았다. "공격적인 태도를 취하는 것, 그것이 우선 경솔한 행동의 출발인 거야. 다음에는 그러한 태도를 취할 수밖에 없다고 믿게끔 하는 것이 두 번째로 경솔한 것이고… 전쟁이 우리를 위협하고 있다는 생각… 또는 전쟁이 일어날지도 모른다는 생각을 심어주는 것보다 더 평화를 위태롭게 하는 것은 없어!"

자그는 침묵을 지키고 있었다.

"내 생각으로는" 하고 앙투안은 동생을 보지 않고 말했다. "어떤 각료가 한 인간으로서 전쟁을 규탄한다 하더라도 역시 공격적인 조처를 취할 수밖에 없을 것 같아. 그는 권력의 자리에 앉아 있다는 사실 때문이지. 한 나라의 국가원수로서 그 국가의 안정을 지킬 책임을 맡은 사람일 경우 현실을 직시하는 감각을 갖고 있다면. 그리고 인접 국가의 위협적인 정책을 하나의 현실로 인정한다면…."

"거기에" 하고 르와가 끼어들었다. "다만 개인적인 감상벽에 따라 어떻게 해서든지 전쟁을 막아보려고 마음먹은 정치가는 생각할 필요가 없겠군요! 국제 무대에서 확고한 자리를 잡고 있고, 영토나 식민 제국을 갖고 있는 한 나라의 우두머리가 되면 어쩔 수 없이 현실적인 견해를 갖게 되겠지요. 수상들 가운데서 제아무리 평화 애호가라고 자처하는 사람도 일단 임무를 맡게 되면 그 나라의 부를 확보하고 그 나라의 자산을 이웃 나라에 뺏기는 것을 막기 위해 어떻게 해서라도 강력한 군대를 갖고 그것으로 그 나라를 존경받게 하며, 세계 다른 나라들에 대해 자기 나라의 존재를 인식시키기 위해서 이따금 으름장을 놓을 필요가 있다는 것을 곧 깨닫게 될 거라고 생각해요!"

'자기 나라의 부를 확보한다.' 하고 자크는 생각했다. '바로 그것이야! 자기 것은 확보하고, 기회만 있으면 이웃 사람의 것도 자기 것으로 만드는 것! 그것이, 개인의 경우나 국가의 경우를 막론하고 자본주의 정책의 전부인 것이다…. 개인은 이익을 손에 넣기 위해 싸운다. 국가는 판로나 영토, 항구를 손에 넣기 위해 싸운다! 마치 인간 활동에는 경쟁 이외에 다른 법칙이 없는 것처럼….'

"불행히도" 하고 스튀들레가 말했다. "내일 정세가 어떻게 바뀔지 모르지만 자네가 말하는 그 사브르 소리란 프랑스의 내외 정책에서 지극히 우려할 만한 결과를 가져올 거야…."

이렇게 말하면서 그는 마치 자크의 의견을 묻는 듯 자크 쪽으로 몸을 구부렸다. 그의 눈동자에는 지치고 불안한 빛이 역력했다. 그래서 자크는 그의 시선을 피하지 않을 수 없었다.

주슬렝은 또다시 얼굴을 들어 스튀들레를 바라보았다. 그러고 나서는 다른 사람들의 얼굴도 한번 둘러보았다. 그는 지극히 우아하고 온화한 얼굴에 금발 머리를 하고 있었다. 길쭉하고 슬픈 듯한 매부리코, 두툼하고 시원한 입술에 미소를 띤 입. 눈도 역시 길쭉하고 부드러운 쥐색을 띠고 있어서 어딘지 유별난 것 같았다.

"어쨌든" 하고 그는 건성으로 중얼거렸다. "자네는 어느 누구도 전쟁을 원치 않는다는 것을 잊고 있는 것이 틀림없어! 어느 누구도 말이야!"

"장담할 수 있나?" 스튀들레가 되물었다.

"소수의 노인들을 제외하고." 하면서 앙투안이 중재에 나섰다.

"그런 위험한 소수의 노인들은 영웅적인 소리를 외치며 야단법석을 떨지." 하고 스튀들레가 말했다. "그런 자들은 전쟁 뒷전에서 아무런 위험을 느끼지 않고 즐길 수 있다는 것을 알고 있거든…."

"위험한 것은" 하고 자크는 신중한 태도로 말했다. 앙투안은 그의 그런 태도를 눈치챘다. "그것은 유럽 여러 나라의 지도층이 그런 노인들 손아귀에 들어 있다는 겁니다…."

르와는 웃으면서 스튀들레를 바라보았다.

"칼리프* 선생, 당신은 새로운 생각을 좋아하시지요. 한번 이런 생각을 예방책으로 던져보면 어떨지요. 이를테면 총동원령이 내려진 경우 우선 노인층이 앞장서라고요! 노인들을 최전선으로 보내자고요!"

"그것도 멍청한 짓은 아니겠군." 스튀들레가 중얼거렸다.

잠시 침묵이 흘렀다. 그러는 동안에 레옹이 커피를 준비했다.

"그런데 전쟁을 피할 수 있는 분명한 방법이 한 가지 있어." 하고 침울한 투로 스튀들레가 말했다. "대담한 방법이야. 그리고 유럽에서는 실현될 수 있는 방법이지."

"그것은?"

"국민투표에 붙이는 거야!"

자크만 머리를 끄덕이며 찬성의 뜻을 나타냈다. 스튀들레는

* 스튀들레의 별명.

용기를 얻어 말을 계속했다.

"보통선거를 하는 우리 민주국가에서 선전포고를 하는 행위를 정부가 주도하도록 내맡긴다는 것은 비논리적이고 불합리한 처사가 아닐까? …주슬렝은 '어느 누구도 전쟁을 원치 않아'라고 말했어. 그렇다면 어떤 나라의 어떤 정부도 국민 대다수의 명백한 의사와는 달리 전쟁을 결정한다든가 또는 전쟁을 수락할 권리를 가져서는 안 될 거야! 국민의 사활이 걸려 있는 문제일 경우 적어도 이것만은 말할 수 있을 거야. 곧 국민의 의사를 묻는 것이 옳다는 것이지. 그리고 이것은 필수적인 거야."

그가 열을 올리며 말하자 매부리코의 콧구멍 언저리는 떨리기 시작했으며, 관자놀이 언저리에는 어두운 반점이 떠올라 말 같은 큰 눈의 흰자위가 약간 충혈되었다.

"이것은 절대로 비현실적인 이야기가 아니야." 하고 스튀들레는 말했다. "모든 나라의 국민이 그들의 위정자들로 하여금 헌법에 불과 세 줄만 수정하도록 하면 되는 거야. 곧 **총동원령의 선포와 선전포고는 국민투표에 붙여 칠십오 퍼센트의 절대다수표를 얻지 못하면 할 수 없다.** 잘 생각해봐. 이것만이 합법적인 방법이며, 새로운 전쟁을 막을 수 있는 거의 틀림없는 방법이야…. 평화시에는—우리 프랑스에서도 그 예를 볼 수 있었지만—엄밀히 말해서 대중은 호전적인 정책을 가진 사람에게 정권을 맡긴 적도 있었어. 어느 때나 불장난을 하기 좋아하는 조심성 없는 인간들이 있기 때문이지. 그러나 일단 총동원령을 앞두고 자기를 권력의 자리에 앉혀준 사람들의 의견을 듣지 않으면 안 되게 될 때 아마 누구 하나 그에게 선전포고의 권리를 인정하는 사람은 없을 거야!"

르와는 조용히 웃고 있었다.

앙투안은 일어나 르와의 어깨에 손을 얹었다.

"성냥을 좀 주게나, 마뉘엘…. 그런데 자네는 어떻게 생각해? 자네 애독지의 경우라면 무어라고 하겠나?"

르와는 착한 생도 같은 시선으로 앙투안을 바라보았다. 그리고 경계하는 듯한 태도를 보이면서 계속 웃고만 있었다.

"마뉘엘은" 하고 앙투안은 동생 쪽을 뒤돌아보며 설명했다. "『악시옹 프랑세즈』 애독자야."

"저도 매일 읽고 있어요." 자크는 자기를 뚫어지게 바라보고 있는 젊은 의사를 주시하며 말했다. "그 신문은 훌륭한 이론가들이 한 팀을 이루고 있어서 종종 빈틈없는 이론을 전개하곤 하지요. 그러나 유감스럽게도—적어도 이것은 저의 사견입니다만—그 데이터가 거의 언제나 엉터리예요."

"그렇게 생각하세요?" 하고 르와가 콧소리를 내며 말했다.

그는 허세와 자만심을 드러내 보이면서 계속 미소를 띠고 있었다. 그의 태도는 자기가 확신하고 있는 것에 대해 속인들과 논쟁하고 싶지 않다는 식이었으며, 마치 무슨 비밀이라도 간직하고 있는 아이 같았다. 그런가 하면 그의 시선에는 이따금 오만한 빛이 감돌곤 했다. 그리고 자크의 비판을 듣고 조심스런 태도를 떨쳐버리기로 결심이라도 한 것처럼 앙투안 쪽으로 걸어와서 거친 투로 말했다.

"선배님, 솔직하게 말하자면 나는 독일-프랑스 문제 같은 것은 이젠 지긋지긋해요! 우리 선조들과 우리가 이런 귀찮은 짐을 걸머지고 온 지도 사십 년이나 됐어요. 이것으로 족해요. 만일 모든 것을 빨리 끝내기 위해 전쟁을 해야 한다면, 좋아요, 합시다! 어차피 그렇게 될 테니까! 우물쭈물 할 이유라도 있습니까? 불가피한 일을 끌고 가야 무슨 소용이 있겠습니까?"

"언제까지라도 끌지." 하고 앙투안은 미소를 지으며 말했다. "끊임없이 전쟁을 연기하다 보면 그게 평화나 다름없지!"

"이번만은 결말을 짓고 싶어요. 적어도 한 가지만은 확실하니까요. 즉, 전쟁을 한다면 지금으로서는 우리가 승자가 될 가능성이 크지만, 설사 패자가 되더라도 이번에는 양자 사이에 담판을 보게 될 겁니다. 그러면 앞으로는 독일-프랑스 문제 따위는 없어지겠지요! …그리고" 하며 그는 진지한 얼굴로 덧붙였다. "그렇게 되면 커다란 인명 손실로 인해 얻는 혜택도 큽니다. 고인 물은 썩듯이 사십 년 동안 누려온 평화가 한 나라의 정신을 바로잡을 수는 없어요. 프랑스의 정신적인 도약이 전쟁을 치러야만 얻을 수 있다면 우리는 기꺼이 우리의 몸을 바치는 축에 속할 겁니다!"

그러한 말투에는 아무런 허풍스런 냄새도 풍기지 않았다. 르와의 진지함에는 의심의 여지가 없었다. 모두가 그렇게 느끼고 있었다. 그들은 확신에 넘친 사람, 스스로 진실하다고 믿는 일에 대해서는 목숨이라도 바칠 각오가 되어 있는 한 인간을 눈앞에 두고 있었다.

앙투안은 선 채로 담배를 물고 눈꺼풀에 주름을 지으며 듣고 있었다. 그는 아무 대답 없이 다정하면서 근엄한 눈길, 우수가 깃들어 있는 눈길로 르와를 눈여겨보았다. 그는 언제나 르와의 그런 용기가 마음에 들었다. 잠시 불이 붙은 담배를 뚫어지게 바라보았다.

주슬렝은 스튀들레 곁으로 걸어왔다. 그는 손톱이 산酸으로

누렇게 된 인지로 스튀들레의 가슴을 여러 번 찔렀다.

"이것 봐요. 우리는 언제나 근본적인 분류법으로 되돌아가는 거야. **동조적인 환자들**과 **정신분열증 환자들**, 즉 인생을 긍정하는 사람들과 그것을 부정하는 사람으로 말이야…."

르와는 명랑하게 웃기 시작했다.

"그러면 나는 **동조적인 환자**인가요?"

"그렇지. 그리고 칼리프는 **정신분열증 환자**이고. 자네들 둘은 모두가 영원히 여기에서 벗어나지 못할 거야."

앙투안은 자크 쪽으로 몸을 돌렸다. 그리고 시계를 보면서 미소 지었다.

"그래, 너는 바쁘지 않은 모양이구나, **정신분열증 환자**! …잠시 내 방으로 가자…."

"나는 저 르와가 참 좋아." 하고 앙투안은 그의 작은 서재 문을 열어 동생을 먼저 들어가게 하면서 말했다. "건전하고 아량이 있는 인물이야…. 곧은 정신의 소유자이고…. 물론 편협한 면도 있기는 하지만." 하고 앙투안은 묵묵히 침묵을 지키고 있는 자크를 앞에 두고 덧붙였다. "앉으려무나. 담배는? …너 좀 신경이 거슬렸던 모양이지? 그의 사람 됨됨이를 알아서 이해해주어야지. 무엇보다도 스포티한 성격의 사람이야. 무엇이든지 단정적으로 말하기를 좋아하는 사람이지. 현실적인 것, 있는 그대로의 사실을 언제나 즐겁게 그리고 용감하게 받아들이는 사람이야. 비판 정신이 결여되어 있지는 않은데도 분석 따위에는 거부감을 가지고 있어. 적어도 자기 일에서는 말이야. 그는 정신을 마비시키는 회의懷疑라는 것을 본능적으로 싫어해. 어쩌면 그의 생각이 틀린 것은 아닌지 모르지…. 그에게 인생이란 지적 토론이어서는 안 돼. 그는 절대로 '무엇을 생각할 것인가'라고 말하는 법이 없어. '무엇을 할 것인가.' '어떻게 유효하게 행동할 것인가'라고는 말하지만. 물론 그의 결점을 나는 잘 알고 있어. 하지만 그것은 결국 젊음 때문에 오는 결점이야. 언젠가는 고쳐질 거야. 너는 그 목소리를 눈치 못 챘니? 가끔 아직 어린애같이 변성기의 목소리를 내. 그럴 때면 어른의 목소리처럼 굵은 목소리를 내기 위해 억지로 목소리를 꾸미지…."

자크는 의자에 앉아 있었다. 그는 형의 말을 듣고 있었지만 동의하지는 않았다.

"나는 다른 두 사람이 더 마음에 들어." 하고 자크는 속마음을 털어놓았다. "특히 주슬렝 그 사람은 꽤 사람이 좋아 보여."

"아!" 하고 앙투안은 웃으면서 말했다. "그 친구는 영원히 동화 속에서 사는 그런 인물이야. 정말 발명가 기질을 타고났어. 그런 인간만이 가끔 발견해내는 비현실의 세계 안에서 가능한 것과 불가능한 것 사이에 있는 것을 꿈꾸며 살아온 사람이야. 사실 그 친구는 그런 발견을 해왔어. 그것도 아주 중요한 발견이지. 언제고 틈나는 대로 설명해줄게…. 그에 관한 르와의 말이 아주 재미있어. '주슬렝은 세 발 가진 송아지만 보고 싶어 했어. 언제고 정상적인 송아지를 보게 되는 날에는 신기한 것을 발견한 것처럼 생각할 거야. 그리고 어디에나 가서 떠들어댈 거야. 이것 봐, 네 발 가진 송아지도 있어!'"

앙투안은 소파에 두 발을 죽 뻗고 두 손으로 목덜미를 받치고 있었다.

“보다시피 내 주위는 꽤 우수한 팀으로 구성되어… 세 사람 모두가 매우 다르지만 서로 알게 모르게 돕고 있지…. 칼리프는 전부터 알았지? 나에게 엄청난 도움을 주고 있어. 뛰어난 작업 능력을 가지고 있어. 굉장한 재주꾼이야! 재능이 있다는 것이 그 사람의 특징이라고도 하겠어. 그것은 동시에 그의 역량이면서 그의 한계야. 무엇이든지 애쓰지 않고 이해하거든. 새로 터득하는 지식마다 그것은 마치 미리 짜놓은 서류함에서처럼 그의 머릿속에 즉시 자리를 잡거든. 그러니까 그의 머리에는 무질서란 있을 수 없어. 그러나 그에게서 나는 언제나 무엇인가 색다르고 불가해한 것을 느껴왔어. 아마도 인종 때문에 오는 것이겠지…. 무어라고 말하면 좋을까…. 그의 사상은 그 자신에게서 나오는 것이 아니며 그 자신과 혼연 일체를 이루고 있는 것도 아니야. 이것은 참 기이한 일이야. 머리를 쓰고 자기에게 속한 어떤 기관을 쓰는 것이 아니라 무슨 도구를 쓰는 것 같아…. 다른 데서 가지고 온 도구, 누가 빌려준 도구를 쓴 것처럼 말이야….”

이야기를 하면서 그는 시계를 보았다. 그리고 귀찮은 듯 소파에서 발을 움츠렸다.

‘신문을 읽고 있군.’ 하고 자크는 생각했다. ‘그러면서도 위협의 중대성을 몰랐단 말인가? 그렇지 않으면 대화를 피하려고 일부러 이런 수다를 떨고 있는 것일까?’

“어디로 가는 거야?” 하고 물으면서 앙투안은 자리에서 일어났다. “가는 데까지 차로 데려다줄까? 나는 관공서… 케 도르세에 가는데.”

“아, 그래?” 하고 자크는 호기심에 찬 얼굴로 말했다. 그러면서 자신의 놀라움을 감추려고도 하지 않았다.

"뤼멜을 만나러 가는 거야." 앙투안은 물어보지도 않았는데 설명했다. "오! 정치에 관한 이야기를 하기 위해서 만나는 건 아니야…. 요즈음 이틀에 한 번씩 주사를 놓아주어야 하기 때문이야. 보통은 그가 맞으러 오지. 그런데 오늘은 일이 산더미같이 쌓여 있어서 사무실을 비울 수가 없다는 거야."

"도대체 그는 이번 사건을 어떻게 생각하고 있을까?" 하고 자크는 용기를 내어 물어보았다.

"모르겠다. 좀 물어볼까 해…. 오늘 저녁에 들르려무나. 말해줄 테니…. 아니면 나하고 같이 갈래? 십분쯤이면 일은 끝날 거야. 차에서 기다리고 있어."

자크는 솔깃해져서 잠시 생각해보고는 고개를 끄덕이며 승낙의 뜻을 표했다.

나가기 전에 앙투안은 책상 서랍들을 열쇠로 잠갔다.

"그런데 말이야." 하고 그는 낮은 소리로 말했다. "조금 전에 집에 가서 무얼 했는지 아니? 동원란을 읽어보려고 군대 수첩을 찾았던 거야…." 그의 얼굴에서는 미소의 그림자조차 찾아볼 수 없었다. 그는 침착한 어조로 말했다. "콩피에뉴…. 더구나 첫날에…!"

형제는 잠자코 눈길만을 교환했다. 자크는 좀 망설이다가 침통한 투로 말했다.

"오늘 아침부터 유럽에서는 무수한 사람들이 분명히 형과 같이했을 거야…."

"불쌍한 친구, 뤼멜." 하고 계단을 같이 내려오면서 앙투안이 말했다. "그 친구, 겨울 동안 무척 고생했지. 오늘내일 사이 휴가를 얻어 떠나기로 되어 있었어. 그런데, 모두가 물론 이 소동 때문이지만, 베르틀로*가 휴가를 취소하라고 했다는 거야. 그래서 어떻게 버티어보려는 목적에서 나를 만나자는 거야. 치료를 시작했지. 잘됐으면 해."

자크는 듣고 있지 않았다. 그는 오늘 왠지는 알 수 없으나 형에 대해서 격렬한 애정과 함께 강한 욕구와 불만으로 가득 찬 형제애 같은 것을 느끼고 있었다.

"아! 형." 하고 그는 무심코 말했다. "형이 만약 인간이라든가 대중, 고통받는 민중을 더 잘 알아준다면. 형은 얼마나… 다른 사람처럼 보일까!"(그런 말투 속에는 '형은 얼마나 훌륭하게 보일까… 얼마나 가깝게 느껴질까…. 형은 사랑할 수 있게 되면 얼마나 좋을까…'라는 의미가 담겨 있었다.)

앞에서 걸어가던 앙투안은 당혹스런 모습으로 뒤를 돌아보았다.

"내가 인간을 모른다고 생각하니? 십오 년 동안이나 병원 근무를 하고 있는데! 나는 십오 년 동안 매일 아침 세 시간씩 사람들만 보아왔어. 모든 계층의 인간들, 공장의 노동자들, 변두리에 사는 사람들하며… 의사인 내가 보는 것은 벌거벗은 인간이야. 병고 때문에 완전히 허세를 버린 인간 말이야! 그런 내 경험이 네 경험보다 못하다는 말이구나!"

'그런 것은 아니야.' 하고 자크는 몹시 안타까워하며 생각했다. '아니야, 이것은 별개의 문제야.'

이십분 뒤에 케 도르세를 나와 자크가 기다리고 있는 차에까

* 외무부 정무국장을 가리킨다.

지 돌아온 앙투안의 얼굴은 근심으로 가득 차 있었다.

“야단법석들이야.” 하고 그는 투덜거렸다. “각 부서마다 미친 듯이 왔다 갔다 하고들 있어…. 모든 대사관에서 보내오는 전문… 오늘 밤 세르비아가 통보하기로 되어 있는 회답의 본문을 걱정스럽게 기다리고 있어….” 자크의 무언의 물음에 대답하려고도 하지 않고 그는 물었다. “그래, 지금부터 어디로 가니?”

자크는 『위마니테』라고 말하려다가 그만두고 이렇게만 대답했다.

“증권거래소 동네.”

“거기까지는 데려다줄 수 없어. 늦으니까. 괜찮다면 오페라 광장에서 내려줄게.”

앉자마자 앙투안은 곧 말을 계속했다.

“뤼멜은 난처해하는 것 같았어…. 오늘 아침 비서실에서는 독일 대사관의 비공식 각서를 대단히 신중하게 고려하고 있었어. 그 각서에 따르면 오스트리아 각서는 최후통첩이 아니고 단순한 ‘시일 안에 회답 요구’에 지나지 않는다는 거야. 그리고 이것은 외교적 용어에 따르면 여러 가지 의미를 띠고 있는 것 같아. 곧 한편으로 독일은 오스트리아의 제스처의 진중함을 완화하기에 급급해하고 있다고 생각할 수 있어. 다른 한편으로는 오스트리아가 세르비아의 협상을 거절하지 않을 거라고 생각해….”

“그런 정도야?” 하고 자크가 말했다. “그런 궤변을 아직도 진정으로 받아들이고 있을까?”

“하기는 세르비아가 거의 이의 없이 굽힐 것같이 보여서 오늘 아침에는 꽤 밝은 희망을 가지고 있었나 봐.”

"그런데?" 하고 초조한 듯 자크가 물었다.

"그런데 조금 전에 세르비아가 삼십만 명을 동원했다는 소식이 들어왔어. 그리고 세르비아 정부는 국경에서 가까운 베오그라드에 머물러 있기에는 위험하다고 느꼈던지 수도를 세르비아 내륙으로 옮기기 위해 떠날 준비를 하고 있다는 거야. 따라서 세르비아의 회답은 바라던 것처럼 굴복이 아닐 것이라는 결론에 이르렀나 봐. 그리고 세르비아는 그 나름의 돌발적인 공격을 당하리라고 내다보는 것 같아…."

"그러면 프랑스는? 행동할 의사가 있나? 어떤 주도권이라도 잡을 것 같아?"

"뤼멜은 물론 모든 것을 다 이야기해줄 수는 없었어. 그러나 내가 짐작하건대 오늘 각료들 사이의 의견으로는 단호한 태도를 보여야 한다는 것이 지배적이라는 거야. 필요에 따라서는 공공연히 전쟁 준비를 가속화해야 한다는 의견이 유력한가 봐."

"여전히 위협 정책이군!"

"뤼멜은 이런 말도 했어. 그리고 이것이 지금의 화젯거리인 것 같아. 곧 '일이 이쯤 되고 보면 프랑스와 러시아가 매사에 결연한 태도를 보이지 않는 한 도저히 중유럽 제국을 견제할 수 없을 거야.' 그는 또 이렇게 말했어. '만약에 우리들 가운데 어느 한 나라라도 뒷걸음질 친다면 전쟁이 발발할 것은 틀림없어!'"

"모두들 물론 이런 속셈을 가지고 있는 거야. 곧 '위협적인 태도를 보였는데도 불구하고 전쟁이 터진다면 우리가 전쟁 준비를 해놓은 것이 우리에게는 오히려 유익하다!'"

"그럴지도 모르지. 그리고 그런 생각은 옳은 것이라고 여겨져."

"그러나" 하고 자크가 외쳤다. "중유럽 제국도 똑같이 생각하고 있을 게 틀림없어! 그렇다면 앞으로 어떻게 되겠어? …스튀들레의 말이 옳아. 이런 호전적 정책은 모든 정책 가운데서 가장 위험한 거야!"

"그런 것은 전문가에게 맡길 일이지." 하고 앙투안이 신경질적으로 말했다. "어떻게 하는 것이 좋은 길인가는 그들이 우리보다 더 잘 알고 있을 거야."

자크는 어깨를 으쓱해 보이고는 아무 말도 하지 않았다.

자동차는 오페라극장 가까이에 이르렀다.

"언제 다시 만날 수 있을까?" 앙투안이 물었다. "줄곧 파리에 있을 거야?"

자크는 애매한 몸짓을 했다.

"모르겠어…."

자크는 벌써 자동차 문을 열었다. 앙투안은 동생의 팔을 잡았다.

"잠깐…." 그는 말이 얼른 생각나지 않아 머뭇거렸다. "알겠지만—아니, 모를지도 모르지만—요즈음에는 두 주일에 한 번씩 일요일 오후에 친구들이 집으로 와…. 내일은 오후 세시에 뤼멜이 주사를 맞으러 오기로 되어 있어. 그리고 잠시만이라도 그 모임에 자리를 같이하겠노라고 나에게 약속했어. 그를 만날 생각이 있으면 와도 좋아. 지금 사정으로 비추어 보아 그의 이야기는 참고할 만한 것이 있을 거야."

"내일 세시라고?" 하고 자크는 얼버무리듯 되물었다. "어쩌면 갈 거야…. 애써볼게…. 고마워."

36

『위마니테』에서는 아무도 자크가 앙투안과 뤼멜에게서 들은 것보다 더 많은 것을 알고 있는 사람이 없었다.

조레스는 하루 예정으로 그의 친구 마리위스 무테*의 선거운동을 위해 론 지방으로 떠났다. 이렇게 중대한 시기에 보스가 자리를 비워서 편집자들 사이에는 다소 혼란의 기미가 엿보이기는 했으나 그래도 분위기는 낙천적인 쪽으로 기울어져 있었다. 모두들 별로 불안해하지 않으면서 최후통첩에 대한 회답을 기다리고 있었다. 세르비아는 결국 열강의 압력으로 오스트리아가 모욕당했다는 구실을 내세우지 못하도록 상당히 타협적인 자세를 보일 것이라고 모두들 믿고 있었다. 특히 독일 사회당이 프랑스 사회주의자들에게 서슴없이 되풀이했듯이 공동의 위험에 처했을 때는 확실히 전적인 협조가 이루어지는 것 같다고 한 확언을 모두들 매우 중요시하고 있었다. 더구나 국제평화 운동의 확대에 대한 지극히 희망적인 정보가 쇄도하고 있었다. 도처에서 전쟁의 위협에 반대하는 시위 운동이 열을 올리고 있었다. 유럽의 여러 사회주의 정당은 구체적이고 강력한 행동을 펼치기 위해 활발하게 의견을 교환하고 있었다. 전쟁 저지를 위해서는 총파업도 불사한다는 생각이 점점 구체화되는 것 같았다.

자크는 스테파니의 방에서 나오다가 소식을 들으러 오는 무를랑과 마주쳤다. 정세에 관해 몇 마디 주고받은 늙은 혁명가

* 『1914년 여름 1』 312쪽 두 번째 주석 참고.

는 자크를 구석으로 데리고 갔다.

"어디에 묵고 있나? 지금 가택 수색을 하는 경찰이 안 가는 데 없이 쑤시고 다녀…. 제르베도 당했어. 크라볼도 그랬고."

자크는 투르넬 강변의 여관집 주인이 수상쩍다는 것을 모르지는 않았다. 그리고 신분 증명서는 문제가 없지만 경찰과의 접촉을 별로 달갑게 여기지 않았던 것이다.

"내 말 들어." 하고 무를랑이 권했다. "우물쭈물하지 마! 오늘 저녁에 옮기도록 해."

"오늘 저녁에?"

못할 것도 없었다. 지금 막 일곱시 반을 알리는 소리가 울렸으니까. 다니엘과의 약속은 아홉시였다. 그런데 어디로 옮기지?

무를랑에게 한 가지 생각이 떠올랐다. 『에탕다르』의 동지 한 사람이 마침 일주일 동안 집을 비우게 되었다. 일 년 기간으로 얻은 그의 방은 생 외스타슈 성당의 문 앞, 파리 중앙시장 근처의 주르가街에 있는 집의 꼭대기 층에 있었다. 낡고 한적한 건물이어서 아무리 생각해보아도 경찰의 리스트에 올라 있을 것 같지는 않다는 것이다.

"거기에 가보자." 무를랑이 말했다. "여기서 아주 가까워."

마침 그 사람은 집에 있었다. 문제는 당장 해결되었다. 한시간도 채 안 되어서 자크는 그의 보잘것없는 짐을 옮겨 왔다.

동부역 앞까지 왔을 때 역의 큰 시계는 아홉시 몇 분인가를 가리키고 있었다.

다니엘은 밖에 나와 식당 입구에서 기다리고 있었다. 자크를 보자 거북한 태도로 다가왔다.

"제니가 와 있어." 그는 재빨리 말했다.

자크의 얼굴이 붉어졌다. 그리고 반쯤 벌린 그의 입술에서는 "설마…." 하는 소리가 들릴까 말까 할 정도로 새어 나왔다. 순간 어처구니없는 몇 가지 생각이 머리에 떠올랐다. 그는 마음의 동요를 감추려고 얼굴을 돌렸다.

다니엘은 자크가 눈으로 제니를 찾고 있는 것으로 생각했다. "플랫폼에 나가 있어." 하고 다니엘이 설명해주었다. 그러고는 변명이라도 하듯이 말했다. "기차 있는 데까지 나를 배웅하고 싶다고 했어…. 우리가 만난다는 것을 그 애한테 말하는 것이 꺼림칙하게 여겨져서. 말했더라면 안 왔을지도 몰라. 그 애한테 알려준 것은 조금 전이야."

자크는 다시 정신을 가다듬었다.

"그럼 나는 가볼게." 하고 그는 힘차게 말했다. "너와 그냥 악수나 하고 싶었을 따름이야…." 그는 미소를 지었다. "이젠 됐으니까 나는 돌아가겠어."

"아, 그래서는 안 돼!" 다니엘이 말했다. "할 이야기가 많아…." 그리고 즉시 덧붙였다. "신문 봤어."

자크는 얼굴을 들었다. 그러나 아무런 대답도 하지 않았다.

"너는" 하고 다니엘이 물었다. "전쟁이 나면 어떻게 할 거야?"

"나 말이야?"(고개를 흔드는 그의 모습은 '설명을 하자면 끝이 없어'라고 말하는 것 같았다.)

그는 잠시 입을 다물고 있었다.

"전쟁은 안 일어날 거야." 그는 마침내 아주 희망적으로 단정했다.

다니엘은 주의 깊게 그의 얼굴을 주시했다.

"지금 일어나려고 하는 것을 모두 설명할 수는 없지만." 하며 자크가 말을 계속했다. "그러나 내 말을 믿어줘. 나는 내가 하는 말에 자신이 있어. 유럽의 모든 대중 계층 사이에는 이미 여론이 크게 비등하고 있는 데다가 사회주의 세력의 결집이 잘 이루어져 있기 때문에 어느 나라 정부도 자국 국민을 전쟁에 몰아넣을 만한 권위를 더 이상 지니고 있지 못한 형편이야."

"그럴까?" 하고 다니엘은 전혀 믿어지지 않는다는 듯이 중얼거렸다.

자크는 잠시 시선을 아래로 떨구었다. 전체적인 상황이 갑자기 그의 머리에 떠올랐다. 그는 지금 모든 나라에서 사회주의 진영을 두 개로 갈라놓는 흐름을 도표로 보듯이 명확하게 알 수 있었다. 정부에 대해 심한 적개심을 품고 있는 좌익은 반란을 목적으로 더욱더 대중을 선동하고 있고, 개량주의자들인 우익은 내각의 효율성을 신뢰하고 정부에 협조하려고 노력하고 있었다…. 그는 갑자기 가슴이 섬뜩해옴을 느꼈다. 즉 하나의 의구심이 그의 뇌리를 스쳤다. 그러나 그는 재빨리 눈꺼풀을 치켜들었다. 그리고 마침내 다니엘의 마음을 뒤흔들어놓을 만큼 확신을 가지고 되풀이했다.

"그래! …너는 노동자들의 집단인 인터내셔널의 강력한 힘에 대해 전혀 아는 바가 없을 거야! 모든 것은 처음부터 예상했던 대로야. 모든 것은 집요한 반항을 위해 준비된 거야. 모든 나라에서, 프랑스, 독일, 벨기에, 이탈리아에서… 전쟁을 일으키려고 조금이라도 시도한다면 그때는 전면적인 반란이 일어날 거야!"

"아마 전쟁보다 더 끔찍하겠지." 겸연쩍은 듯 다니엘이 말했다.

자크의 얼굴에는 어두운 그림자가 드리워졌다.

"나는 지금까지 폭력 지지자는 아니었어." 하고 그는 잠시 말을 멈추었다가 계속했다. "그렇지만 유럽 전쟁의 위험성과 전쟁 방지를 위한 반란의 위험성을 비교할 경우에 어떻게 주저하고 있을 수 있겠어? …몇백만이라는 인간이 무고하게 학살당하는 것을 막기 위해 바리케이드 위에서 몇천 정도의 인간이 죽는 것으로 끝난다면 유럽에는 나처럼 주저하지 않을 사회주의자가 많이 있을 거야…."

'제니는 어떻게 하고 있을까?' 자크는 마음속으로 생각했다. '오빠가 너무 늦어지니까 이리로 오겠지….'

"자크." 하고 갑자기 다니엘이 소리 질렀다. "약속해 다오…." 그는 어떻게 자신의 생각을 표현해야 좋을지 몰라 입을 다물었다. "네 일이 걱정돼." 하고 그는 더듬거리며 말했다.

'다니엘은 나보다 백 배나 더 위험에 처해 있다. 그러면서도 자신의 일은 조금도 생각 안 해.' 하고 자크는 몹시 감격스럽게 생각했다. 자크는 애써 미소를 지으면서 말했다.

"다시 한번 말해두지만 전쟁은 안 일어날 거야! …다만 큰 위험이 도사리고 있어. 이번 기회에 여러 나라 국민들이 위험의 뜻을 알게 된다면 좋으련만…. 언제고 다시 이 모든 것을 이야기할 때가 오겠지…. 그럼 가볼게…. 안녕."

"안 돼! 아직은 가면 안 돼. 왜냐고?"

"너를 기다리는 사람이… 있으니까." 하고 자크는 애써 낮은 소리로 말했다. 그리고 손으로 넌지시 역 안쪽을 가리켰다.

"기차 있는 데까지만이라도 배웅해줘." 다니엘은 처량하게 말했다. "제니한테 인사도 할 겸."

자크는 소스라쳤다. 허를 찔린 듯 그는 물끄러미 다니엘을 바라보았다.

"자, 따라와." 하면서 다니엘이 정답게 자크의 팔을 잡았다. 그는 소매섶 속에서 표를 꺼냈다. "너의 입장권도 사놓았어…."

'끌려가서는 안 될 텐데.' 하고 자크는 속으로 생각했다. '바보짓이야…. 거절하고 도망가야 해….' 하지만 마음속으로는 막연한 즐거움 같은 것이 그로 하여금 다니엘의 뒤를 따르게 했다.

역 홀은 병사와 여객과 짐수레로 붐볐다. 토요일 저녁인 데다가 많은 사람에게는 여름휴가가 시작된 것이다. 매표소에는 흥겨워서 떠들어대는 사람들의 무리로 붐비고 있었다. 그들은 개찰구에 도착했다. 커다란 유리로 된 천장 밑의 분위기는 더 어둠침침한 데다가 담배 연기가 자욱하고 소란스러웠다. 사람들은 귀가 터질 듯한 소음 속을 분주히 뛰어다녔다.

"제니 앞에서 전쟁 이야기는 한마디도 하지 마." 다니엘은 자크의 귀에 대고 외쳤다.

제니는 멀리서 그들의 모습을 보았다. 그러나 그들을 못 본 척하면서 재빨리 얼굴을 돌렸다. 목구멍이 마르고 목덜미가 뻣뻣해진 그녀는 그들이 다가오는 것을 느꼈다. 드디어 오빠의 손이 어깨에 와 닿았다. 제니는 발뒤꿈치로 획 돌아서며 깜짝 놀란 체했다. 다니엘은 누이동생의 얼굴색이 창백해진 것을 보고 매우 놀랐다. 피로와 이별의 감동 때문일까? 어쩌면 동생의 검은 옷에서 오는 대조 때문인지도 모르지?

제니는 자크 쪽을 보지도 않고 머리를 끄덕여 인사했다. 그러나 오빠 앞에서 손을 내밀지 않을 수 없었다. 그녀는 단속적인 목소리로 이렇게 말할 뿐이었다.

"두 분이 말씀하시도록 저는 실례하겠어요."

"아니, 그럴 필요 없어요." 하고 자크가 힘차게 말했다. "오히려 내가…. 더구나 이렇게 있을 형편이 못 돼…. 열시 안에… 멀리… 센 강변 왼쪽까지 가야 하니까…."

그들 옆, 객차 밑에서는 요란스럽게 증기가 뿜어 나와 서로의 말이 들리지 않았다. 구름같이 흐물흐물한 증기가 그들을 둘러쌌다.

"그럼 다시 만나." 자크는 다니엘의 팔을 잡으면서 말했다.

다니엘의 입술이 움직였다. 그는 무슨 대답을 했나? 찡그린 것 같은 가벼운 미소가 그의 입가를 당겨 올렸다. 헬멧의 그늘 밑으로 보이는 그의 두 눈은 빛나고 있었으나 시선은 절망적이었다. 그는 두 손으로 자크의 손을 잡았다. 그러고는 갑자기 몸을 구부려서 어색하게 자크의 윗몸을 끌어안았다. 그것은 그들이 사귀어온 이래로 처음 있는 일이었다.

"그럼 안녕." 하고 자크가 다시 한번 말했다. 그는 허둥지둥 빠져나와 제니를 향해 작별의 눈길을 던지고, 머리를 숙여 다니엘에게 쓸쓸한 미소를 보낸 다음, 도망치다시피 했다.

그러나 역을 빠져나왔을 때 알 수 없는 이상한 힘이 인도 끝에서 그의 발걸음을 멈추게 했다.

황혼이 깃들어 여기저기 전등불이 켜진 가운데 자동차들이 종횡으로 다니는 광장이 그의 눈앞에 전개되었다. 그것은 두 세계의 분계선 같기도 했다. 저쪽에서는 투사의 삶이 그를 맞아들일 만반의 준비를 하고 기다리고 있었다. 또한 고독도 기다리고 있었다. 이쪽 역 안에 주춤거리고 있는 한은 그것과는 다른 일이 있을 수 있었다. 무엇일까? 그는 알 수 없었으며 또 밝혀내려고도 하지 않았다. 다만 이 광장을 건넘으로써 운명의 제의를 거부하고 무엇인가 멋진 기회를 영원히 단념하는 것 같은 느낌이 들었다.

다리에 힘이 빠진 자크는 흐느적거리며 오직 결단을 지연시킬 궁리만 하고 있었다. 몇 대의 빈 짐수레가 벽을 따라 가지런히 놓여 있었다. 그는 그 가운데 하나를 골라 거기에 앉았다. 생각해보기 위해서인가? 아니다. 생각할 수도 없었다. 너무 무기력한 동시에 너무나 불안했다. 등을 굽혀 두 손을 무릎 사이에 축 늘어뜨리고 모자를 깊숙이 쓴 채 땅바닥을 보면서 숨을 크게 들이마셨다. 그리고 아무것도 생각하지 않았다.

아마도—그런 일만 일어나지 않았더라면—언제까지나 거기에 꼼짝 않고 있었을 것이다. 그리고 충분히 휴식을 취하고 나서 기력을 되찾은 다음 다시 불안한 생활의 리듬을 거역하지 못하고 세르비아의 회답을 알기 위해 『위마니테』로 달려갔을 것이다…. 그랬더라면 앞으로 있게 될 이런저런 사건의 가능성이 아마도 그에게는 영원히 닫혔을지 모른다…. 그러나 여기에 우연한 일이 생겼다. 짐꾼이 그 짐수레들을 가지러 온 것이다. 자크는 일어나 그 남자를 본 다음 시계를 들여다보았다. 그러고는 야릇한 미소를 지었다.

자신의 욕망과는 상관없이, 우연한 충동에 몸을 맡기듯, 그는 다시 유유히 역에 들어가서 입장권을 샀다. 그리고 홀을 빠져나와 다시 출발 플랫폼에 들어섰다.

37

스트라스부르행 급행열차는 아직 떠나지 않고 있었다. 열차 뒷부분에는 화물차 표시의 세 램프가 움직이지 않고 비치고 있었다. 다니엘과 제니는 인파 속에 묻혀 보이지 않았다.

아홉시 이십팔분. 아홉시 삼십분. 플랫폼에서는 하나의 소용돌이가 인파를 흔들어놓았다. 마지막 승강구의 문이 소리를 내며 닫혔다. 기차가 기적을 울렸다. 아크등의 어슴푸레한 불빛 속에서 기운차게 내뿜는 하얀 수증기가 객차의 유리창 쪽으로 기어오르고 있었다. 불이 켜진 열차가 덜커덕 움직였다. 쇠가 서로 부딪치는 소리, 무겁게 서로 부딪치는 소리. 자크는 서서 아직 움직이지 않는 열차 뒷부분의 화물차를 뚫어지게 바라보았다. 그것도 드디어 움직이기 시작했다. 세 개의 붉은 램프가 멀어지더니 선로만이 남았다. 다니엘을 태운 열차는 조용히 어둠 속으로 빠져들어갔다.

'이제 어떻게 하지?' 자크는 생각했다. 사실 자신도 어떻게 해야 할지 아직 망설이고 있다는 생각이 들었다.

그는 플랫폼 입구까지 걸어갔다. 급행열차가 떠난 뒤에 출구를 향해 걸어오는 인파를 보고 있었다. 사람들의 얼굴은 전등불 밑을 지날 때마다 잠시 밝아졌다가 다시 어둠 속으로 사라지곤 했다.

제니….

멀리서 그녀의 모습을 알아보았을 때 처음에는 도망쳐서 몸을 숨기려고 했다. 그러나 그에게는 부끄러움보다 다른 그 무엇이 더 강하게 작용했다. 그래서 오히려 그녀의 눈에 띄려고 가까이 갔다.

제니는 자크 쪽으로 곧장 걸어오고 있었다. 얼굴에는 오빠하고 헤어진 감정의 흔적이 아직 남아 있었다. 아무것도 보지 않고 빨리 걷고 있었다.

이 미터 거리에서 제니는 돌연 자크를 알아보았다. 자크는 그녀가 충격을 받고 얼굴에 경련을 일으키며, 얼마 전 저녁에 앙투안의 집에서 만났을 때처럼 두려움으로 눈동자가 잠시 휘둥그레지는 것을 보았다.

처음에 제니는 자크가 뻔뻔스럽게도 자기를 기다리고 있는 줄은 몰랐다. 어쩌다 지체되어 거기에 있는 줄만 알았다. 그녀는 자크의 눈을 피해 마주치지 말아야겠다는 생각뿐이었다. 그러나 인파에 밀려 어쩔 수 없이 그의 앞을 지나야만 했다. 제니는 자크가 자기를 유심히 보고 있다는 것을 느꼈다. 그래서 그가 그곳에 있는 것이 자기를 기다리기 위해서라는 것을 알아차렸다. 자크는 제니가 자기 앞까지 온 것을 보자 무의식적으로 모자를 벗었다. 제니는 그 인사에 아무런 반응도 보이지 않고 머리를 숙인 채 좀 비틀거리면서 앞서가는 여객들 사이를 헤치고 나아가 똑바로 출구 쪽으로 향했다. 뛰어갈 생각은 없었다. 한 가지 목적밖에는 없었다. 될 수 있는 대로 빨리 자크의 시야에서 벗어나 사람들 틈에 끼여 지하철을 타고 자취를 감추어버리는 것이었다.

자크는 제니의 뒤를 눈으로 좇으려고 몸을 돌렸다. 그러나 그는 있던 자리에 그대로 꼼짝 못 하고 서버렸다. '이제 어떻게 하지?' 그는 다시 생각했다. 결정을 내려야만 했다. 결정적인 순간이었다…. '아무튼 제니를 놓쳐서는 안 된다!'

자크는 제니의 뒤를 따랐다.

여객들이며, 짐꾼들이며, 손수레 등이 길을 가득 메우고 있었다. 그는 짐짝 위에 웅크리고 있는 한 가족을 비켜 가야만 했다. 그러다가 자전거 바퀴에 부딪치기도 했다. 눈으로 제니를 찾았을 때 그녀의 모습은 이미 보이지 않았다. 지그재그로 뛰어서 갔다. 발끝을 세워 험상궂은 눈으로 움직이고 있는 많은 사람들의 등을 찾았다. 출구를 향해 급히 나가는 사람들 틈에서 기적적으로 마침내 검은 베일과 좁은 두 어깨를 찾아냈다…. 이제는 놓쳐서는 안 된다…. 시야에 꼭 잡아두어야지!

그러나 제니 쪽에서 선수를 쳤다. 인파에 막혀 제자리걸음을 하고 있던 자크는 그녀가 개찰구를 지나 홀을 빠져나가 지하철 쪽으로 가려고 오른쪽으로 도는 것을 목격했다. 극도로 초조해진 자크는 팔꿈치로 사람들을 밀고 개찰구까지 나아가서 지하철로 통하는 계단으로 들어갔다. 어디로 갔을까? 계단 아래에 있는 그녀의 모습이 갑자기 보였다. 몇 번 껑충 뛰어내려가서 거리를 좁혔다.

'이제 어떻게 해야 하지?' 그는 다시 한번 생각했다.

아주 가까이에 있었다. '가서 말을 걸어볼까?' 한걸음 앞으로 나아가서 그녀 바로 뒤에까지 갔다. 자크는 숨 가쁜 목소리로 제니의 이름을 불렀다.

"제니…."

제니는 무사히 도망쳐 나온 것으로 생각했다. 그런데 갑작스런 이 부름은 두 어깨를 치듯 그녀를 휘청거리게 했다.

자크는 다시 한번 불렀다.

"제니!"

제니는 그 소리를 들은 척 만 척하면서 쏜살같이 달아났다. 그녀는 공포심 때문에 꼼짝 못 하고 있었다. 게다가 마음이 어찌나 무거워졌던지 마치 꿈속에서 무거운 짐을 질질 끌고 가다가 발목을 잡힌 것 같은 느낌이었다.

지하도 끝에는 거의 사람이 보이지 않는 계단 하나가 그녀 앞에 입을 벌리고 있었다. 제니는 방향 같은 것은 아랑곳도 하지 않고 그리로 뛰어들었다. 계단의 폭은 손잡이에 의해 반으로 나뉘어 있었다. 멀리 아래쪽에는 플랫폼으로 나가는 개찰구와 차표를 끊고 있는 역원의 모습이 보였다. 그녀는 떨리는 손으로 핸드백 속을 찾았다. 자크는 그녀의 그런 모습을 보았다. 그녀는 입장권을 가지고 있었는데 자기는 없지 않은가! 입장권이 없으면 개찰구의 회전문을 통과할 수 없다. 제니가 개찰구까지 가버리면 자신은 그녀를 붙잡을 수 없을 것이다! 꾸물거릴 새도 없이 자크는 몸을 날려 쫓아가 거침없이 그녀 앞을 가로막았다.

제니는 이제 꼼짝없이 붙들렸다는 것을 깨달았다. 두 다리가 후들후들 떨렸다. 그러나 정면으로 맞서 자크의 얼굴을 뚫어지게 바라다보았다.

자크는 제니가 가는 길을 가로막으며 거기에 우뚝 서서 모자를 쓴 채 붉은 얼굴에 부어오른 표정으로 대담하게 똑바로 앞을 응시하고 있었다. 그런 그의 태도는 악한이나 미친 사람 같기도 했다….

"할 말이 있어!"

"싫어요!"

"할 말이 있다니까!"

그녀는 두려워하는 기색이 조금도 없이 그를 바라보고 있었다. 창백하고 크게 열린 두 눈동자에는 오로지 노여움과 경멸만이 서려 있었다.

"저리 물러가요!" 그녀는 헐떡거리면서 쉰 목소리로 나지막하게 외쳤다.

그들은 잠시 증오의 눈길을 주고받으며 서로의 난폭한 어조에 도취되어 얼굴을 마주 보며 꼼짝않고 서 있었다.

그런데 그들은 좁은 통로를 가로막고 있었기 때문에 급한 승객들은 투덜거리면서 그들 사이를 빠져나갔다. 그리고 이상하다는 듯이 뒤돌아서 그들을 쳐다보곤 했다. 제니는 그런 사실을 눈치챘다. 그러자 갑사기 힘이 쑥 빠졌다. 이렇게 망신을 당하느니 차라리 굴복하는 편이 낫겠다…. 소문나는 것이 가장 문제였기 때문이다. 그러니 변명 같은 것을 굳이 피할 필요는 없다. 그러나 적어도 여기서는 안 돼. 구경꾼들이 보는 앞에서는 안 돼!

제니는 별안간 뒤돌아서서 온 길을 거슬러 급히 계단을 올라갔다.

자크도 뒤를 쫓았다.

그들은 돌연 역 밖으로 나왔다.

'택시를 타거나 전차를 탄다면 나도 같이 타야지.' 자크는 생각했다.

광장은 환하게 밝혀져 있었다. 제니는 대담하게 오고 가는 자동차 사이로 뛰어들었다. 자크도 뒤를 따랐다. 하마터면 버스에 부딪칠 뻔했다. 욕설을 퍼붓는 운전사의 목소리가 들렸다. 도망치는 제니의 모습을 응시하다 보니까 위험 같은 것은 안중에도 없었다. 그는 지금까지 이렇게 자신에 차 있어본 적이 없다는 느낌이 들었다.

인도에 이르자 제니는 몸을 돌렸다. 불과 몇 미터 떨어진 곳에 자크가 있었다. 그에게서 빠져나갈 수 없을 것이다. 제니는 단단히 마음을 정했다. 지금 심정 같아서는 욕이라도 해주어 빨리 끝내고 싶었다. 그러나 어디서? 이런 사람들의 틈바구니 속에서는 안 된다….

제니는 그 지역의 지리를 잘 몰랐다. 큰 거리 하나가 오른쪽으로 통하고 있었다. 그곳은 사람들로 붐비는 거리였다. 그러나 제니는 무턱대고 그곳으로 들어섰다.

'어디로 가는 것일까?' 자크는 생각했다. '바보 같은 짓….'

지금 그의 심정에 변화가 일어났다. 바로 조금 전까지 그의 마음을 사로잡고 있던 흥분이 지금은 이러지도 저러지도 못하는 동정심으로 변했다.

갑자기 제니는 망설였다. 왼쪽에 좁고 인기척이 없는 길의 끝이 보였는데 거기에는 커다란 건물의 그림자가 드리워져 있었다. 제니는 그 골목으로 성큼 들어섰다.

도대체 어쩌자는 것일까? 제니는 그가 가까이 오는 것을 느꼈다. 그가 뭔가 말하려고 한다…. 귀를 기울이고 온 신경을 곤두세워 기다렸다. 무어라고 한마디만 하면 몸을 돌려 화를 벌컥 내야지.

"제니…. 용서해줘…."

뜻밖의 말! …아주 공손하고 비통한 목소리…. 그녀는 정신이 멍해지는 것 같았다.

제니는 멈칫 서서 벽에 손을 갖다 댔다. 그리고 오랫동안 숨을 죽이며 눈을 감은 채 꼼짝않고 있었다.

자크는 앞으로 다가오려 하지 않았다. 그는 모자를 벗고 있었다.

"가라면 나는 가겠어…. 한마디도 않고 당장 돌아가겠어. 약속해…."

제니는 그 말을 들은 지 얼마 지나서야 비로소 그 말의 뜻을 알아차렸다.

"돌아갈까?" 그는 다시 한번 목소리를 낮추어 말했다.

'아니요.' 제니는 생각했다. 그러나 곧 그러한 자기 자신에 대해 놀라지 않을 수 없었다.

자크는 제니의 대답을 기다리지 않고 여러 번 낮은 목소리로 되풀이했다. "제니…." 그 억양이 어찌나 부드럽고 정다우며 조심스러웠던지 그것은 정말 다정한 고백이나 다름없었다.

그녀는 착각하지 않았다. 어둠 속에서 불안해하면서도 단호한 자크의 얼굴을 살짝 쳐다보았다. 솟구치는 행복감으로 그녀는 목이 메었다.

자크는 다시 물어보았다.

"돌아가는 게 좋을까?"

그러나 그 말투는 지금까지와는 전혀 달랐다. 즉 제니가 이야기를 듣지 않고서는 자기를 쫓아버리지 않으리라는 것을 확신하고 있었던 것이다.

제니는 어깨를 살짝 으쓱해 보였다. 그리고 그녀의 표정은 본능적으로 경멸적인 냉담한 빛을 띠었다. 곧, 그렇게 가장하는 것만이 잠시나마 그녀의 자존심을 지킬 수 있는 것처럼.

"제니, 내 말을 들어줘…. 꼭… 부탁이야…. 그러고 나서 나는 돌아갈 거야…. 저기 성당 앞 공원까지 같이 가자고…. 저기라면 앉을 데가 있을 거야…. 어때?”

제니는 자신에게 집요한 눈길이 쏠리는 것을 느꼈다. 그것은 목소리 이상으로 그녀의 마음을 흔들어놓았다. 그는 어떻게 하든지 그녀의 속마음을 알아내려고 결심한 것 같았다.

제니에게는 대답할 만한 기력이 없었다. 어색한 몸짓으로 그저 강요에 못 이겨 그러는 것처럼 벽에서 몸을 뗐다. 그러고 나서 윗몸을 똑바로 하고 자기 앞을 응시하면서 마치 몽유병자 같은 걸음걸이로 다시 걷기 시작했다.

자크는 약간 떨어져 그녀 곁을 말없이 걷고 있었다. 그녀의 발걸음 뒤에서는 이따금 겨우 감지할 만한 상쾌한 향기가 풍기고 있었다. 자크는 그것을 훈훈한 밤공기와 함께 들이마셨다. 감동과 회한 때문에 그는 눈물을 글썽이고 있었다.

제니가 자기 앞에 다시 나타난 뒤로 그는 아주 겸허한 회한의 마음과 용서와 사랑을 구하고 싶은 마음이 남몰래 자신을 괴롭히고 있다는 것을 오늘 밤에는 인정하지 않을 수 없었다. 이것을 제니에게 말할까? 말해봤자 믿어주지 않겠지. 난폭함과 무례함만 보여주었으니까…. 무례한 추격으로 망신만을 가져다주었으니 그것은 무엇으로도 결코 보상할 수 없을 거야!

38

그들은 생 뱅상 드 폴 성당 현관 앞에 있는 작은 공원의 위쪽으로 들어갔다. 아래쪽 라 파예트 광장에는 차가 드문드문 지나갔다. 공원에는 사람이 아무도 없었다. 그러나 평온한 불빛이 비치고 있어서 음침한 느낌은 전혀 들지 않았다.

자크는 가장 밝은 벤치 쪽을 향해 걸어갔다. 제니는 하라는 대로 했다. 그녀는 결심한 바가 있는 듯 스스로 앉았다. 침착하게 앉아 있는 모습은 실은 꾸민 것이었다. 왜냐하면 도저히 서 있을 수 없었기 때문이다. 두 사람 주위로 들려오는 거리의 소음에도 불구하고 제니에게는 마치 비바람이 치기 전에 천둥 번개를 머금은 듯한 깊은 침묵 속에 싸여 있는 것 같은 느낌이 들었다. 무엇인가 엄숙하고 무시무시한 느낌이 감돌고 있었다. 그것은 그녀 때문도 아니고 그렇다고 자크 때문도 아니었다. 그러면서도 갑자기 폭발할 것만 같았다.

"제니…."

이렇게 인간미 넘치는 목소리를 들은 제니는 구원받은 듯한 느낌이 들었다. 목소리는 차분했다. 상냥하다 못해 자비로움에 가까운 그 목소리.

자크는 벤치에 모자를 던지고 제니에게서 조금 떨어진 곳에서 있었다. 그리고 무슨 말을 하고 있었다. 무엇을 이야기하고 있는 것일까?

"…나는 제니를 한시도 잊은 적이 없어!"

제니의 입에서는 한마디가 튀어나올 듯했다. '거짓말쟁이!' 그러나 그녀는 땅을 내려다보며 침묵을 지켰다.

자크는 힘을 주어 되풀이했다.

"한시도." 그러고 나서 아주 긴 간격을 두고 더 낮은 목소리로 덧붙였다. "제니도 마찬가지였겠지!"

이번에야말로 제니는 항의의 몸짓을 하지 않을 수 없었다.

자크는 침울하게 말을 계속했다.

"내가 잘못 생각하고 있었군! …제니는 나를 증오했던 거야. 그래, 그랬을 거야. 나는 그런 일을 저지른 나 자신을 미워하고 있으니까! …그러나 **잊고 있었던 것은** 아니야. 우리는 줄곧 남몰래 서로를 아껴왔어."

제니는 한마디도 할 수 없었다. 그러나 적어도 자크가 자신의 침묵을 오해하지나 않을까 해서 자기 몸에 남아 있는 온 힘을 다해 부정의 뜻으로 고개를 저었다.

자크는 불쑥 다가왔다.

"제니는 아마 결코 용서하지 않겠지. 나도 그것을 바라고 있지 않아. 나는 제니가 나를 이해해주기만 바랄 뿐이야. 그래, 서로의 눈을 보면서 나를 믿어주기 바라. 사 년 전에 내가 자취를 감춘 것은 **그럴 만한 이유가 있었기 때문이야!** 나 자신을 생각해볼 때 어쩔 도리가 없었어!"

자크는 도피해서 자유를 얻고자 했다는 것을 강조하려는 듯 자신도 모르게 그 마지막 말에서 가볍게 떨었다.

제니는 꼼짝않고 싸늘한 시선으로 자갈 위를 뚫어지게 보고 있었다.

"지난 몇 년 동안 나는 얼마나 변했는지 몰라…." 하며 자크는 애매한 태도로 말을 시작했다. "오! 나는 제니에게 숨기려고 하는 것이 아니야. 그래! 그와는 정반대로 나의 가장 절실한 욕망은 제니에게 모든 것을 말해줄 수 있으면 하는 거야. 모든 것을…."

"나는 당신에게 아무것도 바라지 않아요!" 하고 외치는 제니의 말투에는 날카로움이 깃들어 있었기 때문에 자크는 감히 그녀를 가까이하지 못했다.

침묵이 계속되었다.

"지금은 제니가 내게서 멀어진 것 같은 느낌이야." 하며 자크는 한숨지었다. 그리고 얼마 있다가 상대가 화를 낼 수 없도록 진솔한 태도로 털어놓았다. "나는 제니 곁에, 바로 곁에 있는 것같이 느껴져…."

그 목소리는 또다시 따뜻하고 마음을 사로잡는 억양을 띠었다…. 제니는 갑자기 두려움에 사로잡혔다. 자크와 단둘이 밤에 이런 외딴곳에 있는 자신을 새삼 의식했던 것이다. 그녀는 일어나 도망가려고 했다.

"안 돼." 히고 자크는 명령하는 듯한 손짓을 하며 말했다. "안 돼. 내 말을 들어봐. 그런 행동을 하고 나서 나는 제니한테로 올 생각을 감히 할 수 없었던 거야. 그런데 이렇게 제니를 만나게 됐어. 이렇게 제니가 내 곁에 있고, 일주일 전부터 우리는 만날 수밖에 없었어…. 아! 오늘 밤 제니가 내 마음을 알아준다면! 이 순간 내게는 떠나야만 했던 것, 그리고 지난 사 년 동안의 일 같은 것은 별로 중요하지 않아. 그리고 심지어는, 이렇게 말하는 것이 뻔뻔스런 일 같지만 심지어는 제니에게 준 온갖 고통도 말이야! 그래. 지금 내가 느끼는 것에 견주면 그런 것은 아무것도 아니야…. 제니, 그런 것은 나에게는 이미 아무것도 아니야. 왜냐하면 제니가 그렇게 거기에 있고, 내가 이렇게 제니에게 말할 수 있으니까! 지난번 형의 집에서 제니를 만났을 때 심정이 어떠했는지 제니는 짐작할 수 없을 거야…."

'그런 내 심정은!' 하고 제니는 반사적으로 생각했다. 그러나 그 순간 제니는 지난 며칠 동안 겪은 마음의 동요를 생각하며 오로지 자신의 허약함을 힐책하면서 그것을 부정했다.

"자." 하며 그는 말했다. "나는 제니한테 거짓말은 하고 싶지 않아. 나는 내 자신한테 이야기하듯이 제니한테 말하고 있어. 일주일 전 같았으면 지난 사 년 동안 줄곧 제니만을 생각하고 있었다는 말을 감히 입 밖에 내지도 못했을 거야. 아마 나 자신도 그것을 모르고 있었을 거야. 그러나 지금 나는 그것을 알았어. 언제나 그리고 어디를 가나 마음속에 지니고 다니던 괴로움의 정체를 지금 나는 알게 된 거야. 그것은 깊은 향수, 하나의 상처였어. 그것은… 제니가 없다는 사실, 제니를 그리워하는 마음, 바로 그것이었어. 그것은 내 스스로 내게 입힌 상처였고, 그 상처를 낫게 해주는 것은 아무것도 없었어. 제니가 내 생활 속에 다시 자리를 잡은 이래로 별안간 내 마음속에 비추어진 광명 덕분에 지금은 분명히 알게 된 거야!"

제니는 건성으로 듣고 있었다. 완전히 얼이 빠진 사람 같았다. 동맥의 고동이 머릿속에서 귀를 째는 듯한 소리를 내고 있었다. 주위에 있는 모든 것, 나무들, 집들의 정면 윤곽이 희미하게 보이며 흔들리고 있었다. 그러나 순간 얼굴을 들어 자크의 눈이 마주쳐올 때 그녀는 아무런 거리낌 없이 상대의 눈길을 대담하게 대했다. 그리고 그녀의 침묵, 표정, 곧게 세운 목줄기는 이렇게 말하는 것 같았다. '언제까지 나에게 고통을 줄 거예요?'

자크는 정적 속에서 낭랑한 목소리로 계속 이야기했다.

"아무 말도 않는군. 제니가 무슨 생각을 하고 있는지 나는 짐작도 못하겠어. 하지만 그런 것은 아무래도 상관없어. 그래, 사실이야. 나를 어떻게 생각하고 있는지 그런 것은 별로 문제가 안 돼! 만일 제니가 내 이야기를 들어준다면 제니를 설득할 자신이 있다고 느낄 정도로! 명백한 것을 부정할 수 있을까? 언젠가는, 언젠가는 제니도 나를 알게 될 거야. 나는 제니를 다시 설득시킬 만한 힘과 인내력을 가지고 있다고 생각해…. 나의 소년 시절, 나의 세계는 제니를 중심으로 움직이고 있었어. 나는 나의 장래를 제니의 장래와 연결시켜서밖에는 달리 생각할 수 없었어. 제니는 어떻게 생각했는지 모르지만 오늘 밤 제니가 그러하듯이 말이야. 확실히 제니는 언제나 약간… 나에 대해서 냉정했어. 제니! 내 성격이나 내가 받은 교육, 나의 무례한 언동, 모든 것이 제니의 마음에 들지 않았던 거야. 여러 해 동안 제니는 내가 해주려고 하는 것에 대해서 일종의 반감만을 나타내고 있었어. 그런 것이 나를 더 어색하게 만들었고, 더 반감을 가지도록 만든 거야! 내 말이 틀릴까?"

'맞아요.' 제니는 생각했다.

"그러나 벌써 그때부터 나는 제니의 반감 같은 건 아무렇지도 않았어…. 오늘 밤도 그렇지만…. 그때 내가 느끼고 있었던 감정에 비한다면 그것이 문제가 될 수 있을까? 그토록 격렬하고 집요한… 순수하고 내 생활의 중심을 이루고 있던 것, 그러면서 나는 오랫동안 그것을 꼭 집어서 뭐라고 불러야 할지도 몰랐고, 또 그럴 엄두도 나지 않던 감정에 견준다면 말이야?" 그의 소리는 떨리고 헐떡거렸다. "생각해봐…. 그해 여름의 일을…. 메종에서의 우리의 마지막 여름 일을! … 그해 여름 우리에게 운명의 힘이 가해졌다는 것을 제니는 몰랐어? 그리고 거기에서 벗어나지 못하리라는 것을?"

하나하나의 추억을 떠올릴 때마다 새로운 추억이 되살아나곤 했고, 그때마다 그녀는 뼛속까지 괴로움이 파고드는 것 같아서 그의 말을 더 듣지 않기 위해 다시 도망가고 싶은 충동을 느꼈다. 그러면서도 그녀는 한마디도 놓치지 않고 듣고 있었다. 그녀의 숨소리도 자크 못지않게 거칠었다. 그리고 자신의 마음을 드러내지 않기 위해, 자신의 숨소리를 억제하기 위해 온 힘을 한데 모았다.

"우리들 사이가 그랬듯이 두 인간 사이에, 제니—그런 끄는 힘, 그런 약속, 그렇게 큰 희망이 있을 경우—사 년, 십 년이 지나갔더라도 그것이 무슨 상관이 있겠어? 그것은 없어지지 않아…. 그래, 없어질 수 없어." 자크는 퉁명스럽게 말했다. 그리고 목소리를 낮춰 비밀을 털어놓듯이 속삭였다. "그것은 알지도 못하는 사이에 자라서 마음속에 뿌리를 내릴 뿐이야!" 제니는 마치 자신도 잘 알지 못했던 자신의 아픈 곳, 숨은 상처를 드러낸 것처럼 자존심이 몹시 상했다. 그녀는 머리를 조금 뒤로 젖혔다. 그리고 윗몸을 꼿꼿이 가누려고 팔을 뻗어 손으로 벤치를 짚었다.

"그리고 제니는 그해 여름의 제니 그대로야. 나는 그것을 느낄 수 있어. 내 눈은 틀림없어. 옛날 그대로의 제니! 옛날 그대로의 외톨이." 자크는 잠깐 망설였다. "옛날 그대로… 행복하지 못한! …또 이렇게 말하는 나도 마찬가지야. 외톨이야. 옛날 그대로 외톨이야…. 아! 제니, 이런 외톨이인 우리 둘! 이런 외톨이인 우리 둘이 사 년 동안 각자 암흑 속에 절망적으로 파묻혀 있었다니! 그러다가 갑자기 이렇게 만나게 됐으니! 그리고 할 수만 있다면 지금이라도…."

자크는 잠시 말을 중단했다가 다시 격하게 말했다.

"오늘 저녁처럼 혼신의 용기를 모아 '제니에게 말해야겠어' 라고 이야기하던 구월의 마지막 날을 생각해봐. 기억하겠지? 정오 무렵, 센강 둑 위, 풀 속에 자전거를 내동댕이치고… 꼭 오늘 밤처럼 나만 이야기했었지…. 그리고 오늘 밤처럼 제니는 아무 대답도 안 했고…. 그래도 제니는 와주기는 했었어. 그리고 오늘 밤처럼 내 이야기를 듣고 있었어…. 나는 제니가 동의하는 것으로 짐작했었어…. 둘이 다 눈에 눈물이 가득 고여 있었지…. 그리고 내가 입을 다물자마자 우리는 서로 쳐다보지도 않고 헤어졌던 거야…. 아! 그 침묵이 얼마나 엄숙했던지! 그리고 그 쓸쓸함이란! 그러나 그것은 빛나는, 희망으로 빛나는 쓸쓸함이었어!"

이번에는 제니가 몸을 움찔하며 다시 일어섰다.

"그래요…." 하고 그녀는 외쳤다. "그런데 삼 주 뒤에…!"

숨이 꽉 막히는 듯 말은 거기서 끝나버렸다. 그러나 엄습해오는 마음의 동요를 스스로 위장하기 위해 자신도 모르게 화를 내는 척했다.

고백과도 같은 그런 비난의 외침은 그때까지 자크의 마음속에 남아 있던 두려움과 불안을 송두리째 단숨에 쓸어버렸다. 그는 북받쳐 오르는 기쁨으로 어쩔 줄을 몰랐다.

"아! 제니" 하고 자크는 떨리는 목소리로 말했다. "그렇게 갑자기 떠나게 됐던 것도 설명해야겠어…. 오! 그렇다고 변명하려는 것은 아니야. 나는 발작적인 광기에 사로잡혔던 거야. 아무튼 나는 참 비참했었어! 나의 공부, 가정생활, 아버지!…그리고 또 다른 일 때문에…."

자크는 지젤을 생각하고 있었다. 오늘 밤에 그 이야기를 할까? …마치 절벽을 따라 손으로 더듬어가는 것 같은 느낌이었다.

자크는 낮은 목소리로 되풀이했다.

"또 다른 일 때문에…. 모두 설명해줄게. 나는 제니한테 성실하고 싶어. 처음부터 끝까지 성실하고 싶어. 그런데 그것이 무척 어렵군! 자기 자신에 관해 이야기할 때는 별수 없어. 진실을 모두 말하는 법이 없지…. 모든 것과 관계를 끊고서 해방되려고 행방을 감추고 싶어 하는 그 욕구, 그것은 끔찍한 것이야. 일종의 병 같은 것이지…. 나는 나의 온 생애를 통해 평온과 평화로움을 갈망해왔어! 나는 다른 사람들의 희생물이며, 만일 그들에게서 벗어나 그들로부터 멀리 떨어진 다른 곳에서 완전히 새로운 삶을 다시 시작한다면 마침내는 그런 평화스러움을 얻으리라고 늘 생각하고 있었던 거야! 하지만 내 말을 들어봐, 제니. 나는 오늘 확신해. 만일 이 세상에서 나를 고쳐줄 수 있고, 나를 들뜨지 않게 해줄 수 있는 사람이 있다면… 그것은 바로 제니야!"

제니는 또다시 세차게 돌아앉았다.

"사 년 전에 내가 당신을 붙잡았었나요?"

자크는 제니의 마음속에 자리 잡고 있으며, 앞으로도 계속 그럴 것이 틀림없는 무엇인가 냉혹한 것에 부딪힌 것을 느꼈다. 예전에도 마찬가지로 엇갈리는 둘의 성격이지만 잠시 합쳐지는 때가 이따금 있었다. 그러다가도 이렇게 마음속에 숨겨져 있는 냉혹함에 끊임없이 부딪치곤 했었다.

"사실이야…. 하지만…" 하고 그는 망설이며 말했다. "내 생각을 말해볼게. 그러면 제니는 지금까지 나를 붙잡아두기 위해 무엇을 했어?"

'아!' 하며 제니는 얼핏 생각했다. '이 사람이 떠나고 싶어 하는 것을 알았더라면 나는 틀림없이 무엇이든 시도했을 거야!'

"이해해줘. 나는 내 잘못을 얼버무릴 생각은 없어! 그래. 다만 알고 싶어…. (그의 미소, 다정한 목소리는 지금 말하려고 하는 것에 대해서 용서부터 구하는 것 같았다.) 나는 제니한테서 무엇을 얻었을까? 하찮은 것이었겠지! …이따금 덜 냉혹한 눈길, 전보다 덜 움츠리며 조금 적극적인 태도. 때로는 그나마 신뢰감을 저버리게 하는 말. 그런 것이 고작이었어…. 그러면서 입을 다물고 말을 안 하는가 하면, 다시 입을 열다가도 새침하게 나를 따돌린 적이 한두 번이 아니었지! 안 그래? 나를 미지의 세계로 몰아붙인 병적인 충동을 막아줄 만한 최소한의 고무적인 말이라도 제니는 내게 해준 적이 있어?"

제니는 이런 비난의 타당성을 인정하고도 남을 만큼 순박한 여자였다. 순간 이번에는 제니 쪽에서 스스로의 잘못을 인정하고 마음이 홀가분해졌으면 하는 심정이었다. 그러나 그때 마침 자크가 곁에 와서 앉았다. 제니의 몸은 뻣뻣해졌다.

"나는 아직 모든 사실을 이야기한 게 아니야…."

자크는 이 마지막 말을 지금까지와는 달리 불안해하면서 침통하고도 단호한 목소리로 이야기했기 때문에 제니는 몸을 떨었다.

"어떻게 설명하면 좋을지 모르겠군…. 아무튼 나는 오늘 무슨 일이 있어도 비밀을 다 털어놓고 싶어…. 그 당시 나의 생활에는 또 다른 사람이 있었어. 우아하고 귀여운 한 여자… 지젤이라고 해…."

제니는 날카로운 칼끝으로 가슴을 찔린 것 같은 느낌이었다. 하지만 자크가 스스럼없이 이런 고백을 한다는 것이—**그는 안 할 수도 있었을 것이다**—제니에게 커다란 감동을 가져다주었기 때문에 그녀는 자신의 고통은 거의 잊어버렸다. 자크는 제니에게 아무것도 숨기지 않았다. 따라서 제니도 완전히 신뢰할 수 있었던 것이다! 제니는 일종의 희열감에 사로잡혔다. 마음이 후련해지면서 자신을 숨 막히게 했던 비정한 저항을 마침내 깨끗이 버릴 수 있다는 생각이 들었다.

지젤의 이름을 입가에 떠올리려는 순간 야릇한 충동, 오래전부터 자신의 마음속에서 지워졌던 가슴 아픈 애정의 격정을 물리쳐야만 했다. 그러나 그것도 잠깐의 일이었다. 그것은 재 속에 파묻혀 있던 마지막 불꽃으로서 어쩌면 오늘 밤을 마지막으로 꺼지기를 기다렸는지 모른다.

자크는 말을 계속했다.

"지젤에 대해 내가 느끼고 있는 것, 그것을 어떻게 설명하면 좋을까? 정확한 말이 떠오르지 않는군…. 어떤 매력, 무의식적이고 피상적으로 느낀 매력은 무엇보다도 어린 시절의 추억 같다고나 할까…. 아니야, 그것만으로는 설명이 부족해. 나는 추호도 거짓말을 하고 싶지 않아. 있었던 일을 속이고 싶지 않아…. 지젤이 같이 있었다는 것이 집 안에서는 나의 유일한 즐거움이었어. 제니도 알다시피 그 애는 세련된 성품의 소유자야…. 마음이 따뜻하고 아주 헌신적인 여자지…. 나에게는 분명히 여동생 같았어…. 그러나." 하면서 그는 말 한마디 한마디를 끝마칠 때마다 목이 메는 듯한 소리로 말했다. "제니, 제니에게는 진실을 말해야겠어. 지젤에 대한 나의 감정…. 그것은 형제와 같은 것 이외에는 아무것도 아니었어. 정말… 순수한 것이었지!" 그는 입을 다물었다가 아주 낮은 소리로 말을 계속했다. "내가 형제애로서, **순수한** 애정을 가지고 사랑한 것은 바로 제니야. 나는 제니를 여동생처럼 사랑했어…. 여동생처럼!"

오늘 밤 이런 여러 가지 추억을 불러일으키다 보니 가슴이 찢어지는 것 같았다. 그는 갑자기 힘이 빠지는 것을 느꼈다. 뜻하지 않은 그리고 억제할 수 없는 오열이 목을 조였다. 고개를 숙여 두 손으로 얼굴을 감쌌다.

제니는 별안간 일어섰다. 그리고 한 발 물러섰다. 자크의 뜻하지 않은 약한 마음이 그녀에게 충격을 주었을 뿐만 아니라 그녀를 혼란에 빠뜨린 것이다. 그리고 지금까지 자크에 대한 자신의 불만이 잘못되었던 것이 아닌가 하고 처음으로 자문해 보았다.

자크는 제니가 일어나는 것을 보지 못했다. 제니가 벤치에서 떠난 것을 알자 자신으로부터 도망가려는 것으로 생각했다. 그렇지만 그는 움직이지 않고 몸을 웅크린 채로 계속 울고 있었다. 그 순간, 반은 의식적으로, 반은 엉큼한 생각에서 이 눈물을 이용할 수 있다는 것을 직감했을까?

제니는 물러가지 않았다. 넋 나간 사람처럼 거기에 있었다. 수줍음과 자존심으로 몸이 굳어져 있었으나 동시에 동정과 사랑의 마음으로 몸을 떨면서 절망적으로 자기 자신과 싸우고 있었다. 드디어 자기와 자크를 갈라놓고 있던 사이로 발걸음을 옮겼다. 자기의 무릎 높이에 머리를 숙인 채 두 손으로 얼굴을 감싸고 있는 자크를 알아보았다. 그때 제니는 어색하게 팔을 내밀었다. 그리고 손가락으로 자크의 어깨를 살짝 건드리자 그의 어깨는 심하게 떨렸다. 제니가 물러서려고 하자 자크는 그녀의 손을 붙잡았다. 그리고 그녀를 못 가게 붙들었다. 슬며시 자크는 제니의 원피스에 자신의 얼굴을 묻었다. 이와 같은 접촉이 제니를 몹시 흥분시켰다. 들릴까 말까 하는 내면의 소리가 지금 무서운 구렁으로 떨어지고 있다는 것, 사랑해서는 안 되며 더구나 이 사람을 사랑해서는 안 된다고 경고해주었다…. 제니의 몸은 위축되면서 굳어졌다. 그러나 물러서지는 않았다. 두려움과 황홀감에 빠진 제니는 불가피한 것에, 자신의 숙명에 순응했다. 이제는 무슨 일이 있어도 거기에서 벗어나지 못할 것이다.

자크는 제니를 껴안기 위해 팔을 앞으로 내밀었다. 그러나 검은 장갑을 낀 제니의 두 손을 붙잡는 것으로 그쳤다. 그러고 나서 하는 대로 내맡기고 있는 제니의 손을 잡고 벤치 쪽으로 끌어당겨 그곳에 억지로 앉혔다.

"제니뿐이야…. 제니만이 내가 지금까지 몰랐던 이 마음의 평정을 가져다줄 수 있어. 그리고 오늘 밤 제니 곁에서 나는 그것을 발견한 거야…."

'나도.' 하고 제니는 생각했다. '나도….'

"아마 이미 제니를 사랑한다고 한 사람이 있었을지도 몰라." 자크는 말을 계속했다. 목소리는 울림이 없었다. 제니에게는 그 목소리가 충분한 울림을 갖고 있기 때문에 자신에게 도달하여 마음속 깊은 곳까지 스며들어 혼란스러우면서 감미로운 사랑의 상처를 줄 것만 같았다. "그러나 내가 확신하는 것은 어느 누구도 내 감정만큼 깊고 오래 지속되며, 이만큼 생생한 감정을 제니에게 가져다줄 수는 없다는 거야!"

제니는 대답을 하지 않았다. 너무나 큰 감동 때문에 정신이 없었다. 시간이 지날수록 자크가 자신을 점점 더 사로잡는다고 느꼈다. 상대적으로 자기가 자크의 애정에 몸을 맡길수록 자크도 자신의 것이 된다고 느꼈다.

자크는 되풀이했다.

"지금까지 다른 사람을 좋아한 적이 있어? 나는 제니의 생활에 대해 아무것도 아는 것이 없어."

제니는 놀란 나머지 파란 두 눈을 들어 그를 보았다. 그 순간 그 눈동자가 어찌나 맑았던지 자크는 자신이 한 질문을 말끔히 지워버리기 위해서 어떤 대가라도 치렀을지 모른다.

그는 명백한 물리적 현상을 확인이라도 한 듯 확고하고 솔직한 투로 말했다.

"내가 제니를 사랑하는 것만큼 내게서 사랑을 받아본 사람은 아무도 없었어…." 그리고 잠시 간격을 두었다가 "나의 모든 삶은 오늘 밤을 기다리기 위한 것이었다고 느껴져!"

제니는 즉시 대답하지는 않았다. 드디어 지금까지 그가 들어본 적이 없는 단속적이고 낮게 울리는 소리로 제니는 중얼거렸다.

"나도 그래요, 자크."

제니는 벤치 등에 몸을 기댔다. 그리고 시선은 어둠 속을 향하고 고개를 숙인 채 꼼짝도 않고 있었다. 한 시간도 채 안 되어서 제니는 십 년이나 달라진 듯 보였다. 사랑을 받고 있다는 확신이 그녀로 하여금 새로운 마음가짐을 갖도록 했던 것이다.

그들은 서로 자신의 어깨와 팔을 통해 상대의 타는 듯한 체온을 느꼈다. 숨이 막히고 마음은 온통 혼란스러워져 눈만 깜박이며 입을 다물고 있었다. 그러면서 그들은 둘만의 세계, 이런 침묵, 이런 밤을 두려워하고 있었다. 마치 그들의 행복이 하나의 승리라기보다는 눈에 안 보이는 힘에 굴복한 것처럼 두려워하고 있었다.

별안간 그들의 머리 위에서, 지금까지 정지했던 시간 속에서 집요하게 쇠망치로 두드리는 듯한 성당의 종소리가 공간을 가득 메웠다.

제니는 마음을 달래면서 일어났다.

"열한시네!"

"가려는 것은 아니겠지, 제니!"

"엄마가 틀림없이 걱정하고 있을 거예요." 제니는 절망한 듯이 말했다.

자크는 붙잡으려 하지 않았다. 그는 자기가 가장 바라고 있던 것, 곧 그녀를 가까이 붙잡아두고 싶은 마음을 체념함으로써 무언가 야릇하고 새로운 기쁨을 느꼈다.

그들은 서로 말도 않고 나란히 돌계단을 내려와 라 파예트 광장까지 걸어갔다. 인도까지 왔을 때 마침 손님을 찾아 돌아다니는 택시 한 대가 그들 앞에 와서 섰다.

"어쨌든" 하고 자크가 말했다. "집에까지 데려다줄까?"

"안 돼요…."

그 어조는 쓸쓸하면서도 동시에 다정하고 또한 확고했다. 그러고 나서 곧 변명이라도 하듯 미소를 지었다. 자크는 제니가 미소 짓는 것을 보기는 참 오랜만의 일이었다.

"엄마를 다시 볼 때까지 잠시 혼자 있고 싶어요…."

자크는 '아무래도 좋아.' 하고 생각했다. 그리고 이렇게 스스럼없이 헤어질 수 있다는 것에 놀랐다.

제니는 미소를 거두었다. 이목구비가 섬세한 그녀의 얼굴에서는 고뇌의 표정 같은 것을 읽을 수 있었다. 그것은 마치 지난날의 고통이 할퀴고 간 흔적이 지금 너무나 새로운 행복감 속에 아직 남아 있는 듯했다.

제니는 수줍어하며 말했다.

"내일은 어때요?"

"어디서?"

제니는 주저하지 않고 말했다.

"집에서. 아무 데도 안 가고 있겠어요. 기다릴게요."

자크는 약간 놀라지 않을 수 없었다. 그러나 곧 둘 사이에는 서로 감출 것이 없다고 생각하면서 뭔가 자부심 같은 것을 느꼈다.

"집에서, 그래…. 내일…."

제니는 자크가 꼭 쥐고 있던 손을 슬며시 뺐다. 머리를 숙이고 자동차 안으로 몸을 감추었다. 자동차는 곧 달리기 시작했다.

자크는 문득 생각났다.

'전쟁….'

별안간 세상의 빛과 기온이 바뀌는 것 같은 느낌이 들었다. 팔을 흔들면서, 그리고 눈은 이미 시야에서 사라진 자동차 쪽을 응시하면서 그는 순간 견딜 수 없는 공포감과 싸웠다. 오늘 밤 유럽을 짓누르고 있는 불안은 또다시 그가 혼자가 되고 자유롭게 되는 것을 기다렸다가 그의 마음을 사로잡은 것 같았다.

"아니야, 전쟁은 아니야!" 그는 주먹을 불끈 쥐면서 중얼거렸다. "혁명이야!"

지금 그에게는 전 생애가 걸려 있는 이 사랑을 위해 그 어느 때보다도 더 정의롭고 순수하고 새로운 세계가 필요했다.

39

자크는 소스라쳐 놀라며 눈을 떴다. 초라한 이 방…. 정신이 나간 사람처럼 그는 불빛 속에서 눈을 깜박이면서 기억을 더듬어갔다.

제니…. 성당 앞의 작은 공원…. 튀일리 공원…. 새벽녘에 이르렀던 오르세역 뒤쪽 싸구려 여관….

그는 하품을 하면서 시계를 힐끗 쳐다보았다. '벌써 아홉시구나…!' 굉장한 피로를 느꼈다. 그러나 그는 침대에서 뛰어내려 물을 한 잔 마신 다음 거울에 비친 피곤한 얼굴과 빛나는 자신의 두 눈을 보고 씩 웃었다.

그는 어젯밤을 밖에서 지냈다. 자정쯤에 어떻게 된 영문인지 『위마니테』 앞에 있었다. 신문사 안에까지 들어가서 몇 계단을 올라갔었다. 그러나 중간쯤까지 올라갔다가 되돌아 나왔다. 제니가 돌아간 뒤에 석간신문의 속보를 가로등 불 밑에서 훑어보고 나서야 최신 소식을 알게 되었다. 그는 친구들의 정치 토론에 끼어들 용기가 나지 않았다. 자신에게 주어진 지금의 평온 상태를 헛되게 하다니. 오늘 밤 인생을 그토록 아름답게 해주는 이 즐거운 신뢰감을 급박한 사태 때문에 뒤죽박죽으로 만들어서야…. 천만에! …그래서 그는 더운 여름밤에 머리도 식힐 겸 해서 즐거운 마음으로 정처 없이 걸어보기로 했다. 이 넓은 파리의 밤하늘 아래에서 자신의 행복을 알고 있는 사람은 제니밖에는 아무도 없다는 생각을 하면서 흥분을 감추지 못했다. 그동안 가는 곳마다 줄곧 끌고 다니던 고독의 무거운 짐으로부터 처음으로 해방감을 느꼈는지도 모른다. 마치 발걸음의 리듬만이 자신의 희열을 나타낼 수 있는 것처럼 경쾌하고 춤추는 듯한 빠른 걸음으로 걸었다. 그의 머릿속에서는 제니 생각이 떠나지 않았다. 그녀의 말을 되뇌면서 자신들이 주고받은 말의 메아리에 온통 감동되었다. 아직도 그에게는 제니의 목소리의 하찮은 억양까지도 들리는 듯했다. 그녀의 모습이 그에게서 떠나지 않을 뿐만 아니라, 그것은 그의 마음속에 살아 있으면서 그의 마음을 독차지하고 있었던 것이다. 그만큼 그는 그것에 사로잡혀 자기 자신을 잊어버리고 있었고, 만물의 모습, 우주의 의미까지도 그것으로 완전히 바뀌어 숭고한 모습을 띠고 있었던 것이다…. 얼마 동안의 시간이 흐른 뒤에 그는 밤에도 열려 있는 튀일리 공원의 한 모퉁이에 있는 마르상 건물까지 왔다. 이 시각에 사람 하나 보이지 않는 공원은 휴식처로서는 안성맞춤이었다. 그는 벤치에 다리를 죽 뻗고 누웠다. 잔디밭과 연못에서는 상쾌한 냄새가 풍겨왔고, 페튜니아와 제라늄 꽃향기가 그곳을 뒤덮었다. 그는 잠드는 것이 두려웠으며, 언제까지나 자신의 즐거움을 만끽하고 싶었다. 새벽녘까지 그곳에 머물러 있었다. 그렇다고 무슨 뚜렷한 생각이 있어서도 아니었다. 별들이 차츰 희미해지는 하늘을 바라보며 지금까지 한 번도 경험하지 못한 순수하고 원대한 평정과 숭고한 감정에 사로잡혀 있었다.

여관을 나오자마자 자크는 신문가판대를 찾았다. 7월 26일 일요일의 모든 신문은 격분한 표제를 내걸고 세르비아의 회답에 관한 아바스 통신을 싣고 있었다. 그리고 폰 쇤 대사가 케 도르세에 제시한 위협적인 교섭에 대해 정부의 지시를 받기라도 한 것처럼 모두 한결같이 항의하고 있었다.

큰 표제를 한번 들여다보는 순간 아직 마르지 않은 신문지에서 풍겨 나오는 잉크 냄새가 자신이 투사임을 환기시켜 주었다. 그는 『위마니테』로 급히 가기 위해 버스에 올라탔다.

이른 아침인데도 불구하고 편집실 안에는 평소에 찾아볼 수 없었던 생기가 감돌고 있었다. 갈로, 파제스, 스테파니도 벌써 자신들의 부서에 와 있었다.

발칸 지역 정세에 관한 뜻밖의 상세한 정보가 들어왔다. 전날, 최후통첩에 대한 유예기간 만료 시각에 파시치 수상은 베오그라드 주재 오스트리아 공사 기슬 남작에게 세르비아 쪽의 회답을 알렸다. 이 회답은 타협적인 선을 넘었다. 곧 굴복을 뜻하는 것이었다. 세르비아는 모든 것을 수락했다. 오스트리아-헝가리 제국을 비난하는 세르비아의 선전을 공공연하게 금지시키고 그러한 금지를 **관보**에 게재하기로 받아들였다. 민족주의 사회단체인 **노로드나 오브라나**의 해산뿐만 아니라 반오스트리아 활동을 한 혐의가 있다고 인정되는 장교들을 군대에서 추방하는 것까지 약속하고 있었다. 다만 **관보**에 게재되는 본문의 문구와 혐의가 있는 장교들을 지명할 법정의 구성에 관한 보충 설명을 요청해왔다. 이것은 형편없는 보류 사항이며 상대편에 불만을 일으킬 만한 것도 못 되었다. 그러나 오스트리아 공사관은 무력 제재를 불가피한 것으로 하기 위해 무슨 일이 있어도 외교 관계를 단절시키라는 명령을 받기라도 한 것처럼 파시치 수상은 관저에 도착하자마자 기슬 공사에게서 '세르비아의 회답은 불만족스러운 것으로 인정하고, 오스트리아 공사관 전원을 그날 밤으로 세르비아에서 철수시킨다'라는 놀라운 통고를 받았다. 그러자 곧 그날 오후 동원 준비를 하고 있던 세르비아 정부는 서둘러 베오그라드를 떠나 행정 부서를 크라구예바츠로 옮겼다.

사태의 중대성은 아주 명확했다. 의심의 여지도 없이 오스트리아는 전쟁을 원하고 있었다.

이렇게 위기가 절박해도 『위마니테』에 모인 사회주의자들의 신념은 동요되지 않고 오히려 궁극적으로는 평화가 승리하리라는 신념을 확고히하는 것 같았다. 더구나 인터내셔널의 활동에 관해서 갈로가 모으고 있는 여러 가지 정확한 정보도 그런 희망을 정당화시켜 주고 있었다. 프롤레타리아의 저항은 더욱더 심해졌다. 무정부주의자들까지도 투쟁에 합류할 태세였다. 그들은 일주일 뒤에 런던에서 회의를 열기로 했다. 그리고 회의 일정에서 다른 모든 토의에 앞서 유럽 문제에 관한 토론을 하기로 되어 있었다. 파리에 있는 노동총연맹은 가까운 시일 안에 바그람가街의 홀에서 대대적인 시위를 벌일 계획을 세우고 있었다. 그 공식 기관지인 『라 바타유 조합주의자』*는 전쟁 발발의 경우 노동자 계급이 취할 태도에 대해 연합 회의에

* '조합 투쟁'이라는 뜻.

서 정식으로 의결된 결정을 대서특필하면서 주의를 환기시켰다. **어떠한 선전포고의 경우에도 노동자들은 바로 혁명적 총파업으로 대항해야 한다.** 마침내 브뤼셀의 민중 회관으로 긴급 소집된 인터내셔널의 유럽 지도자들은 끊임없는 의견 교환을 통해 그들 본부의 집회 준비를 게을리하지 않았다. 집회의 명백한 목적은 전 유럽의 저항을 통합하고, 위협당하고 있는 모든 국민에게 각국 정부의 위험한 정책을 근본적으로 거부하는 방법을 지체 없이 제공하기 위해 효과적인 조치를 취하는 데 있었다.

이 모든 것은 좋은 징조인 것 같았다.

게르만계 여러 나라에서 나타나고 있는 평화주의적 저항은 특히 의미심장했다. 오늘 아침에 도착한 오스트리아의 독일 야당 신문 최신호 몇 부가 이 사람 손에서 저 사람 손으로 회람되었는데, 그것을 갈로가 희망적인 주석을 붙여 번역했다. 빈의 『아르바이터차이퉁』*은 오스트리아의 사회당이 최후통첩을 거침없이 공격하기 위해 전 노동자의 이름으로 평화적 교섭을 요구하고 있는 장중한 선언문을 싣고 있었다. **평화는 지금 풍전등화나 다름없다 …. 우리는 온 힘을 다하여 거부하고 있는 이 전쟁의 책임을 받아들일 수 없다!**

독일에서도 마찬가지로 좌익 정당들이 항거하고 있었다. 『라이프치거 폴리스차이퉁』과 『포르뵈르츠』는 격렬한 기사를 통해서 독일 정부에 대해 오스트리아의 행동을 정면에서 부정하도록 촉구하고 있었다. 사회민주당은 28일 화요일을 기해서 베를린에서 대대적인 집회를 준비하고 있었다. 그리고 모든 독

* '노동자 신문'이라는 뜻의 독일어.

일 국민에게 보내는 매우 강경한 항의문 속에서 만일 발칸에 분쟁이 일어난다 해도 독일은 엄격히 중립을 지켜야 한다고 노골적으로 말하고 있었다. 갈로는 지도위원회가 어제 제출한 선언문에 대단한 중요성을 부여했다. 그는 그것의 몇 구절을 번역해서 높은 목소리로 들려주었다. **오스트리아 제국주의에 의해 일어난 호전적인 열기는 온 유럽에 죽음과 황폐를 가져올 것이다. 범세르비아 국가주의자들의 행동이 비난받아야 한다면, 동시에 오스트리아-헝가리 정부의 도발적 태도도 통렬히 항의를 받아야 한다. 오스트리아-헝가리 정부의 요구는 독립국가에 대해서 지금까지 유례를 찾아볼 수 없을 정도로 야만적인 것이다. 그것은 직접적으로 전쟁을 도발할 의도를 가지고 계획한 것으로밖에 생각할 수 없는 것이다. 독일의 의식 있는 무산계급은 인류와 문명의 이름으로 전쟁 선동자의 범죄적 행동에 대해서 격렬히 항의함과 동시에 정부는 오스트리아에 대해서 평화 유지를 목적으로 그의 영향력을 행사할 것을 엄중히 요구한다.** 그곳에 모인 몇 사람들은 이것을 읽고 격한 감격에 사로잡혔다.

자크는 친구들의 전적인 찬성과는 의견을 달리하고 있었다. 그가 볼 때 이 선언문은 아직도 너무 신중한 것 같았다. 독일 사회주의자들이 독일계 두 나라 정부의 공모 사실에 대해서 공공연한 암시를 하지 않은 것이 못마땅했다. 그는 베르히톨트와 베트만홀베크 두 수상 사이에 합의된 행동에 대한 협의를 공공연하게 공표함으로서 사회민주당은 독일의 모든 사회 계급의 대정부 여론을 환기시킬 수 있다고 생각했다. 자크는 그러한 자신의 의견을 확신하고 있었다. 그리고 사회주의자들이 취하고 있는 너무나 신중한 태도에 대해 꽤 신랄한 비난을 가했다.(그는 입 밖에는 내지 않았지만 독일의 사회주의를 통해서 실은 프랑스의 사회주의, 특히 의회파 그룹, 『위마니테』의 사회주의자들을 공격했다. 그가 볼 때 최근 며칠 동안 이들의 태도는 소심하며 너무 정부 쪽에 치우쳐 있고, 외교적이며 너무나 민족주의적이라는 생각이 들었다.) 갈로는 독일 사회민주당의 확고부동함과 그 저항의 효과를 믿고 있던 조레스의 의견에 반론을 제기했다. 그러나 자크의 질문에 대해서 갈로는 베를린에서 나온 정보에 따르면 사회민주당의 공식 지도자들의 대부분은 세르비아에서의 오스트리아의 군사 행동은 거의 불가피했었다는 것을 인정하면서 전쟁은 오스트리아-세르비아 국경에 **국한**할 필요가 있다는 빌헬름슈트라세*의 주장을 지지할 것 같다는 것을 솔직히 인정했다.

"오스트리아의 현재 태도로 보아서" 하고 갈로가 말했다. "그리고 현재 이미 행동으로 옮겨졌다는 점으로 보아서—이 일은 어쨌든 고려해야 할 것인데—**국지적** 해결은 타당하고 현실적인 거야. 곧 불길을 막기 위해 필요 없는 것을 걷어치우자는 것이고 분쟁 확대를 국한시키겠다는 거야."

자크는 의견을 달리했다.

"분쟁의 국지적 해결에 만족한다는 것은 오스트리아-세르비아 사이의 전쟁을, 적어도 승인했다고 자백하는 것이나 다름없어요. 따라서 그것은 얼마쯤은 강대국들의 중재 활동을 암암리에 거절한다는 뜻도 되지요. 그것만으로도 벌써 중대한 겁니다. 그렇지만 그것으로 끝나지 않아요. 설사 국지적인 것이라

* 독일 외무부가 있는 거리.

도 전쟁인 이상 러시아는 다음 가운데 양자택일로 나올 거예요. 곧 굴복하고 세르비아가 유린당하는 것을 보고만 있던가, 아니면 세르비아 쪽에 서서 오스트리아와 싸우던가. 그런데 러시아 제국주의는 자신의 세력을 공고히할 수 있는 이 절호의 기회를 포착해 오스트리아에 대항하기 위해 군대를 동원할 구실을 찾았다고 생각할 공산이 아주 큽니다. 그렇다면 우리는 어떤 지경에 처하게 될지 알 만하겠지요. 동맹 관계가 자동적으로 발동됨으로 해서 러시아의 동원은 곧 유럽 전체의 전쟁이 될 겁니다…. 그러니까 독일을 의식하든 안 하든 간에 분쟁의 국지적 해결을 고집하면서 러시아를 전쟁으로 몰고 있어요! 평화의 유일한 기회는 영국이 요구한 것같이 오히려 반대로 **분쟁을 국지적인 것으로** 하지 않고 **유럽의** 외교 문제로 삼는 거예요. 그렇게 되면 강대국들은 이 문제에 직접 관여하게 될 것이고 각 나라 정부는 모두 그 해결에 힘을 기울이게 되겠지요…."

모두들 자크가 말하는 것을 끝까지 듣고 있었다. 그러나 일단 그가 입을 다물자 반대 의견이 쏟아져 나왔다. 각자 자신의 말에 반론의 여지가 없다는 투로 "독일이 바라는 것은…." "러시아의 결심은…."이라고 말했다. 그것은 마치 모두가 나라의 중요한 회의에라도 참석하고 있는 것 같았다.

토론이 점점 혼란에 빠졌을 때 카디외가 나타났다. 그는 론 지방에서 오는 길인데, 조레스와 무테를 따라 베즈에 갔다가 지금 막 기차에서 내리자마자 오는 길이었다.

갈로는 일어서 있었다.

"보스도 돌아왔나?"

"아니. 오후에 돌아와. 리옹에 들렀어. 어떤 **견직물 제조업자**

한 사람과 만날 약속이 있어서….” 카디외는 미소를 지으면서 말했다. “허! 내가 경솔한 말을 한다고는 생각하지 않는데…. 그 **견직물 제조업자**라는 사람은 사회주의 실업가야. 그런 사람들이 더러 있지. 게다가 평화주의자야…. 상상하기 어려울 정도로 굉장한 부자인가 봐…. 그리고 선전을 위해 재산 일부를 당장 인터내셔널 본부 회계에 제공하겠다는 거야! 고려해볼 만한 일이지….”

“돈을 가진 사회주의자들이 모두 그렇게 나온다면…!” 하고 쥐믈렝이 중얼거렸다.

자크는 소스라쳤다. 쥐믈렝을 응시하고 있는 그의 시선은 조금도 움직이지 않았다.

방 한가운데서는 카디외가 계속 이야기하고 있었다. 그는 자신의 이번 여행, 어제저녁의 일에 대해서 흥분을 감추지 못하고 이야기를 늘어놓았다. “보스는 평상시보다 훌륭했어!” 그는 자신 있게 말했다. 그의 말에 따르면 조레스는 개회 삼십분 전에 세르비아의 굴복과 오스트리아의 거절, 뒤이은 외교단절과 두 나라 군대의 동원을 차례로 알았다. 그는 흥분해서 연단에 올라갔다. “보스가 한 연설로는 유일하게 비관적인 연설이었어!” 카디외가 말했다. 조레스는 갑작스런 영감이 떠올라 현대사의 생생한 정경을 그려갔다는 것이다. 그는 응징하는 듯한 목소리로 유럽의 각국 정부의 책임을 차례로 규탄했다. 오스트리아의 책임은 반복된 대담무쌍한 도발 행위로 이미 여러 차례 유럽에 불을 붙일 뻔했다는 점이며, 그 속셈은 오늘 정말 명료하게 드러났다. 그리고 세르비아에 도전함으로써 새로운 강권을 통해 흔들리고 있는 제국을 공고히하겠다는 목적밖에는 없다. 독일이 질 책임은, 처음 몇 주 동안에 걸쳐 오스트리아의 호전적 야심을 완화하고 자제하도록 하지 않고 오히려 그것을 지지한 듯한 점이다! 러시아의 책임은, 집요하게 남하 정책을 수행하고 여러 해 전부터 발칸에서 전쟁을 원하는가 하면 국위를 지킨다는 구실을 내세워 별로 위험 없이 개입하면서 콘스탄티노플로 진출해서 마침내 영-불 해협의 점령을 획책한 점이다! 그렇다면 프랑스의 책임은 그 식민 정책, 특히 모로코 정복으로 다른 나라의 합병 정책에 대해서 항의할 수 없게 되었으며, 권위를 가지고 평화를 옹호할 수 없게 된 점에 있다. 유럽 각 나라의 중요한 지위에 있는 정치가 모두의 책임은 삼십 년 전부터 그늘에서 국민의 생명이 걸려 있는 비밀 조약의 체결에 광분하고 있다는 점, 각국 정부를 전쟁 수행과 제국주의적 공략에 끌고들어가는 것 이외에는 아무런 이익도 없는 위험한 동맹 체결에 광분하는 점에 있다는 것이었다! "우리는 지금 우리의 뜻과 평화에 역행하는 끔찍한 위기를 맞이하고 있다…"라고 조레스는 외쳤다. "평화를 유지하기 위해서는 오직 한 번의 기회밖에 없다. 그것은 프롤레타리아가 그들의 모든 힘을 집약시키는 것이다…. 나는 일종의 절망과 함께 이 말을 외친다…."

자크는 건성으로 듣고 있었다. 그리고 카디외가 이야기를 끝내자 곧 일어섰다.

그때 마침 마르고 키가 큰, 보기에 몸이 좋지 않은 것 같으며 턱수염을 기르고 회색 머리에 나비넥타이를 매고 챙이 넓은 펠트 모자를 쓴 한 남자가 들어왔다. 쥘 게드*였다.

* 프랑스의 집산주의적 사회주의자이다.

모두들 입을 다물었다. 게드의 존재는 마치 고행자의 얼굴처럼 좀 성마르고, 환상에서 깨어난 표정을 하고 있었기 때문에 언제나 분위기가 좀 어색해지곤 했다.

자크는 얼마 동안 벽에 등을 기댄 채로 있었다. 문득 무슨 결심이라도 한 듯이 시계를 보더니 갈로에게 가볍게 인사를 한 다음 문 쪽으로 걸어갔다.

계단에서는 투사들이 몇 명씩 무리를 지어 자기들끼리 요란스럽게 토론을 계속하면서 오르락내리락하고 있었다. 계단 아래에서는 푸른 웃옷을 입은 늙은 노동자가 호주머니에 두 손을 찔러넣고 혼자서 입구의 문틀에 기대어 꿈꾸는 듯한 눈매를 하고 거리의 지나가는 사람들을 보면서 무정부주의자들의 옛 노래*를 낮고 굵은 목소리로 부르고 있었다.

행복하고 싶거든
제기랄
네 지주를 목매달려무나….

자크는 옆을 지나면서 꼼짝 않고 있는 그 남자를 슬쩍 쳐다보았다. 타서 구릿빛이 돌고 주름진 얼굴, 벗겨진 넓은 이마, 고상한 일면과 비속한 일면, 정력적인 면과 쇠약한 면이 뒤섞여 있는 모습이 자크에게 낯설지가 않았다. 그가 거리에 나왔을 때에야 비로소 기억에 떠올랐다. 지난해 겨울 어느 날 저녁 로켓가街의 『에탕다르』에서 만난 적이 있다. 그리고 그 늙은이는

* 아나키스트 라바숄이 단두대 밑에서 불렀다는 노래를 말한다.

병영 문 앞에서 반군국주의 전단을 뿌렸다는 이유로 구치소에 들어갔다가 나왔다는 사실을 무릎랑이 일러주었다.

열한시. 안개가 자욱한 가운데 태양은 거리 위에 소나기를 머금은 더위를 무겁게 쏟고 있었다. 눈을 뜨면서부터 그림자처럼 끈질기게 따라다니던 제니의 모습이 분명하게 떠올랐다. 호리호리한 몸매, 어깨 언저리의 날씬한 곡선, 베일의 주름에 감추어진 투명한 목덜미…. 행복한 미소가 그의 입가에 떠올랐다. 확실히 제니는 이 결심을 좋게 받아줄 거야.

증권거래소 광장에서는 신이 나서 떠들어대는 한 떼의 무리가 그의 앞을 지나갔다. 자전거에 먹을 것을 실은 젊은이들이 숲속에서 야외 점심을 즐기러 가는 것이 틀림없었다. 잠시 그들이 지나가는 것을 본 뒤에 센강 쪽으로 걸어갔다. 별로 급한 일도 없는 자크는 앙투안을 만나려고 생각했다. 그러나 형이 정오 이전에는 거의 돌아오는 법이 없다는 것을 그는 알고 있었다. 길거리는 조용하고 텅 비어 있었다. 물을 뿌린 아스팔트에서는 강한 냄새가 올라오고 있었다. 그는 고개를 숙인 채 걸으면서 아무런 생각 없이 콧노래를 불렀다.

행복하고 싶거든
제기랄….

"선생님은 아직 돌아오시지 않았는데요." 그가 위니베르시테가街의 집에 도착했을 때 수위 아주머니가 그에게 일러주었다.

자크는 근처를 둘러보기도 할 겸 밖에서 기다리기로 작정했다. 멀리서 자동차가 오는 것을 알 수 있었다. 앙투안이 손수 운전을 하고 있었다. 그는 혼자였는데 수심에 찬 모습이었다. 차를 세우기 전에 동생을 보더니 여러 차례 고개를 흔들었다.

"어떻게 된 거야, 오늘 아침 그 일은 모두가?" 하고 앙투안은 자크가 자동차 문에 다가서자마자 물었다. 그는 쿠션 위에 있는 대여섯 종류의 신문을 손가락으로 가리켰다.

자크는 아무런 대답도 않고 얼굴을 찡그렸다.

"올라가서 점심이나 같이할까?" 앙투안이 제의했다.

"아니야. 형한테 할 말만 하면 돼."

"여기 길가에서?"

"응."

"그럼 차 안에라도 들어가서 하자꾸나."

자크는 형 곁에 앉았다.

"나 돈 이야기 좀 하려고 왔어." 자크는 좀 괴로운 듯한 목소리로 즉시 말했다.

"돈이라고?" 순간 앙투안은 놀란 모습을 띠었다. 그러나 곧 이렇게 말했다. "뭐 어려울 것 없지! 원하는 대로 줄게."

자크는 화가 난 태도로 그의 말을 막았다.

"그게 아니라! …있잖아, 그 증서에 관해서 이야기하고 싶은데. 아버지가 돌아가신 뒤에…. 그거 말이야…."

"유산 말이니?"

"응."

자크는 스스로 그 말을 하지 않아도 되었던 것을 무척 홀가분하게 생각했다.

"…너… 생각이 바뀌었니?" 하고 신중한 태도로 앙투안이 물었다.

"그런지도 모르지."

"좋아!"

앙투안은 미소를 띠었다. 그는 자크를 몹시 화나게 하는 태도를 취했다. 그것은 남의 생각을 꿰뚫어보는 점쟁이 같은 태도였다.

"섭섭하게 여기지는 않았다마는" 하며 앙투안은 말을 꺼냈다. "그 당시 네가 보내온 답장 말인데…."

자크는 그의 말을 가로막았다.

"내가 그저 알고 싶은 것은…."

"네 몫이 어떻게 되었느냐 하는 거지?"

"응."

"그 몫이 너를 기다리고 있어."

"만약에 내가… 그것을 받으려면 일이 복잡할까? 시간은 오래 걸려?"

"아주 간단해. 공증인 베노 사무실에 가서 수속을 하면 그가 맡은 물건을 알려줄 거야. 그다음은 주권이 보관되어 있는 중개인 종코이에게 가서 수속을 하는 거야. 네가 가서 일러주기만 하면 돼."

"그렇다면 그것은… 내일이라도 할 수 있을까?"

"꼭 그렇게 해야 한다면…. 그렇게도 급하니?"

"응."

"좋아." 앙투안은 말했다. 그는 그 밖에 다른 것은 물어볼 수가 없었다. "공증인에게 네가 간다고 미리 알려주기만 하면 돼…. 그런데 오늘 오후 뤼멜을 만나러 집으로 오지 않겠니?"

"봐서… 올게…."

"그렇다면 일은 간단해. 그때 내일 베노 씨에게 가져갈 편지를 줄게."

"알았어." 하고 자크는 자동차 문을 열면서 말했다. "그럼 가보겠어. 안녕! 고마워. 증서 가지러 다시 올게."

앙투안은 장갑을 벗으면서 멀어져가는 동생을 바라보았다. '어쨌든 괴짜야! 자기 받을 몫이 얼마나 되는지 물어보지도 않으니!'

그는 신문 뭉치를 다시 주워 모았다. 그리고 차를 인도 가장자리에 세워놓고는 생각에 잠긴 모습으로 집 안으로 들어갔다.

"**그분**이 전화를 주셨는데요." 레옹이 고개를 들지도 않고 말했다. 그것은 바탱쿠르 부인의 이름을 입 밖에 내지 않기 위해 레옹이 언제나 쓰는 완곡한 표현이었다. 앙투안 쪽에서도 그 문제에 관해 주의를 주려고 생각해본 적이 지금까지 한 번도 없었다. "**그분**은 선생님이 돌아오시는 대로 전화를 주셨으면 하던데요."

앙투안은 눈살을 찌푸렸다. 끊임없이 전화로 성가시게 구는 안의 나쁜 버릇! …그러면서도 그는 곧 서재로 들어가 전화 곁으로 갔다. 밀짚모자를 목덜미까지 내려 쓰고 손을 든 채 수화기를 들 생각도 않고 얼마 동안 전화기 앞에 서 있었다. 그는 멍청한 눈으로 테이블에 금방 내던진 신문을 바라보고 있었다. 그러다가 갑자기 전화기에서 물러섰다.

"이런 때, 원!" 하고 나지막한 소리로 말했다.

정말 오늘은 머릿속에 다른 일로 꽉 차 있었다.

앙투안과의 대화를 통해 마음이 흐뭇해진 자크는 이제 제니를 만날 일만 생각했다. 그러나 퐁타냉 부인이 있을 것을 생각하니 한시 반 내지 두시 전에는 옵세르바투아르가街로 갈 엄두가 나지 않았다.

'자기 어머니에게는 무어라고 말했을까?' 그는 마음속으로 생각했다. '나를 어떻게 맞아줄까?'

자크는 오데옹 극장 근처에 있는 학생식당에 들어가 천천히 점심을 먹었다. 그리고 시간을 보내려고 뤽상부르 공원에 갔다.

서쪽에서 오는 먹구름이 이따금 햇빛을 가리곤 했다.

"우선 영국은 움직이지 않을 거야." 하고 그는 『악시옹 프랑세즈』에서 읽은 국수주의적인 기사를 생각하면서 혼잣말을 했다. "영국은 중립을 지키겠지. 그리고 중재의 시기를 기다리면서 방관할 거야…. 러시아가 전투태세에 들어가려면 두 달은 걸릴 테고…. 프랑스는 곧 패전할 테고…. 그러니까 민족주의자들에게도 평화만이 유일한 합리적인 해결책일 거야! …그런 기사는 범죄나 다름없어. 스테파니가 그것에 관해 무어라고 말해도 그 무서운 영향력은 부정할 수 없어…. 다행스런 일은 일반 대중들에게서 역시 아주 강한 보수적 본능과 그리고 뭐니 뭐니 해도 현실에 대한 놀랄 만한 감각을 찾아볼 수 있거든…."

큰 공원은 햇살과 그늘, 푸르른 수풀, 꽃, 장난치는 아이들로 가득했다. 나무숲 한 모퉁이에 있는 빈 벤치가 그의 눈길을 끌었다. 그는 털썩 주저앉았다. 초조한 나머지 안절부절못해 마음을 안정시킬 수 없었던 자크는 여러 가지 일, 유럽, 제니, 메네스트렐, 조레스, 앙투안, 아버지의 유산을 생각하고 있었다. 상원의 큰 시계가 십오분을 치고 나서 다시 또 삼십분을 치는 소리가 들렸다. 마음을 달래면서 십분을 더 기다렸다. 그러나 더 이상 참을 수 없어서 자리에서 일어나 성큼성큼 걷기 시작했다.

제니는 집에 없었다.

그에게는 예측할 수 없던 뜻밖의 일이라고 하지 않을 수 없었다. "아무 데도 가지 않고 있겠어요"라고 말한 제니가 아니었는가?

난감해진 자크는 마음속으로 들은 설명을 여러 차례 되풀이해보았다. 부인은 며칠 예정으로 여행을 떠나시고 안 계십니다…. 아가씨는 역까지 배웅하러 갔는데 몇 시에 돌아오겠다는 말은 없었습니다.

하는 수 없이 수위실을 떠났다. 밖으로 나온 자크는 완전히 얼빠진 사람 같았다. 마음의 충격이 어찌나 컸던지 퐁타냉 부인의 갑작스런 출발과 제니가 어제저녁 집에 돌아와 어머니에게 어쩌면 털어놓았을지도 모를 여러 가지 속내 이야기와 어떤 관계가 있지 않을까 하고 생각할 정도였다. 터무니없는 추측…. 그럴 리가 없어. 제니를 다시 만날 때까지는 이런저런 생각은 그만두자. 그는 수위 아주머니의 말을 다시 생각했다. "…부인은 며칠 예정으로 여행을 떠나시고 안 계십니다." 그렇다면 며칠 동안 제니는 파리에 혼자 있는 것일까? 이런 즐거운 추측이 다소 그의 실망을 덜어주었다.

그런데 당장은 어떻게 하지? 오후 여덟시 십오분까지 기다려야 했다. 그 시간에 스테파니가 글라시에르 지부의 누구보다도 활동적인 두 사람의 투사를 소개해주기로 되어 있었기 때문이다. 그때까지는 자유로웠다.

자크는 앙투안이 집으로 오라고 했던 일이 생각났다. 다시 제니 집에 갈 때까지 형 집에 가 있기로 작정했다.

40

앙투안의 응접실에는 이미 대여섯 명이 모여 있었다.

자크는 들어가자마자 형을 눈으로 찾았다. 마뉘엘 르와가 와서 그를 맞이했다. 앙투안은 필립 박사와 함께 서재에 있는데 곧 나올 것이라고 했다.

자크는 스튀들레와 르네 주슬렝, 그리고 전에 아버지의 머리맡에서 만난 적이 있는 키가 작고 턱수염을 기른 명랑한 성격의 의사 테리비에와 악수를 했다.

키가 크고 아직 젊으며 한창때의 나폴레옹을 연상케 하는 정력적인 모습의 한 남자가 난로 앞에서 큰 소리로 장광설을 늘어놓고 있었다.

"그렇고말고." 남자는 말했다. "각국 정부는 한결같은 위세로 한결같이 성실한 체하면서 전쟁을 원하지 않는다고 항변하고 있어. 그렇다면 왜 좀 더 타협적으로 나오면서 그것을 실증하려고 하지 않을까? 그들이 하는 수작은 민족의 명예라든가 위신, 절대적 권리라든가 정당한 갈망 같은 것에 관한 것뿐이야…. 그들 모두가 '그래, 평화를 원해. 그러나 나에게 이익을 가져다주는 평화말이야'라고 말하는 것 같아. 그런데 이런 말을 듣고 분개하는 사람이 아무도 없어! 그만큼 개개인의 생각이란 정부와 마찬가지야. 무엇보다도 거래에서 재미를 보려고 들지! …이게 문제야. 이를테면 모두에게 이득이 돌아가게 할 수 없다는 점이 말이야. 평화 유지는 서로의 양보 없이는 얻을 수 없는 건데….”

“누구지요?” 하고 자크가 르와에게 물었다.

“안과의사 피나치입니다…. 코르시카 출신이지요…. 소개해 드릴까요?”

“아니요, 그럴 필요 없습니다….” 자크는 얼른 대답했다.

르와는 미소를 지었다. 그리고 자크를 구석에 데리고 가서 상냥스런 태도를 보이며 그의 곁에 앉았다.

르와는 스위스, 특히 제네바를 잘 알고 있었다. 여름철에 몇 해를 계속해서 레가타*에 참가한 일이 있었기 때문이다. 자크는 자신이 하고 있는 일에 관해 질문을 받았기 때문에 자신의 개인적인 일, 저널리즘에 관해 이야기했다. 그는 신중한 태도를 취하기로 결심했다. 그리고 이런 패들에게 쓸데없이 자신의 의견을 피력하는 일은 삼가기로 했다. 곧 이야기를 전쟁 쪽으로 이끌고 갔다. 그것은 지난번에 이 젊은 의사가 그에게 들려준 말 가운데서 이 의사의 정신 상태가 그의 마음에 걸리는 것이 있었기 때문이다.

“나는” 하고 르와가 가느다란 그의 갈색 수염을 손끝으로 어루만지면서 말했다. “1905년 가을부터 전쟁을 생각해왔습니다! 그런데 당시 나는 불과 열여섯 살이었어요. 최초의 바칼로레아 시험**을 치르고 나서 스타니슬라스 학교에서 철학을 공부하고 있었어요…. 그건 그렇고, 그해 가을 나는 독일의 위협

* 보트 경주.

이 우리 세대 앞을 가로막고 있다는 것을 확실히 느꼈습니다. 그리고 많은 내 친구들도 나와 똑같이 느꼈습니다. 우리는 전쟁을 바라지 않아요. 그러나 그 뒤부터 우리는 전쟁을 당연하고 피할 수 없는 하나의 사실로서 받아들이고 있습니다."

자크는 눈썹을 치켜올렸다.

"당연하다고요?"

"그래요. 말하자면 결판을 내야 할 일이지요. 프랑스가 계속 존재하기를 원한다면 언젠가는 결심해야 할 일입니다!"

스튀들레가 획 돌아서서 그들 곁으로 오는 것을 보고 자크는 거북함을 느꼈다. 자크는 제삼자 없이 좀 더 물어보고 싶었는지 모른다. 그는 르와에게 약간의 증오심을 느꼈지만 그렇다고 적개심을 품은 것은 아니었다.

"프랑스가 계속 존재하기를 원한다면?" 하고 스튀들레가 거만한 말투로 반복했다. "그보다 더 자극적인 말이 있을까?" 하고 그는 주의를 주듯 말했다. 그러나 이번에는 자크를 향해 말했다. "그것은 애국주의를 전유물로 해서 언제나 그 호전적인 속셈을 애국적 감정으로 호도하려는 민족주의자들의 괴벽이지 뭐야? 마치 전쟁을 향해 마음이 끌리는 것이 애국주의의 특허처럼 되어 있으니 말이야!"

"당신은 놀랍군요, 칼리프." 하고 비꼬는 투로 르와가 말했다. "우리 세대의 인간들은 당신 같은 인내심을 갖고 있지 못해요. 이들은 더 민감하답니다. 우리 세대는 더 이상 독일의 도발을 참고 견디기를 거부합니다."

** 프랑스의 대학입학 자격 시험.

"하지만 지금까지는 오스트리아의 도발만이 문제였지요…. 그것도 목표는 우리가 아니었고요!" 자크가 말에 끼어들었다.

"그렇다면 언젠가는 우리 차례가 오기를 기다리면서 당신은 방관자로서 게르마니즘이 세르비아를 유린하는 것을 구경만 하겠다는 건가요?"

자크는 아무 대답도 안 했다.

스튀들레는 비웃었다.

"약자들의 옹호라고? …그건 그렇고, 영국이 파렴치하게도 남아프리카의 금광을 탈취했을 때 프랑스는 왜 세르비아인들과는 달리 연약하고 착한 소수 민족인 보어인들을 구하러 나서지 않았나? 그럼 오늘에 와서는 어째서 그 가엾은 아일랜드를 도우러 나서지 않는가 말이야? …그런 멋진 행동을 완수하는 데는 유럽의 모든 군대를 싸움판에 끌어들일 위험이라도 있다고 생각하는 건가?"

르와는 그저 미소만 짓고 있을 뿐이었다. 그는 곰곰이 생각하다가 자크 쪽을 돌아보았다.

"칼리프 씨 같은 분들은 그들의 감상벽 때문에 전쟁에 대해 엉뚱한 것을 생각하고… 전쟁의 현실성을 전적으로 무시하려 드는 그런 순진한 사람들에 속하지요."

"현실성?" 하며 스튀들레가 말을 가로막았다. "이를테면?"

"이를테면 여러 가지를 들 수 있겠지만…. 우선 자연의 법칙을 들 수 있겠지요. 인간 속에 깊이 뿌리를 박고 있는 본능으로서, 품위를 떨어뜨릴 만한 손상을 입히지 않고는 그것을 제거하지 못할 거예요. 건전한 인간은 힘으로 살아야 해요. 이것이 법칙이지요…. 그다음에 인간으로서 매우 귀하고 훌륭한… 그리고 사기를 북돋는 덕성을 발휘하는 좋은 기회라는 겁니다!"

"도대체 어떤 덕성입니까?" 자크는 순전히 질문하는 듯한 어조를 유지하려고 애쓰면서 물어보았다.

"아, 저." 하고 르와는 작고 둥근 머리를 치켜들면서 말했다. "내가 가장 높이 평가하고 있는 덕성입니다. 곧 남성적인 정력, 위험을 좋아하는 취향, 의무에 대한 자각, 더 적절하게 말하자면 자신의 희생, 크고 집단적이고 영웅적인 행동을 위한 개인 의사의 포기…. 젊고 강인한 청년에게는 영웅주의가 굉장한 매력이 있다는 사실을 모르십니까?"

"그것은 알아요." 자크가 간결한 말투로 대답했다.

"용기란 훌륭한 거지요!" 하며 자신만만한 미소에 눈을 반짝이면서 르와가 계속 말했다. "전쟁은 우리 나이의 사람들에게는 하나의 멋진 스포츠이지요. 무엇에도 비할 데 없는 고상한 스포츠!"

"스포츠라고?" 하고 분개한 스튀들레가 투덜거리며 말했다. "인명을 희생시키는 스포츠군!"

"그래서 어떻다는 거예요?" 하고 르와가 대들었다. "인간은 아주 번식력이 강해요. 그래서 필요하다면 이따금 이런 사치를 즐길 만하지 않겠어요?"

"필요하다면?"

"국민들의 건강을 위해서 주기적으로 상당량의 출혈이 필요해요. 너무 긴 평화 시대가 계속되면 이 세상에는 많은 독소가 생겨나 그것에 중독되어버리니까요. 그래서 집 안에만 틀어박혀 있는 개인의 경우처럼 이 세상도 정화될 필요가 있는 거지요. 내가 보기에 지금 이 순간 프랑스인의 정신에는 특히 상당량의 출혈이 필요하다고 생각합니다. 그런데 유럽인의 정신도, 만일 우리가 서유럽 문명을 몰락에 빠뜨리거나 천박한 것으로 만들 생각이 없다면 그것이 필요하지요."

"내가 보기에 비열이란 바로 잔인과 증오에 굴복하는 것을 뜻해!" 하고 스튀들레가 말했다.

"잔인이라고 누가 당신에게 말했던가요? 누가 증오라고 그랬고요?" 르와는 어깨를 으쓱해 보이면서 반격했다. "언제나 어떤 주제에도 적용할 수 있는 똑같은 일반적인 논리, 우스꽝스럽고 상투적인 것의 되풀이군요! 확실히 말해두지만 우리 세대에 사는 사람들에게 전쟁이란 잔인성에 호소하는 의미는 조금도 지니지 않아요. 더구나 증오는 더 말할 나위도 없고요! 전쟁이란 인간 대 인간의 말다툼 같은 것은 아니지요. 그것은 개개인을 초월한 것이에요. 곧 그것은 국가 사이의 일종의 모험이에요…. 굉장한 모험이지요! 순수한 상태에서 하는 시합 말입니다! 운동장에서와 마찬가지로 전쟁에서 싸우는 인간들은 시합하는 두 팀의 선수들이나 다름없어요. 곧 그들은 서로 원수 사이가 아니고 경쟁 상대일 뿐인 거예요!"

스튀들레는 말의 울음소리 같은 날카로운 소리를 냈다. 그는 꼼짝도 않고 눈앞에 있는 젊은 검투사를 주시하고 있었다. 그런 그의 눈동자는 어둡고 팽창되어 있었으나 거의 무표정했으며, 흰자위 속에서 헤엄치고 있었다.

"나에게는 모로코에 가 있는 대위 형이 한 분 계세요." 하며 르와가 조용히 말을 계속했다. "칼리프, 당신은 도무지 군대라는 것을 모르고 있어요! 당신은 젊은 장교들의 정신 상태라든가, 그들의 범속한 생활이라든가, 그들의 정신적인 고매함 같은 것을 모르고 있어요! 그들이야말로 큰 이념에 봉사하기 위해 사리사욕을 떠난 용기가 어떤 것인지를 보여주는 생생한 본보기라고요…. 당신과 같은 사회주의자들은 그런 모임에 합류해보는 것도 좋을 것입니다! 질서 있는 사회가 어떤 것인지를 알게 될 테니까요. 저속한 야심은 전혀 발을 들여놓을 수 없는, 각자가 거의 금욕적인 생활을 하면서 자신들의 삶을 그야말로 공동체를 위해 바치는 그런 사회 말입니다!"

르와는 자크 쪽을 보았다. 그러면서 호응이라도 해달라는 것 같았다. 그는 솔직한 눈길로 자크를 뚫어지게 바라보았다. 그래서 자크는 더 이상 침묵을 지킨다는 것은 배신 행위나 다름없다고 생각했다.

"그 모두가 정확히 보신 거라고 생각합니다." 하며 자크는 신중히 말을 시작했다. "적어도 식민지 군대의 젊은 간부들 사이에서는… 그리고 그들의 이념이 어떻든지 그 이념에다 자신들의 생명을 용감히 바치는 사람들을 보는 것보다 더 감동적인 것은 없습니다…. 그러나 나는 그런 용감한 젊은이들이 어떤 뜻하지 않은 오류의 희생물이 되기도 한다고 생각합니다. 그들은 진심으로 숭고한 사명에 몸을 바치고 있다고 믿습니다. 그런데 사실은 자본에 봉사하고 있는 것에 불과하지요! …당신은 모로코의 식민지화라고 말씀하시지만… 그것도 실은…."

"모로코 정복이야." 하고 스튀들레가 잘라 말했다. "대단한 규모의 '사업', '계략'에 지나지 않아! …거기에 죽으러 가는 자들은 결국 속고 있는 거야! 그들은 강도 같은 짓에 자신들의 목숨을 바치고 있다는 것을 조금도 생각하지 못하고 있어!"

르와는 눈을 반짝거리며 스튀들레를 보았다. 그의 얼굴색은 창백해져 있었다.

"이런 썩어빠진 시대에는" 하고 그는 외쳤다. "군대야말로 신성한 대피소이며 위대한…."

"아, 형님이 왔어." 하고 자크의 팔을 건드리며 스튀들레가 말했다.

필립 박사가 앙투안을 데리고 들어왔다.

자크는 필립 박사를 알지 못했다. 그러나 형이 그에 관해서 하는 말을 하도 자주 들었기 때문에 염소 수염을 기르고 있는 이 늙은 임상가의 모습을 호기심을 가지고 관찰했다. 그는 헐렁한 알파카 재킷을 허수아비처럼 메마른 그의 두 어깨에 걸치고 깡충깡충 뛰듯이 걸어 들어왔다. 스패니엘종 개의 눈처럼 짙은 눈썹 밑에 가려져 있는 그의 두 눈은 작고 빛났으며, 뚜렷이 누구를 보는 것도 아닌데 좌우로 움직이며 주의를 살피고 있었다.

제각기 하던 이야기를 멈추고 입을 다물었다. 모두가 차례차례로 박사에게 가서 인사를 했다. 박사는 무관심하게 힘없는 손을 내밀었다.

앙투안은 동생을 그에게 소개했다. 자크는 날카로운 그의 시선이 자신을 뚫어지게 바라보고 있다는 것을 느꼈다. 그런 무례한 시선 뒤에는 극도의 소심함이 숨겨져 있는 것 같았다.

"여, 자네 동생이라…. 응… 그래…." 하고 필립 박사는 콧소리를 내며 말했다. 그러면서 그는 자크의 성격이며 생활에 관해 소상히 알고 있다는 듯이 관심 있는 태도를 보이면서 아랫입술을 깨물었다.

그리고 자크에게서 시선을 떼지 않고 곧 말했다.

"독일에 자주 갔었다는 말을 들었는데…. 나 역시 자주 갔었지요. 흥미 있었어요."

그는 말하면서 자크를 점점 더 자기 앞으로 밀고 갔다. 그 때문에 그들은 곧 창가에 둘만이 있게 되었다.

"언제 가보아도" 하며 그는 말을 이었다. "내가 생각하기에 독일은 수수께끼 같았어요…. 안 그래요? 극단과… 예측 불허의 나라…. 유럽에서 독일 사람들처럼 유별나게 평화주의적인 인간형이 있을까요? 없을 거예요…. 다른 한편으로 그들의 핏속에 흐르고 있는 군국주의…."

"그러나 독일의 인터내셔널리즘은 유럽에서 가장 활발하다고 생각합니다." 자크는 용기를 내어 말했다.

"그렇게 생각하십니까? 그래요…. 그 모든 것은 재미있지요…. 그런데 지금까지 내가 생각한 것과는 반대로 지난 며칠 동안 일어난 사건을 보면 어쩐지…. 외무부에서는 독일의 타협적 행동에 기대를 걸 수 있지 않을까 생각하는 것 같더군요. 대경실색할 일이지요…. 당신은 독일의 인터내셔널리즘이라고 말했는데…."

"그렇습니다…. 독일에서는 군부를 떠나서 보면 군대와 민족주의 사이에 전반적인 불신감이 있다는 것을 알 수 있습니다. 국제조정협회는 보기 드물게 활기 있는 단체로서 거기에는 독일의 귀족 계급의 명문들이 모두 열거되어 있으며, 우리 프랑스의 평화주의 단체와는 다르게 영향력을 가지고 있습니다. 잊어서는 안 될 일은 독일이란 나라에서는 리프크네히트처럼 미치광이 같은 투사가 **반군국주의**에 관한 팸플릿 때문에 투옥

되었다가도 프로이센의 연방의회와 곧이어 독일 연방의회 하원에 피선되는 그런 곳입니다! 우리 나라의 경우 저명한 반군국주의자가 의회에 들어가서 연설한다는 것을 생각이나 해볼 수 있겠습니까?"

필립 박사는 코를 훌쩍이며 주의 깊게 듣고 있었다.

"좋아요… 좋아…. 모두가 재미있군요…." 그러고는 불쑥 말했다. "나는 오랫동안 자본과 금융 기관과 대기업의 인터내셔널화는 조그마한 국지적 혼란이 일어나도 전 세계를 밀접하게 만들어주며 전반적인 평화의 새롭고도 결정적인 요인이 된다고 믿어왔어요…." 박사는 미소를 지으며 그의 턱수염을 쓰다듬었다. "이것은 이론적인 견해입니다만." 하며 그는 아리송하게 말을 맺었다.

"조레스도 그렇게 믿고 있었습니다. 그는 지금도 그렇게 믿고 있어요."

박사는 얼굴을 찌푸리며 말했다.

"조레스…. 조레스는 전쟁 방지를 위해 일반 대중의 영향력도 기대하고 있어요…. 이론상으로요! …사람들은 호전적이고 투쟁적으로 나오는 민중운동을 곧잘 머리에 떠올리지요…. 그러나 평화 유지에 필요 불가결한 통찰력, 의지, 절도를 보여주는 민중운동 같은 것을 과연 생각할 수 있을까요…?"

그는 잠시 간격을 두고 있다가 말했다.

"나처럼 전쟁에 대해 혐오감을 느끼는 사람들은 따지고 보면 특수하고 개인적이며 구조적인 동기… 단순한 체질적인 결백에 그저 따르고 있는 것에 불과할지 몰라요…. 과학적인 지혜를 가지고 있다면 아마 파괴 본능을 자연적인 본능으로 간

주할지 모르지요. 이것은 생물학자들에 의해서 대체로 확증된 것 같은데…. 그런데" 하고 그는 또다시 화제를 옮기면서 말을 계속했다. "우스운 것은 이런 문제를 해결하려면 끈질긴 연구가 필요한데 지금 유럽에서 제기되고 있는 진지하고 절박한 모든 문제 가운데서 전쟁이라는 비상 수단을 통해 쾌도난마식으로 해결할 수 있는 것은 내가 보기에 하나도 없어요…. 그렇다면?"

박사는 미소를 짓고 있었다. 지금 그가 한 말은 그가 방금 했거나 들은 말과 전혀 부합되는 것 같지 않았다. 짙은 눈썹 밑에 가려져 있고 심술기로 번득이는 눈을 가진 박사는 언제나 자기 자신을 향해 무엇인가 신랄한 이야기를 하고는 내심으로 비웃으며 즐기는 것 같았다.

"나의 아버지는 군인 장교였어요." 하며 그는 이야기를 계속했다. "아버지는 제2제정 당시 모든 전쟁에 참가했지요. 나는 줄곧 전쟁 이야기를 들었습니다. 그런데 어떤 전쟁이든지 그 원인이나 정확한 이유를 알아내려고 하면 거기에는 언제나 불필요함이라는 특성을 발견하게 되거든요. 매우 흥미 있는 일이지요…. 잠시 물러서서 생각하면 근대 전쟁은 모두가 아주 손쉽게 피할 수 있었던 것 같아요. 곧 두세 사람의 국가원수에게 최소한의 양식이나 평화를 위한 의지만 있었다면 말입니다…. 그것이 전부가 아닙니다. 대부분의 경우 교전국들은 두 나라 모두 상대국의 진정한 의도를 모르는 데서 오는 부당한 경계심과 공포심에 사로잡혀 있더군요…. 한 나라 국민이 다른 나라 국민에게 덤벼드는 경우 구십 퍼센트는 공포심 때문입니다…." 그는 심하게 기침을 하더니 짧고 목이 졸리는 듯한 웃음소리를 냈다. "그것은 겁 많은 산책가들이 밤에 마주치면서 서로 마주쳐 지나가기를 망설이다가 결국 두 쪽에서 덤벼드는 것과 똑같은 것입니다. 각자 자신이 당할 것 같다고 생각한 탓이며… 각자가 망설이다가 어떻게 당할지 모르는 것보다는 위험이 따르더라도 선제공격을 하는 편이 낫다고 생각한 탓입니다…. 아주 무서운 일이지요…. 지금의 유럽을 보세요. 마치 망령에 사로잡혀 있는 것 같습니다. 모든 나라가 전전긍긍하고 있어요. 오스트리아는 슬라브인들을 두려워하고 있지요. 그러면서 국위를 손상시키지나 않을까 떨고 있어요. 러시아는 게르만인들에게 겁을 먹고 있고, 수세를 취하고 있는 것이 허약한 것으로 보이지나 않을까 떨고 있지요. 독일은 독일대로 코자크의 침입을 겁내고 있어요. 어쩌다가 포위당하지나 않을까 겁먹고 있어요. 프랑스는 독일의 군비를 두려워하고 있어요. 그리고 독일은 독일대로 오로지 예방책으로 무장을 하는데, 그것은 혹시나 해서…. 그리고 모든 나라들이 평화를 위해서 추호의 양보도 하려고 하지 않아요. 겁을 먹은 것으로 보이지나 않을까 해서지요…."

"게다가" 하며 자크가 말했다. "그런 두려움을 상대가 가지고 있다는 사실이 자기들에게 유리하게 작용한다고 생각하고 있는 여러 제국주의 국가는 그것을 조심스럽게 요리하고 있다는 뜻이 되겠지요! 몇 개월 전부터 푸앵카레의 정책, 프랑스의 내정은 국민의 공포심을 조직적으로 이용하는 것이라고 말할 수 있겠지요…."

박사는 상대의 말을 듣지도 않고 이야기를 계속했다.

"무엇보다도 가증스러운 것은…."(그는 좀 냉소적이었다.)

"아니, 무엇보다도 우스꽝스러운 것은, 정치가라는 사람들 모두가 그런 두려움을 잘난 척하는 허세 속에 숨기려는 거예요…."

그는 앙투안이 그들 쪽으로 오는 것을 보고 이야기를 멈추었다. 앙투안 옆에는 금방 레옹의 안내를 받고 들어온 사십대의 남자가 서 있었다.

뤼멜이었다.

그의 당당한 태도는 그로 하여금 선천적으로 공식적인 의식을 위해 태어난 사람처럼 보이게 했다. 든든하게 생긴 두개골은 빽빽이 나 있는 고수머리의, 숱 많은 엷은 금발 머리털 무게에 끌리는 것같이 뒤로 젖혀져 있었다. 두 끝을 빳빳이 올린 짙고 짧은 수염은 펑퍼짐하고 살찐 얼굴을 돋보이게 했다. 눈은 꽤 작고 살 속에 파묻혀 있는 듯했으나 짙은 남색의 민첩한 두 눈동자는 로마인 같은 엄숙한 얼굴 생김새에 이글거리는 두 개의 불꽃을 심은 듯했다. 전체적으로 개성이 엿보였으며, 언젠가는 어떤 흉상 제작가가 시골에 놓기 위해 모델로 삼을 수 있는 그런 인물이었다.

앙투안은 뤼멜을 필립 박사에게, 그리고 자크를 뤼멜에게 소개했다. 뤼멜은 마치 당대의 저명인사 앞에 있는 것처럼 노의사 앞에서 머리를 숙였다. 그리고 자크에게 정중하게 손을 내밀었다. 여느 때와는 달리 '일류 인사가 되려면 소박한 태도를 보이는 것이 더할 나위 없는 방책이지'라고 생각하는 것 같았다.

"이봐, 우리가 무슨 이야기를 했는지 설명할 것까지는 없겠지." 앙투안이 뤼멜의 팔에 손을 얹으면서 말했다. 뤼멜은 아침

하는 미소를 지었다.

"선생, 당신은 물론 우리가 모르는 자료들을 가지고 계시겠지요." 필립 박사가 말했다. 그리고 비웃는 듯한 눈초리로 뤼멜을 뚫어지게 쳐다보았다. "우리 같은 문외한들은 신문에서 읽은 것이 고작이라서…."

뤼멜은 조심성 있는 몸짓을 해 보였다.

"그렇지만 교수님, 저도 교수님 이상으로 별로 아는 것이 없습니다…." 그는 자신의 재담에 상대가 미소 짓는 것을 확인하자 말을 계속했다. "그건 그렇고 실은 사태를 비관할 것도 없다고 생각합니다. 절망할 이유보다는 안심할 수 있는 이유가 훨씬 더 많다고 말할 수 있겠지요."

"마침 잘됐어." 앙투안이 말했다.

그는 박사와 뤼멜을 나머지 손님 곁으로 가게 해서 모두를 방 한가운데 앉도록 했다.

"안심할 수 있는 이유라면?" 칼리프가 의심을 나타내는 투로 말했다.

뤼멜은 자기 주위에 둥글게 모여 있는 손님들을 그의 파란 눈으로 돌아본 다음 스튀들레에게서 시선을 멈추었다.

"사태는 심각합니다. 그러나 무엇 하나 과장해서 생각해서는 안 됩니다." 하고 그는 얼굴을 약간 뒤로 젖히면서 말했다. 그리고 침체된 여론에 활기를 불어넣어주는 사명을 띤 공인다운 말투로 힘차게 말했다. "평화 유지에 도움이 되는 요소는 아직 많이 남아 있다고 생각하시는 편이 어떨까요!"

"예를 들면?" 스튀들레가 물었다.

뤼멜은 살짝 눈썹을 찌푸렸다. 그는 이 유태인의 집요함에 신경질이 났다. 그리고 거기에서 어떤 숨은 악의를 느꼈다.

"예를 들면?" 하고 그는 마치 무슨 이야기부터 해야 좋을지 망설이는 사람처럼 되물었다. "자, 우선 영국 쪽의 요소이죠…. 중부 유럽 제국*은 처음부터 영국 외무부의 격렬한 항의를 받았습니다…."

"영국이라고요?" 하며 스튀들레가 말을 가로막았다. "벨파스트의 소요 사건! 더블린에서의 유혈 폭동! 아일랜드 자치령에 관한 버킹엄 궁전 회의의 한심한 실패! 아일랜드에서 시작되고 있는 것은 그야말로 내란이지요…. 영국은 등에 꽂힌 화살 때문에 마비 상태에 있습니다!"

"아니, 뒤꿈치에 가시가 박힌 정도겠시요!"

"선생님, **그분**이 전화를 걸어왔는데요." 하고 문간에서 레옹이 말했다.

"바쁘다고 전해주게." 앙투안이 짜증을 내며 말했다.

"영국의 경우 그 정도는 약과지요!" 하며 뤼멜이 말을 계속했다. "에드워드 그레이 경의 냉정함을 아신다면…. 정말 훌륭한 외교관이에요." 그는 스튀들레를 외면한 채 박사와 앙투안 쪽을 보면서 말했다. "시골 출신의 노귀족인데 국제 관계가 어떠해야 하는지에 관해 매우 독자적인 견해를 가지고 있습니다. 그가 유럽의 같은 정객들과 유지하고 있는 친분 관계는 공식적인 것이 아니고 자기 계층의 사람들과 맺는 것 같은 점잖은 관계인 것입니다. 나는 그가 최후통첩과 같은 어조 때문에 스스로 빈축을 자초했다는 것을 알고 있습니다. 아시다시피 그는

* 독일, 오스트리아를 가리킨다.

오스트리아에 대해서는 권고를 하는 동시에 세르비아에 대해서는 태도를 완화하도록 충고하면서 때를 놓치지 않고 확고한 태도를 보였습니다. 유럽의 운명은 일부 그의 손에 달려 있다고 할 수 있겠지요. 그러니까 더 이상 훌륭하고, 더 이상 공정한 방법은 없을 겁니다."

"독일이 그에게 반기를 들고 거절한 것은…." 하며 스튀들레가 그의 말을 또 중단시켰다.

이번에는 뤼멜이 그의 말을 막았다.

"독일의 신중하고도 사리에 맞는 중립적 태도는 영국이 중재에 나서려는 애당초의 노력을 지연시킬 수 있었습니다. 그러나 에드워드 그레이 경은 패배한 것으로 여기고 있지 않습니다. 그래서, 이것은 말씀드려도 좋으리라 생각합니다. 왜냐하면 신문은 내일이나 경우에 따라서는 오늘 저녁에라도 발표할 테니까요. 영국 외무부는 케 도르세와 협력하여 분쟁의 평화적 해결을 위해 결정적이라고 생각되는 새로운 안을 세웠습니다. 에드워드 그레이 경은 논쟁 중인 모든 문제의 토의를 위해 독일과 이탈리아와 프랑스 삼국의 대사와 당장 런던에 모여 회의할 것을 제의했습니다."

"하기는 그렇게 명분을 내세워 꾸물거리고 있는 사이에" 하고 스튀들레가 말했다. "오스트리아군은 베오그라드를 점령하겠지요!"

뤼멜은 무엇에 찔리기라도 한 것처럼 긴장했다.

"그런데, 선생, 그 점에 관해서 당신은 잘못 알고 계시지나 않는지 염려스럽군요. 겉으로는 여러 가지 군사 행동을 취할 것처럼 보이지만 현재 오스트리아-세르비아 사이에는 모의 연습 정도 말고 무슨 일이 있다고 증명할 만한 것이 아무것도 없어요…. 당신은 다음과 같은 중대한 사실을 충분히 주의하시는지 어쩐지 모르겠지만 오늘날까지 어떤 선전포고도 외교적 경로를 통해 유럽의 여러 나라 정부에 통고된 바가 없습니다. 그것뿐이 아니지요. 오늘 정오까지 오스트리아 주재 세르비아 공사는 아직 빈을 떠나지 않았습니다! 무슨 이유에서일까요? 그것은 두 나라 정부 사이의 활발한 의견 교환을 위해 그 중재역을 하고 있기 때문입니다. 이것은 길조인 것입니다. 협상을 하고 있는 한! …그리고 설혹 외교적 단절이 이루어지고, 오스트리아가 선전포고를 결심한다 하더라도 내 생각에는 세르비아가 현명한 권고에 따라 삼십만 대 백오십만이라는 불균형한 전쟁을 거부하리라 믿으며, 전투를 수락하지 않고 스스로 군대를 철수할 것으로 보는데… 다음과 같은 점을 잊지 마시기 바랍니다." 하고 그는 미소를 지으면서 말을 덧붙였다. "협상은 대포가 하는 것이 아니고 외교관에게 달려 있는 것입니다…."

앙투안의 눈길이 동생의 눈길과 마주쳤다. 그리고 동생의 눈길에서 불손한 빛을 감지했다. 분명히 뤼멜의 말은 자크에게 설득력이 없었다.

"그러나" 하고 피나치가 미소를 지으면서 말했다. "독일의 태도에서 안심할 만한 여러 가지 이유를 찾아내기란 그렇게 간단한 일은 아닐 텐데요?"

"그것은 또 어째서인가요?" 하고 뤼멜은 날카로운 눈길로 슬쩍 안과의사를 바라보면서 응수했다. "독일에서는 호전적인 세력, 물론 나는 그것을 부정하지 않습니다만, 그 세력이 지극히 영향력이 있는 다른 세력에 의해 조절되고 있습니다. 오늘 밤 킬*에 도착하는 카이저의 성급한 귀국만 보더라도 지난 며칠 동안의 정치적 동향이 틀림없이 바뀌는 것 같습니다. 카이저는 유럽 전쟁과 같은 위험스런 일을 끝까지 반대하겠지요. 그의 친한 보좌관 모두가 평화를 확신하는 사람들이니까요. 그리고 그가 가장 신임하고 있는 친구 가운데는 베를린 주재 러시아 대사인 리히노프스키 공작이 있습니다. 저도 전에 런던에서 여러 차례 만난 적이 있는데, 사려 깊고 신중한 인물로 현재 독일 궁전에서 그의 영향력은 대단합니다…. 아시겠지만 독일의 경우 전쟁의 위험성이란 심각한 것입니다! 국경을 봉쇄당하면 독일은 문자 그대로 굶어 죽겠지요. 곡물과 가축을 러시아에서 들여오지 못하는 날에는 강철, 석탄, 기계를 가지고 그들이 동원한 사백만의 인원과 육천삼백만의 국민을 먹여 살릴 수는 없을 테니까요!"

"그렇지만 다른 데서라도 사 올 수 있지 않겠어요?" 스튀들레가 이의를 제기했다.

"문제는 여기에 있습니다. 독일 지폐는 외국에서 곧바로 거절당할 테니까 그 대금은 어쩔 수 없이 금으로 지불해야 할 겁니다. 그런데 계산은 지극히 간단하지요. 이미 독일의 금 보유량은 알려져 있습니다. 독일은 불과 몇 주일 만에 매일 필요한 금의 지출을 더 이상 계속할 수 없는 지경에 처하게 될 겁니다. 그렇게 되면 굶어 죽는 것이지요!"

필립 박사는 콧방귀 비슷한 작은 웃음소리를 냈다.

"교수님은 다른 의견을 가지고 계신가요?" 하고 뤼멜은 의

* 발트해에 있는 독일 군항이다.

아해하면서도 공손함을 잃지 않은 어조로 박사에게 물었다.

"아니… 아니…." 하며 박사는 호인 같은 어조로 중얼거렸다. "다만 마음에 걸리는 것이 있다면… 그런 것은 탁상공론에 불과하지 않겠어요?"

앙투안은 웃지 않을 수 없었다. 그는 지도 교수의 이런 식의 표현을 오래전부터 알고 있었다. '탁상공론'이라고 말하는 것은 그의 방식이었는데, 그것은 '바보 같은 짓이야'라는 뜻과 같은 것이었다.

"제가 말씀드리는 것은" 하며 자신만만해서 뤼멜이 계속했다. "여러 전문가가 인정하고 있는 일이라서, 독일의 경제학자까지도 전시의 경우 보급품 문제는 그들도 해결할 수 없는 것으로 인정하고 있습니다."

르와가 재빨리 말에 끼어들었다.

"그렇기 때문에 독일 참모부는 독일의 경우 유일한 승산은 전격적인 기습 공격이라는 것을 입버릇처럼 말하고 있습니다. 그런 승리가 몇 주일이라도 지연된다면 독일은, 이것은 주지의 사실입니다만, 항복할 수밖에 별다른 방법이 없다는 것입니다."

"만약 독일이 동맹국을 믿고 있다면!" 하고 테리비에는 발음을 불명확하게 하며 말했다. 그러면서 그는 남몰래 짓궂은 웃음을 띠고 있었다. "그런데 이탈리아는…!"

"이탈리아는 분명히 중립을 지키기로 확고히 결심한 것 같습니다." 뤼멜이 자신 있게 말했다.

"그리고 오스트리아 군대로 말할 것 같으면…!" 르와는 경멸하듯 입을 삐죽거리고, 어깨너머로 빈정거리는 듯한 손짓을 하며 외쳤다.

"아닙니다, 여러분." 뤼멜은 이런 여러 가지 말참견에 만족해하면서 말을 계속했다. "되풀이해서 말씀드립니다만 위험을 과장하지 맙시다…. 들어보십시오. 이렇게 말씀드려도 국가 기밀을 누설하는 것은 아니겠지요. 지금 페테르부르크에서 러시아 외상 사조노프와 오스트리아 대사 사이에 회담이 진행 중인데 그 결과가 크게 기대되고 있습니다. 자! 이러한 직접 회담을 양쪽에서 수락했다는 사실만으로도 양쪽이 힘의 행사를 피하고자 한다는 공동의 희망을 나타내는 것이 아닐까요? … 이 밖에 새로운 방법에 의한 평화 중재가 곧 있을 예정임을 우리는 알고 있습니다…. 예를 들면 미국의 중재… 로마 교황의 중재…."

"로마 교황이라고요?" 필립 박사가 아주 진지하게 물었다.

"그래요. 교황이에요!" 하고 애송이 르와가 거들었다. 그는 의자에 말 타듯 걸터앉아 팔짱을 낀 채 그 위에 턱을 받치고 뤼멜의 말 한마디를 하나도 놓치지 않고 듣고 있었다.

박사는 미소는 띠지 않았으나 상대를 노려보는 눈길에는 익살스런 빛이 번뜩이고 있었다.

"로마 교황의 중재라고요?" 하고 그는 되풀이했다. 그리고 부드러운 말투로 말했다. "그것도 이론상의 생각이 아니었으면 합니다만…."

"교수님, 교수님 생각이 틀린 것 같은데요. 이것은 지금 정말 문제가 되어 있거든요. 교황의 단호한 거부는 늙은 프란츠 요제프로 하여금 완전히 단념하도록 해서 오스트리아군을 당장 자국의 국경 내로 끌어들이도록 할 것입니다. 각국 정부는 이것을 알고 있습니다. 그리고 이 순간 교황청에서는 그야말로 영향력을 행사하는 데 골몰하고 있습니다. 누가 승리할까요? 몇몇 전쟁 지지자가 교황이 온갖 권고를 삼가도록 하는 데 성공할까요? 아니면 다수의 평화 옹호파가 교황으로 하여금 중재의 결의를 하도록 할까요?"

스튀들레가 히죽히죽 웃으며 말했다.

"우리 나라에서 교황청에 대사를 보내지 않고 있는 것이 유감이군. 교황에게 '복음서'를 보시라고 권했으면 됐을 텐데…."

이번에는 박사도 미소를 띠었다.

"교수님은 교황의 영향력에 대해서 회의적이신 것 같은데." 하고 뤼멜은 불만과 아이러니가 섞인 투로 말했다.

"선생님은 언제나 회의파셔." 하고 앙투안은 농담처럼 말했다. 그러면서 그는 동조의 눈길, 애정과 존경심이 담뿍 담긴 눈길로 스승을 바라보았다.

박사는 앙투안 쪽을 돌아보면서 슬쩍 눈살을 찌푸렸다.

"여보게" 하며 박사가 말했다. "솔직히 말해서, 이것도 노쇠의 현저한 증상임에 틀림없는데 점점 어떤 의견을 가진다는 것이 어려워진단 말이야…. 내가 지금까지 증명해온 것이 어떤 것일지라도 그 반대가 다른 사람에 의해 같은 정도로 명백하게 입증되지 않는 것을 들어본 적이 없는 것 같아. 이것이 자네가 말하는 소위 나의 회의주의라는 것이 아닐까? …그런데 지금의 경우 자네는 전적으로 오해하고 있어. 나는 뤼멜 씨의 능력에 경의를 표하네. 그리고 어느 누구 못지않게 그 논거의 타당성을 인정하고 있네…."

"그러나…." 하고 앙투안이 웃으면서 작은 소리로 말했다.

박사도 미소를 지었다.

"그러나" 하고 박사는 힘차게 두 손을 비비면서 말을 계속했다. "내 나이가 되면 이성의 승리를 기대하기란 어렵다네…. 이제 평화가 사람들의 양식에 달려 있지 않다면 그 경우 평화란 병들어 있는 거지! …그렇다고 해서" 하며 박사는 곧 말을 계속했다. "팔짱을 풀고 있을 이유는 못 돼. 외교관들이 애쓰고 있다는 것을 충분히 인정해. 언제나 무엇인가 할 일이 있는 것처럼 동분서주해야 하지. 의학에서도 그것이 우리들의 원칙이야. 그렇지 않나, 티보?"

마뉘엘 르와는 지루한지 한 손가락으로 턱수염을 매만지고 있었다. 그에게는 노교수의 이런 낡아빠진 변설을 듣는 것처럼 울화통이 치밀어 오르는 일도 없었다.

뤼멜도 마찬가지로 이런 학자풍의 회의적 태도를 못마땅하게 생각하면서도 앙투안 쪽을 끈질기게 보고 있었다. 그리고 상대의 눈길과 마주치면 자기가 여기에 온 진정한 목적인 주사 놓는 일을 앙투안에게 알리기 위해 눈짓을 했다.

그때 마침 마뉘엘 르와가 그를 향해 단도직입적으로 말했다.

"중대한 것은 어쨌든 사태가 악화될 경우 프랑스는 속수무책이라는 것입니다. 아! 오늘날 우리가 확고하고… 강력한 무력을 가지고 있다면…."

"속수무책이라니요? 도대체 누가 그런 말을 했어요?" 하고 뤼멜이 몸을 다시 일으켜 세우면서 이의를 제기했다.

"허! 윔베르 씨가 삼 주 전에 상원에서 한 폭로 연설은 꽤 정곡을 찌른 것이라고 생각하는데요!"

"천만의 말씀." 하고 뤼멜은 어깨를 약간 으쓱해 보이면서 외쳤다. “당신은 윔베르 상원 의원이 ‘폭로했다’라고 말하는데 그것은 이미 세상 사람이 다 알고 있는 사실입니다. 어떤 신문은 대서특필했습니다만 전혀 그럴 만한 것은 못 됩니다. 프랑스의 병사가 마치 프랑스 공화혁명력 2년 때의 병사같이 맨발로 전쟁터에 나갈 수밖에 없다는 식으로 그렇게 순박하게 생각하지는 마십시오….”

“아니, 병사만 두고 하는 이야기가 아닙니다…. 예를 들면 중화기 같은 것….”

“그런데 전문가들, 이 방면에 아주 정통한 사람들 가운데는 독일군이 자랑하는 원거리 사정 포의 유용성을 철저하게 부정하고 있다는 사실을 아십니까? 그것은 보병의 행군 속도를 둔화시킨 기관총과 같은 것이라서….”

“성능이 어떤 것인데, 그 기관총이라는 건?” 하고 앙투안이 말을 중단시켰다.

뤼멜은 웃지 않을 수 없었다.

“그것은 소총과, 피에스키가 만든, 루이 필리프 왕을 살해할 뻔했던 폭발 장치의 중간 정도의 성능을 가진 것이야…. 이론적으로는 사격장에서 무시무시한 위력을 보여주고 있어. 그러나 실제로는! 모래 한 알만 섞여도 작동하지 않는 모양이야….”

뤼멜은 르와 쪽을 돌아보면서 더 진지한 태도로 말을 계속했다.

“전문가들의 말에 따르면 중요한 것은 야포野砲라는 겁니다. 그런데 우리 나라의 야포는 독일 것보다 훨씬 우수하지요. 그들이 77밀리를 보유하고 있는 것에 비해 우리는 더 많은 75밀리가 있어요. 더구나 우리의 75밀리는 그들의 77밀리와는 비교가 안 될 정도의 성능을 가지고 있습니다…. 안심하세요, 젊은 양반…. 사실은 삼 년 전부터 프랑스는 대단한 노력을 해왔습니다. 병력 집결, 철도 이용, 식량 보급 등 모든 문제가 지금은 완전히 해결을 보았습니다. 싸워야 한다면 프랑스는 만반의 태세를 갖추고 있다고 말할 수 있습니다. 그리고 프랑스의 동맹국들도 이것을 잘 알고 있어요!"

"그렇기 때문에 위험하다는 것이지!" 스튀들레가 중얼거렸다.

뤼멜은 그런 칼리프의 생각을 이해할 수 없다는 듯이 무례하게 눈살을 치켜올렸다. 이번에는 자크가 말을 꺼냈다.

"사실 우리로서는 현재 러시아가 프랑스 군대를 너무 신뢰하지 않는 것이 오히려 다행이라고 보는데요!"

자신의 결심을 고수해오던 자크는 지금까지 묵묵히 듣고만 있었다. 그러나 이제는 참을 수가 없었다. 문제는, 그가 보기에 가장 중요한 문제는 대중의 반대인데 이 점에 관해서는 거론조차 되지 않았다. 자크는 재빨리 생각해보았다. 그리고 자신도 이런 경우에 적합한 초연하고 사변적인 투로 말할 수 있을 만큼 침착성이 있다는 것을 확인하자 외교관 쪽으로 돌아앉았다.

"당신은 조금 전에 안심할 수 있는 여러 가지 이유를 들었습니다." 하며 그는 신중한 투로 시작했다. "평화 유지를 위한 여러 가지 중요한 가능성 가운데 평화주의 단체의 저항을 기대해 보는 것이 타당하다고 생각지 않으세요?" 그의 눈길은 앙투안의 얼굴 쪽으로 슬며시 향했다가 거기에서 일말의 불안감을 감지하자 다시 뤼멜 쪽으로 갔다. "어쨌든 현재 유럽에서는 위협이 더해갈 경우 그들의 정부로 하여금 전쟁의 유혹에 빠져들지 못하도록 하기 위해 확신에 넘쳐 있고, 굳은 결의를 한 일천만 내지 일천이백만의 인터내셔널리스트가 있습니다….”

뤼멜은 꿈쩍도 않고 듣고만 있었다. 그는 자크를 주의 깊게 관찰하고 있었다.

“그러나 나는 그런 하층민의 시위를 당신처럼 중요하게 여기지 않는데요.” 하고 뤼멜은 침착하게 말했다. 그런 그의 침착성 뒤에는 비꼬는 듯한 말투가 엿보였다. “하지만 모든 나라의 수도에는 애국심에 불타는 운동이 몇몇 완강한 반대 시위에 비해 그 수가 대단히 많고 또 강력하다는 점을 주목해야 합니다…. 어제저녁 베를린에서는 일백만의 시위대가 거리를 누비고, 러시아 대사를 모욕하고, 왕궁의 창 밑에서 「바흐트 암 라인」*을 부르며 비스마르크의 동상을 꽃으로 덮었습니다…. 그렇다고 몇몇 반대 운동이 있었다는 것을 부정할 생각은 없었습니다. 그러나 그들의 운동이란 순전히 부정적인 것이지요.”

“부정적?” 하고 스튀들레가 외쳤다. “지금까지 전쟁의 위협이 민중 사이에서 이렇게 대중의 지지를 받지 못한 경우가 없었어요!”

“**부정적**이라고 말씀하시는 뜻은 무엇이지요?” 자크가 침착하게 되물었다.

“글쎄요.” 뤼멜이 잠시 적당한 말을 찾는 듯한 태도를 보이면서 대꾸했다. “당신이 말하는 그들 집단은 전쟁에 대한 온갖 예견에 적대감을 가지고 있는데, 그들이 유럽에서 기대할 만한 하나의 세력을 구축하기에는 수적으로도 열세이고 충분히 훈

* ‘라인강의 수호’라는 뜻의 옛 독일 국가이다.

련되어 있지 못한 데다가 국제적으로도 제대로 결합되어 있지 못하다는 뜻이지요….”

“일천이백만이나 되는데!” 자크가 되풀이했다.

“아마 일천이백만은 되겠지요. 그러나 대부분은 단순한 가입자나 ‘회비를 내고 있는 사람들’에 불과하지요. 이 점을 혼돈하지 마십시오! 실제로 적극적인 투사는 몇 명이나 될까요? 그런 투사 가운데는 아직도 애국적 감정에 동조하는 사람들의 수도 적지 않다는 겁니다…. 나라에 따라서는 그러한 혁명 단체가 정부의 권력에 어떤 방해를 가할 수도 있겠지요. 그러나 그것은 이론상의 방해입니다. 어떠한 경우에도 일시적인 것에 지나지 않아요. 왜냐하면 그런 종류의 반대는 권력이 허용하는 범위 안에서밖에 행사하지 못하니까요. 만일 사태가 악화되면 각국 정부는 그런 교란자들을 제거하기 위해 계엄령에 의존하지 않고도 자유주의의 나사를 약간 조이기만 하면 될 겁니다…. 그래요…. 아직은 어떤 나라의 경우도 인터내셔널은 정부의 행동을 실질적으로 견제할 만한 힘을 보여주지 못하고 있어요. 그런데 이처럼 위기에 처해 있는 시기에 과격파들이 견실한 저항 단체를 만들려고 하는 것은…” 뤼멜은 미소를 지었다. “너무 늦었어요…. 이번 일 때문이라면….”

“적어도” 하며 자크가 반격했다. “태평 시대에는 잠들어 있던 이런 저항 세력들이 위기의 절박함을 의식한 나머지 분연히 일어나서 갑자기 강력한 세력이 된다면 다른 문제겠지요! … 지금 러시아에서 일어나고 있는 격렬한 파업이 차르 정부를 마비시키지 못하고 있다고 생각하십니까?”

“착각입니다.” 뤼멜이 냉정하게 말했다. “이렇게 말해도 좋을지 모르겠습니다만 당신은 적어도 정보면에서 이십사 시간 늦습니다…. 막 접수된 전보문이 다행히 명확한 사실을 전하고 있습니다. 곧 페테르부르크의 혁명적 소요는 진압되었다는 것입니다. 잔인하게, 그러나 철-저-하-게."

그는 자신의 말에 의문의 여지가 없다고 한 것이 미안하게 생각되었는지 계속 미소를 지었다. 그러더니 앙투안 쪽을 보면서 손목에 차고 있는 시계를 보란 듯이 들어 올렸다.

"이봐…. 유감스럽지만 시간이 급해서…."

"그럼, 자네 일을 같이 보도록 하지." 하면서 앙투안은 자리에서 일어났다.

그는 자크가 빈정으로 나오지 않을까 걱정하고 있던 터였다. 그래서 토론이 빨리 끝나는 것을 다행으로 여겼다.

뤼멜이 모두에게 새삼 정중하게 작별 인사를 하고 있는 동안 앙투안은 호주머니에서 편지 한 통을 꺼내 들고 동생 곁으로 다가갔다.

"공증인에게 줄 편지다. 읽어본 다음에 네가 봉하려무나…. 그런데 너는 뤼멜을 어떻게 생각하니?" 앙투안은 별 뜻 없이 물었다.

자크는 미소를 지으며 다만 이렇게 대답했다.

"생긴 그대로야…!"

앙투안은 딴생각을 하는 듯했으며 말하기를 주저하고 있었다. 그는 힐끗 주위를 살피더니 아무도 그의 말을 듣지 못하리라는 것을 확인하자 목소리를 낮추어 무람없이 불쑥 물었다.

"그런데… 너는 전쟁이 나면 어떻게 할래…? 소집은 연기되었지, 안 그래? 그러나… 동원이 된다면?"

자크는 대답에 앞서 잠시 형을 뚫어지게 바라보았다.('제니도 아마 똑같은 질문을 하겠지.' 하고 그는 생각했다.)

자크는 퉁명스럽게 말했다.

"나는 결코 동원되지 않을 거야."

앙투안은 슬쩍 뤼멜 쪽을 바라보았다. 그는 형제가 무슨 말을 주고받았는지 알아들은 것 같지 않았다.

형제는 더 이상 한마디도 나누지 않고 서로 헤어졌다.

41

"자네 주사는 훌륭해." 단둘이 되자 뤼멜이 말했다. "벌써 눈에 띄게 나아진 기분이야. 일어날 때도 별로 힘들지도 않고, 식욕도 전보다 더 좋은 편이야…."

"저녁때 열은 없나? 현기증도 안 나고?"

"아니."

"그럼 약 분량을 늘려도 괜찮겠군."

그들이 들어간 방은 진찰실 바로 옆방으로 흰 타일이 입혀져 있었다. 방 한가운데는 수술용 침대가 있었는데 뤼멜은 반쯤 옷을 벗은 다음 스스럼없이 그 위에 가서 누웠다.

앙투안은 등을 돌린 채 증기 소독기 곁에서 약을 조제하고 있었다.

"자네 이야기로 퍽 안심했네." 그는 생각에 잠겨 말했다.

뤼멜은 앙투안이 병 이야기를 하는지 아니면 정치 이야기를 하는지를 궁금하게 여기면서 앙투안 쪽으로 눈을 돌렸다.

"그렇다면" 하며 앙투안은 말을 계속했다. "왜 신문이 독일의 이중성과 저의에 대해 악의 섞인 태도로 묻고 늘어지도록 사람들은 내버려둔단 말인가?"

"'내버려두는 것'이 아니야. 부추기는 거지! 온갖 가능성을 생각해서 여론을 준비시켜 두어야 하니까…."

침통한 말투에 앙투안은 몸을 반쯤 돌렸다. 뤼멜의 얼굴에서는 잘난 체하는 자신감은 찾아볼 수 없었다. 그는 멍하게 눈을 크게 뜨고 고개를 내저었다.

"여론을 준비시켜?" 하고 앙투안이 반문했다. "그래도 여론은 세르비아의 이해 문제 같은 것 때문에 공연한 분쟁에 말려들어가는 것을 절대로 용납하지 않을 텐데!"

"여론?" 하고 뤼멜은 마치 모든 것을 잘 아는 사람처럼 입을 삐죽거리며 말했다. "여보게, 뭐 어느 정도의 강력한 권력과 정보망만 있으면 불과 삼 일 동안에 여론 같은 것은 어떤 방향으로든 돌릴 수 있어! …대다수의 프랑스인은 프랑스-러시아 동맹을 언제나 자랑해왔으니까. 다시 한번 그런 심리를 자극하는 일을 하기는 어렵지 않을 거야."

"설마!" 하고 앙투안이 가까이 오면서 반박했다.

그는 에테르를 적신 솜으로 주사 놓을 부위를 닦았다. 그리고 재빠른 동작으로 바늘을 근육 깊숙이 꽂았다. 그는 아무 말 않고 약이 급속히 내려가고 있는 주사기를 보고 있었다. 그러고 나서 바늘을 뺐다.

"프랑스인들은" 하며 앙투안이 다시 말을 이었다. "프랑스-러시아 동맹을 열광적으로 환영했어. 그런데 그 결과가 어떻게 될 것인가를 궁금하게 생각해보기는 이번이 처음인 셈이야…. 잠시 누워 있어…. 그런데 러시아와의 조약에는 어떤 것이 적혀 있지? 거기에 관해 아무도 아는 것이 없으니 말이야."

질문은 완곡했다. 뤼멜은 이 질문에 기꺼이 대답해주었다.

"나도 상층부의 비밀 사항을 알고 있는 건 아니야." 그는 한쪽 팔꿈치로 몸을 일으키면서 말했다. "내가 알고 있는 건… 관청의 무대 뒤에서 흘러다니는 이야기야. 우선 1891년과 1892년에 두 가지의 예비 협정이 이루어졌지. 뒤이어 1894년에 카시미르 페리에*가 서명한 실질적인 동맹 조약이 이루어졌고. 그 본문 전체는 알 수 없지만—이것은 국가 기밀에 속하는 건 아니야—프랑스와 러시아 두 나라는 어느 한쪽이 독일의 위협을 받을 경우에 서로 군사원조를 제공하기로 약속한 거야…. 그 뒤에 델카세**가 나왔어. 그리고 푸앵카레였고. 이번에 그의 러시아 방문이 이루어진 거야. 이것은 모두가 말할 것도 없이 두 나라의 약속을 더욱 확실하고 공고히하자는 거야."

"그렇다면!" 하고 이번에는 앙투안이 말을 받았다. "러시아가 만약 이번에 독일의 정책에 반대하는 입장을 취한다면 그것은 러시아 쪽에서 독일을 위협하는 것이 되겠군! 그러면 조약 조문에 따라 우리한테는 아무런 의무도 없게 될 테고…."

뤼멜은 슬쩍 미소를 띠면서 얼굴을 찌푸렸다가 금방 제 모습을 되찾았다.

"이 사람아, 그게 그렇게 간단한 일이 아니야…. 남쪽 슬라브

* 당시의 프랑스 수상이다.

** 프랑스 외상으로, 친영반독주의자이다.

인들의 확고한 보호자격인 러시아가 내일이라도 오스트리아와의 국교를 단절하고 세르비아를 방위하기 위해 동원령을 내린다고 가정해 봐. 독일은 1879년에 오스트리아와 맺은 조약에 따라 필연적으로 러시아와 대항하기 위한 동원령을 내릴 거야…. 그러면 독일의 그 동원령은 프랑스로 하여금 전에 러시아와 맺은 협약을 준수해야만 하는 처지로 몰고 가서 프랑스의 동맹국을 위협하는 독일에 대항하기 위해 즉각적인 동원령을 내리게 할 거야…. 그건 자동적인 거야….”

앙투안은 화가 치미는 것을 참을 수 없었다.

“그런 식으로 생각하면 전에 우리 나라 외교관들이 드디어 안전보장을 이룩한 것으로 자랑했던 프랑스-러시아의 그 값비싼 우호가 지금에 와서는 정반대의 결과를 가져온단 말이군! 평화의 보장이 아니라 전쟁의 위험이 닥쳐오니 말이야!”

“외교관들은 모든 비난을 각오하고 한 거야…. 1890년의 유럽에서의 프랑스 입장을 생각해 봐. 프랑스를 무방비 상태로 두기보다는 양날의 칼로 무장시키고자 했다고 해서 우리 외교관들이 잘못한 것일까?”

앙투안에게는 그럴듯한 주장처럼 보였다. 그러나 그는 그 질문에 대답할 만한 거리를 생각해내지 못했다. 현대사에 관해 아는 것이 없었기 때문이다. 하기는 이 모든 것이 그에게는 단지 회고적인 흥미에 지나지 않았다.

“그것은 아무튼 간에” 하고 앙투안이 말했다. “자네 말대로라면 현재 프랑스의 운명은 오로지 러시아에 달려 있단 말인가? 아니, 더 정확히 말하자면” 하고 그는 잠시 주저하다가 덧붙였다. “모든 것은 우리의 프랑스-러시아 조약에 대한 충실성

여하에 달려 있다는 건가?"

뤼멜은 또다시 얼굴을 찌푸리며 미소를 지었다.

"여보게, 그렇다고 우리가 러시아와 한 약속을 파기할 수 있으리라고는 기대하지 말게. 현재 우리 나라의 대외 정책을 이끌어가는 사람은 베르틀로 씨야. 그가 현재의 지위에 있는 한, 그리고 그의 배후에 푸앵카레 씨가 버티고 있는 한 동맹국들에 대한 우리의 충성심에는 결코 아무런 문제가 없을 거야." 그는 잠깐 망설이다가 말을 계속했다. "이 사실은 폰 쇤 대사의 언어도단의 제의 뒤에 열린 각의에서 명백히 드러났나 봐…."

"그렇다면" 하고 앙투안은 신경질적으로 외쳤다. "러시아와의 상호 의존 관계에서 벗어날 수 있는 방도가 전혀 없다면 러시아로 하여금 중립을 지키도록 하는 수밖에 없겠군!"

"그 방법은?" 뤼멜은 푸른 눈으로 앙투안을 뚫어지게 보았다. 그는 중얼거렸다. "그런데 너무 늦지 않았다고 누가 말할 수 있겠어…?"

그리고 잠시 침묵을 지키다가 말을 계속했다.

"러시아에서는 군부가 아주 강경해. 러-일 전쟁의 패배 이후 러시아 참모부에서는 복수를 해야겠다는 뼈저린 욕구가 사라지지 않고 있는 형편이야. 그리고 보스니아-헤르체고비나의 병합으로 오스트리아로부터 당한 모욕을 결코 잊지 않고 있어. 이즈볼스키 같은 자들은, 여담이지만 그는 오늘 저녁 파리에 도착하기로 돼 있는데 러시아 국경을 콘스탄티노플까지 뻗기 위해서라면 유럽 전쟁도 불사하겠다고 공공연히 말하고 있어. 그들은 전쟁을 프란츠 요제프가 죽을 때까지, 가능하면 1917년까지 늦추려고 생각할지도 몰라. 그러나 만약에 그 이전에 기회가 주어진다면….”

그는 갑자기 의기소침해져서 숨을 가쁘게 쉬며 빠르게 말을 계속했다. 그의 눈썹 주위에는 근심에 찬 듯한 주름이 져 있었다. 그는 가면이라도 벗은 것같이 보였다.

“그래, 솔직히 말하자면 나는 절망하기 시작했어…. 아까 자네 친구들 앞에서는 억지로 아무 문제 없는 것처럼 말했어. 그러나 실은 형세가 좋지 않아…. 지극히 좋지 않기 때문에 외상은 대통령과의 덴마크 동행을 포기하고 부랴부랴 프랑스에 되돌아오기로 결심했어…. 정오의 전보들은 신통치 않았어. 독일은 그레이 영국 외상의 제안에 쾌히 응낙하기는커녕 우물쭈물하면서 트집을 잡고 있어. 그러고는 중재 회의를 좌절시키려고 온갖 짓을 다 하고 있는 것 같아. 독일은 정말 사태를 악화시키려고 하는 걸까? 아니면 4개국 회담을 배격하려는 생각일까? 왜냐하면 오스트리아-이탈리아 관계가 악화됨에 따라 회의를 열어보았자 오스트리아가 삼 대 일로 질 것이 뻔하다는 것을 짐작하고 있을 테니까…? 이건 가장 호의적이고… 또 가장 그럴듯한 가정이야. 그러나 그러는 동안에도 사태는 급진전되고 있어…. 벌써 도처에서 전쟁 준비를 하고 있어….”

“전쟁 준비?”

“필연적이야. 각국 정부는 말할 것도 없이 전시체제를 갖추기 위한 동원을 생각하고 있어. 그리고 **만일의 경우를 대비해서** 그 준비를 하고 있어…. 벨기에에서는 이미 오늘 브로크빌 씨 주재로 임시 회의가 열렸고. 분명히 전쟁에 대응하기 위한 군사 회의야. 십만 이상의 군대를 전선에 보내기 위해 세 연령층의 소집을 계획하고 있어…. 우리 나라에서도 마찬가지이고.

오늘 아침 케 도르세에서 각의가 열렸는데 **대비책으로** 전쟁 준비를 분명히 검토했을 거야. 툴롱이나 브레스트*에서는 함대에 대기령이 내려졌어. 모로코에는 흑인 부대 십오 개 대대를 당장 프랑스로 보내라는 명령을 타전했어. 그 밖에도 여러 나라가…. 각국 정부는 모두가 이러한 방향으로 움직이고 있어. 이런 식으로 사태는 자연히 악화의 길로 점점 치닫는 거야. 왜냐하면 일단 국민 동원이라는 무서운 톱니바퀴를 움직이기 시작하면 도중에 준비를 늦추거나 꾸물대는 일은 실질적으로 불가능하다는 사실을 참모본부의 전문가로서 모르는 사람은 하나도 없을 테니까. 그래서 가장 평화주의적인 정부도 다음의 딜레마에 빠져 있어. 말하자면 이왕 준비한 것이라는 이유 하나만으로 전쟁을 일으키든가 아니면…."

"아니면 취소 명령을 내려 모든 것을 후퇴시켜 전쟁 준비를 그만두게 하던가!"

"그래. 하지만 그런 경우 **앞으로 몇 개월 동안에는 동원할 필요가 없다는 것**을 확실히 해두어야 할 거야…."

"왜?"

"왜냐하면, 이것 또한 전문가의 입장에서 볼 때 이론의 여지가 없는 공리인데 별안간 정지시키면 복잡한 기계의 모든 장치가 망가져버려 얼마 동안을 쓸 수 없게 되어버리니까. 그런데 얼마 동안은 동원할 필요가 없을 거라고 확신할 수 있는 정부가 과연 있을까?"

앙투안은 잠자코 있었다. 그는 감동되었다는 듯이 뤼멜을 주

* 프랑스의 군항.

시하고 있었다. 드디어 낮은 소리로 말했다.

"어처구니없는 일이군…."

"믿을 수 없는 것은, 여보게, 모든 것이 겉으로 보기와는 달리 어쩌면 도박에 불과하다는 사실이야! 지금 유럽에서 벌어지고 있는 일은 어쩌면 멋진 포커판 같은 것일지도 몰라. 그래서 각자 협박을 통해 이기려고 하고 있는 거야…. 오스트리아가 신의 없는 세르비아의 목을 슬그머니 조르는 동안 그의 파트너인 독일은 위협적인 겉모습을 띠고 있어. 그 목적은 아마 러시아의 행동과 강대국들의 타협적인 중재를 마비시키려는 데 있겠지. 곧 포커판에서와 마찬가지로 자기 카드가 좋은 체하며 그럴듯하게 **허세를 부리는** 자들, 그러면서 가장 오래 버티는 자들이 이기는 거야…. 포커에서와 마찬가지로 아무도 상대의 카드를 모르고 있는 거지. 현재 독일의 태도와 러시아의 태도에 어느 정도의 간계가 숨겨져 있는지, 그리고 실제로 어느 정도의 공격적인 의도가 내포되어 있는지 그것은 아무도 몰라. 현재까지 러시아는 게르만인들의 대담성 앞에서 언제나 양보해왔으니까. 그래서 독일과 오스트리아는 당연히 이렇게 생각하고 있을 거야. '조금만 **허세를 부리며** 모든 것을 각오하고 있는 것처럼 보이면 러시아는 여전히 타협적으로 나올 것이다.' 그러나 다른 한편으로는 지금까지 러시아는 항상 타협적으로 나왔었기 때문에 이번만은 그야말로 무력으로 개입할지도 모른다는 거야…."

"어처구니없는 일이군…." 앙투안이 되풀이했다.

그는 낙담한 모습으로 들고 있던 주사기를 증기 소독기 접시 속에 넣었다. 그리고 창가로 몇 발짝 걸어갔다. 그는 뤼멜이 말하는 유럽의 정치 현황을 들으면서 마치 갑자기 폭풍우를 만나 배에 타고 있는 선원 모두가 우왕좌왕하는 것을 보는 승객의 불안감 같은 것을 느꼈다.

침묵이 흘렀다.

뤼멜은 자리에서 일어났다. 그는 바지의 멜빵을 다시 걸쳤다. 자신의 말을 듣는 사람이 있나 없나를 확인이라도 하려는 것처럼 자신도 모르게 주위를 한번 힐끗 살피더니 앙투안 곁으로 가까이 왔다.

"이것 봐, 티보." 하며 목소리를 낮추었다. "이런 것은 입 밖에 내서는 안 되겠지만 자네는 의사니까 비밀을 지켜주겠지, 안 그래?"

그는 앙투안의 얼굴을 빤히 쳐다보았다. 앙투안은 아무 말 않고 머리를 숙였다.

"이것 봐…. 지금 러시아에서는 믿을 수 없는 일이 일어나고 있어! 사조노프 대사가 우리 정부에 미리 귀띔해준 바에 따르면 그의 정부는 미온적인 태도를 떨쳐버릴 거라는 거야! …그런데 사실 우리도 조금 전에 페테르부르크로부터 지극히 중대한 정보를 입수했어. 곧, 러시아의 의도는 더 이상 의심할 여지가 없다는 거야. 러시아는 이미 총동원을 시작했다는 거야! 해마다 실시하는 훈련은 중지했고, 군부대들은 부랴부랴 주둔지로 돌아갔대. 네 개의 주요 군관구인 모스크바, 키예프, 카잔, 오데사에는 동원령이 내렸고! …어제 25일 아니면 그저께일지도 몰라. 군사회의석상에서 참모본부는 오스트리아에 대항하기 위한 '예방책으로' 무력 행동을 급히 준비하라는 문서에 따른 명령을 차르한테서 얻어냈다는 거야…. 독일도 틀림없이 그 사실을 알고 있을 거야. 독일의 태도도 이번 일로 충분히 설명하고도 남아. 독일은 독일대로 은밀히 동원하고 있으니까. 문제는 독일의 경우 그 나름대로 서두를 만한 충분한 이유가 있다는 거지…. 게다가 독일은 오늘 아주 중대한 조처를 취했어. 곧 페테르부르크에 대해서 공식적으로 통고하기를 만약 러시아가 전쟁 준비를 중지하지 않을 경우, 또 전쟁 준비가 가속화될 경우 독일로서는 어쩔 수 없이 동원령을 내릴 수밖에 없다는 거야. 그렇게 되면 전면 전쟁이 될 거라고 독일은 분명히 밝히고 있어…. 러시아의 반응은 어떨까? 만약 러시아가 양보하지 않는다면 무거운 책임을 떠맡고 있는 러시아로서는 무집나못해 짓눌리고 말 거야…. 그런데… 러시아가 양보할 가능성은 별로 없으니….”

“그런데 이런 와중에서 우리 나라는 어떻게 하지?”

“우리 나라 말이야? …우리 나라? …어떻게 하면 좋으냐고? 러시아와의 조약을 폐기한다? 지금이야말로 우리의 온 힘의 결집과 범국민적 열정이 필요한 때인데 우리 국민의 사기를 저하시켜서야 되겠어? 러시아와의 조약을 폐기해? 그리고 우리 나라를 완전히 고립시킨다? 유일한 우리의 동맹국들과의 사이가 틀어지고? 그렇게 되면 분개한 영국의 여론은 프랑스-러시아 그룹으로부터 등을 돌려 자기 나라 정부를 게르만 편으로 몰고 가지 않을까…?”

조심스럽게 방문을 두 번 노크하는 소리를 듣고 뤼멜은 하던 말을 중단했다. 복도에서 레옹의 목소리가 들렸다.

“**그분**한테서 다시 전화가 왔는데요….”

앙투안은 짜증스러운 몸짓을 했다.

"저, 나 지금… 아니야!" 그는 외쳤다. "가서 받을게!" 그러고는 뤼멜에게 말했다. "잠깐 실례해도 되겠지?"

"자, 그건 그렇고. 너무 늦었기 때문에 가봐야겠어…. 다시 봐…."

앙투안은 급히 작은 서재로 돌아와 수화기를 들었다.

"웬일이야?"

수화기를 들고 있던 안은 이런 퉁명스런 말투에 놀라 몸서리쳤다.

"참 그렇군요." 하면서 안은 겸연쩍어했다. "오늘은 일요일이었군요! …집에 손님들이 와 계시겠네요…."

"웬일이야?" 그는 되풀이해서 물었다.

"그냥 그저…. 그런데 방해가 됐나요…?"

앙투안은 아무런 대답도 하지 않았다.

"저어…."

앙투안이 아주 기분이 좋지 않아 하는 것을 눈치챈 안은 어떻게 말해야 할지, 어떤 거짓말을 꾸며야 좋을지 몰랐다.

달리 어떻게 할 수도 없고 해서 그녀는 머뭇거리며 말했다.

"오늘 저녁 사정은 어때요?"

"안 돼." 하고 그는 딱 잘라 말했다. 이번에는 목소리를 부드럽게 하고 다시 말했다.

"안 되겠어, 오늘 저녁은…."

그는 갑자기 측은한 생각이 들었다. 안도 그의 그런 생각을 직감했다. 그것이 그녀에게는 흐뭇하기도 하고 동시에 괴롭기도 했다.

"안 되는 줄 알잖아." 그는 말했다. (안은 그의 한숨 소리를 들었다.) “우선 오늘은 시간이 없어…. 있다 해도 이런 때 밤에 나다니다니…”

“어떤 때인데요?”

“글쎄, 안, 당신은 신문을 읽었겠지? 무슨 일이 일어나고 있는지 짐작도 못하겠어?”

안은 몸을 움찔했다. 신문? 정치 문제? 그런 일로 나를 따돌리려고 하는 걸까? ‘거짓말을 하고 있는 게 틀림없어.’ 하고 그녀는 생각했다.

“그럼… 오늘 밤… 우리 집에서 어때요? 싫어요?”

“안 돼…. 돌아오는 게 늦을 테고, 그렇게 되면 피곤해질 테니까…. 이봐, 분명히 말해두지만… 고집부리지 마….” 그러면서 그는 힘없이 덧붙였다. “아마, 내일… 내일 전화할 수 있으면 할게…. 그럼 안녕!”

그리고 대답도 기다리지 않고 전화를 끊었다.

42

자크는 형을 기다리지 않고 나왔다. 그리고 옵세르바투아르가街의 수위 아주머니가 제니는 벌써 한 시간 전부터 돌아와 있다는 말을 들려주었을 때 형 집에서 늑장 부린 것을 몹시 후회했다.

그는 껑충껑충 계단을 올라가 벨을 눌렀다. 가슴을 졸이면서 문 뒤에서 제니의 발소리가 들려오기를 기다리고 있었다. 그런데 들리는 것은 제니의 목소리였다.

"누구세요?"

"자크!"

자크는 걸쇠 소리를 들었다. 드디어 문이 열렸다.

"엄마는 떠나셨어요." 제니는 문을 잠가놓고 있었던 이유를 설명했다. "지금 막 역까지 배웅하고 돌아오는 길이에요."

제니는 그를 들어오게 하려다가 마치 무엇인가 거북함을 느낀 것처럼 문턱에 서 있었다. 그러나 자크는 솔직하고 밝은 표정으로 제니의 얼굴을 바라보았다. 그것이 곧 그녀의 불안감을 말끔히 씻어주었다. 지금 그가 여기에 있다! 어제의 꿈이 계속되고 있는 것이다…!

자크는 부드러우면서도 스스럼없는 태도로 두 손을 제니에게 내밀었다. 제니도 머뭇거리지 않고 솔직한 동작으로 자신의 두 손을 내밀었다. 그리고 손을 빼지 않고 두어 발 뒤로 물러서면서 그를 문턱 안으로 들어오게 했다.

'어디로 데리고 들어갈까?' 하고 제니는 그를 기다리면서 자문해보았었다. 응접실은 여러 가지 커버로 온통 뒤덮여 있다. 자기 방은? 그곳은 자신이 쉬는 곳이고, 자신만의 보금자리이다. 그리고 그곳은 상대가 누구이든 간에 데리고 들어가는 것을 꺼려 하는 곳이다. 다니엘조차도 그곳에 발을 들여놓은 예가 드물었다. 나머지 방은 다니엘과 퐁타냉 부인의 방이었는데, 모녀는 보통 그 방을 같이 쓰고 있었다. 제니는 결국 오빠의 방을 생각해냈다.

"오빠 방으로 가세요." 하고 제니가 말했다. "집 안에서 시원한 곳은 거기뿐이니까요."

아직 가벼운 상복이 준비가 되지 않아서 제니는 전에 입던

칼라가 열려 있고 흰 리넨으로 된 여름옷을 집 안에서 입고 있었다. 그런 그녀의 모습은 젊고 경쾌해 보였다. 허리는 가늘고 다리는 길었지만 몸매는 날씬한 편은 아니었다. 왜냐하면 본능적으로 자신의 동작에 신경을 쓰면서 의식적으로 걸음걸이를 뻣뻣하게 하고 있었기 때문이다. 그러나 그렇게 어색한 몸가짐에도 불구하고 쭉 뻗은 제니의 사지는 젊음의 탄력성을 보여주었다.

자크는 두리번거리며 제니의 뒤를 따라갔다. 주의를 살피면서 그는 감회에 젖지 않을 수 없었다. 모든 것이 눈에 익은 것들이었다. 현관과 거기에 놓인 네덜란드풍의 장롱이며, 문 위에 걸린 델프트 도자기 접시며, 예전에 퐁타냉 부인이 아들의 초기 작품들인 목탄화 몇 점을 걸어놓았던 복도의 회색 벽이며, 아이들이 사진을 만드는 암실로 썼던 붉은 유리를 끼운 구석방이며 다니엘의 방이며, 그의 방 벽에 붙은 책장이며, 흰 대리석으로 된 낡은 시계며, 수없이 다니엘과 마주 앉았던 검붉은 비로드로 된 두 개의 안락의자이며….

"어머니는 여행을 떠나셨어요." 제니는 멋쩍어하는 모습을 보이지 않기 위해 블라인드를 올리면서 설명해주었다. "빈으로 가셨어요."

"어디?"

"오스트리아의 빈 말이에요…. 앉으세요." 하고 그녀는 자크가 어리둥절해하는 모습을 보지 못하고 돌아서면서 말했다.

(어제저녁 제니는 예상했던 것과는 달리 늦게 들어온 것에 대해 어머니로부터 아무런 질문도 받지 않았다. 퐁타냉 부인은 다음 날 자신의 여행 준비에 정신이 팔려—다니엘 앞에서는

준비를 시작할 수 없었다—제니가 밖에 나가 있는 동안 시계를 볼 생각조차 못 했다. 그래서 제니는 변명할 필요가 없었다. 오히려 어머니 쪽에서 숨길 것이 있어서인지 조금 당혹해하면서 열흘쯤 집을 비우게 된다고 서둘러 말했다. 곧 그 기간 동안 현지에 가서 '일을 수습한다'라는 것이었다.)

"빈에?" 하며 자크는 앉으려고 하지도 않고 되물었다. "그래, 그냥 떠나시게 했어?"

제니는 간략하게 일의 경위를 말해주었다. 그리고 제니가 반대하자 어머니는 당신이 빈에 가야만 어려운 문제의 수습이 가능하다고 주장하면서 말도 못 붙이게 했다는 것이다.

제니가 이야기하고 있는 동안 자크는 물끄러미 그녀를 지켜보고 있었다. 제니는 윗몸을 똑바로 세우고 진지한 얼굴에 어색한 자세로 다니엘의 책상 앞 의자에 앉아 있었다. 입언저리에 잡힌 주름과 꼭 다물고 있는 입술은 성찰과 활력을 보여주고 있었다. '침묵이 몸에 배었구나.' 하고 자크는 생각했다. 자세는 약간 굳어 있었으며, 경계하는 눈초리로 상대를 주시하고 있었다. 불신감일까? 오만일까? 수줍음일까? 아니다. 제니를 잘 알고 있는 자크는 그런 어색한 태도는 천성적인 것임을 익히 알 수 있었다. 그리고 그것은 성격의 한 면이고 자의적인 조심성과 도덕관념에서 나오는 태도 이외에는 아무것도 아니라는 것을 알 수 있었다.

자크는 이런 때 오스트리아에 머무는 것은 아무리 생각해보아도 시기적으로 적절하지 않다고 말해주고 싶은 마음이 굴뚝 같았다. 그는 신중하게 물어보았다.

"오빠는 그 여행을 알고 있어?"

"몰라요."

"아." 하며 자크는 돌연 결연히 말했다. "다니엘은 분명히 반대했을 거야. 나는 확신해. 어머니는 오스트리아가 동원령을 내리고 있다는 사실을 모르고 계시지? 또 군대가 국경을 지키고 있다는 것도? 그리고 빈이 내일쯤에는 계엄령 밑에 있게 되리라는 것도?"

이번에는 제니가 소스라치게 놀랐다. 일주일 동안 그녀는 신문 한 장 읽을 사이가 없었던 것이다. 자크는 몇 가지 주요한 사건을 간단히 말해주었다.

자크는 조심스럽게 사실을 전하면서 제니가 너무 걱정하지 않도록 신경을 썼다. 설마 하는 마음가짐이 뚜렷이 드러나 보이는 제니의 질문으로 미루어 보아 정치적인 관심사가 그녀의 생활 속에서 차지하는 비중이 별것 아니라는 것을 알 수 있었다. 역사책에서 배우는 것 같은 그런 전쟁의 어느 하나가 일어날지 모른다는 사실이 제니를 겁나게 하지는 못했다. 전쟁이 일어나면 다니엘이 곧 위험에 처하게 된다는 생각조차 그녀의 머리에는 떠오르지 않았다. 전쟁이 일어날 경우 어머니 신상에 닥쳐올 수도 있을 구체적인 어려운 문제만을 생각하고 있었다.

"어쩌면" 하고 자크는 급히 말했다. "어머니는 도중에 계획을 포기하실지도 몰라. 되돌아오시기를 기대해 봐."

"그렇게 생각하세요?" 제니는 생기 있게 물었다. 그러고는 얼굴을 붉혔다.

뭐니 뭐니 해도 어머니의 출발이 다행스런 일이었다는 것과 그것은 여러 가지 변명의 시간을 뒤로 미루도록 해주었다고 제니는 자크에게 솔직히 말했다. 그것은 어머니의 반대를 두려워해서가 아니라고 서슴지 않고 덧붙였다. 그러면서도 제니는 자신의 일을 어머니에게 있는 그대로 말하고 자신의 심정을 모두 털어놓아야 한다는 것을 무엇보다도 두려워하고 있었다.

"당신은 기억하고 계시겠죠, 자크?" 제니는 진지한 모습으로 자크를 바라보면서 덧붙였다. "나는 누가 미리 알아서 해주는 것을 좋아해요…."

"나도." 하고 자크가 웃으면서 말했다.

담화는 훨씬 은밀한 쪽으로 접어들었다. 자크는 제니의 여러 가지 상세한 설명을 유도하는가 하면, 제니로 하여금 자신의 심정을 토로하도록 도와주기도 하면서 그녀 자신에 대해 물어보았다. 제니도 순순히 묻는 말에 대답했다. 자크가 여러 가지를 묻는 말에 그녀는 별로 반발심을 보이지 않았다. 오히려 여러 가지를 물어보는 것에 대해 고마움마저 느꼈다. 그리고 자크를 위해 평소의 조심성을 떨쳐버리고 일종의 쾌감을 느끼는 자기 자신을 발견하면서 새삼 놀라는 것 같았다. 그 이유는 지금까지 누구 하나 이렇게 열정적이며 마음을 사로잡는 눈길로 자신에게 관심을 기울여준 사람이 없었기 때문이다. 또한 그녀의 마음을 상하지 않게 하려고 신경을 써주면서 그녀를 이해하려는 남다른 욕구를 가지고 이렇게 말해주는 사람도 없었기 때문이다. 지금까지 느껴보지 못한 온정이 그녀를 감싸주었다. 여태까지는 갇혀서 살아왔으나 지금은 울타리의 경계선이 갑자기 물러서면서 생각하지도 않았던 지평선이 보이는 것 같은 느낌이었다.

자크는 줄곧 이유 없이 미소를 짓고 있었다. 그것은 제니 때문이라기보다는 자기 자신의 행복감을 생각하고 짓는 미소였다. 그는 행복감에 완전히 넋이 나가 있는 듯했다. 지금은 유럽 문제 같은 것은 안중에도 없었다. 제니와 자신 이외에는 아무것도 없었다. 그녀가 하는 모든 말은 아무리 하찮은 것이라도 그에게는 퍽이나 은밀하고 둘만의 속삭임과 같은 생각이 들어 격렬한 감사의 마음을 느끼지 않을 수 없었다. 그의 마음속에는 새로운 확신이 뿌리를 내려 그로 하여금 자부심을 갖게 만들었다. 그 까닭은 그들의 사랑이 단순히 다른 것에 견줄 수 없는 귀중한 것일 뿐만 아니라 또한 아주 예외적이고 전례 없는 일이라고 생각되었기 때문이다. 그들의 입에서는 줄곧 '마음'이란 단어가 튀어나오곤 했다. 그리고 그때마다 막연하고 수수께끼 같은 이 말은 그들만이 아는 신비를 담고 있는 것처럼 마법의 말같이 독특한 진동과 함께 그들 가슴속에 울렸다.

"내가 무슨 일로 놀라고 있는지 알아?" 하고 자크가 갑자기 외쳤다. "그것은 내가 조금도 놀라지 않고 있다는 사실이야! 나는 이렇게 될 것을 마음속으로 한 번도 의심하지 않았었거든!"

"나도 그래요!"

그것은 자크도 그러하지만 제니에게도 진실은 아니었다. 그러나 생각하면 할수록 더욱더 두 사람에게는 단 하루도 희망을 버린 적이 없었던 것 같았다.

"그리고 이렇게 여기 있는 것이 아주 당연한 것으로 여겨져…." 하며 자크가 말을 계속했다. "제니 곁에 있으면 이제서야 내가 정말 몸 둘 곳을 찾았구나 하는 느낌이 들어!"

"나도요!"

(그들이 이처럼 서로가 마음이 잘 통한다고 느끼며 무슨 일에도 생각이 같다고 말할 수 있었던 것은 일종의 관능적인 유

혹 때문이었으며, 그들은 이런 유혹에 줄곧 몸을 내맡기고 있었다.)

제니는 앉았던 자리에서 일어나 거의 데면데면한 자세로 자크 앞에 와서 앉았다. 자크에 대한 사랑이 제니를 육체적으로 이미 변모시키는 것 같았다. 몸가짐에서 드러나는 이런 것은 평소에는 찾아볼 수 없었던 일종의 우아함과 유연성 같은 것을 제니에게 가져다주었다. 자크는 이런 변신을 황홀하게 지켜보고 있었다. 그는 제니의 윗몸이 움직임에 따라 드러나는 그림자의 난무와 옷 속의 근육의 움직임과 호흡의 뛰는 율동을 사랑스럽게 지켜보고 있었다. 서로 찾다가 스쳐지나가는가 하면 곧 헤어지고, 헤어졌는가 하면 다시 만나는 사랑하는 두 마리의 비둘기처럼 민첩한 두 손의 놀림이 그에게는 지루하게 여겨지지 않았다. 제니는 아주 작고 둥글게 올라온 하얀 손톱을 지니고 있었다. '마치 개암 열매의 반쪽 같구나.' 하고 그는 생각했다.

그는 순간 몸을 굽혔다.

"이것 봐, 여러 가지 놀라운 것을 발견했어."

"뭔데요?"

자크의 말을 들으려고 제니는 의자 팔걸이에 팔꿈치를 대고 손바닥에 턱을 고였다. 그녀의 손가락은 볼을 받치고 있었는데 자유로운 둘째 손가락은 살짝 입술을 만지작거리는가 하면 잠깐 관자놀이까지 뻗곤 했다.

자크는 아주 가까이에서 제니를 보면서 말했다.

"낮에 보면 당신의 눈동자는 정말 두 개의 푸른 구슬, 맑은 두 개의 사파이어 같아."

제니는 부끄러운 듯 미소를 짓더니 고개를 숙였다. 그러고 나서 다시 몸을 일으키며 장난삼아 보복이라도 하려는 듯 제니 쪽에서 그를 유심히 관찰했다.

"내가 보기에는, 자크, 어제저녁부터 당신이 변했다는 생각이 들어요."

"변했다고?"

"그래요, 많이."

제니는 아리송한 태도를 취했다. 자크는 제니를 이런저런 질문으로 몰아쳤다. 처음에는 망설이며 말을 할 듯하다가도 다시 화제를 딴 데로 돌리는 것으로 미루어 보아 자크는 제니가 자신의 입으로는 발할 수 없는 무엇인가가 있다는 것을 알아차렸다. 제니는 자크가 여기에 도착한 뒤로 그들의 사랑과 관계없는 무엇인가 말 못 할 걱정거리에 사로잡혀 있는 듯한 낌새를 알아차렸던 것이다.

자크는 이마에 흘러내린 머리를 단번에 쓸어 올리며 말했다.

"자." 하고 그는 아무런 전제도 없이 말했다. "어제저녁부터 내 생활은 이랬어."

자크는 제니에게 튀일리 공원에서의 하룻밤, 『위마니테』에서의 오전, 앙투안을 방문했을 때의 일 등을 상세히 이야기해 주었다. 사소한 것까지 소상하게 이야기하면서 그는 마치 소설가처럼 자기 자신에 도취되어 그 장소와 사람들을 묘사했다. 스테파니, 갈로, 필립, 뤼멜이 한 말을 전할 때는 거기에 대해 자기 자신이 보여준 반응을 들려주면서 자기가 느낀 불안이나 희망을 털어놓기도 했다. 그러면서 지금 전쟁의 위협에 대항해서 벌이고 있는 투쟁 이념을 제니에게 알려주기에 열중했다.

제니는 한마디도 빼놓지 않고 숨을 헐떡이면서 넋 나간 사람처럼 듣고 있었다. 그녀는 별안간 자크의 생활 속에 빠져들어가 있을 뿐만 아니라 위기에 처해 있는 유럽, 보지도 듣지도 못한 소름 끼치는 여러 가지 문제에 직면해 있었다. 갑자기 사회기구가 흔들리고 있었다. 마치 지진이 일어나 우리 주위에 있던 벽이며 지붕이며 지금까지 우리를 보호해주고, 우리의 안정을 보장해주고, 절대로 파괴되지 않으리라 생각했던 모든 것이 무너져 내리는 것을 목격하는 사람들의 공포 같은 것을 느꼈던 것이다.

어제까지만 해도 제니에게는 미지의 세계였던 자크 개인의 활동 범위가 어디까지 뻗치고 있는지 그녀는 확실히 파악하지 못하고 있었다. 그러나 자신의 사랑을 충분히 정당화하기 위해 제니는 자크를 높이 평가하고 싶었다. 그리고 자크의 목적이 고귀하다는 것, 자크가 이름을 인용한 사람들—메네스트렐이나 스테파니나 조레스 같은 사람들—모두가 각별한 존경을 받을 만하다는 것을 깨달았다. 그들의 희망은 분명히 정당한 것이었다. 왜냐하면 자크가 그들과 희망을 같이하고 있었기 때문이다.

자크는 신이 나서 이야기를 계속했다. 제니가 귀담아들어 주므로 더욱 고무되어서 자신의 이야기에 도취되었다.

"…우리 혁명가는…." 하고 그는 말했다.

제니는 고개를 들었다. 자크는 제니의 시선에서 놀라는 기색을 읽었다.

제니는 자크가 무언가 호감이 담긴 목소리로 경건한 마음가짐과 함께 '혁명가'라고 말하는 것을 들어보기는 처음이다. 사실 혁명이란 말은 그녀에게는 저속한 욕망을 만족시키기 위해 부유한 사람들이 사는 지역을 서슴지 않고 방화하고 약탈하는 사팔뜨기 얼굴을 한 사람들의 이미지를 연상케 했던 것이다. 곧, 폭탄을 윗옷 밑에 감추고 있는 파렴치한 사람들, 이런 무리들에 대해 사회는 강제수용 처분을 내리는 것 이외에는 다른 방도가 없는 사람들.

자크는 사회주의에 관해, 그리고 자신이 인터내셔널에 가입한 것에 대해 이야기를 시작했다.

"내가 혁명 단체에 뛰어든 것이 용기를 내세운 순박한 정열 때문이라고 생각해서는 안 돼. 나는 어디까지나 오랜 의구심 끝에, 그리고 커다란 번민과 커다란 정신적인 고독에 시달린 끝에 거기에 도달하게 된 거야. 제니를 처음 알게 되었을 때만 해도 나는 인류의 동포애라든가 진리나 정의의 승리를 믿고 싶었던 거야. 그런 것들의 승리가 아주 가까이에서 손쉽게 얻어지는 것으로 생각했어. 그런데 그것이 나의 환상에 지나지 않았다는 것을 곧 발견했어. 그러고 나서 모든 것이 내 마음속에서 불명확하게 된 거야. 그 당시 나는 내 인생에서 최악의 순간을 겪었어. 나는 전락하는 데까지 전락하도록 내 자신을 내맡겼어. 밑바닥, 아주 밑바닥까지 갔던 거지…. 그런데 나를 구해준 건 바로 혁명의 이상이야." 하며 그는 메네스트렐을 아주 고맙게 생각하면서 말을 계속했다. "바로 혁명의 이상이 내 시야를 넓게, 환하게 비추기 시작했고, 어릴 때부터 반항적이고 보잘것없는 인간이었던 나에게 삶의 이유를 가져다주었어…. 나는 정의의 승리가 쉽게 그리고 가깝게 있다고 생각했던 것이 어리석은 일이었음을 깨달았을 뿐만 아니라, 절망한다는 것은 더더구나 어리석은 짓이고 죄를 범하는 짓이라는 것을 깨달았어! 특히 나는 그런 승리를 믿기 위해 적극적인 방법이 있다는 것을 알았어! 그리고 나의 본능적인 반항도 그것이 나와 똑같은 반항자들과 협동해서 사회 발전을 위해 힘을 기울일 경우 열매를 맺을 수 있다는 것도 알았어!"

제니는 묵묵히 듣고만 있었다. 프로테스탄트의 기질을 타고난 그녀는 사회는 엄격한 체제 순응주의를 따라서는 안 된다는 생각, 또한 인간은 자신의 개성을 앙양시킬 의무를 띠고 있고 자신의 양심이 명하는 행위를 끝까지 밀고 나갈 의무를 띠고 있다는 생각을 충분히 하고도 남았다. 자크는 제니가 자기를 이해해주고 있다는 것을 느낄 수 있었다. 그는 제니의 침묵 속에는 남의 말을 놓치지 않으려고 하는 지성, 균형 잡히고 건전한 지성, 사변적인 토론에는 별로 훈련되어 있지 않지만, 모든 편견을 뛰어넘을 수 있는 지성이 꿈틀거리고 있음을 느낄 수 있었다. 그리고 그녀가 버리지 못하고 있는 그런 조심성 뒤에는 짓눌린 어떤 감성이 고동치고 있고, 정말 전적인 희생을 할 만한 충분한 이유가 있다면 얼마든지 나서서 거기에 봉사할 마음가짐이 되어 있다는 것을 자크는 느꼈다.

그렇지만 자신이 지금까지 아무렇지 않게 생각하며 살아온 자본주의 사회가 실은 받아들일 수 없는 부정의 온상이라고 역설하는 자크의 말을 들었을 때 제니는 의아스러운 표정을 짓지 않을 수 없었다. 그런 문제를 별로 깊이 생각해보지 않았던 그녀는 생활 조건의 불평등을 성격의 불평등에서 오는 피할 수 없는 결과인 것으로 생각하고 있었다.

"아!" 하고 자크가 외쳤다. "혜택을 받지 못한 사람들, 제니!

확실히 당신은 그런 사람들의 실상을 상상도 못 할 거야! 그렇지 않다면 그렇게 고개를 흔들어 보이지 않을 거야…. 당신은 바로 곁에 불행한 사람들이 많다는 사실을 모르고 있어. 그들에게 살아간다는 것은 일에 짓눌려 고통받는 것에 지나지 않아. 온당한 보수도 못 받고, 미래에 대한 보장도 없고, 희망의 가능성도 없이 말이야! 당신은 석탄을 캐고 공장을 건설하는 사람들이 있다는 것을 잘 알고 있어. 하지만 일생 동안 탄광의 어둠 속에서 허덕이고 있는 사람이 몇백만이나 된다는 것을 더러 생각해본 적이 있어? 또 공장의 기계 소음 속에서 신경이 무디어질 대로 무디어져 있는 몇백만의 사람들이 있다는 것을? 그런가 하면 그런대로 혜택받은 농촌 사람들, 그들의 매일 매일의 임무란 계절에 따라 하루에 열 시간, 열두 시간, 열네 시간 땅을 갈아서 마침내 그들을 등쳐 먹는 중간상인들에게 온갖 땀의 결실을 팔아넘기게 되는 그런 사람들을 생각해본 적이 있느냐 말이야! 바로 여기에 인간의 고통이 있는 거야! 내 말이 좀 지나쳤나? 천만에! 나는 내가 목격한 것을 말하고 있는 거야…. 나는 함부르크에서 굶어 죽지 않으려고 나와 똑같은 필요에 따라, 곧 빵을 얻기 위해 모인 백 명쯤 되는 패거리들과 함께 막노동을 한 적이 있어. 삼 주 동안 나는 도형수의 감시인처럼 고함지르는 십장의 명령에 아침부터 저녁까지 따랐던 거야. '이 들보를 들어올려! 이 푸대를 날라! 이 모래차를 끌어!' 밤이 되면 먹을 것과 술에 걸신들린 사람처럼 몇 푼 안 되는 노임을 가지고 선창을 떠나는 거였어. 지칠 대로 지친 데다가 몸뚱어리는 먼지와 땀으로 끈적거리고 몸도 머릿속도 텅 빈 상태였으니까. 어찌나 지쳐 있었던지 반항할 기력도 없을 정도였어! 가장 끔찍한 것은 이런 건지도 몰라. 그런 가엾은 패거리들 대부분은 자신들이 사회의 불공평함의 희생물이라는 의심조차 않고 있다는 거야! 도형수 같은 그런 끔찍한 생활을 아무렇지도 않게 참고 있는 힘이 어디에서 나오는 것인지 정말 생각해보지 않을 수 없어! 나는 그 지옥에서 도망칠 수 있었어. 그것은 마침 나는 몇 개 국어를 알고 있어서 신문 기사를 읽을 기회가 있었기 때문이야…. 그러나 다른 패들은? 그들은 거기서 계속 곤욕을 치르고 있어! 제니, 현재 존재하고 있고, 앞으로도 지속될 것이며, 그것이 지상에서의 인간들의 정상적인 조건이라고 내세우면서 이런 것들을 우리가 받아들여야 할까?

자, 여러 공장의 예를 들려줄게! 나는 한때 푸메의 어느 단추 공장에서 화물 운반원으로 일한 적이 있어. 십 초마다 계속 재료를 던져주지 않으면 안 되는 기계의 노예였지! 잠시도 머리나 손을 비울 수 없었어…. 몇 시간이고 항상 같은 동작을 되풀이해야 하는 거야. 진짜 피로는 못 느꼈는지도 몰라. 그러나 확실히 말해두지만 두 시간 계속해서 시멘트 푸대를 나르고 나면 눈은 먼지 때문에 쑤시고, 목은 칼칼해지고, 함부르크에서의 피로 이상으로 여기에서 나올 때는 바보스런 그 일 때문에 더욱 멍청해져 있었던 거야! …나는 또 이탈리아의 비누 공장에서 많은 여자를 보았는데, 그 일이라는 것은 십 분마다 사십 킬로그램 무게의 가루비누 상자를 들어 나르는 것이었어. 그것을 하지 않을 때는 선 채로 크랭크를 돌리는 것이었어. 크랭크가 어찌나 단단했던지 그것을 움직이려면 발을 벽에 단단히 기대야만 했어. 더구나 여자들이 하루 여덟 시간이나 그런 노동을 해대고 있었으니…. 조금도 꾸며낸 이야기가 아니야! 나는 프로이센 모피 공장에서 열일곱 살 된 소녀들에게 아침부터 저녁까지 가죽을 브러시로 닦는 일을 시키는 것을 본 적이 있어. 소녀들은 털이 목구멍에 들어가기 때문에 일을 계속하려면 하루에도 여러 차례 그것을 뱉어내기 위해 밖으로 나가야만 했던 거야…. 더구나 그 임금이란 얼마나 형편없는 것이었는지 몰라! 왜냐하면 남자와 똑같은 수고를 하면서도 어디를 가나 여자의 보수는 적게 마련이었으니까…."

"왜 그렇지요?" 제니가 물었다.

"왜냐하면 여자에게는 생활하는 데 도움을 주는 아버지나 남편이 있다는 것을 전제로 하고 있기 때문이야…."

"그런 경우가 흔한 게 사실이지요." 하고 제니가 말했다.

"천만에! 그런 가엾은 여자들이 일을 해야만 하는 것은 우리 사회에서 남자가 그가 거느리고 있는 가족들을 충분히 먹여 살릴 수 있을 만큼 돈을 못 벌고 있기 때문이 아닐까?

나는 방금 외국 노동자들의 경우를 예로 들었어. 그러나 이브리나 퓌토나 빌랑쿠르 같은 곳에 언제든지 아침에 가보라고…. 아직 일곱시도 안 됐는데 홀가분한 몸으로 작업장에서 일을 하려고 아이들을 탁아소에 맡기러 오는 여자들이 줄을 잇고 있는 것을 볼 수 있을 거야. 그런 탁아소를 (공장의 비용으로) 만든 공장주들은 자신들이 노동자들의 은인이라고 으스댈지도 몰라…. 그러나 여덟 시간의 육체 노동을 하기 전에 아침 다섯시에 일어나서 커피를 끓이고 빨래를 하고 어린것들의 옷을 입힌 다음 방을 좀 치우고 일곱시에 일터로 달려가야만 하는 어머니들의 생활이 어떤 건지 상상해볼 수 있겠어? 끔찍한 생활이 아니고 뭐야? 하지만 그런 생활을 실제로 하고들 있어!

그런데 그렇게 자신을 희생해가며 생활하는 사람들에 의해 자본주의 사회는 번영해가고 있는 거야! …정말 제니, 이런 일을 용서해서야 되겠어? 몇백만이나 되는 사람들의 생활을 희생시켜가면서 자본주의 사회가 번영해가는 것을 가만히 보고만 있어도 되겠느냐 말이야? 안 되지! …그러나 이런 모든 일과 그 밖의 것들이 수정되기 위해서는 권력의 주인이 바뀌지 않으면 안 돼. 곧 프롤레타리아가 정권을 장악해야만 해. 내 말을 이해하겠어? 자, 당신이 그렇게도 두려워하고 있는 **혁명**이라는 말의 뜻은 바로 이런 거야…. 지금의 사회와는 그 조직이 완전히 다른 새로운 조직을 건설해 인간이 생계를 유지할 수 있어야 할 뿐만 아니라 인간답게 살 수 있어야 해! 개개인에 대해서는 노동에서 오는 이익의 물질적인 몫을 분배해야 할 뿐만 아니라 자유와 여가 복지의 그 부분도 돌려주어야 해. 그렇지 않으면 그 개개인은 인간의 존엄성을 발전시켜 나갈 수 없을 테니까…."

"인간의 존엄성…." 하고 제니는 생각에 잠긴 듯한 모습으로 되풀이했다.

제니는 갑자기—이 사실을 매우 부끄럽게 생각했다—자신이 스무 살이 될 때까지 세상의 노동과 빈곤에 대해서 아무것도 아는 게 없다는 생각이 문득 들었다. 다수의 노동자와 1914년 현재의 부르주아인 자신과의 계급 격차는 고대 문명에서의 계급의 차이만큼이나 장벽이 있었던 것이다…. '하지만 내가 알고 있는 부자들이 모두가 추악한 사람들은 아니야.' 하고 제니는 순박하게 생각했다. 어머니가 참여하고 있으며, 영세민 가정에 '자선을 베풀고 있는' 프로테스탄트의 사업을 생각해보았다…. 제니는 부끄러움으로 얼굴이 화끈해오는 것을 느꼈다. 자선! 제니는 지금 그런 자선을 갈망하는 불행한 사람들과, 살 권리를 주장하면서 자신들의 자주성과 인간으로서의 '존엄성'을 요구하고 있는 착취당한 노동자들 사이에는 아무런 공통점이 없다는 것을 이해한 것이다. 그런 가난한 사람들이란 자신이 어리석게 믿고 있었던 것처럼 결코 민중이라고는 말할 수 없었다. 곧 그들은 부르주아 사회의 기생충에 지나지 않았다. 또한 그들은 자신들을 방문하는 자선 단체의 귀부인들과 마찬가지로 자크가 말한 노동자의 세계와는 무관한 인간들이었다! 제니는 자크를 통해서 **프롤레타리아**라는 것을 알게 된 것이다.

"인간의 존엄성." 하고 제니는 다시 한번 되풀이했다. 그런 말투는 여기에다 이 말이 지니고 있는 뜻 전체를 부여하고 있음을 여실히 보여주었던 것이다.

"오!" 하고 자크는 말했다. "처음에는 별로 큰 결과를 얻을 수 없을지 몰라…. 혁명에 의해 해방된 노동자는 우선 지극히 이기적인 만족에 집착할 거야. 심지어는 지극히 천박한 만족이라고도 말할 수 있을 거야. 이것은 감수해야 해. 그런 저속한 욕망은 채워주어야만 해. 그래야만 참되고… 내면적인 진보가…" 그는 머뭇거리다가 덧붙여 말했다. "…정신적인 교양이 가능한 거야…."

그의 목소리의 울림은 생기를 잃었다. 자신이 잘 알고 있는 고뇌가 목을 조였던 것이다. 그러나 그는 이야기를 계속했다.

"불행하게도 우리는 이런 필요성을 인정하지 않으면 안 돼. 곧 여러 가지 제도상의 혁명이 풍습의 혁명을 훨씬 앞질러야 한다는 사실을 말이야. 그러나 인간을 의심해서는 안 돼…. 안 되지…. 우리에게는 그럴 권리가 없는 거야…. 물론 나는 인간의 결함을 잘 알고 있어! 하지만 나는 그런 결함의 상당 부분이 현실 사회의 결과라고 믿고 있고, 또 믿고 싶어…. 염세주의의 유혹과 싸워야만 해. 그리고 인간을 믿게 되어야만 하고! …인간에게는 위대함을 지향하는 은밀하고도 꺾을 수 없는 갈망이 있고, 또 있어야만 해…. 그러니까 재 속에 파묻힌 그런 불씨에 끈기 있게 입김을 불어넣어 그것이 피어나서… 언젠가는 활활 타도록 해야 해!"

제니는 갑자기 고개를 숙이면서 동의의 뜻을 나타냈다. 그녀의 얼굴에는 그 어느 때보다도 단호한 결의가 엿보였으며, 눈에는 근엄한 빛이 충만해 있었다.

자크는 회심의 미소를 지었다.

"그러나 사회변혁은 어차피 나중의 일이야…. 우선 무엇보다도 시급한 것은 지금 당장 전쟁을 방지하는 일이야!"

자크는 문득 스테파니와의 약속이 생각나 흰 대리석으로 된 시계를 힐끗 보았다. 시계는 멈추어 있었다. 그는 자기 시계를 보고는 서둘러 자리에서 일어났다.

"벌써 여덟시야?" 하고 그는 꿈에서 깨어난 사람처럼 말했다. "십오분 안으로 증권거래소까지 가야 해!"

자크는 갑자기 자기들의 이야기가 뜻하지 않게 엄숙했었다는 생각이 들었다. 제니를 실망시킨 것 같아 그는 변명을 하려고 했다.

"아니에요, 아니에요." 하며 제니는 곧 그의 말을 가로막았다. "나는 당신이 그 모든 문제에 대해서 어떻게 생각하는지 알고 싶어요…. 당신이 어떻게 생활하는지 알고 싶고… 알아야겠어요….” 그녀의 열정적인 말투는 이렇게 말하는 것 같았다. ‘그렇게 모든 것을 털어놓고, 있는 그대로의 당신을 나에게 보여줌으로써 내가 가장 소중하게 여기고 있는 당신의 애정의 증거를 가장 훌륭하게 내게 보여준 거예요!’

“내일” 하고 문 쪽으로 걸어가면서 자크가 말했다. “좀 더 일찍 올까? 점심을 끝내는 대로.”

제니는 미소를 지었다. 그 미소는 그녀의 눈동자의 깊숙한 곳까지 밝게 했다. 제니는 이렇게 말하고 싶었다. ‘네, 오세요. 될 수 있는 대로 자주…. 당신이 와주실 때만 나는 살아 있다는 느낌이 들어요!’

그러니 제니는 얼굴을 붉히면서 입을 다물었다. 그리고 그의 뒤를 따라 집 안을 걸었다.

반쯤 열린 응접실 문 앞에서 자크는 멈추어 섰다.

“들어가도 괜찮아? 여러 가지 일이 생각나는군….”

덧문은 닫혀 있었다. 제니는 앞으로 먼저 들어가 창문을 열었다. 그녀의 걷는 모습이며, 방을 가로질러가는 모습이며, 거침없이, 유연하면서도 굽힐 줄 모르는 결의와 함께 단도직입적으로 핵심을 찌르는 그녀의 태도에는 나름대로의 독특한 면이 있었다.

묶여진 커튼, 말려 있는 카펫, 마루에서는 천 냄새와 왁스 냄새가 풍기고 있었다. 자크는 미소를 지으면서 모든 것을 바라보고 있었다. 그는 앙투안과 함께 처음으로 이곳에 왔을 때의 일을 회상했다…. 그때 제니는 기분이 좋지 않은 듯 발코니에 가서 팔꿈치를 괴고 있었다. 그리고 자신은 이 구석의 장식장 앞에 멍하게 서 있었다. 그는 지금 그 장식장을 덮고 있는 천을 들어 올리지 않아도 그날 천연덕스럽게 바라보았던 사탕 그릇이며 부채며 세공품들을 다시 보는 듯했다. 그리고 그 뒤 그는 이것들을 몇 년에 걸쳐 변함없이 똑같은 장소에서 볼 수 있었던 것이다…. 지난 몇 년 동안 여러 가지로 달라진 제니의 모습도 마치 원화를 모사하듯이 그의 눈앞에 포개져 있었다. 그는 소녀 시절과 처녀 때의 제니의 태도, 그녀의 심한 변덕, 어설픈 감정의 격발, 갑작스런 홍조, 비밀을 털어놓을 듯한 태도를 되새겨보았다….

자크는 제니 쪽으로 몸을 돌리며 미소를 지었다. 그가 무슨 생각을 하고 있는지 제니는 알아차린 것일까? 그럴지도 모른다. 제니는 아무 말도 하지 않았다. 자크는 말없이 얼마 동안 제니를 바라보았다. 그는 오늘 이렇게 다시 같은 응접실에서 솔직하면서 약간 경직된 시선, 매끄럽고도 신비스런 얼굴, 수줍음도 없고 그렇다고 방종하지도 않은 옛날과 똑같이 자기 자신을 억제하고 있는 제니를 다시 보게 된 것이다….

"제니, 어머니 방을 보여줄 수 있을까?"

"그러세요." 제니는 놀라는 기색 없이 말했다.

벽에 초상화와 사진이 잔뜩 걸려 있고, 기퓌르*를 덮은 녹색 다마스**의 큰 침대가 놓여 있는 방, 그는 이 방의 사소한 것까지 알고 있었다! 다니엘은 제니가 이 방에 들어오기 전에 반드시 노크를 하도록 했었다. 퐁타냉 부인은 전등갓의 장밋빛 불빛 아래, 벽난로 옆에 있는 두 개의 안락의자 가운데 어느 하나

* 모양과 모양을 이어 맞춘 성긴 레이스를 말한다.

** 다마스 원산의 자두나무이다.

에 앉아, 난로가에서 교양 서적이나 영국 소설을 읽고 있었다. 그녀는 읽던 책을 무릎에 놓고, 마치 그 어느 것도 이들의 방문보다 더 즐거운 것이 없는 듯 환한 미소를 지으며 두 젊은이를 맞이하곤 했었다. 부인은 자크를 자기 앞에 앉게 하고 격려하는 눈길로 그의 생활과 공부에 관해 물어보곤 했었다. 그리고 다니엘이 쓰러져가는 장작을 일으키려고 하면 부인은 능숙한 솜씨로 재빨리 그에게서 부집게를 뺏어 들고 "안 돼, 안 돼." 하고 웃으며 말하곤 했었다. "그만둬. 너는 **불의 성질**을 모르니까!"

자크는 이런 모든 추억에서 벗어나려고 애를 썼다.

"어머니 방으로 가지." 하고 자크는 문 쪽으로 가면서 말했다.

제니는 그를 응접실로 데리고 갔다.

순간 자크가 어찌나 근엄한 태도로 주시했던지 제니는 말할 수 없는 공포에 사로잡혀 얼굴을 숙였다.

"당신은 여기에서 행복했었어? 정말로 행복했었는가 말이야?"

제니는 대답하기 전에 의식적으로 자신의 과거를 곰곰이 생각하며 지나간 몇 해 동안의 일, 불안하고 수심에 차 있던 소녀 시절의 일, 언제나 마음을 쓰고 내향적이며 과묵하게 지낸 어린 시절을 잠시 되살려보았다. 그런 무미건조한 과거였지만 그래도 얼마간의 밝은 구석은 있었다. 곧 어머니의 따스한 사랑이며 다니엘의 애정이며…. 하지만 아니야…. 행복했었느냐고 물었는데, **정말** 행복했었는가? 아니야. 절대로 그렇지 않아.

제니는 다시 고개를 들었다. 그리고 부정적으로 머리를 저었다.

그녀는 자크가 깊은 한숨을 쉬고는 단호한 제스처로 머리를 치켜올린 다음 별안간 미소를 짓는 것을 보았다. 자크는 아무 말도 하지 않았다. 그는 제니에게 감히 행복을 약속할 수 없었다. 그러나 계속 미소를 짓는가 하면 제니의 눈동자의 깊숙한 곳까지 들여다보면서 도착했을 때와 마찬가지로 제니의 두 손을 잡고 그 위에 입술을 갖다 댔다. 제니는 그에게서 눈을 떼지 않았다. 제니는 심장이 고동치는 것을 느꼈다. 고동치는 것을….

제니는 훨씬 나중에야 자크의 그런 모습이, 선 채로 자기 쪽으로 몸을 굽히고 있던 그의 모습이, 그때의 자기의 기억 속에 확실히 새겨진 것을 알았다. 뿐만 아니라 그의 이마, 검은 머리, 날카롭고 대담한 눈길, 앞날을 기약하는 듯한 자신 있는 그 미소가 얼마나 놀랄 만큼 강렬하게 자신의 일생을 통해 두고두고 생각나게 할지도 훨씬 지나서야 알게 되었다….

43

건물 마당 깊숙한 곳까지 울려퍼지는 생 외스타슈 성당의 낡은 종소리에 자크는 아침 일찍 눈을 떴다. 우선 머리에 떠오르는 것은 제니였다. 어젯밤에는 줄곧 그리고 잠드는 순간까지 몇 번이나 옵세르바투아르가街를 방문했을 때의 일을 생각했는지 모른다. 그리고 그 기억을 더듬을 때마다 끊임없이 새로운 사실들이 떠오르곤 했다. 그는 새로 옮긴 숙소의 장식물을 무심한 눈길로 살펴보면서 얼마 동안 침대 위에 누워 있었다. 벽은 습기로 썩어 있었고 천장은 여기저기 벗겨져 있었다. 누구의 것인지 모를 헌 옷가지들이 양복걸이에 걸려 있었다. 장 위에는 가제본 책자와 팸플릿 뭉치가 쌓여 있었다. 아연으로 된 세면대 위쪽에는 비누 거품 때문에 얼룩이 져 있는 싸구려 거울이 빛나고 있었다. 이 방에 살고 있던 동지는 도대체 어떤 생활을 하고 있었을까?

창은 밤새 열린 채로 있었다. 그러나 아침 시간인데도 불구하고 마당에서 올라오는 공기는 악취를 풍겨 숨이 막힐 지경이었다.

'27일 월요일' 하고 그는 머리맡 탁자에 놓인 수첩을 뒤적이며 생각했다. '오늘 아침 열시에 C.G.T 패거리들을 만나고… 그다음에 돈 문제를 처리하기 위해 공증인과 중개인을 만나야 한다…. 그러나 한시에는 제니의 집에 갈 것이다. 제니 곁에! … 그러고 나서 네시 반에는 보지라르가街에서 '크니페르딩크'를 위한 집회가 있고… 여섯시에는 『라 리베르테』에 들르고… 그리고 밤에는 시위…. 어제저녁에는 어수선했었다. 오늘은 확실히 별일이 없을 것이다. …큰 거리를 언제나 애국 청년들에게 맡길 수만은 없다! 오늘 저녁 시위는 잘될 거야. 벽보도 여러 군데 붙어 있고… 건축 연합의 패들은 조합 쪽에 도움을 청했고… 조합 운동이 당의 운동과 잘 맺어지는 것은 무엇보다도 중요하다….'

자크는 급히 복도의 수도에 가서 물통에 물을 가득 채웠다. 그리고 웃옷을 벗은 다음 찬물로 몸을 씻었다.

갑자기 마뉘엘 르와의 일이 생각났다. 그는 그 애송이 의사에게 욕설을 퍼붓기 시작했다. "결국 너희들이 비애국자라고 비난하는 사람들은 두말할 것도 없이 너의 자본주의에 반항하는 사람들이다! 너희들 제도를 반박하기만 하면 곧 비애국자가 되는 거야! 너희들은 입만 열면 '조국'을 들먹이고 있어." 하고 그는 머리를 물에 담그면서 투덜거렸다. "그러나 너희들은 '사회!' '계급!'을 생각하고 있는 거야. 조국을 지킨다는 미명 아래에 너희들의 사회 조직을 고수하려는 것 이외에는 아무것도 아니야!" 그는 손으로 수건 끝을 쥐고 기운차게 등을 문지르면서 다가올 세계를 머릿속에 그리고 있었다. 그것은 여러 국가가 지역적 자치 단체로 존속하면서 똑같은 프롤레타리아 조직 아래에서 결합될 세계였다.

그의 생각은 다시 조합 운동으로 되돌아갔다.

'보람 있는 일을 하기 위해서는 아무래도 조합 내부에 들어가지 않으면 안 돼….' 그의 얼굴에는 어두운 그림자가 드리워졌다. 도대체 자신은 무엇 때문에 프랑스에 있는 것일까? 정보 수집 임무, 물론 그렇다. 그리고 자신은 최선을 다해 그것을 이행해왔다. 어제도 물론 제네바로 간단한 '몇 가지 보고'를 보냈다. 메네스트렐에게는 도움이 될 수 있을지 모른다. 그러나 자신은 조사하는 그 임무의 중요성에 대해 착각하고 있지는 않다. '도움이 되어야지, 정말 도움이 되어야 해…. 행동해야 하고….' 그는 이런 희망을 품고 파리에 왔었다. 그런데 하나의 방관자로서 이야기나 소식을 기록하는 사람에 불과하며, 결국 아무것도 하지 않는, 아무것도 할 수 없는 사람이라는 데 화가 났다! 이런 인터내셔널 조직으로는 어쩔 수 없이 제한을 받게 마련이며 무엇인가 하려고 해도 못 한다. 당에 속해 있지 않은 자, 오래전부터 당의 조직에 들어가 있지 않는 자에게는 실질적인 행동이 허락되지 않는다. '여기에 혁명을 맞이한 개인의 모든 문제가 있다'라고 생각하면서 그는 갑자기 의기소침해졌다. '나는 본능적으로 도망치고 싶은 마음에서 부르주아지에서 탈주했다…. 그것은 개인의 반항이지 계급적인 반항은 아니다…. 나는 나 자신을 돌보며 자신을 찾아 헤매는 데 시간을 보냈다…. **이것 봐, 동지, 자네는 결코 진정한 혁명가는 못 될 거야** ….' 그는 미퇴르크가 한 비난의 말이 생각났다. 그리고 오스트리아인과 메네스트렐과 확고한 현실주의에 입각하여 절대적으로 피에 의한 혁명의 필요성을 받아들인 모든 사람들을 생각했다. 그러면서 그는 끔찍스런 폭력 문제에 목이 졸리는 듯한 느낌이 들었다…. '아! 언제라도 자유로울 수 있다면…. 자신의 몸을 내던지는 것이다…. 자신을 송두리째 내던짐으로써 자신을 완전히 자유롭게 하는 것이다….'

자크는 언제나 그렇듯이 고뇌와 실망 속에서 세수를 마쳤다. 그러나 다행히 그러한 기분도 오래가지 않고 곧 활력 있는 외부 생활에 마음이 쏠렸다.

'정보를 얻으러 가자.' 하고 그는 마음을 가다듬으며 생각했다.

그런 생각만 해도 그에게는 기운이 되살아났다. 그는 방을 열쇠로 잠그고 급히 거리로 뛰어나왔다.

신문에는 그리 대단한 것은 실려 있지 않았다. 우익 신문들은 '애국자 연맹'이 스트라스부르의 동상 앞에서 벌인 데모를 중심으로 떠들어대고 있었다. 대부분의 홍보지에서는 장황하고 모순된 해설로 공식적인 보도를 호도하고 있었다. 그 목적은 불안의 요인과 희망의 이유를 교묘하게 조작하는 데 있는 것 같았다. 좌익 기관지는 모든 평화주의자들에게 오늘 밤 레퓌블리크 광장에서 있을 데모에 참가하도록 호소하고 있었다. 『라 바타유 조합주의자』는 1면에 이렇게 내걸고 있었다. **오늘 밤 다 함께 불바르*로!**

열시에 나가기로 약속한 봉디가街에 도착하기 전에 자크는 『위마니테』에 들렀다.

갈로의 사무실 문 앞에서 나이 든 여성 투사와 마주쳤는데, 그녀와는 『프로그레』에서의 집회 때 자주 만났기 때문에 안면이 있는 사이였다. 입당한 지 십오 년이나 되었으며 『라 팜 리브르』**의 편집장을 맡고 있는 여자였다. 모두들 위리 아주머니라고 불렀다. 그녀의 지칠 줄 모르는 수다에서 벗어나기 위해 모두들 되도록 그녀를 피하려고 했지만 그래도 그녀는 모든 사람들로부터 사랑을 받았다. 지나치게 남의 일 돌보아주기를 좋아했고, 의협심을 요하는 일이라면 무엇이든지 발 벗고 나섰으며, 사람들 소개하기를 끔찍이 좋아했다. 그리고 나이도 들고 정맥류靜脈瘤를 앓고 있으면서도 실업자에게 일거리를 찾아주는 일이라든가 곤경에 처한 동지를 도와주는 일이라면 피곤한 줄 모르는 그녀였다. 페리네가 경찰과 말썽을 일으켰을 때도 그녀는 대담하게 페리네를 그녀의 집에 유숙시켰었다. 아무튼 별난 여자였다. 흐트러진 회색 머리는 집회에서도 과격파 여성다운 면모를 일깨워주곤 했다. 얼굴의 윤곽은 옛날 그대로였다. "얼굴은 그런대로 괜찮아"라고 페리네는 하층민의

* 파리의 번화가.
** '자유 부인'이라는 뜻.

악센트로 말하곤 했다. "그러나 몸에는 아마 비가 새고 있을 거야…." 열렬한 채식주의자인 그녀는 최근 협동조합을 하나 만들었는데, 그것은 파리의 동네마다 사회주의자들을 위한 채식주의 식당을 내기 위해서였다. 시국이야 어떻든 간에 그녀는 지지자들을 모집하는 데 때를 놓치지 않았다. 그래서 자크의 팔을 꽉 잡고는 설득하려 했다.

"이봐요, 잘 알아보라구! 위생학자한테 가서 말이야! …썩은 음식, 썩은 고기를 먹는 짐승의 고기나 계속 몸에 집어넣는다면 당신 몸은 기능의 조화를 이룰 수 없을 테고, 머리도 최대한의 역량을 발휘할 수 없게 될 테니까…."

자크는 간신히 그녀를 뿌리치고 나와 갈로 사무실로 들어갔다.

갈로는 혼자가 아니었다. 그의 비서인 파제스가 그에게 명단을 내밀면 그는 그것을 하나하나 살피면서 붉은 연필로 체크하고 있었다. 책상에 산더미처럼 쌓인 서류 위로 얼굴을 들어 자크에게 앉으라는 시늉을 하면서도 그는 계속 체크를 하고 있었다.

자크는 그를 옆에서 바라보고 있었다. 설치류 같은 그의 옆모습은 인간의 얼굴이라고 하기에는 곤란한 정도였다. 이마와 코의 비스듬히 젖혀진 선이 대충 얼굴의 전부라고 할 수 있었다. 그 선은 위로는 텁수룩한 회색빛 머리카락 덤불 속으로 사라져 있었으며, 아래쪽으로는 오므라진 입과 이지러진 턱을 가리고 있고, 마치 펜닭이 솔처럼 나 있는 턱수염에서 끝나 있었다. 자크는 갈로를 볼 때마다 언제나 호기심을 감추지 못하곤 했는데, 그것은 뜻하지 않게 몸을 웅크리려고 하는 고슴도치를 보는 것 같은 느낌이 들었기 때문이다.

바람에 문이 열리자 스테파니가 나타났다. 그는 양복 윗도리도 안 입고, 툭 튀어나온 팔꿈치까지 셔츠 소매를 걷어 올린 채, 새의 코 같은 콧잔등에 안경을 묵직하게 올려놓고 있었다. 어제 브뤼셀의 조합 회의에서 가결된 일정을 가져온 것이다.

갈로는 일어났다. 그러나 파제스가 준 명단을 손에서 놓지 않고 조심스럽게 서류함에 넣었다. 세 사람은 자크를 거들떠보지도 않고 벨기에에서 가결된 일정을 잠시 논의했다. 그러고는 오늘의 정보에 관해서 각자 의견을 나누었다.

확실히 오늘 아침 분위기는 많이 완화되었다. 중부 유럽에 관한 정보에는 무엇인가 희망이 엿보였다. 오스트리아 군대는 여전히 다뉴브강을 넘지 않고 있었다. 조레스의 말에 따르면 세르비아와 단교하기 위해 오스트리아가 서둘러 취한 음모 뒤에 쉬는 시기가 의미심장하다는 것이다. 세르비아의 회답에서 명백히 나타난 성의와 강대국들의 한결같은 분노 때문에 빈 정부는 무력 도발을 주저하고 있는 것 같았다. 다른 한편 강대국 정부를 몹시 불안하게 했던 어제 러시아에 대한 독일의 동원령 위협도 따지고 보면 그다지 비관적인 것은 아닌 것 같다는 것이 중론이었다. 사람에 따라서는 그것은 평화를 수호하고자 하는 순수한 염원에서 나온 자발적이면서 단호한 행위라고 말하기도 했다. 사실 즉각적인 결과에 대해서 꽤 희망적인 것으로 알려져 있었다. 곧 러시아는 오스트리아군이 진출할 경우 싸움도 하지 않고 후퇴한다는 약속을 세르비아로부터 얻어냈던 것이다. 그렇게 함으로써 시간을 벌 수 있으며 화해의 방법도 찾을 수 있을지 모른다는 것이다.

자크는 국제적 저항운동에 관해 꽤 고무적인 여러 가지 정보를 입수했다. 이탈리아에서는 정세를 검토하고 사회당의 평화주의적 태도를 분명하게 하기 위해 사회당 의원들이 밀라노에서 회의를 소집하기로 되어 있었다. 독일에서는 정부의 강력한 조치에도 불구하고 반대 세력을 침묵시킬 수 없었다. 곧, 베를린에서는 전쟁을 반대하는 대대적인 시위가 내일을 기해 벌어지게 되어 있었다. 프랑스에서는 상황의 급박함을 전해들은 사회주의자와 조합주의자의 각 지부가 전국에 걸쳐 지역적 파업을 구상하고 있었다.

누군가가 스테파니에게 와서 쥘 게드가 기다리고 있다고 알려주었다. 약속 시간 때문에 마음이 바빴던 자크는 그와 함께 방을 나왔다. 그리고 그의 사무실까지 동행했다.

"지역적 계획?" 하고 자크가 물었다. "전쟁이 날 경우 총파업으로까지 밀고 가기 위해서인가?"

"총파업, 물론이지." 하고 스테파니가 대답했다.

그러나 자크가 볼 때 그 어조에는 자신이 좀 없어 보였다.

카페 리알토는 봉디가街에 있었다. '노동총연맹' 가까이에 위치해 있어서 그곳은 조합에 가입한 그룹, 특히 적극적인 무리가 모이는 본거지로 되어 있었다. 자크는 그곳에서 리차들레가 만나라고 한 C.G.T의 투사 두 사람과 만나기로 되어 있었다. 한 사람은 초등학교 교사였고, 다른 한 사람은 전에 제련 공장의 공장장을 지낸 적이 있었다.

대화를 시작한 지가 벌써 한 시간 가까이 되었다. 자크는 대화를 마치고 싶은 생각이 없었다. 전쟁 반대를 목적으로 어떻게 하면 C.G.T와 사회주의자와의 활동을 더욱 긴밀하게 맺어줄 수 있을까 하는 연구 방법에 대해서 정보를 얻는 데 흥미가 끌렸던 것이다. 바로 그때 카페 여주인이 집회를 위해 마련된 뒷방 문에 나타나 안쪽을 향해 소리쳤다.

"티보, 전화 왔어요."

자크는 일어서기를 망설였다. 아무도 여기까지 와서 자기를 귀찮게 굴 사람은 없을 텐데. 방 안에 티보라는 이름의 다른 사람이 있는 것이 아닐까? …그러나 아무도 일어나는 사람이 없자 그는 가서 받기로 했다.

파제스였다. 갈로 사무실을 나올 때 봉디가街에서 약속이 있다고 귀띔을 해주던 갈로의 말이 생각났다.

"연락이 되어서 다행이야!" 하고 파제스가 말했다. "지금 스위스 사람 하나가 찾아왔는데 자네를 만나고 싶어 해…. 어제부터 사방으로 자네를 찾아다녔다는 거야."

"어떤 사람인데?"

"키가 작은 남자인데 괴짜 같아. 흰머리의 난쟁이로 알비노 같아."

"아! 알겠어…. 스위스 사람 아니야. 벨기에 사람이야. 그런데 파리에 있대…?"

"자네가 어디에 있다는 것은 일부러 말하지 않았어. 한시에 크루아상에 가면 혹시 만날 수 있을지도 모른다고 알려주었지."

'그럼 제니와의 약속은 어떻게 하지!' 하고 자크는 생각했다.

"안 돼." 하며 자크는 얼른 말했다. "한시에 무슨 일이 있어도 꼭 지켜야 할 약속이 있어서…."

"좋을 대로 해." 파제스가 말했다. "그런데 무엇인가 급한 용무가 있는 것 같던데. 메네스트렐의 심부름으로 자네에게 전할 것이 있다는 거야…. 하여간 자네한테 전하기는 했어. 또 봐."

"고마워."

메네스트렐에게서? 급한 전갈이라고?

자크는 어찌할 바를 모르며 리알토 카페를 나왔다. 옵세르바투아르가街의 방문을 연기할 결심을 하지 못하고 있었다. 결국 이성이 승리했다. 그는 공증인에게 가기 전에 급히 우체국으로 뛰어들어가 제니에게 세시 이후에나 갈 수 있겠다는 속달우편을 급히 썼다.

베노 사무실은 트롱세가街의 아름다운 건물 이층에 있었다.

다른 때 같으면 베노 선생의 거드름을 피우는 태도라든가, 주변, 건물, 가구, 서기들의 모습이라든가, 쓸데없는 서류가 공동묘지같이 쌓인 음침하고 먼지투성이의 사무실 분위기가 자크에게는 우스꽝스럽게 보였을지 모른다. 사람들은 자크를 꽤 정중히 맞이했다. 작고한 티보 씨의 아들인 데다가 상속인이며, 앞으로도 틀림없는 고객이었기 때문이다. 심부름꾼부터 사무장에 이르기까지 상속 재산에 대해서 무엇인가 경건한 존경심을 나타내고 있었다. 자크는 몇 개의 서류에 서명했다. 자크가 이 큰 재산을 조급하게 챙기고자 하는 것을 안 공증인은 그가 그것을 가지고 어떻게 할 것인가를 슬며시 물었다.

"말씀드릴 필요도 없겠습니다만." 하고 베노 씨는 의자 손잡이 끝에 달린 사자 머리 조각을 움켜잡으면서 말했다. "이런 난세에는 주식에도 예측하지 못할 일들이 벌어져서… 주식에 밝은 사람들도…. 그런가 하면 여러 가지 위험도 있어서…."

자크는 서둘러 이야기를 끝내고 작별 인사를 했다.

환전업자 사무소에서는 예사롭지 않은 열기가 창살 뒤의 직원들을 흥분시키고 있었다. 계속 전화가 울리고 있었다. 사람들은 주식 매매 주문을 하느라고 큰 소리로 외치고 있었다. 증권거래소의 개장 시간이 다가오고 있었던 것이다. 그리고 전반적 상황의 중대성 때문에 파란 많은 장이 예상되었다. 자크는 종코이 씨를 직접 만나보았으면 했으나 거절당했다. 전무이사를 만나는 것으로 만족하지 않으면 안 되었다. 그리고 가지고 있는 주식을 바로 처분하고 싶다는 말을 꺼내자 시기가 좋지 않아서 전부를 매각할 경우 상당한 손실을 각오해야 할 것이라고 말했다.

"그런 것은 상관없습니다." 자크는 말했다.

그의 확고한 태도에 상대는 아무 말도 못 했다. 이렇게 미치광이 같은 짓을 저지르면서도 태연한 이 기이한 손님이야말로 특별한 정보를 가지고 있어서 한몫 단단히 보려는 것이 틀림없어 보였다. 어쨌든 이것을 모두 처분하기 위해서는 이틀 정도는 잡아야 할 것 같다고 그는 말했다. 자크는 자리에서 일어났다. 그리고 수요일에 오겠노라고 하면서 사무소 회계로부터 그날 전 재산을 현금으로 받을 수 있게 해달라고 부탁했다.

전무이사는 자크를 층계참까지 배웅했다.

반네드는 문 쪽에 가까운 긴 의자에 혼자 앉아 있었다. 테이블에 팔꿈치를 괴고 손바닥으로 턱을 받치고는 눈을 깜박이면서 들어오는 사람을 지켜보고 있었다. 그는 카키색의 이상한 식민지 옷을 입고 있었는데 그것 또한 머리털과 마찬가지로 색이 바래 있었다. 크루아상에 드나드는 사람들이 대개는 야릇한

옷차림을 하고 있었으나 그의 그런 모습은 유난히 눈에 띄었다.

자크를 보자 그는 벌떡 일어났다. 창백한 그의 얼굴이 갑자기 붉어졌다. 얼마 동안 말을 못 했다.

"드디어!" 하고 반네드는 탄식하듯 말했다.

"그래, 자네도 파리에 와 있었나, 반네드?"

"드디어!" 하고 반네드는 되풀이했다. 그의 목소리는 떨리고 있었다. "이것 봐, 보티, 나는 무서워 죽을 지경이야!"

"왜 그래? 무슨 일이야?"

반네드는 눈이 부셔 빛을 가리려고 손을 눈 위에 가져다 대고 근처 테이블을 조심스럽게 둘러보았다.

무엇인가 수상한 냄새를 알아차린 자크는 그의 곁에 가서 앉아 귀를 바싹 갖다 댔다.

"당신이 필요해요." 반네드가 속삭였다.

제니의 영상이 순간 자크의 눈앞을 스쳐갔다. 그는 신경질적으로 머리카락을 치켜올리면서 자신 없는 목소리로 물었다.

"제네바에서?"

반네드는 헝클어진 머리를 아니라는 뜻으로 가로저었다. 그는 호주머니 속을 뒤지더니 겉봉에 아무것도 안 쓰인 봉인된 편지 한 통을 꺼냈다. 자크가 몹시 흥분해서 뜯고 있는 동안 반네드는 그의 귀에다 대고 속삭였다.

"전해줄 것이 또 있어요. 에베를레라는 이름의 신분증명서."

봉투 속에는 두 겹으로 접힌 편지가 들어 있었다. 첫 페이지에는 리차들레의 필적으로 보이는 몇 줄의 글이 적혀 있었다. 다른 페이지에는 아무것도 적혀 있지 않은 것 같았다.

자크는 다음과 같은 것을 읽었다.

조종사는 자네를 기대하고 있어. 다음 장을 읽어봐. 수요일 브뤼셀에서 모두 만나기로 되어 있어.

동지들의 안부를 전하네.

R.

'다음 장을 읽어봐….' 자크는 이 서식을 알고 있었다. 흰 페이지에는 은현隱現잉크로 지령이 적혀 있었다.

"이것을 해독하기 위해서는 집으로 돌아가야겠어…." 자크는 편지를 손가락 사이에 넣고 초조하게 빙빙 돌렸다. "그런데 나를 찾지 못했더라면 어쩔 뻔했지?" 하고 자크가 물었다.

반네드는 순박한 미소를 지었다.

"미퇴르크와 같이 있어요. 그럴 경우 미퇴르크가 편지를 뜯어보고 당신 대신 하게 되어 있었어요. … 동지들과는 수요일에 브뤼셀에서 만나기로 되어 있어서…. 당신은 베르나르댕가街의 리베르 집에 살고 있지 않아요?"

"미퇴르크는 어디 있어?"

"그이도 당신을 찾고 있어요. 세시에 바르베스로路의 외르뎅 집에서 만나기로 되어 있어요. 외르뎅은 미퇴르크와 같은 나라 사람인데 우리는 그 집에 유숙하고 있어요."

"이봐." 하고 자크는 편지를 호주머니에 넣으면서 말했다. "자네는 내 방에 같이 가지 않는 편이 낫겠어. 공연히 수위 눈길을 끌 필요는 없으니까…. 그러나 미퇴르크를 데리고 네시 십오분에 몽파르나스역의 전차 대기실 앞으로 나와, 알겠지?

볼롱테르가街의 재미있는 모임에 데리고 갈 테니까…. 그리고 오늘 밤에는 식사를 끝낸 다음 함께 레퓌블리크 광장 데모에 가자고."

삼십분 뒤에 자크는 방에 틀어박혀 지령 문구를 해독하고 있었다.

28일 화요일 베를린에 있을 것.

십팔시 포츠다머 광장의 아싱거 식당으로 갈 것. 거기에서 Tr.과 만나 확실한 지령을 받을 것.

일을 파악하게 되면 첫차를 타고 브뤼셀로 갈 것.

각별한 주의를 할 것. V로부터 받는 서류 말고는 아무것도 휴대하지 말 것.

불행하게도 체포되어 간첩으로 기소될 경우에는 베를린의 막스 케르펜 변호사를 선정할 것.

이 사건은 Tr.과 그의 친구들이 준비했는데 Tr.은 특히 자네와 같이 일하기를 간청해왔네.

"그러면 이제부터다." 하고 자크는 나지막한 소리로 말했다. 그러고는 얼른 생각했다. '도움이 되어야지, 행동하는 거다!'

대야에서는 알카리성 현상액 냄새가 풍겼다. 그는 손가락을 닦은 다음 침대로 와서 앉았다.

'자.' 하고 그는 되도록 침착하려고 애쓰면서 생각했다. '베를린…. 내일 저녁에…. 아침 기차를 타면 저녁 여섯시 약속 시간 안에 갈 수는 없을 테고. 아무래도 오늘 이십시 기차로 떠나야

겠다…. 어쨌든 제니를 다시 볼 시간은 있다…. 좋아…. 그러나 데모에는 갈 수 없구나….'

그는 시근거리며 곰곰이 생각해보았다. 마루 위에 열려져 있는 가방 안에는 기차 시간표가 들어 있었다. 그는 그것을 들고 창가로 걸어갔다. 숨이 막힐 듯한 더위였다.

"부득이한 경우에는 영시 십오분의 준급행으로 가지 말라는 법도 없겠지? …여행 시간은 더 오래 걸리겠지. 그렇지만 오늘 저녁 데모에는 갈 수 있을 것이다…."

옆방에서는 가냘프고 떨리는 여자 목소리가 들려왔다. 다리미질을 하고 있는 것이 틀림없었다. 왜냐하면 난로 위에 다리미를 놓을 때 쇠 부딪히는 소리가 그녀의 노랫소리를 이따금 끊어놓곤 했기 때문이다.

'Tr., 이 사람은 트라우텐바하야…. 틀림없어…. 그자는 무슨 음모를 꾸미고 있을까? 그리고 하필이면 왜 나를 원하는 걸까?'

그는 땀에 흠뻑 젖은 이마를 닦았다. 이제야 행동할 때가 다가왔다는 것, 이런 사명의 불가사의한 특징, 다분히 위험이 따를 것이라는 것을 생각하며 흥분에 젖어 있었다. 그러나 제니와는 헤어져야 한다는 것을 생각하자 절망하지 않을 수 없었다.

'수요일에 브뤼셀에서 그들을 만날 테고.' 그는 생각했다. '일이 순조롭게만 된다면, 문제없이 목요일에는 파리에 되돌아올 수 있을 것이다….'

이렇게 생각하자 마음이 가라앉았다. 결국 파리를 떠나 있는 날은 사흘밖에 안 된다.

'곧 제니에게 알려야지…. 네시 십오분에 몽파르나스역 앞까지 가려면 지금 곧 떠나야겠다….'

출발하기 전에 다시 집에 들를 수 있을지 확실하지 않아서 그는 지갑에 있는 것을 모두 꺼냈다. 그리고 자신의 개인적인 서류로 소포 하나를 만들었다. 그리고 만일을 생각해서 그 위에 메네스트렐의 주소를 썼다. 자신은 반네드가 준 에베를레 명의의 신분증만 지녔다.

그런 다음 그는 옵세르바투아르가街를 향해 출발했다.

44

자그가 벨을 울리자 제니는 곧 문을 열었다. 그녀는 어제 자크와 헤어진 그 자리에서 그가 오기를 줄곧 기다리고 있었던 것 같다.

"좋지 않은 소식이야." 그는 인사도 없이 낮은 소리로 말했다. "오늘 밤 외국으로 떠나야 해."

제니는 더듬거리며 말했다.

"떠난다고요?"

제니의 얼굴은 몹시 창백해졌다. 그리고 자크를 뚫어지게 바라보았다. 그가 자기에게 이런 괴로움을 안겨다줄 수밖에 없는 것을 몹시 안타깝게 생각하고 있는 것 같기에 그녀는 절망감을 보이지 않으려고 애썼다. 그러나 다시 자크와 헤어진다는 것이 그녀에게는 감당할 수 없는 고통이었다….

"목요일, 늦어도 금요일까지는 돌아올 거야." 그는 급히 덧붙였다.

제니는 고개를 숙이고 있었다. 그리고 깊이 한숨을 내쉬었다. 불그스레한 빛이 다시 그녀의 뺨 위에 나타났다.

“사흘이야!” 자크는 억지로 미소를 지으면서 되풀이했다. “사흘은 긴 것이 아니야… 평생 행복하게 살아간다는 것을 생각하면!”

제니는 불안하고 의아스러운 듯한 눈길로 그를 바라보았다.

“아무것도 묻지 말아줘.” 그는 말했다. “나는 어떤 임무를 맡았어. 그래서 떠나지 않으면 안 돼.”

‘임무’라는 말에 제니의 얼굴에는 불안의 그림자가 드리워졌다. 그것을 본 자크는 독일에 가서 무엇을 할 것인지 자기 자신도 모르지만 제니를 안심시켜야겠다고 생각하면서 말했다.

“외국의 몇몇 정치가들과 접촉하러 가는 것뿐이야…. 내가 그들 나라 말을 유창하게 할 수 있으니까….”

제니는 조심스럽게 자크를 관찰했다. 그는 말을 중단하고는 현관의 테이블 위에 펼쳐져 있는 몇 종류의 신문을 가리키면서 물었다.

“어떤 일이 일어나고 있는지 알겠지?”

“네.” 제니는 간단히 대답했다. 그 말투로 보아 그녀도 지금은 그에 못지않게 시국의 중대함을 충분히 인식하고 있는 것 같았다.

자크는 제니 곁으로 걸어가 두 손을 잡아 합장했다. 그러고 나서 그는 손등에 입을 맞추었다.

“**우리 방**으로 가자.” 자크는 다니엘의 방을 가리키면서 말했다. “몇 분밖에 시간이 없어. 그 시간을 헛되게 하고 싶지 않아!”

제니는 마침내 미소를 지었다. 그리고 자신이 앞장서서 복도를 걸어갔다.

"어머니한테서는 아무 소식이 없어?"

"없어요." 하고 제니는 돌아보지도 않고 말했다. "엄마는 오늘 정오가 조금 지나서 빈에 도착하실 거예요. 내일까지는 전보가 있을 것 같지 않아요."

방에는 모든 것이 자크를 맞이하기 위해 정돈되어 있었다. 블라인드가 내려져 있어 광선은 부드러웠다. 청소도 되어 있었다. 창에는 방금 다림질한 커튼이 걸려 있었다. 탁상시계도 가고 있었다. 책상 구석에는 스위트피 한 다발이 놓여 있었다.

제니는 방 가운데 서서 조심스럽고 약간 불안한 눈길로 그를 바라보았다. 자크는 미소를 지었다. 그러나 제니는 응하지 않았다.

"그래서요." 하고 제니는 자신 없는 말투로 짧게 말했다. "정말이에요? 몇 분밖에 시간이 없다는 게?"

자크는 웃음을 머금은 부드러운 눈길, 그러면서 상대의 마음을 꿰뚫어보는 듯한 눈길로 제니를 보고 있었다. 그것은 멍한 눈길이 아니라 오히려 또렷하고 주의 깊은 눈길이었다. 그러나 그것이 제니에게는 어쩐지 거북스럽게 느껴졌다. 제니가 보기에 자크가 여기에 온 뒤부터 그의 눈길이 무엇인가에 골똘해 있지만 진정으로 자신의 눈길을 사로잡은 적이 한 번도 없었던 것 같다.

자크는 제니의 입술이 떨리고 있는 것을 보았다. 그는 그녀의 손을 잡고 중얼거렸다.

"내 용기를 꺾지 말아줘…."

제니는 벌떡 몸을 일으켰다. 그리고 미소를 지어 보였다.

"좋아." 하고 자크는 제니를 앉히면서 말했다.

그러고 나서 그는 자기가 무슨 생각을 하고 있는지 따위는 설명하지도 않고 낮은 목소리로 말했다.

"자기 자신을 믿어야 해. 자기 자신 말고는 아무것도 믿어서는 안 돼…. 자신의 운명을 분명히 인식하고 그것을 위해서 모든 것을 바칠 수 있는 사람만이 믿음직한 내적 생활을 할 수 있는 거야."

"그래요." 제니는 더듬거리며 말했다.

"자기 자신의 힘을 의식해야 해!" 하고 자크는 마치 스스로에게 하는 것처럼 말을 계속했다. "그리고 그 힘에 따르는 거야. 다른 사람들이 그 힘을 나쁘게 평가한다면 하는 수 없지만…."

"그래요." 제니는 다시 얼굴을 숙이면서 되풀이했다.

지난 며칠 사이 그녀는 이미 여러 차례 지금처럼 생각한 적이 있었다. '이 사람이 말하는 것을 나는 귀담아들어야 해…. 그것을 깊이 생각해보고… 그것을 더 확실히 이해하기 위해서….' 제니는 순간 눈을 아래로 깔고 꼼짝 않고 있었다. 숙인 그 얼굴이 깊은 명상에 잠겨 있는 것을 보고 자크는 마음이 산란해져서 얼마 동안 잠자코 있었다.

그러다가 그는 감정을 억제하면서 떨리는 목소리로 덧붙였다.

"내 생애에서 결정적인 여러 날 가운데 어느 하루를 꼽으라면 그것은 다른 사람들로부터 비난받고 위험하다고 평가받는 것이 실은 반대로 내게서 가장 훌륭한, 가장 옳은 것이라는 것을 깨닫게 된 그날이었어!"

제니는 이 말을 들으면서 이해는 했지만 어리둥절해졌다. 지난 이틀 전부터 제니의 내적 세계의 토대가 하나하나 흔들리기 시작했던 것이다. 그녀 주위에는 하나의 구덩이가 파헤쳐졌는데 자크가 모든 판단의 근거로 삼고 있는 그 새로운 가치가 아직은 그 구덩이를 메워주지 못했던 것이다.

제니는 자크의 얼굴이 갑자기 환해지는 것을 보았다. 자크는 또다시 미소를 지었다. 그러나 그것은 지금까지의 것과는 다른 미소였다. 그는 막 묘안을 하나 생각해낸 것이다. 그러면서 벌써 제니에게 눈으로 질문을 던지고 있었다.

"이봐, 제니…. 오늘 밤은 혼자니까… 나하고 같이 어디라도 좋아…. 서녁을 먹으러 가지 않겠어?"

제니는 아무런 대답도 않고 제의에 어리둥절해져서 그의 얼굴을 물끄러미 바라보았다. 그녀에게는 뜻하지 않은 일이었다.

"일곱시 반까지는 볼일이 있어." 하고 그는 설명했다. "그리고 아홉시까지는 레퓌블리크 광장에 가야 돼. 어때, 이 소중한 시간을 같이 보내면?"

"좋아요."

'제니에게는 나름대로 독특한 면이 있어.' 하고 자크는 생각했다. '고집이 센 면이 있는가 하면 동시에 부드러운 면이 있어서 '네' 아니면 '아니요'가 분명하거든….'

"고마워!" 자크는 아주 기뻐하며 외쳤다. "그런데 데리러 올 시간은 없어. 일곱시 반까지 증권거래소 앞까지 와줄 수 없을까…?"

제니는 고갯짓으로 승낙의 표시를 했다.

자크는 일어났다.

"그럼 나는 가볼게. 이따가 봐…."

제니는 그를 붙들려고 하지 않았다. 그리고 말없이 계단 있는 데까지 배웅했다.

자크가 계단을 내려오다가 다시 한번 마지막으로 부드러운 작별의 미소를 보내기 위해 돌아다보았을 때 제니는 난간 밖으로 몸을 굽히고 갑자기 대담하게 말했다.

"동지들과 같이 있는 당신을 상상하는 것이 나는 즐거워요…. 가령 제네바에서… 거기서라면 당신은 참다운 당신이 될 수 있을 거예요…."

"왜 그런 말을 하지?"

"왜냐하면" 제니는 적당한 말을 찾고 있는 듯했다. "지금까지 내가 보아온 당신은 어디 있어도 언제나—어떻게 말하면 좋을까?—어쩐지… 고향이 없는 사람 같은 느낌이 들어요…."

자크는 계단 위에서 멈추었다. 그리고 얼굴을 들어 진지한 모습으로 제니를 바라보았다.

"잘못 생각했어." 그는 격렬하게 말했다. "거기 가도 역시 나는… 고향이 없는 사람이야! 어디를 가나 그래. 나에게는 언제나 고향이 없었어. 고향 없이 태어난 사람이야…!" 그는 미소를 지으며 덧붙였다. "제니, 당신 곁에 있을 때만 고향이 없는 사람이라는 느낌을 떨쳐버릴 수 있어…. 조금이라도…."

그의 얼굴에서는 미소가 사라졌다. 뭔가 주저하는 것 같았다. 그는 손으로 묘한 제스처를 해 보였다. 그리고 멀어져갔다.

'제니는 완전무결해.' 자크는 생각했다. '완전무결. 그러나 속을 알 수 없단 말이야!' 이것은 제니를 비난하는 것은 아니었다. 제니가 줄곧 그의 마음을 끌었던 것도 어느 정도는 이런 신비스러움 때문이 아니었을까?

집에 돌아온 제니는 얼마 동안 닫힌 문에 기댄 채 멀어져가는 발소리에 귀를 기울이고 있었다. '아, 자크는 참 복잡한 사람이야…!' 하고 제니는 돌연 생각했다. 그렇다고 섭섭하게 여기는 것은 아니었다. 항적航跡같이, 또는 발자취같이 자크가 지나간 뒤에 남겨놓은 그런 막연한 공포의 느낌마저도 소중하게 여길 정도로 제니는 그에게 완전히 빠져 있었던 것이다.

45

보지라르의 집회에는 볼롱테르가街에 있는 카페 가리발디의 개인 방에서 열렸다.

자크가 소개한 반네드와 미퇴르크는 당 대표로 영접받았다. 그래서 맨 앞줄에 앉게 되었다.

사회자인 지브엥은 크니페르딩크에게 발언을 부탁했다. 이 노老 이론가의 저서는 스웨덴어로 씌어졌지만 오래전부터 그의 영향력은 스칸디나비아 국가들에 한정되어 있지는 않았다. 가장 중요한 그의 저서들은 번역되어서 여기 모인 사람들 중에 읽은 사람이 많았다. 그는 아주 정확한 프랑스어를 구사하고 있었다. 백발의 훤칠한 키와 사도처럼 빛나는 시선이 그의 사상에 권위를 더해주었다. 유럽 열강의 과격한 민족주의에 대해 오래전부터 불안과 반대 의사를 표명해온 평화적인, 그리고 순수한 중립 국가의 국민이었다. 예리한 통찰력을 가지고 날카롭게 유럽의 정세를 판단하고 있었다. 확실한 자료에 근거를 두고 있는 데다가 정열적인 그의 연설은 박수갈채로 수없이 중단되곤 했다.

자크는 딴생각을 하고 있었기 때문에 잘 듣지 못했다. 그는 제니를 생각하고 있었다. 또 베를린에서의 일을 생각하고 있었다. 크니페르딩크가 저항할 것을 비장하게 외치며 연설을 끝내자마자 자크는 뒤이어 있을 일반 토론을 기다리지 않고 자리에서 일어났다. 그는 반네드와 미퇴르크를 『르 리베르테르』로 데리고 가려던 것을 그만두고 저녁 데모를 위해 만날 장소만을 일러주었다.

테아트르 프랑세* 광장까지 왔을 때 자크는 시계를 보고 계획을 변경했다. 몽마르트르까지는 거리가 멀었다. 『르 리베르테르』까지 가는 것보다 『위마니테』에 가서 오늘 오후의 정세를 듣는 편이 낫겠다고 생각했다.

크루아상가街까지 왔을 때 그는 보도에서 마침 밀라노프와 같이 신문사에서 나오는 무를랑의 모습을 보았다. 그는 인쇄공들이 입는 작업복 차림이었다. 자크는 그들과 같이 몇 걸음 걸었다.

자크는 밀라노프가 무정부주의자들과 관계를 맺고 있다는 것을 알고 있었다. 그래서 이번 주말에 있을 런던 회의에 참석할 의향이 있는지 물어보았다.

"거기에서 기대할 것이 무엇이 있겠나." 러시아인은 간단명료하게 대답했다.

* 1680년에 창립된 고전극 전문 극장.

"더구나" 하며 무를랑이 주의를 환기시켰다. "회의는 잘 안 될 것 같아. 지금 모두가 눈에 띄지 않으려 하거든. 지하에 숨어 버렸어…. 경찰국에서도 내무부에서도 이미 그들을 쫓고 있어. 수첩 B를 서둘러 폭로하려는 것 같아!"

"수첩이라니?" 하고 밀라노프가 물었다.

"수상한 인물들의 리스트야. 형세가 나빠지기만 하면 곧 쥐잡기를 할 채비가 되어 있어야 하거든…."

"저쪽에서는 오늘 저녁 뭐라고 말할까?" 하고 자크가 『위마니테』의 창을 가리키면서 물었다.

무를랑은 어깨를 흔들어 보였다. 최근의 전보문은 모두가 실망시키는 것들이었다.

언제나 정통한 정보를 입수하는 『더 타임스』 특파원이 페테르부르크에서 보내온 대담한 전문에 따르면 차르가 오스트리아 국경에 배치된 14군단에 동원을 허가해주었다는 것이다. 이것이 독일의 경고에 대한 회답이라는 것이다. 러시아는 한때 희망을 품고 있었던 것과는 달리 위협에 넘어가기는커녕 오히려 공공연하게 공격적이 되었다. 곧 독일이 부분적으로나마 동원령을 감행할 경우 러시아 정부는 지체없이 총동원령을 내릴 것이라고 위협하고 있었다. 그런데 베를린에서 들어온 전문에 따르면 카이저 정부는 모든 조심성을 내던지고는 동원을 적극적으로 추진하고 있다는 것이었다. 참모장 폰 몰트케가 급히 소환되었다. 독일의 일반 대중에게는 정부계 신문을 통해 전쟁이 임박했다는 것을 알렸다. 『베를리너 로칼란차이거』는 오스트리아의 최후통첩을 옹호하는 장문의 논설을 게재해서 세르비아의 의기소침을 떠들어대고 있었다. 베를린에서는 아침 일찍부터 공포에 사로잡힌 금리 생활자들이 은행 창구에 몰려들었던 것 같다는 것이다.

프랑스에서도 마찬가지로 은행들이 시달렸다. 리옹, 보르도, 릴에서는 예금 인출의 쇄도로 은행은 어려운 처지에 놓였다. 파리의 증권거래소에서는 오늘 오후에 그야말로 난동이 벌어졌다. 한 오스트리아 태생의 무인가 주식 중개인이 국채값의 하락을 선동했다고 해서 "밀정을 죽여라!"라는 아우성과 함께 야단법석이 일어났던 것이다. 경찰이 출동한 것은 마지막 순간이었다. 경찰관들은 오스트리아인을 뭇매질하려고 미친 듯이 날뛰는 군중들을 막기에 진땀을 뺐다. 사건 자체는 대수로운 것이 아니었지만 그것은 전시의 민심의 혼란을 보여주는 것이었다.

"그런데 발칸 쪽은?" 하고 자크가 물어보았다. "오스트리아군이 국경을 침범하지는 않았겠지?"

"아직은 아니야." 하고 누군가가 말했다.

그러나 금방 들어온 전보문에 따르면 오늘까지 연기되었던 공격이 오늘 밤에는 틀림없이 감행되리라는 것이었다. 갈로는 확실한 소식통에 따른 것이라면서 오스트리아의 총동원은 사실상 결정되었고, 내일 공표되어 사흘 안에는 시행될 것이 분명하다고 했다.

"프랑스에서는" 하고 무를랑이 말했다. "휴가 중인 장교와 사병, 휴가 중인 철도 직원과 우체국 직원 모두가 전보로 소환됐어…. 그리고 푸앵카레 자신도 모범을 보이려고 아무 데도 들르지 않고 되돌아오고 있어. 수요일에는 덩케르크에 도착할 거야."

"푸앵카레라면…." 하고 밀라노프가 말했다. 그리고 그는 빈에서 나돌고 있는 의미심장한 소문을 전했다. 곧 7월 21일 팔레 디베르*에서 있었던 외교사절 초청연에서 푸앵카레는 날카로운 목소리로 오스트리아 대사에게 다음과 같은 말을 해서 물의를 일으켰다는 것이다. "세르비아는 러시아 국민과 지극히 친한 친구입니다. 대사님, 그런데 러시아는 프랑스와는 동맹국 사이지요!"

"여전히 위협 정책이야!" 하고 자크가 스튀들레를 생각하며 중얼거렸다.

밀라노프는 데모를 기다리는 동안 『프로그레』에 가자고 제의했다. 그러나 무를랑은 거절했다.

"오늘 저녁은 수다 떠는 것도 지긋지긋해." 무를랑은 거드럭거리는 말투로 대꾸했다.

"부탁드릴 게 있는데." 하고 자크는 밀라노프가 가버리자 무를랑에게 말했다. "주르가街에 있는 내 방에다 끈으로 묶은 소포를 두고 왔는데 그 속에 개인적인 서류가 들어 있어요. 골치 아픈 일이라도 생기지나 않을까 해서 그러는데 그것을 제네바에 있는 메네스트렐에게 보내줄 수 없겠어요?"

자크는 더 이상 그 이유를 설명하지 않고 미소를 지었다. 무를랑은 잠시 자크의 얼굴을 뚫어지게 바라보았다. 그러나 아무것도 묻지 않고 고개를 끄덕이며 승낙의 뜻을 표했다. 헤어지려는 순간 그는 잠시 자크가 내민 손을 꽉 붙잡았다.

"행운을 빌겠어…." 그는 말했다.(그리고 이번에는 '애송이'

* 동궁(冬宮)이라는 뜻.

라는 말은 쓰지 않았다.)

자크는 신문사로 돌아왔다. 제니와의 약속 시간까지는 반 시간밖에 남지 않았다.

사회주의자들 한 무리가 조레스 사무실에서 나오고 있었는데 그 가운데서 안면이 있는 사람들로는 카디외, 콩페르 모렐, 바이앙, 상바가 있었다. 자크는 그들이 뒤이어 갈로 사무실로 들어가는 것을 보았다. 그는 몸을 돌려 스테파니의 사무실 문으로 가서 노크했다. 스테파니는 혼자서 선 채로 외국 신문들이 산더미처럼 쌓인 테이블 위로 몸을 숙이고 있었다.

스테파니는 훤칠한 키에 몸은 야윈 편이었다. 가슴은 움푹 들어가 있고 어깨는 뾰족했다. 칠흑 같은 머리카락으로 가려진 그의 얼굴은 경련 때문에 쭈글쭈글해져 이따금 미친 사람처럼 보이기도 했다. 그는 남프랑스 태생의 지칠 줄 모르는 활동력을 지닌 사람이었다.(실제로 그는 아비뇽 사람이었다.) 역사학 아그레제*인 그는 사회 투쟁에 뛰어들기 전에 지방에서 여러 해 동안 교편을 잡은 적이 있었다. 그가 가르친 제자들은 언제나 그를 잊지 않고 있었다. 그를 『위마니테』에 들어오게 한 것은 쥘 게드였다. 자신이 건장한 건강의 소유자이기 때문에 허약한 사람을 좋아하지 않았던 조레스는 그의 역량은 인정하면서도 그를 좋아하지 않았다. 그럼에도 불구하고 조레스는 그를 신문사 내에서 가장 높은 자리에 앉혀 여러 가지 어려운 일을 맡겼다.

* 대학교수 자격증 소유자를 말한다.

그날 오후에 조레스는 그에게 사회당 의원들과 당의 행정위원회에 연락을 취할 것을 각별히 부탁했다. 조레스는 러시아의 온갖 무력간섭을 규탄하기 위해 사회당 의원들로 하여금 공식적인 항의를 제기하는 문제를 검토하고 있었다. 그는 프랑스가 페테르부르크와 공동보조를 취하지 못하도록 하고, 행동의 자율성을 유지하면서 유럽에서 평화적 중재자로서의 역할을 행사하도록 하기 위해 케 도르세에서 열심히 교섭을 벌이고 있었다.

스테파니는 지금 막 조레스와 오랜 시간 대담을 나누고 오는 길이다. 그는 자크에게 보스가 평소와는 달리 몹시 신경이 날카로워져 있다는 사실을 숨김없이 말해주었다. 조레스는 내일자 『위마니테』에 **전쟁은 오늘 아침 발발할 것이다**라는 위협적인 표제를 크게 내걸기로 결정했다는 것이다.

그는 스테파니와 함께 성명서 초안을 하나 작성했는데, 그 내용은 사회당은 외국에 대해 당의 평화 의지를 프랑스의 모든 노동자의 이름으로 뚜렷이 표명한다는 것이었다. 스테파니는 좁은 방 안을 서성거리면서 우렁찬 목소리로 기억해두었던 전문을 인용해 들려주었다. 그의 작은 두 눈은 안경 너머에서 새 같은 눈길로 부단히 움직이고 있었다. 뼈마디가 튀어나온 매부리코는 마치 새의 부리처럼 불쑥 나와 있었다.

"폭력 정치에 대해서 사회주의자들은 전 국민에게 호소하는 바이다…"라고 그는 팔을 치켜올리면서 낭랑한 목소리로 말했다. 이런 고무적인 선언 문구를 신도송信徒頌처럼 되풀이함으로써 자신의 신념을 굳건히 하고자 하는 마음가짐은 오늘 저녁 눈에 띄게 감동적이었다.

독일 사회주의국가들이 발표한 비슷한 성명이 오늘 낮에 도착했다. 조레스는 스테파니의 도움을 받아 자기가 직접 그것을 번역했다. **전쟁이 임박했다! 우리는 전쟁을 원하지 않는다! 국제 평화 만세! 의식 있는 독일 프롤레타리아는 인류와 문명의 이름으로 강력히 항의를 제기한다! …우리는 독일 정부에 대해서 평화 유지를 위해 오스트리아에 영향력을 행사해줄 것을 강력히 요구한다. 그리고 만일에 끔찍한 전쟁을 막을 길이 없다면 독일은 절대로 분쟁에 말려들지 말 것을 요구한다!**

조레스는 이 두 성명서를 한 쌍의 포스터로 만들어 그것을 몇천 부 찍어 될 수 있는 대로 빨리 파리 전 시가지와 모든 대도시에 붙이기를 원했다. 벌써 오늘 저녁부터 사회주의자가 경영하는 모든 인쇄소는 이 일 때문에 동원되었다.

"이탈리아에서도 모두 잘들 하고 있나 봐." 하고 스테파니가 말했다. "밀라노에 모인 사회당 의원단은 정부로 하여금 이탈리아가 삼국동맹의 동맹국과 동조하지 않겠다는 것을 공개적으로 선언하도록 하기 위해 이탈리아 의회의 임시 긴급 소집을 요구하는 의사 일정을 가결했어."

그는 빠른 동작으로 테이블에 놓인 신문 두 장을 들었다.

"이것이 무솔리니가 『아반티』에 공표한 사회당 성명서의 번역이야. **이탈리아가 취할 태도는 한 가지뿐. 곧 중립! 이탈리아의 프롤레타리아는 또다시 도살장에 끌려가는 것을 참을 것인가? 일치된 소리를 외쳐야 한다. 전쟁 반대! 한 사람이라도, 한 푼의 돈도 전쟁으로 보내지 말아라!**"

이 번역문은 내일 『위마니테』 1면에 실리기로 되어 있었다.

"수요일에는" 하며 그는 말을 계속했다. "브뤼셀에서 국제 사회주의 동맹의 모임이 있을 뿐만 아니라 저녁에는 또한 조레스와 벨기에의 반데르벨드, 독일의 하제와 몰켄부어, 영국의 키어 하디, 러시아의 루바노비치가 주재하는 반전 대회가 열려…. 대단할 거야…. 이 집회를 유럽의 엄청난 시위로 만들기 위해 모든 나라의 동원 가능한 투사들을 여기로 소집한 거야. 전 세계의 프롤레타리아가 각국 정부의 정책에 반대하여 일어나는 것을 보여주어야 해!"

그는 코를 실룩거리며 두 입술을 꽉 깨문 채 무력한 자신을 통탄스러워하면서 방 안을 왔다 갔다 하고 있었다. 그러나 꿋꿋하게 버티면서 절망하지 않고 있었다.

문이 열리자 마르크 르부아르가 들어왔다. 그의 얼굴은 붉고 흥분한 모습이었다. 들어오자마자 그는 의자에 털썩 주저앉았다.

"그자들 모두가 그것을 원하지 않는지 어떤지는 생각해볼 문제야!"

"전쟁 말인가?"

그는 케 도르세에서 오는 길이었다. 그리고 거기에서 이상한 소식을 듣고 온 것이다. 소문에 따르면 독일 대사 폰 쇤이 케 도르세를 찾아와 독일은 스스로 강경 태도를 포기하는 러시아의 체면을 세워주기 위해 세르비아의 영토 보존을 존중하겠다는 공식적인 약속을 오스트리아로부터 받아내겠다고 전했다는 것이다. 곧이어 대사는 프랑스 정부에 프랑스와 독일 두 나라는 평화 확보를 열망한다는 점에서 **철두철미하게 협조적**이고, 협력해서 행동한다는 것, 그리고 페테르부르크에 대해 태도 완화를 계속 권고한다는 내용의 공식 발표를 신문을 통해서 해주기 바라는 제의를 했을지도 모른다는 것이다. 그런데 프랑스 정부는 베르틀로의 영향력 때문에 이 제의를 물리쳤고, 또 동맹국 러시아의 자존심을 건드리는 것이 두려워서 독일과의 어떠한 **협조**도 공표할 것을 단호히 거절했을 것이라고 했다.

"독일이 제의해오는 것이 무엇이든 간에" 하고 르부아르가 결론을 내렸다. "케 도르세에서는 '그것은 함정이다!'라고 말하고 있어. 사십 년 전부터 계속되는 일이니까!"

스테파니의 작은 눈은 괴로운 표정을 띠면서 르부아르를 응시하고 있었다. 그의 노란 얼굴은 더욱 시무룩해 보였다. 그것은 마치 젤라틴같이 뺨의 근육이 턱의 무게로 늘어진 듯했다.

"한심한 것은" 하고 그는 낮은 소리로 말했다. "유럽에서 일곱 내지 여덟 명—또는 열 명이 될지도 모르지—의 인간들이 저희들끼리의 '역사'를 만들려고 하는 거야…. 나는 **리어왕**이 생각나. '**소수의 미친 자들이 장님 무리를 끌고 가는 시대는 저주받을지어다**…!' 자, 가자." 하고 스테파니는 갑자기 르부아르의 어깨에 손을 얹으며 말했다. "보스한테 알려야 해."

혼자 남은 자크는 자리에서 일어났다. 제니를 만나러 갈 시간이 되었다. '그런데 내일 밤은 베를린에 있을 것이다….' 그는 틈틈이 자신의 임무를 생각해보았다. 그러나 그때마다 즐거운 마음으로 몸을 떨곤 했지만 그렇다고 일말의 불안감이 없는 것은 아니었다. 그것은 자기에게 기대하고 있는 것을 썩 잘해내지 못하면 어쩌나 하는 걱정이 앞섰기 때문이었다.

46

증권거래소의 큰 시계는 지금 막 삼십분을 가리키고 있는데 제니는 벌써 와 있었다. 자크는 멀리서 제니를 보고 걸음을 멈추었다. 닫힌 철책 앞에 서 있는 그녀의 늘씬한 모습이 오가는 신문팔이 소년들과 버스 안내원들 사이에서 뚜렷이 드러나 보였기 때문이다. 자크는 오랫동안 인도 끝에 서서 제니의 모습을 물끄러미 바라보았다. 이렇게 혼자 있는 그녀의 모습을 남몰래 보면서 그는 아주 먼 옛날의 감동이 되살아나는 느낌이 들었다. 옛날 그는 메종 라피트에서 잠시나마 제니를 보기 위해 사주 퐁타냉가家의 정원 주위를 맴돌곤 했었다. 어느 날 오후 늦게 제니가 흰옷을 입고 느티나무 숲의 그늘에서 나오는 것을 보았을 때의 일을 떠올렸다. 마침 햇볕이 길게 뻗어 있는 곳에 오게 된 그녀는 순간 빛의 후광을 받아 마치 유령처럼 보였었다….

오늘 저녁 제니는 상을 당한 표식인 베일을 쓰지 않았다. 검은 옷을 입고 있어서 그녀의 모습이 더욱 늘씬해 보였다. 옷 입는 방식이나 행동에서도 남의 마음에 들려는 생각 따위는 해본 적이 없는 제니였다. 오로지 자기에게 납득이 가는 일만 추구했다.(자존심이 너무 강해서 남의 평가 따위는 별로 신경을 쓰지 않았다. 그런가 하면 너무 겸손해서 남들이 자기를 어떻게 평가할까 하는 생각은 아예 하지도 않았다.) 제니는 소박하고 지극히 실용적인 모양의 옷을 좋아했다. 그러면서도 세련되어 보였다. 그러나 그 세련됨이란 무엇보다도 소박함과 선천적인 기품에서 나오는 것이어서 조금 무뚝뚝하고 엄격한 면이 엿보였다.

자크가 가까이 오는 것을 보았을 때 제니의 마음은 설레었다. 그녀는 미소를 지으며 그에게로 다가왔다. 이제는 스스럼없이 미소를 짓게 되었다. 아니, 더 정확하게 말해서 어렴풋한 전율로 입가에 경련이 일어났으며, 그럴 때면 그녀의 밝은 두 눈 속에서는 작은 섬광이 비치곤 했다. 자크는 제니의 모습을 이제는 곧잘 알아볼 수 있었는데, 그때마다 그의 마음은 즐거움으로 부풀곤 했다.

그는 짓궂은 말을 걸면서 그녀에게로 다가갔다.

"당신이 미소 지을 때면 무언가를 바라는 것 같은 모습을 하고 있거든."

"정말?"

제니는 슬그머니 자존심이 상하는 것을 숨길 수 없었다. 그녀는 자크의 말이 옳다고 생각했다. 그리고 그녀의 생각은 한술 더 떴다. '그래요. 나는 고집이 세 보이고 쌀쌀한 얼굴을 하고 있어요….' 하지만 그녀는 언제나 자신에 관해 말하는 것을 싫어했다.

"모든 게 점점 더 악화되고 있어." 자크가 갑자기 한숨을 지으며 말했다. "각국 정부마다 고집을 부리면서 위협을 하고 있어…. 서로가 경쟁적으로 완강하게 나오고 있으니…."

자크가 도착했을 때부터 제니는 그의 얼굴에서 지치고 수심에 찬 모습을 알아보았다. 그녀는 정확한 정보가 듣고 싶어 그에게 의문의 눈길을 보냈다. 그러나 그는 완강하게 머리를 가로저었다.

"아니야, 아니야…. 아무 말도 안 하는 게 좋겠어…. 무슨 소용이 있어? 그것으로 됐어…. 차라리 이런 막간을 이용해서 내가 모든 것을 잊도록 좀 도와줘…. 거리에 나가 저녁을 먹자고. 시간도 절약할 겸…. 점심도 안 먹었어. 굉장히 배가 고파…. 따라와." 하고 자크는 제니를 이끌면서 말했다.

제니는 자크의 뒤를 따라갔다. '만일 엄마나 다니엘이 우리를 본다면.' 하고 그녀는 생각했다. 이렇게 둘이 몰래 나간다는 것은 아직 아무도 눈치채지 못하고 있는 그들의 친교를 갑자기 구체적으로 인정하는 일이나 다름없었다. 그 때문에 제니는 잘못을 저지른 소녀처럼 불안해했다.

"저기는 어떨까?" 자크는 길모퉁이에 있는 초라해 보이는 식당을 가리키면서 물었다. 식당의 정면은 인도를 향해 활짝 트여 있어서 밖에서도 흰 식탁보가 깔려 있는 몇 개의 테이블이 보였다. "조용할 거야. 그렇게 생각 안 해?"

그들은 차도를 건너 썰렁하고 손님이 하나도 없는 식당의 문턱을 함께 넘었다. 안쪽에는 부엌 유리문을 통해 촛대 밑 테이블에 앉아 있는 두 여자의 뒷모습이 보였다. 두 여자 가운데 아무도 돌아보지 않았다.

자크는 지친 동작으로 긴 의자에 모자를 던졌다. 그러고는 식당 주인을 부르러 안으로 들어갔다. 그는 얼마 동안 꼼짝 않고 서서 기다렸다. 제니는 그에게로 눈을 돌렸다. 그러자 부엌의 불빛으로 묘하게 일그러져 나이 들어 보이는 그의 얼굴이 갑자기 낯선 사람처럼 보였다. 그녀는 악몽을 꾸고 있는 듯한 느낌과 유괴범에 의해 무서운 곳에 끌려온 소녀가 겁에 질려 있는 것 같은 느낌이 들었다…. 그런 착각은 잠시뿐이었다. 이미 자크는 제니가 있는 쪽으로 돌아왔다. 어두운 데서 나오자 그의 제 모습이 되살아났다.

"앉아." 하고 자크는 의자를 앉기 쉽게 가까이 놓아주면서 말했다. "아니야, 저쪽에 앉는 게 좋겠어. 눈이 부시지 않을 테니까."

제니는 이러한 남성의 배려를 받고 있다고 느껴보기는 이번이 처음이었다. 그녀는 흐뭇하여 시키는 대로 했다.

부엌에 있는 장밋빛 블라우스를 입고 암소 같은 이마 위에 머리를 낮게 드리운 뚱뚱하고 무기력해 보이며, 두 여인 중에서 더 나이 어려 보이는 여자가 자리에서 일어났다. 그리고 마치 먹이를 먹고 있는데 방해를 받은 짐승처럼 언짢은 얼굴을 하고 두 사람 쪽으로 왔다.

"저녁 식사를 할 수 있을까요, 아가씨?" 하고 자크가 쾌활한 투로 물었다.

소녀는 그를 아래위로 훑어보았다.

"원하신다면."

자크의 눈은 유쾌하게 여자와 제니 사이를 오갔다.

"계란은 충분히 있어요? 있다고? 냉육도 좀?"

그녀는 가슴팍에서 종이를 한 장 꺼냈다.

"자, 여기 있어요." 하고 말하는 그녀의 태도는 '먹든지 말든지 하라'라는 식이었다.

그래도 자크의 유쾌한 기분에는 변함이 없었다.

"좋아요!" 하고 자크는 큰 소리로 메뉴를 읽은 뒤에 제니에게 눈으로 물으면서 말했다.

여종업원은 아무 말도 하지 않고 돌아갔다.

"매력적인 여자로군." 자크가 중얼거렸다. 그리고 웃으면서 제니 맞은편에 앉았다.

그는 얼른 다시 일어나 제니가 웃옷을 벗는 것을 도와주었다.

'모자도 벗을까?' 그녀는 생각했다. '그만두지. 헝클어진 머리를 보이게 되니까….' 그런 변덕스런 생각이 돌연 부끄럽게 여겨졌다. 제니는 스스로 모자를 벗었다. 그리고 손으로 머리를 매만질 생각도 하지 않았다.

부루퉁한 얼굴을 한 여자가 김이 나는 수프 그릇을 들고 다시 나타났다.

"고맙습니다, 아가씨." 하고 자크는 손으로 국자를 잡으면서 외쳤다. "이런 수프가 있다고 진작 말해주었더라면…. 맛있는 냄새야!" 그리고 제니를 향해 "덜어줄까?" 하고 물었다.

그의 명랑함에는 좀 가식적인 데가 있었다. 마주 대하고 처음 식사를 한다는 사실이 제니 못지않게 그를 들뜨게 했던 것이다. 그러면서도 그는 오늘 하루 겪은 걱정거리에서 벗어나지 못하고 있었다.

제니 뒤에는 푸르스름한 거울이 하나 있어서 그녀의 움직임 하나하나를 그대로 비추고 있었다. 자크는 덕분에 자기 앞에 있는 제니의 발랄한 상반신 너머로 우아한 그녀의 어깨와 목덜미를 바라볼 수 있었다.

자신이 관찰당하고 있다는 것을 느낀 제니는 돌연 말했다.

"자크…. 궁금한 것은… 당신이 나를 잘 알고 있는지 어떤지 하는 것이에요. 생각만 해도 오싹해져요…. 당신은… 나한테 환상을 품고 있는 것은 아닌가요?"

그녀는 엄습해오는 불안을 감추려고 미소를 지었다. 그것은

'나는 자크가 바라는 대로의 사람이 될 수 있을까? 결국 그를 실망시키게 되는 건 아닐까?'라고 생각할 때마다 그녀를 사로잡곤 하던 불안이었다.

이번에는 자크 쪽에서 미소를 지었다.

"그럼 내가 '당신은 나를 잘 알고 있어?'라고 묻는다면 당신은 뭐라고 대답하겠어?"

제니는 잠시 망설였다.

"나는 '아니요'라고 대답할 것 같아요."

"그러나 동시에 '그런 것은 별문제가 안 돼요'라고 생각하겠지. 당신이 옳을지도 몰라." 하고 자크는 여전히 미소를 지으면서 말했다.

제니는 머리를 숙이며 그것을 시인했다. '그래요'라고 제니는 생각했다. '그런 것은 별문제가 안 돼요…. 저절로 알게 될 테니까…. 어쩌면 세상 부모들이 하는 것과 같은 생각을 내가 하다니!'

"서로 믿어야지." 하고 자크가 힘차게 말했다.

제니는 아무 대답도 하지 않았다. 자크는 의아스런 눈초리로 제니를 관찰했다. 그러나 행복한 표정으로 변한 제니의 얼굴을 보는 순간 그에게는 그것이 가장 안심할 수 있는 대답이었다.

따뜻한 버터 냄새가 방 안을 가득 채웠다.

"저기 성깔 있어 보이는 그 여자가 오고 있어." 자크가 속삭이듯 말했다.

장밋빛 블라우스를 입은 여종업원이 오믈렛을 들고 왔다.

"베이컨을 넣은 거지요?" 하고 자크가 큰 소리로 외쳤다. "기가 막히군요! …요리를 직접 하세요, 아가씨?"

"물론이죠!"

"대단한 솜씨군요!"

소녀는 다정한 미소를 지으며 겸손한 태도를 취했다.

"저어, 아시다시피 여기 저녁 식사는 변변치 않아요…. 오시려면 오전 중에 오셔야 해요. 점심때는 빈자리가 하나도 없는걸요…. 그런데 저녁에는 아주 한산합니다…. 연인들을 제외하고는…."

자크는 제니와 흥겨운 눈길을 주고받았다. 그는 성미가 고약한 이 여인의 얼굴 주름살을 펴준 느낌이 들어 정말 마음이 놓이는 것 같았다.

"이것은" 하고 자크는 때를 놓치지 않고 입맛을 다시며 말했다. "진짜 오믈렛이야!"

으쓱해진 소녀가 이번에는 웃기 시작했다.

"저는" 하고 소녀는 마치 속말이라도 하려는 듯이 몸을 숙이며 속삭였다. "요리를 할 때 어느 누구에게도 물어보는 일이 없어요. 식도락가들에게 맡긴답니다."

소녀는 앞치마 호주머니에 두 손을 집어넣고 궁둥이를 흔들면서 사라졌다.

"그 정도 칭찬에 저러나?" 자크는 웃으면서 말했다.

제니는 넋을 잃은 채 생각에 잠겼다. 지금 이 순간적인 장면의 일, 그것은 별것이 아니었다. 그러나 제니는 거기에서 놀라운 것들을 발견했다. 자크는 확실히 일종의 열을 전하는 재능을 가지고 있었다. 한마디의 말, 한 번의 미소로 상대에게 관심을 보여줌으로써 신뢰와 공감을 불러일으키는 데 적절한 온기를 만들어내는 재능을 가지고 있었다. 제니는 어느 누구보다도 이 사실을 잘 알고 있었다. 자크 곁에 있으면 제아무리 고집 세고 폐쇄적인 사람일지라도 마침내는 자신의 마력에서 벗어나 마음을 열고 명랑해지는 것이었다. 제니의 입장에서 볼 때 그러한 재능보다 더 놀라운 일은 없었다! 자크나 다니엘과는 반대로 그녀는 타인에 대해서 거의 아무런 흥미를 가지고 있지 않았다. 자신의 세계에 파묻혀 살고 있었다. 무엇보다도 자기 자신의 환경을 순수하게 보존하고 싶어 했으며, 심지어 자신과 가까운 사람들과도 적당한 거리를 두고, 세상과 접촉할 때는 어떤 것에도 상처받지 않는 평온한 표면만을 보이도록 노력해 왔다. '그러나' 하고 그녀는 오빠를 염두에 두고 생각했다. '이렇게 자크가 모든 사람에게 흥미를 끄는 것은 어느 한 사람만을 선택할 수 없기 때문이 아닐까?'

"당신은 어느 한 사람만을 좋아할 수 있어요?" 하며 제니는 불쑥 물었다. "누구보다도 어느 한 사람을 좋아할 수 있는가 말이에요? 그리고 영원히?"

그녀는 자신의 말이 얼마나 애매하고 서투른가를 곧 알아차렸다. 그러고는 얼굴을 붉혔다.

자크는 한동안 어안이 벙벙해서 제니를 바라보고 있었다. 그러면서 그녀가 무슨 생각에서 그런 질문을 했는지를 알아내려고 애썼다. 어쨌거나 성실한 대답을 하고 싶었던 자크는 그 질문을 속으로 되뇌어보았다. 그 까닭은 사소한 것이라도 서로가 속이는 일이 있다면 그들의 사랑에서 신성한 것을 더럽힐지도 모른다는 것을 둘 다 거의 미신적으로 생각하고 있었기 때문이다.

'누구 하나를 좋아할 수 있느냐고?'라고 자크는 하마터면 입

밖에 낼 뻔했다. '그러면 다니엘에 대한 나의 우정 같은 것은?' 그러나 그 예는 적당하지 않았다. 왜냐하면 그런 우정이란 시간의 힘에서 벗어날 수 없기 때문이다.

"지금까지는 할 수 없었어." 하고 자크는 약간 퉁명스럽게 고백했다. 그러고는 더 격렬한 투로 덧붙였다. "아니, 그게 지금부터라도 못 할 이유가 될 수 있을까?"

"그렇게는 생각하지 않아요." 하고 제니는 황급히 말했다.

자크는 제니가 괴로워하는 모습에 당혹했다. 극도로 예민한 감수성을 지닌 그녀를 대할 때는 여러 가지로 신중해야 한다는 사실을 그는 뒤늦게 알아차린 것이다. 무엇인가 더 말을 하고 싶어서 머뭇거렸다. 그런데 여종업원이 다음 접시를 가져왔기 때문에 제니에게 다정한 미소, 자신이 거칠었던 것에 대해 용서를 구하는 미소를 보내는 것으로 그쳤다.

제니는 자크를 지켜보고 있었다. 자크가 이처럼 갑자기 극단적으로 흐르는 것이 무슨 위험에 처한 것처럼 그녀의 마음을 두렵게 했다. 그러나 한편으로는 무엇 때문에 그런지 알 수 없지만 그녀를 황홀감에 젖게 했다. 혹시 거기에서 우월감과 힘의 징표를 발견해서였을까? '이 괴짜….' 하고 제니는 정감에 넘친 긍지를 가지고 생각했다. 지금까지 그녀의 얼굴을 어둡게 했던 그림자가 싹 가셨다. 그리고 지난 이틀 동안 자신의 마음을 송두리째 뒤흔들어놓는가 하면 완전히 새롭게 태어나게 했던 은밀하고도 확실한 행복감이 다시금 스며드는 것을 느꼈다.

여종업원이 방을 나가자 자크는 확실한 말투로 말했다.

"당신의 신뢰는 아직도 너무 약해…."

그 말투에는 조금도 질책 같은 것은 없었다. 다만 아쉬움과 회한이 있을 뿐이었다. 그 이유는 자신의 지난날의 태도가 제니의 모든 불신감을 정당화시키기에 충분했다는 사실을 그는 잊지 않고 있었기 때문이다.

제니는 곧 그가 불안해한다는 것을 눈치챘다. 그래서 쓰라린 모든 추억을 떨쳐버리기 위해 얼른 말했다.

“그것은 내가 신뢰를 받아들일 만한 마음의 준비가 안 되어 있기 때문이지요, 뭐…. 이제까지 한번도….” (제니는 적절한 표현을 찾고 있었다. 마침 전에 자크가 한 말이 생각났다.) “마음의 평안을 가져본 적이 없었던 것 같아요. 어렸을 때도… 나는 그런 여자예요….” 제니는 미소를 지었다. “그래요, 적어도 전에는 그런 여자였어요….” 그러고는 낮은 목소리로 아래를 보면서 덧붙였다. “나는 지금까지 누구에게도 이런 것을 털어놓은 적이 없어요.” 아주 자연스럽게 뒷문을 힐끔 쳐다보더니 테이블 너머 자크 쪽으로 두 손을 내밀었다. 갸름하고 따뜻하며 아무것도 안 낀 두 손, 그 손은 떨리고 있었다. 제니는 지금 자신이 완전히 자크의 것이라는 것을 느끼고 있었다. 그리고 더욱더 자신을 내던져 그의 속에서 소멸해서 녹아버리고 싶은 생각만 들었다.

자크는 중얼거렸다.

“나도 당신처럼… 혼자였어. 언제나 혼자였어! 그리고 언제나 불안했고!”

“알고 있어요.” 하고 제니는 슬며시 손을 빼면서 말했다.

“어떤 때는 내가 다른 사람보다 훌륭하다고 생각할 때도 있었어. 그리고 자만심에 도취되어 있기도 하고. 그런가 하면 어떤 때는 어리석고 무지하며 못생겼다는 생각이 들어 굴욕감에 괴로워할 때도 있었고….”

“나하고 똑같아요.”

“…언제나 이방인 같은 느낌….”

“나도요.”

“…자신은 남과 다르다는 생각에 사로잡혀서….”

“나도 그랬어요. 그런 생각을 떨쳐버릴 수 있는 희망도 없고, 다른 사람과 같아지고 싶은 생각도 없으면서….”

“그래도 어느 시기에는 나 자신에 대해 완전히 절망하지 않았어.” 하며 자크는 갑자기 고마운 마음이 들어 말했다. “그것이 누구 덕인지 알아?”

순간 세니는 어리석게도 그가 ‘당신 덕분이야’라고 말해주기를 바랐다. 그러나 자크는 이렇게 말했다.

“다니엘 덕분이야! …우리의 우정은 무엇보다도 서로 신뢰하는 것이었어. 나를 구해준 것은 다니엘의 애정, 다니엘의 신뢰야.”

“내 경우도요.” 하고 그녀가 중얼거렸다. “나의 경우도 똑같아요! 나는 다니엘 말고는 한 사람의 친구도 없어요.”

그들은 서로에게 그리고 상대방의 입을 통해 자기 자신의 심경을 토로하면서 지루한 줄 모르고 있었다. 그리고 탐욕스럽고 넋을 빼앗긴 듯한 눈초리로 상대를 빤히 쳐다보곤 했다. 그들은 각자 고백이라도 하듯, 그리고 그들의 만남에 결정적인 증거라도 되는 듯, 이쪽 미소에 상대의 미소가 응해주기를 고대하고 있었다. 상대의 직감으로 이렇게 서로를 쉽게 느끼고, 둘이 다 이토록 비슷하다는 것을 발견하는 것이야말로 신기하고도 뜻밖의 기적이 아닐 수 없었다! 그들에게는 이렇게 서로 속을 털어놓는 이야기가 아무리 해도 끝이 없을 것 같았다. 그리고 지금 같아서는 이 세상의 어느 것도, 그들이 이렇게 서로 알려고 하는 노력보다 더 소중한 것은 없을 것 같았다.

"그래, 내가 파멸하지 않은 것은 다니엘 덕분이야…. 그리고 또한 형 덕분이지." 하고 자크는 곰곰이 생각해보고 나서 덧붙였다.

제니의 얼굴에서는 자기도 모르게 냉담한 표정이 엿보였는데 자크는 곧 그것을 눈치챘다. 그는 당황해서 눈으로 그녀에게 물어보았다.

"당신은 그를 잘 알고 있지, 내 형 말이야?" 하고 그는 앙투안을 칭찬해주리라는 확신을 가지고 물어보았다.

그녀는 하마터면 '나는 그를 싫어해요'라고 말할 뻔했다. 그러나 이렇게만 말했다.

"나는 그분의 눈이 싫어요."

"눈이?"

자크의 감정을 상하게 하지 않으면서 어떻게 하면 자신의 생각을 나타낼 수 있을까? 하지만 제니는 그에게 아무것도 숨기고 싶지 않았다. 설사 그것이 자크의 마음을 아프게 하는 일이 있더라도.

자크는 마음에 걸리는 듯 다그쳐 물었다.

"형의 눈 어떤 점이 싫다는 거야?"

제니는 잠시 곰곰이 생각해보았다.

"글쎄…. 무엇이 좋은 일이고 무엇이 나쁜 일인지 분별할 줄 모를 뿐만 아니라, 아예 그런 것에는 관심도 없어 보이는 눈…."

이런 기묘한 판단에 자크는 어찌할 바를 몰랐다. 그때 그는 언젠가 다니엘이 앙투안에 대해 한 말이 생각났다. '내가 어째서 너의 형한테 매력을 느끼고 있는지 아니? 그의 판단의 자유분방함 때문이야.' 다니엘이 앙투안에게 감탄해 마지않았던 것은 어떤 문제라도 온갖 도덕적 편견을 떠나, 마치 해부 자료라도 관찰하듯이 아주 자연스럽게 있는 그대로를 볼 수 있는 능력을 갖추고 있다는 사실이었다. 위그노 교도의 피를 받은 다니엘에게는 그런 정신 자세야말로 상당한 매력을 불러일으키는 것이었다.

자크의 시선은 더 명확한 설명을 요구하는 것 같았다. 그러나 그런 시선을 대하는 제니의 얼굴 표정이 어찌나 평온하고 냉담했던지 그는 감히 더 이상 물어볼 생각을 하지 못했다.

'속을 알 수 없는 여자야.' 자크는 생각했다.

장밋빛 블라우스를 입은 여종업원이 식탁을 치우기 위해 와서 물었다.

"치즈를 더 드릴까요? 과일은요? 모카 커피는요?"

"나는 이제 아무것도 필요 없어요." 하고 제니가 말했다.

"그럼, 필터로 거른 커피 한 잔."

그들은 다시 자유롭게 대화를 나누기 위해 커피 시중이 끝나기를 기다렸다. 자크는 몰래 제니를 바라보았다. 새삼 그녀의 눈의 표정과 얼굴의 표정이 퍽이나 대조를 이루고 있다는 것, 또 그녀의 눈의 표정은 앳되고 불완전한 얼굴에 비해 참으로 '나이 들어' 보인다는 것을 알 수 있었다.

자크는 일부러 몸을 구부렸다.

"당신 눈을 보여줘." 하고 그는 이런 검진을 변명하듯 미소를 지으며 말했다. "나는 그것을 **알고** 싶어…. 아주 맑은 물 같고…

순수한 하늘색, 냉랭한 하늘색 같으니 말이야…. 그리고 그 눈동자는! 끊임없이 모양이 바뀌고 있어…. 움직이지마, 아주 멋있어."

제니 역시 그를 주시하고 있었다. 그러나 미소를 띠지 않은 약간 지친 모습이었다.

"이것 봐." 하고 자크가 말했다. "당신이 주의를 기울여 무엇을 보려고 할 때는 푸른 무지갯빛이 수축되곤 해…. 그리고 눈동자가 점점 작아져…. 나중에는 둥글고 흠 없는 송곳 구멍처럼 아주 작은 하나의 점이 될 정도야…. 당신의 눈 속에는 정말로 멋진 의지가 숨어 있어!"

그는 제니도 투쟁을 위한 훌륭한 동료가 될 수 있으리라는 생각이 문득 들었다. 그러자 자신도 모르게 지금까지의 모든 관심이 다시 마음을 사로잡았다. 그는 시간을 확인하려고 벽에 걸린 괘종시계로 기계적으로 고개를 돌렸다.

제니는 어두워진 그의 얼굴을 보고 갑자기 두려운 생각이 들어 속삭이며 물었다.

"무얼 생각하고 있어요, 자크?"

자크는 흘러내린 머리카락을 거친 동작으로 쓸어 올렸다.

"아!" 하고 그는 자신도 모르게 주먹을 불끈 쥐면서 말했다. "내 생각으로는 앞으로의 사태를 환히 내다보면서 모두를 구원해주기 위해 동분서주하고 있는 사람들이 이 순간에도 유럽에는 수백 명이 있어. 그런데 모두가 이들의 부르짖는 구원의 소리를 귀담아듣지 않는 거야! 정말 한심하기 짝이 없는 일이지! 잠들어 있는 대중을 어떻게 흔들어 깨울 수 있을까? 때가 되면 그런 대중들이 과연…."

자크는 이야기를 계속했다. 제니는 그것을 듣는 척만 하고 있었다. 실은 그녀에게는 그의 말이 귀에 들어오지 않았다. 시계를 보는 자크의 눈길을 알아차린 뒤로 그녀의 주의는 딴 곳에 가 있었다. 그리고 가슴이 울렁거리는 것을 도저히 억누를 수가 없었다. 자크가 없는 사흘! …무슨 일이 있어도 자크에게는 드러내 보이고 싶지 않은 번민과 싸우고 있었다. 그리고 몇 분 동안이나마 활기차게 자기 곁에 있어주는 기쁨을 가슴 벅차게 느끼면서, 턱뼈가 수축될 때의 모습 하나하나, 눈살을 찌푸리는 동작 하나하나, 두리번거릴 때의 두 눈의 광채 등 자크의 얼굴 표정의 모든 것을 하나도 놓치지 않고 쫓고 있었다. 마치 휘날리는 불꽃에 감싸인 것같이, 난무하는 자크의 말과 사상에 당황해하며 그가 말하는 것을 이해하려고도 하지 않았다.

자크는 갑자기 입을 다물었다.

"당신은 내 말을 듣고 있지 않아…!"

제니는 눈을 깜박거렸다. 그리고 얼굴을 붉혔다.

"듣고 있지 않아요…."

그러고는 용서를 구하는 듯 상냥하게 손을 내밀었다. 자크는 그 손을 잡고 뒤집어서 손바닥에 자신의 입술을 갖다 댔다. 그는 곧 그녀의 팔근육이 가늘게 떨리는 것을 느꼈다. 그리고 미묘한 마음의 동요를 느끼면서―그는 처음 느낀 마음의 동요였다―그 작은 손이 그냥 하는 대로 맡겨져 있는 것이 아니고 오히려 정열적으로 자기 입술을 짓누르는 것을 알았다.

그러나 시간은 다가오고 있었다. 그에게는 아직 할 얘기가 남아 있었다.

"제니, 오늘 밤 당신에게 해둘 말이 있어…. 지난해에 아버지가 돌아가신 뒤… 나는 유산 분배 이야기를 거절했던 적이 있어…. 나는 그런 돈은 한 푼도 받을 생각이 없었으니까…. 그러나 이제 생각을 바꾸었어…."

그는 잠시 말을 중단했다. 제니는 매우 놀라 몸을 다시 일으켰다. 그리고 불현듯이 떠오르는 막연하고 모순된 생각으로 자신도 모르게 당황하여 그의 눈길을 피했다.

"나는 그 돈을 전부 받아서 인터내셔널의 금고에 넣으려고 생각해. 반전 투쟁을 위해 당장 쓰이도록 하기 위해서 말이야."

제니는 깊은 한숨을 쉬었다. 두 뺨이 붉게 물들었다. '왜 그런 말을 내게 하는 걸까?' 하고 자문해보았다.

"찬성하지, 그렇지?"

제니는 본능적으로 고개를 숙였다. '찬성하지?'라는 말을 이렇게 강조하는 저의는 어디에 있을까? 마치 자신의 행동에 대한 통제권을 그녀에게 맡기고 싶어 하는 것같이…. 제니는 석연치 않게 고개를 끄덕여 보였다. 그리고 수줍어하며 두 눈을 들었다. 그 표정에서는 확실히 물어보는 것 같은 뜻을 엿볼 수 있었다.

"이제까지" 하며 자크는 말을 계속했다. "내가 쓰는 기사 덕에 나는 먹고살아왔어…. 최저 생활을 한 거야…. 그러나 그런 것은 별문제가 안 돼. 가난한 사람들 속에서 살고 있고, 나는 그들과 다를 바가 없으니까. 그리고 그것이 참 좋아."

자크는 길게 한숨을 내쉬었다가 좀 멋쩍은 생각이 들었는지 화가 난 듯한 투로 얼른 말했다.

"만약 이런 보잘것없는 생활일지라도… 당신이 두려워하지 않는다면, 제니, 내가 볼 때 우리들은 두려울 것이 아무것도 없어."

그것은 그들의 장래, 그들의 공동생활에 대해서 처음으로 입밖에 낸 말이었다.

제니는 다시 고개를 숙였다. 감동과 희망으로 숨이 막히는 듯했다.

자크는 제니가 다시 몸을 일으키기를 기다렸다. 그렇지만 행복에 젖어 어쩔 줄 모르는 그녀의 얼굴을 보자 그는 말할 뿐이었다.

"고마워."

여종업원이 계산서를 가지고 왔다. 자크는 계산을 끝내고 시계를 다시 쳐다보았다.

"벌써 이십 분 전이군. 당신을 집에까지 데려다줄 시간이 없어."

제니는 그가 일어나서 가자는 의사표시를 하기도 전에 이미 일어나 있었다. '그는 떠나버리겠지.' 하고 그녀는 가슴을 졸이면서 생각했다. '자크는 내일 어디에 있을까…. 사흘 동안이나… 지루하고 따분한 사흘.'

자크가 웃옷을 입는 것을 도와주자 제니는 얼른 몸을 돌렸다. 그리고 아주 가까이에서 자크의 얼굴을 뚫어지게 바라보며 물었다.

"자크… 적어도 위험한 일은 없겠지요?" 그녀의 목소리는 떨리고 있었다.

"무엇이?" 하고 그는 생각할 여유를 얻으려고 되물었다.

그의 머릿속에는 리차들레의 전갈이 떠올랐다. 그녀에게 거짓말은 하고 싶지 않았다. 그렇다고 걱정을 끼치고 싶지도 않았다. 그는 애써 미소를 지어 보였다.

"위험한 일? …그렇지 않을 거야."

제니의 눈동자에는 공포의 빛이 감돌았다. 그러나 그녀는 급히 눈꺼풀을 아래로 깔며 곧 의연한 모습으로 자신도 미소를 지었다.

'나무랄 데 없는 여자야.' 자크는 생각했다.

그들은 말도 주고받지 않고 서로 어깨를 나란히 하고 상티에 지하철까지 걸어갔다.

계단 위에서 자크는 멈추어 섰다. 첫 번째 계단을 이미 내려간 제니는 자크 쪽으로 몸을 돌렸다. 작별할 시간이 되었다…. 자크는 두 손을 제니의 어깨에 올려놓고 말했다.

"그럼 목요일에… 늦어도 금요일까지는…."

자크는 야릇한 모습으로 제니를 바라보았다. 그는 하마터면 그녀에게 '너는 내 사람이야…. 헤어지지 말고 나를 따라와!'라고 말할 뻔했다. 모여든 군중과 한바탕의 소동을 생각하면서 그는 재빨리 낮은 목소리로 말했다.

"어서 가봐…. 안녕…."

그의 입술에서는 미소도 아니고 그렇다고 키스를 하려는 것도 아닌 어떤 움직임이 엿보였다. 그는 어깨에 얹었던 두 손을 불현듯 빼고는 그녀를 유심히 보다가 홀연히 사라졌다.

47

날은 아직 저물지 않았다. 소나기를 머금은 듯한 후텁지근한 날씨였다.

큰 거리는 평상시와는 다른 모습을 띠고 있었다. 가게란 가게는 모두 셔터를 내렸다. 대부분의 카페도 닫혀 있었다. 문을 연 곳도 경찰의 명령으로 테라스를 모두 치워놓았다. 의자나 테이블이 바리케이드로 이용되지 않도록 하기 위해, 또 경찰대의 돌격에 방해가 되지 않도록 하기 위해서였다. 구경꾼들이 모여들고 있었다. 지나가는 자동차도 뜸해지기 시작했다. 버스 몇 대만이 경적을 울리면서 지나가고 있었다.

생 마르탱로路와 마젠타가街 및 C.G.T. 주변은 특히 인구가 밀집되어 있는 지역이었다. 수많은 남녀의 무리가 벨빌의 고지대에서 내려오고 있었다. 여러 연령층의 노동자들이 작업복 차림으로 파리 시내와 교외 구석구석으로부터 무리를 지어 몰려나와 그 밀집도가 점점 더해가고 있었다. 구석진 곳, 건물을 짓고 있는 작업장, 길모퉁이에는 경찰대가 경찰서 버스 주위에 까맣게 모여 명령만 내리면 어디에든지 출동할 수 있도록 태세를 갖추고 있었다.

반네드와 미퇴르크는 포부르 뒤 탕플 거리의 한 가게에서 자크를 기다리고 있었다.

차량의 왕래가 끊긴 레퓌블리크 광장에는 딴 일로 바쁜 사람들도 그 자리에 발이 묶여 꼼짝을 못 하고 있었다. 자크 일행은 『위마니테』의 편집자들과 만나기 위해 팔꿈치로 인파를 헤치고 앞으로 나아가려고 했다. 자크는 그들이 광장 중앙의 기념비 밑에 모여 있는 것을 알고 있었다. 그러나 행렬의 선두가 구성되어 있는 광장까지 간다는 것은 이미 불가능한 일이었다.

별안간 바람이 살랑거릴 때와 같은 흔들림이 사람들 머리를 물결치게 했다. 그리고 그때까지 보이지 않았던 오십여 개의 깃발이 인파 위로 우뚝 솟아올랐다. 외침도 노래도 없이 마치 몸을 꿈틀거리는 파충류같이 지면에 찰싹 붙어서 보무도 당당하게 행렬은 생 마르탱 문을 향해 움직이기 시작했다. 불과 몇 분 만에 군중은 경사를 만난 용암의 흐름처럼 큰 거리를 꽉 메웠다. 그리고 양쪽 도로에서 계속 몰려오는 사람들로 그 수가 불어나면서 천천히 서쪽을 향해 밀려가기 시작했다.

군중 속에 파묻힌 채 더위 때문에 헐떡거리면서 자크, 반네드 그리고 미퇴르크는 서로 잃어버리는 일이 없도록 하기 위해 나란히 걸어갔다. 인파에 밀려 그들 셋은 무거운 소용돌이 속에 빠져들기도 하고, 잠시 멈추었다가 다시 밀려가 어두운 건물 정면 이쪽저쪽에 부딪치기도 했다. 건물 창으로 구경꾼들이 내다보고 있었다. 어둠이 깃들었다. 끊임없이 움직이는 큰 혼란 위로 가로등의 전구가 불안하고 비통한 빛을 쏟고 있었다.

'아!' 하고 기쁨과 긍지로 도취된 자크는 속으로 생각했다. '얼마나 멋진 경고인가! 전 국민이 전쟁 반대를 위해 일어나고 있다! 대중은 이해한 것이다…. 대중은 호소에 호응했다! …이것을 뤼멜에게 보여주었으면…!'

전보다 더 오래 멈추어 있게 되자 세 사람은 체육관의 열주列柱에 꼼짝 못 하고 기대어 서 있었다. 그러나 앞에서 고함 소리가 났다. 그쪽 푸아소니에르로路 입구에서 행진은 어떤 장애에 부딪친 것 같았다.

오 분, 십 분이 지났다. 자크는 조바심이 났다.

"따라와." 하고 그는 반네드의 손을 잡으면서 말했다.

투덜거리고 있는 미퇴르크를 앞세우고 둘은 사람들 사이를 헤쳐 나가며, 너무 완강한 중심부는 우회해서 지그재그로 전진해서 교묘히 빠져나갔다.

"반대 시위다!" 하고 누군가가 말했다. "'애국연맹' 놈들이 사거리를 점령하고 길을 차단하고 있다!"

자크는 반네드의 손을 놓고 사태를 살피려고 한 상점의 기둥 위로 기어 올라갔다.

깃발의 행렬은 포부르 푸아소니에르의 모퉁이 『르 마탱』의 붉은 건물 밑에 멈추어 있었다. 양쪽의 맨 앞줄은 서로 욕지거리와 고함을 지르며 충돌했다. 소요는 거기에서 끝났으나 굉장히 격렬했다. 서로 얼굴을 내밀고 위협하며 주먹질을 했다. 소수의 검은 소대를 이루이시 군중 속에 끼어 있던 경찰은 곧 현장에 뛰어왔으나 될 대로 되라는 태도인 것 같았다. 누군가가 신호를 하듯 백기 하나를 흔드니까 애국단체의 패거리들이 **라 마르세예즈**를 부르기 시작했다. 그때 사회주의자들은 **인터내셔널가를** 외치며 응수했는데 그 소리는 마치 한 사람의 목소리처럼 확산되었다. 그리고 그 힘찬 리듬은 곧 다른 모든 소리를 덮어버렸다. 갑자기 넘실거리는 큰 파도가 일더니 군중을 동요시켰다. 인접한 거리를 통해 여기저기에서 뛰어나온 순찰대는 총경의 지휘 아래 난폭하게 인파 속으로 파고들어 가서 네거리를 장악하려고 했다. 곧 난투극은 격렬해졌다. 노래는 일단 멈추는 듯했다가 다시 계속되면서 그 사이사이에 "베를린으로!" "프랑스 만세!" "전쟁은 집어치워라!" 등의 성난 구호가 들려왔다. 경찰은 혼란 속에 파고들어 가서 응수하는 평화주의자들을 공격했다. 호각 소리가 요란스럽게 울려 퍼졌다. 팔이 올라가고 곤봉이 난무했다. "나쁜 놈! …개새끼!" 몸부림치는 한 시위 대원에게 두 경관이 덤벼드는 것을 자크는 목격했다. 경찰관들은 반쯤 죽게 된 그를 마침내 길모퉁이에 있는 여러 대의 경찰차 한 대에다 던져 넣었다.

자크는 거기에서 너무 멀리 떨어져 있는 자신이 몹시 원망스러웠다. 건물들을 따라가면 저 네거리까지 갈 수 있을까? 순간 그는 자신의 사명과 기차 일이 생각났다…. 오늘 그는 자기 자신만의 몸이 아니었다. 자신의 충동에 굴복해서는 안 되는 입장이었다!

앞에 보이는 큰 거리에서는 둔탁한 소리가 들려왔다. 멀리 철모가 번쩍이는 것이 보였다. 시위대와 맞서기 위해 말을 몰고 달려오는 파리 경찰대의 일개 소대였다.

"공격해온다!"

"도망쳐라!"

자크 주위에서는 겁을 먹은 군중들이 되돌아가려고 했다. 그러나 그들은 다가오는 기마대와, 뒤에서 밀면서 후퇴할 수 없게 하는 거대한 행렬 사이에 끼여 꼼짝을 못 하고 있었다. 폭풍우가 휘몰아치는 바위 위에 올라서 있듯이 갓돌 위에 올라가 있던 자크는 발밑에서 소용돌이치는 인파의 물결로 떨어지지 않으려고 쇠로 된 셔터에 꼭 매달려 있었다. 두리번거리며 동료들을 찾아보았으나 어디에 갔는지 보이지 않았다. '내가 어디에 있는지 알고 있을 거야.' 하고 그는 생각했다. '만나게 되겠지….' 그는 이렇게 생각하면서 몸이 오싹해오는 것을 느꼈다. '제니를 안 데리고 온 것이 천만다행이다….'

네거리 근처에서 말들이 앞발로 땅을 걷어차고 있었다. 옆을 지나가던 사람들은 혼비백산했다. 미친 듯한 성난 얼굴들, 터지고 피투성이가 된 얼굴들이 그 와중에서 나타났다가 사라지곤 했다.

무슨 일이 일어난 것일까? 아무래도 이해할 수 없었다…. 지금 네거리의 복판에서는 모두가 철수했다. 평화주의자들은 기마대와 경찰관들의 연합된 행동 앞에서 굴복할 수밖에 없었을 것이다. 단장, 모자, 유류품들이 즐비한 차도 가운데는 장식을 붙인 경찰관과 경찰의 고위 간부로 보이는 사복 차림의 몇몇 사람이 왔다 갔다 하고 있었다. 그런 사람들 주위에는 경찰관의 비상선이 전진하면서 그 원을 넓히고 있었다. 드디어 큰 거리가 온통 경찰들에 의해 차단되어버렸다.

그러자 마치 개에게 덜미를 물린 양 떼들이 얼마 동안 마구 발을 구르다가 방향을 바꾸듯이 시위대는 뒤로 돌아서서 스트라스부르로路와 세바스토폴로路를 향해 물밀 듯이 몰려갔다.

"드루오 광장으로 집합!"

'여기에 죽치고 있다가는 좋지 않겠다.' 하고 자크는 생각했다.(그는 문득 체포될 경우를 생각해서 제네바 대학생 장 세바스티앵 에베를레라는 이름의 신분증만을 소지하고 있다는 사실을 상기했다.)

자크는 오트빌가街를 통해서 빠져나올 수 있었다. 반네드와 미퇴르크는 어떻게 됐지? 어떻게 하면 좋을까? 드루오 네거리로 달려가볼까? 아니면 소란스러운 현장으로 돌아가볼까? 그런데 만일 체포된다면? 혹시 소요 인파에 묻혀 쌍방의 난투극 사이에서 빠져나오지 못하고 기차를 놓친다면? …몇 시일까? 열한시 오 분 전…. 현명한 일은 괴롭더라도 시위대에서 등을 돌리고 북부역까지 가는 것이다.

자크는 드디어 라 파예트 광장의 생 뱅상 드 폴 성당 앞으로 나갔다. 작은 공원! 제니…. 그는 성지순례를 하는 기분으로 둘이 앉았던 벤치까지 올라가보고 싶은 생각이 들었다…. 그러나 대기하고 있는 경찰 소대가 계단을 점거하고 있었다.

목이 말라 죽을 지경이었다. 자크는 그때 거기에서 멀지 않은 포부르 생 드니가街에 덩케르크 지구의 사회주의자들이 모이곤 하던 바가 생각났다. 기차를 타러 가기 전에 거기에서 삼십 분쯤 보낼 시간이 있었다.

평소 투사들이 모이곤 하던 바의 뒷방에는 아무도 없었다. 그러나 카운터 곁에 카페 주인을 중심으로—그는 당의 고참이었다—대여섯 명의 손님이 격렬한 충돌이 있었던 거리 정보를 이야기하고 있었다. 동부역을 중심으로 전쟁 반대 시위는 철저하게 봉쇄되고 말았다는 것. 그 시위대는 다시 C.G.T.의 본부 앞에서 집결하고 있었다는 것. 거기에서는 정말 폭동이 시작되려는 참이어서 경찰의 돌격이 필요했다는 것. 그래서 사람들의 말로는 부상자 수가 많았다는 것이다. 그 구역의 경찰서는 체포된 시위 대원으로 가득 차 있으며, 소문에 의하면 큰 거리의 질서유지를 지도하고 있던 지방 경찰국장이 칼부림을 당했다는 것이다. 파시 방면에서 온 손님의 말에 따르면 콩코르드 광장에서는 스트라스부르 동상*이 삼색기**로 싸여 있고, 경찰관의 보호 밑에서 벵골 불꽃을 붙인 일단의 젊은 애국자들의 감

* 알자스 지방의 수도 스트라스부르를 나타낸 동상이다.

** 프랑스 국기를 말한다.

시 아래에 있다는 것이다. 소요 통에 찢긴 웃옷을 바의 아주머니에게 꿰매 달라고 부탁한 회색 수염의 한 늙은 노동자 말에 따르면 큰 거리의 몇몇 시위대들은 다시 증권거래소 근처에 집결해서 붉은 깃발을 펼쳐 들고는 '전쟁 반대!'를 외치면서 팔레 부르봉*을 향해 행진하고 있었다는 것이다.

"전쟁 반대 좋아하네!" 하고 카페 주인이 중얼거렸다. 그는 70년**을 목격한 사람이었다. 그리고 '코뮌'의 일도 겪었다. 그는 고개를 세차게 흔들며 말했다. "'전쟁 반대…!'라고 외치는 것은 이미 늦었어. 그것은 마치 눈앞에 폭풍우가 몰아쳐 올 때 '비 그쳐라!'라고 외치는 거나 다름없어…."

눈을 가늘게 뜨고 담배를 피우고 있던 노인은 그 말을 듣자 화를 냈다.

"샤를, 늦게라도 좋은 일을 해야 해! 여덟시부터 아홉시 사이에 레퓌블리크 광장에서 그 광경을 보았다면…. 발을 들여놓을 틈이 없었어! 멸치 떼 같은 집단이었지!"

"나도 거기에 있었어요." 자크가 노인 쪽으로 다가가면서 말했다.

"그래, 있었다면 내 말에 찬성하겠지. 그런 광경은 지금까지 본 적이 없어. 시위라면 나야말로 볼 만큼 보아왔어! 페레의 처형에 항의할 때도 나는 거기에 있었어. 십만 명은 되었을 거야…. 루세의 석방을 위해 군대 영창에 항의했을 때도 나는 있었어. 그때도 십만은 됐지…. 프레 생 제르베에서 삼 년 군복무

* 프랑스 하원.

** 프로이센-프랑스 전쟁을 말한다.

법에 반대할 때는 확실히 십만 이상이었어…. 그런데 오늘 밤이야말로! 삼십만은 되었을까? 오십만? 백만? 누구도 알 수 없을 정도야. 벨빌에서 마들렌까지 온통 사람의 물결과 '평화 만세…!'를 외치는 고함 소리뿐이었으니까. 그래, 여보게들, 이런 시위를 나는 이제까지 본 적이 없어. 그 일에 관해서는 환히 알고 있으니까! 경찰이 무기를 가지고 있지 않았던 것은 다행한 일이야. 그렇지 않았더라면 나오는 수작으로 보아 피바다를 이룰 뻔했어! …오늘 밤에 더 대담하게 나왔다면 정권은 무너졌을 거야! 절호의 기회를 놓쳤어…. 레퓌블리크 광장에서 깃발을 들고 행진을 시작했을 때 이것 봐, 샤를, 그때 누군가 역량 있는 인물이 있었다면 그가 우리 모두를 마치 한 사람을 주무르듯 어디로 이끌고 갔을지 알아? 엘리제궁이었어. 그리고 혁명을 하기 위해서 말이야!"

자크는 흐뭇해하며 웃고 있었다.

"그것은 연기됐을 뿐이지요! 앞으로 이루어질 겁니다, 어르신!"

자크는 아주 흔쾌한 기분으로 역에 도착했다. 그리고 별 어려움 없이 베를린행 삼등 열차표를 살 수 있었다.

플랫폼에 나오자 뜻밖의 일이 그를 기다리고 있었다. 반네드와 미퇴르크가 거기에 있었다. 출발 시간을 알고 있던 그들은 자크와 악수하려고 와 있었던 것이다. 반네드는 모자를 잃어버렸다. 그의 얼굴은 창백하고 일그러져 있었다. 거기에 견주어 미퇴르크는 벌겋게 흥분한 얼굴을 하고 두 주먹을 호주머니 속에 넣고 있었다. 그는 붙잡혀 몹시 얻어맞고 호송차 쪽으로 끌려가다가 혼잡한 틈을 타서 마지막 순간에 도망칠 수 있었던 것이다. 그는 말할 때 침을 마구 튀기면서, 안경 너머로 분노한 눈망울을 굴리면서 프랑스와 독일어를 반반 섞어가며 자신이 겪은 사건을 이야기해주었다.

"여기에 있을 필요가 없어." 자크가 말했다. "셋이 있으면 쓸데없이 사람들 눈에 띌 염려가 있으니까."

반네드는 자기 손으로 자크의 두 손을 잡았다. 장님 같은 얼굴 위에서는 무색의 긴 속눈썹이 신경질적으로 움직이고 있었다. 그는 다정하면서 간청하는 목소리로 나지막하게 말했다.

"조심해, 보티…."

자크는 마음의 동요를 감추려고 웃으면서 말했다.

"수요일 브뤼셀에서!"

그 시간에 스폰티니가街 이층에 있는 작은 응접실에서 안은 정장을 한 뒤에 곧 나갈 채비를 하고는 얼굴에 수화기를 갖다 대고 멍하니 서 있었다.

앙투안은 벌써 불을 껐다. 신문을 전부 읽고 난 뒤 그는 막 잠을 자려고 하던 참이었다. 그런데 저녁때 레옹이 머리맡 탁자 위에 놓아둔 전화의 벨 소리가 희미하게 울리는 바람에 그는 잠자리에서 일어났다.

"토니, 당신이에요?" 멀리서 부드러운 목소리가 나지막하게 들려왔다.

"뭐? 웬일이야?"

"아무것도 아니에요…."

"무슨 일이 있나 보군! 말해봐!" 앙투안이 걱정스럽게 물었다.

"아무것도 아니에요, 정말…. 아무 일도 아니에요…. 그냥 당신 목소리가 듣고 싶어서…. 벌써 잠자리에 드셨어요?"

"응, 그래…."

"주무셨어요, 여보?"

"응, 그래…. 아니야, 아직 안 자고 있었어…. 자려던 참이었어…. 그런데 별일 없다는 게 정말이야?"

그녀는 웃었다.

"아무 일도 없어요, 토니…. 그렇게 걱정해주셔서 고마워요…. 목소리가 듣고 싶다고만 그랬는데…. 갑자기 목소리가 몹시 듣고 싶은 때가 있다는 걸 이해 못 하시겠어요…?"

팔꿈치로 기대고서 불빛에 눈부셔하면서 헝클어진 머리에 불쾌한 모습을 하고 그는 가만히 참고 있었다.

"토니…."

"왜 그래?"

"아무것도 아니에요…. 당신을 사랑해요, 토니…. 오늘 밤 당신이 정말 내 곁에 있어 주었으면 해요…."

길고 긴 침묵의 몇 초가 지났다.

"이것 봐 안, 말해준 적이 있지만…."

그녀는 대번에 그의 말을 가로막았다.

"그럼요, 알고 있어요. 신경 쓰지 마세요…. 그럼 안녕히 주무세요!"

"그럼 안녕."

전화를 먼저 끊은 것은 앙투안이었다. 안은 수화기를 내려놓는 소리가 몸속까지 파고들었다. 그녀는 눈을 감았다. 그리고 오랫동안 기적이라도 기다리듯 전화기에 귀를 대고 있었다.

"나는 참 바보야." 안은 마침내 큰 소리로 중얼거렸다.

그녀는 상식과는 정반대로, 확신까지 가지고 있었지만 앙투안이 이렇게 말해주기를 바랐던 것이다. "그리로 빨리 와…. 나도 갈 테니까."

"바보! …바보! …바보…!" 하고 그녀는 조그만 원탁 위에 핸드백, 모자, 장갑을 내던지면서 되풀이했다. 그러자 갑자기 지금까지 생각하지 못했던 간단하면서 끔찍한 사실이 머리에 떠올랐다. 곧 그녀에게는 못 견디게 그 사람이 필요한데 그에게는 그녀가 전혀 필요치 않다는 것!

48

거의 한잠도 못 자고 아침 여덟시쯤 함역에 도착한 자크는 독일 신문을 사려고 플랫폼에 내려갔다.

신문들은 한결같이 오스트리아가 세르비아에 대해서 공식적으로 '전쟁 상태'를 선언한 것을 비난하고 있었다. 우익계의 모든 신문, 범독일주의의 『포스트』 또는 크루프사*의 기관지인 『라인 신문』까지 오스트리아 정책의 무모한 호전성에 대해 '유감'의 뜻을 나타내고 있었다. 카이저와 황태자의 갑작스런 귀국이 눈에 띄게 큰 표제로 보도되었다. 지극히 역설적인 것은 대부분의 신문이 카이저가 포츠담으로 돌아오자 곧 수상과 육해군의 참모총장들과 오랜 시간에 걸쳐 중요한 회의를 연 것을

* 독일의 병기 공장이다.

보도하면서, 평화 유지를 위한 카이저의 영향력에 크게 희망을 걸고 있다는 것이었다.

자크가 기차의 자신의 칸으로 돌아왔을 때에 같은 칸 안의 사람들도 그와 마찬가지로 신문을 사 들고 와서는 보도에 대해서 토론을 하고 있었다. 그들은 셋이었는데 한 사람은 젊은 목사로서, 그의 사려 깊은 눈길은 무릎 위에 놓인 신문보다는 오히려 열린 창 쪽으로 더욱 자주 향하곤 했다. 다른 한 사람은 흰 턱수염을 기른 노인으로서 확실히 유태인 같았다. 나머지 한 사람은 쉰 살쯤 되어 보이는 남자인데 살이 찌고 명랑하며 얼굴과 머리는 털 하나 없이 미끈했다. 그는 자크를 향해 미소를 짓고는 손에 들고 있던 펼쳐진 『베를리너』를 흔들면서 독일어로 물어왔다.

"당신도 정국에 관심을 가지고 계시오? 외국 분인 모양이지요?"

"스위스 사람입니다."

"프랑스계 스위스인인가요?"

"제네바입니다."

"그렇다면 우리보다는 프랑스 사람을 훨씬 가까이에서 보시겠구려. 프랑스 사람 개개인을 두고 볼 때는 참 좋습니다. 그렇지 않습니까? 그런데 국민으로서 결속하면 왜 그렇게 역겹게 되는지요?"

자크는 애매한 미소를 지어 보였다.

수다스러운 독일인은 목사의 눈길과 또 유태인의 눈길을 끌었다. 그리고 말을 계속했다.

"나는 장사 일로 프랑스에 자주 다녀왔습니다. 그쪽에는 친구도 많습니다. 나는 오래전부터 독일의 평화주의가 언젠가 프랑스의 저항을 물리치고 나면 결국 서로 잘 이해하게 되리라고 믿어왔습니다. 그런데 믿지 못할 그 작자들하고는 별수 없어요. 내심 그자들은 복수할 것만 생각하고 있어요. 요즈음 그자들의 정책도 그것으로 모두 설명할 수 있지요."

"독일이 그토록 평화를 사랑하고 있다면" 하고 자크가 용기를 내어 입을 열었다. "이럴 때 왜 동맹국인 오스트리아에 대해 유감없이 평화주의적 태도를 보임으로써 그런 것을 더욱 강력히 입증해보이려고 하지 않는 걸까요?"

"물론 그것을 하고 있어요…. 신문을 보세요…. 그런데 프랑스 쪽에서도 만일 전쟁을 바라지 않는다면 이럴 때 왜 러시아 정책을 지지하는 거지요? 페테르부르크에서 한 푸앵카레의 연설이 그동안의 진상을 잘 밝혀주고도 남아요. 평화든 전쟁이든 그 열쇠를 쥐고 있는 것은 바로 프랑스입니다. 내일이라도 러시아가 프랑스 군대를 믿을 수 없게 된다면 어쩔 수 없이 평화적으로 협상하는 수밖에 별도리도 없겠지요. 또 동시에 전쟁의 위험도 완전히 없어지게 될 테고!"

목사도 이 의견에는 찬성이었다. 노인도 같은 의견이었다. 그는 몇 년 동안 스트라스부르에서 법학 교수를 지낸 적이 있으면서도 알자스인을 싫어했다.

자크는 노인이 시가를 권하는 것을 정중하게 사양했다. 그리고 어떤 토론에도 관심이 없다는 듯 조심스런 태도를 취하면서 열심히 신문을 읽는 척했다.

노교수가 이야기를 시작했다. 그는 70년 이후 비스마르크 정책에 대해 피상적이고 편협한 의견을 가지고 있었다. 그는 비스마르크가 프랑스로 하여금 다시 한번 군사적으로 패배를 맛보게 함으로써 프랑스를 결정적으로 무찔러버리려고 생각하고 있다는 것을 모르거나 아니면 모른 척하고 있었다. 그리고 독일이 프랑스와 다시 가까워지려고 시도했던 몇 가지 제스처만을 생각하려는 것 같았다. 교수의 말에 이끌려서 화제는 역사적인 분야로 옮겨 갔다. 세 사람 모두 같은 의견이었다. 그리고 그들의 생각은 독일인 대다수의 생각을 나타내는 것이었다.

그들이 볼 때 분명한 것은 최근까지 독일은 프랑스 국민에게 호의적인 교섭만을 끊임없이 해왔다는 것이다. 비스마르크 자신도 상당한 위험을 무릅쓰면서 패전 국민의 급속한 부흥을 허용해줌으로써 그의 화해 정신의 증거를 보여주었는데, 만일 그가 그럴 뜻이 없었다면 못하게 할 수도 있었을 것이다. 곧 그는 패전 뒤에 프랑스 국민을 열광시킨 식민지 정복의 열기를 정면으로 반대하기만 했어도 되었다는 것이다. 그렇게 되면 삼국동맹*은? 그것은 어느 누구에게도 위협적인 것이 아니었다. 그것은 애당초 군사적 동맹을 뜻하는 것이 아니고 당시 유럽에서 그 징후가 나타나고 있던 혁명적 열기에 대해서 똑같이 불안을 느끼고 있던 삼국 원수가 체결한 보수적 연대 협정에 불과했다는 것이다. 1894년에서 1909년에 걸쳐 계속 십오 년 동안 그것도 러시아-프랑스 동맹 이후까지 독일은 정치적인 문제들, 특히 아프리카 문제를 처리하기 위해 프랑스의 협조를 구해왔었다. 1904년과 1905년에 독일 정부는 진심으로 협조 제의를 분명히 되풀이했었다. 그러나 프랑스는 항상 카이저가 내미는 손

* 1882년에 체결된 독일-오스트리아-이탈리아 사이의 동맹을 말한다.

을 거부해왔다! 프랑스는 더할 나위 없이 호의적인 제의에 대해서 경계심을 품고 냉혹하게 거절하는가 하면 여러 가지로 위협함으로써 대응해왔다! 만일 삼국동맹의 성격이 달라졌다면 그 책임은 당연히 프랑스가 져야 되는 것이다. 그 이유는 차리즘과의 이해할 수 없는 군사적 동맹이라든가, 또 정부 각료들의 여러 가지 거동, 특히 델카세의 행동을 두고 볼 때 프랑스의 대외 정책은 독일을 적대시하는 것이고 그 목적은 게르만계 국가들을 포위하는 데 있음이 명백히 드러났기 때문이다. 그러므로 삼국동맹은 삼국협상*의 발전에 대항해서 싸우기 위한 방어용 무기가 될 수밖에 없었으며 삼국협상은 누가 보아도 정복자들의 공모임이 분명했다. 정복자들! 이렇게 말한다고 해서 너무 심하다고 할 수 없는 것이, 여러 가지 사실로 비추어 보아 충분한 이유를 찾아낼 수 있었기 때문이다. 곧 그 삼국협상 덕분에 프랑스는 광대한 모로코 영토를 점령할 수 있었고, 러시아는 어떤 위험도 겪지 않고 콘스탄티노플까지 무난히 진출하는 것을 가능하게 하는 발칸 연맹을 조직할 수 있었다. 또 삼국협상 덕분에 영국은 지구의 전 해역에서 그 절대적인 힘을 공략할 수 없는 것으로 만들 수 있었다! 이런 뻔뻔스러운 제국주의 정책에 유일한 장애물이 게르만 블록이었다. 삼국협상이 주도권을 확보하기 위해서는 아무래도 게르만 블록을 붕괴시키는 일이 앞으로의 과제였다. 때마침 절호의 기회가 주어진 것이다. 프랑스와 러시아는 즉시 그 기회를 잡았다. 곧, 발칸 제국의 동요와 빈 정부의 무모한 책동을 이용해서 두 나라는 독일

* 1907년에 체결된 프랑스-영국-러시아 사이의 협상이다.

이 오스트리아를 비난하도록 획책하면서 베를린과 그 유일의 동맹국과의 사이를 이간질해놓고, 십 년에 걸친 노력의 결과로 독일을 적대적인 유럽의 중앙에서 고립되게 만들려고 했다는 것이다.

어쨌든 이것이 목사와 노교수의 의견이었다. 뚱뚱한 독일인의 생각으로는 삼국협상의 목적이 더 공격적이었다. 곧, 페테르부르크 정부는 독일을 타도하기를 바라는 나머지 전쟁을 원하고 있다는 것이었다.

"생각이 있는 독일 사람이라면 누구나가" 하며 그는 말을 계속했다. "별수 없이 평화에 대한 신뢰를 점점 버리게 되어 있지요. 러시아는 폴란드에서 전략적 철도망을 강화하고, 프랑스는 군대와 군비를 증가하고, 영국은 러시아와 해군 협정을 준비하고 있다는 사실을 우리는 알았으니까요. 삼국협상이 삼국동맹에 대항해서 군사적 승리를 통한 세력 확보를 원하고 있다는 것이 아니라면 그러한 모든 준비의 의미가 어디에 있겠습니까? …우리는 그자들의 전쟁에 끌려 들어가는 수밖에 없지요…. 지금 당장의 일은 아니더라도 늦어도 1916년, 1917년까지는 틀림없을 겁니다…." 그는 미소를 지었다. "그러나 삼국협상 쪽은 큰 착각을 하고 있는 거예요! 독일 군대는 만반의 준비가 되어 있거든요! …독일의 전력과 대항했을 때 어느 누구도 무사한 적이 없지요!"

노교수 역시 미소를 지었다. 목사는 근엄하게 머리를 끄덕이며 찬성의 뜻을 표했다. 이 마지막 관점에는 세 사람 모두가 이의 없이 완전히 의견의 일치를 본 것이다.

자크는 여러 번 베를린에 와본 적이 있다.

'동물원 앞 역에서 내리자.' 하고 그는 생각했다. '옛 친구들과 마주칠 위험이 가장 적은 곳은 서부 지구다.'

포츠담 광장에서 은밀히 만나기로 한 약속 시간까지는 두 시간 정도가 있었다. 그래서 그는 울란트 거리에 살고 있는 칼 폰라우트 집에 가서 몸을 숨기기로 작정했다. 그는 리프크네히트의 친구로서 신중한 사람으로 정평이 나 있는 믿을 수 있는 동지였다. 치과 의사이기 때문에 이 시간에 가면 분명히 집에 있을 것이다.

자크는 노부인과 젊은 학생 두 사람이 대기하고 있는 응접실로 들어갔다. 폰라우트가 노부인을 부르려고 문을 반쯤 열었을 때 자크가 눈에 띄었다. 그렇지만 그는 잠자코 있었다.

이십 분이 지났다. 폰라우트는 다시 나타나 학생을 데리고 갔다. 잠시 뒤에 혼자 되돌아왔다.

"그런데 자네는?"

아직 젊었는데도 거의 백발의 머리털 타래가 밤색의 머리를 둘로 갈라놓고 있었다. 움푹 들어가 있고, 금가루를 뿌린 것 같은 갈색의 두 눈 속에서는 언제나 변함없는 열기가 불타고 있었다.

"임무 때문이야." 자크가 나지막하게 말했다. "막 기차에서 내렸어. 한 시간 정도 기다려야 해. 아무도 만나서는 안 되겠기에."

"마르타에게 알려줄게." 폰라우트는 별로 놀란 기색도 없이 말했다. "따라와."

폰라우트는 자크를 어느 방으로 안내했는데 그 방의 창 가까이에는 삼십 세쯤 되어 보이는 부인이 광선을 업고 바느질을 하고 있었다. 방은 썰렁했다. 트윈 베드가 한 쌍, 책이 가득 쌓여 있는 테이블이 하나, 바구니 하나가 마루 위에 있었는데, 샴고양이 한 쌍이 잠들어 있었다. 차분하고 조용한 방, 여기에서 자신과 제니가….

폰라우트 부인은 천천히 바늘을 일감 위에 꽂고는 자리에서 일어났다. 금발의 머리카락을 땋아 내린 부인의 납작한 얼굴은 활력과 온화함이 풍기는 독특한 인상을 느끼게 했다. 자크는 베를린에서 있었던 사회주의자들의 여러 집회에서 남편과 같이 참가한 그녀를 자주 만나곤 했었다.

"얼마든지 있어도 좋아." 하고 폰라우트가 말했다. "나는 일하러 갈 테니까."

"커피 드시겠어요?" 부인이 물었다.

그녀는 쟁반을 들고 와 자크 앞에 놓았다.

"마음 놓고 드세요…. 제네바에서 오셨나요?"

"파리에서요."

"어머나!" 하고 부인은 관심이 간다는 태도로 말했다. "리프크네히트는 지금의 경우 모든 것은 프랑스에 달려 있는 걸로 생각하고 있어요. 프랑스에서는 전쟁을 한사코 반대하는 프롤레타리아가 굉장히 많다고 하면서 다행히도 각료들 가운데 사회주의자가 한 사람 있다고 하더군요."

"비비아니 말입니까? 옛날 사회주의자였지요…."

"프랑스가 마음먹기에 따라서 유럽에 훌륭한 본보기를 보여줄 수도 있을 텐데!"

자크는 큰 거리의 시위 이야기를 해주었다. 부인이 말하는 것을 힘들이지 않고도 알아들었지만 막상 자신이 독일어로 표현하려니까 천천히 이야기하는 수밖에 없었다.

"여기서도 어제 거리에서 치고받고 야단이었답니다." 하고 부인이 말했다. "백여 명이 부상당하고 오륙백 명이 체포됐대요. 그리고 오늘 저녁에 또 있을 겁니다…. 오늘은 전쟁을 반대하는 공개 집회가 쉰 개는 더 있다더군요…. 동네마다 열리는 셈이지요…. 아홉시에는 브란덴부르크 문에서 대대적인 집회가 있어요."

"프랑스에서는" 하고 자크가 말했다. "우리는 놀랄 정도로 무감각한 중산계급과 싸우지 않으면 안 돼요…."

폰라우트가 들어왔다. 그는 미소를 지었다.

"독일에서도 마찬가지야…. 어디에 가나 무감각해…. 이토록 위기가 절박한데도 의회에서는 누구 하나 외교 위원회의 소집을 요청한 사람이 없다니 믿을 수 있는 일인가? …민족주의자들은 정부가 보호해준다고 생각하고 있어. 그래서 그들이 신문을 통해 벌이는 조직적 선전 활동은 믿을 수 없을 정도로 끔찍해! 그들은 베를린의 계엄령, 반대파 지도자들의 가차 없는 체포, 평화주의자들의 집회 금지를 매일같이 요구하고 있어! …그러나 그런 것은 대수로운 일이 아니야! 그런 자들이 가장 큰 힘은 아닐 테니까…. 독일의 도시는 가는 곳마다 도처에서 지금 프롤레타리아가 동요하고, 항의하고, 위협하고 있어…. 정말 놀라운 일이야…. 1912년 10월 르데부르와 다른 패들과 함께 '전쟁에는 전쟁으로…!'라고 외치며 노동자 대중을 궐기하도록 했을 때를 다시 겪는 거야. 그 당시 정부는 자본주의 국가들의 대혼란으로 인해 유럽에서 혁명운동이 바로 휘몰아칠 걸로 보았어. 정부는 겁을 먹고 정책에 제동을 가했던 거야. 이번에도 우리의 승리는 틀림없어!" 자크는 자리에서 일어났다.

"벌써 가는 건가?"

자크는 그렇다는 뜻으로 고개를 한번 끄덕여 보였다. 그리고 젊은 부인에게 작별 인사를 했다.

"전쟁에는 전쟁으로!" 하고 자크에게 말하는 부인의 두 눈은 빛났다.

"이번에야말로 평화를 얻고야 말 거야." 하고 폰라우트는 자크를 현관 쪽으로 배웅하면서 말했다. "그러나 얼마나 시간이 걸릴까? 내 생각으로도 결국 전면전은 불가피한 것 같아. 그리고 혁명도 그 과정을 거치지 않고서는 이루어질 수 없다는 생각이고…."

자크는 폰라우트와 헤어지기 전에 지금 가장 자신의 마음을 사로잡고 있는 문제에 대해서 그의 의견을 타진해보지 않을 수 없었다.

자크는 그의 말을 가로막았다.

"여기서는 빈과 베를린 사이에 맺어진 협정에 대해서 무엇인가 확실한 것을 알고 있나? 유럽을 상대로 그게 무슨 놀음이야? 무슨 흑막이 있었을까? 공모가 있었는지 없었는지 자네는 어떻게 생각해?"

폰라우트는 심술궂은 미소를 지었다.

"역시 자네는 프랑스인이군!"

"프랑스인, 왜?"

"왜냐하면 자네는 이렇게 말하니까 말이야. '있었나 없었나….' '이것이냐 저것이냐….' 이처럼 명확한 형식에 집어넣지 않으면 못 배기는 것이 자네들 프랑스인들의 나쁜 버릇이야! 마치 확실한 사상은 **선험적으로** 옳은 사상이기라도 한 것처럼…!"

어리둥절해진 자크가 이번에는 미소를 지었다. '도대체 어느 정도 근거 있는 비판일까?' 하고 그는 자문해보았다. '그리고 그것은 어느 정도 나한테 적용될 수 있을까?'

폰라우트는 다시 진지한 태도로 돌아갔다.

"공모? 그것은 정도에 달렸어. 공개적인 공모인지 파렴치한 공모인지 그것은 확실치 않아. 나는 이렇게 말하고 싶어. '그렇기도 한 것 같고 **또** 아닌 것 같기도 하고.' …최후통첩 발표 날 우리의 지도자들이 보여준 놀라는 모습에는 물론 일면의 허세가 없지는 않았어. 그러나 그것은 일면에 지나지 않았어. 들리는 바로는 오스트리아 수상이 유럽의 각국 정부를 속인 것과 똑같은 수법으로 독일 수상을 감쪽같이 속였고, 베트만홀베크는 용서할 수 없는 경거망동을 했다는 거야. 베르히톨트는 독일 외무부에 최후통첩의 하찮은 개요만 보낸 것에 지나지 않았어. 그리고 그는 독일이 먼저 각국 정부가 오스트리아 정책을 지지하는 쪽으로 기울도록 하기 위해 본문은 완화해도 좋다고 약속했다는 거야. 베트만은 그것을 믿었어. 독일은 전적으로 신뢰하고 경솔하게 맡아버린 거야…. 베트만과 야고브와 카이저는 드디어 일의 내용을 확실히 알고 나서는, 믿을 만한 소식통에 따르면, 그들은 깜짝 놀랐다는 거야."

"그것을 안 것이 언제였다는 거야?"

"22일 아니면 23일."

"바로 그거야! 파리에서도 들었는데 그것이 22일이라면 독일 외무부로서 최후통첩을 수교하기 전에 아직 빈 정부에 이야기 할 만한 여유가 있었을 거야! 그런데 독일은 그것을 하지 않았어!"

"그것은 그렇지 않아, 티보." 하고 폰라우트가 말했다. "독일은 그만한 여유가 없었다고 생각해. 22일 저녁에도 모든 것은 이미 늦었던 거야. 빈 정부에 본문 변경을 시키기에도 늦었던 거야. 각국 정부가 오스트리아를 경계하도록 알리기 위해서도 너무 늦었고. 그래서 본의 아니게 궁지에 몰린 독일이 자신의 체면을 세우는 방법은 하나밖에 없었어. 곧, 유럽 전체가 오싹하도록 하기 위해 끝까지 양보하지 않겠다는 태도를 보이고, 이러한 위협을 통해 좋든 싫든 간에 끌려 들어간 위험한 외교적 승부에서 유리한 고지를 차지하는 것이야…. 대체로 이렇게들 말하고 있어…. 매우 믿을 만한 정보에 따르면 카이저는 어제 아침까지도 잘해낸 것으로 알았다고 해. 왜냐하면 러시아는 확실히 중립을 지킬 것으로 믿고 있었기 때문이야."

"그건 아니야! 베를린이 페테르부르크의 호전적 의도를 전혀 몰랐다고는 생각할 수 없어!"

"겨우 어제서야 정부는 위험한 궁지에 몰린 것을 깨달았다는 거야…. 그래서" 하며 폰라우트는 젊은이다운 미소를 지으면서 덧붙였다. "오늘 저녁의 시위는 각별한 중요성을 띠고 있어. 망설이고 있는 정부에 대해서 대중의 경고가 결정적인 역할을 할 수 있을 테니까…! 운터 덴 린덴*에 올 건가?"

자크는 못 간다는 대답 대신 고개를 가로저었다. 그리고 더 이상 아무런 설명도 하지 않고 폰라우트에게 작별 인사를 했

* 보리수 가로수가 있는 베를린 중심가의 이름이다.

다.

'프랑스 사람의 나쁜 버릇?' 하고 자크는 계단을 내려오면서 생각했다. '명확한 사상, 옳은 사상…. 아니야, 내게는 그렇지 않아…. 아니야…. 내게는, 명확하든 막연하든 사상이란 유감스럽게도 잠정적인 축받이에 불과해…. 그런데 그것이 바로 내 약점이란 말이야….'

49

성각 여섯시에 자크는 포츠담 광장의 카페 아싱거로 들어갔다. 아싱거는 베를린의 모든 구역에 지점을 내고 있는데 대중적 카페의 대표적인 업소 중 하나였다.

자크는 작은 식탁에 혼자 앉아 야채 수프를 앞에 놓고 있는 트라우텐바하를 발견했다. 그는 신문을 넷으로 접어 컵에 기대어 세우고 읽고 있는 것처럼 했으나, 실은 총명한 눈초리로 입구 쪽을 살피고 있었다. 그는 조금도 놀란 기색을 보이지 않았다. 두 청년은 마치 어제 헤어진 사람들같이 무심히 서로 악수했다. 그러고 나서 자크는 의자에 앉아 수프를 주문했다.

트라우텐바하는 갈색에 가까운 금발 머리에다 늠름한 체격을 갖춘 유태인이었다. 짧게 깎은 곱슬머리 밑에 어린 숫양 같은 이마를 드러내었다. 피부는 희고 주근깨가 나 있었다. 가장자리가 접혀 올라간 두터운 입술은 얼굴색과 겨우 분간할 수 있을 정도의 붉은색이었다.

"누구 다른 녀석이 오지나 않나 해서 걱정하고 있었어." 트라우텐바하는 독일어로 중얼거렸다. "이런 일에는 스위스 사람은 믿을 수 없어…. 마침 좋은 때에 와주었어. 내일이면 늦었을 거야." 그는 일부러 데면데면한 태도로 미소를 지으면서 마치 별것 아닌 것을 두고 하는 것처럼 겨자 그릇을 가지고 장난하고 있었다. "굉장히 까다로운 일이야. 적어도 우리에게는." 하며 그는 아리송하게 말을 덧붙였다. "자네는 할 일이 아무것도 없어."

"할 일이 아무것도 없다니?" 자크는 맥이 좀 빠지는 것 같은 느낌이 들었다.

"지금부터 이야기해주는 것 이외에는 다른 일은 아무것도 없어."

트라우텐바하는 여전히 낮은 투로, 계속 미소를 띠고는 경쾌한 표정을 지으며, 누가 주의해 볼 경우를 대비해서 상투적인 작은 웃음으로 말을 매듭지으면서 간결하게 할 일을 설명해주었다.

그는 남다른 자질을 통해 일종의 혁명적, 국제적 스파이 업무의 비밀 지도를 전문으로 하고 있었다. 그런데 며칠 전에 그는 오스트리아 장교인 슈톨바하 대령이 베를린에 온 것을 알아냈다. 그 사람은 육군부에 비밀 임무를 띠고 온 것 같다는 것이었다. 그리고 이 경우 그의 방문은 오스트리아와 독일 두 나라 참모본부의 협력을 확실하게 할 목적을 띠고 있다고 생각할 만한 충분한 이유가 있었다. 트라우텐바하는 대령의 서류를 훔친다는 대담하기 짝이 없는 계획을 세웠던 것이다. 그리고 그 일을 위해서 숙련된 두 동지의 도움을 청해놓고 있었다. "그 방면의 **전문**적인 친구들이야." 하고 트라우텐바하는 의미 있는 미소를 지으며 말했다. "그리고 나와 마찬가지로 보증할 수 있어." 이 마지막 이야기에 자크는 별로 놀라지 않았다. 그는 트라우텐바하가 오랫동안 베를린의 도둑 집단 속에서 살았으며, 그런 암거래 사회와 여러 가지 관계를 유지하면서 지금까지도 대의를 위해서는 그것을 이용해왔다는 것을 알고 있었다.

슈톨바하는 초저녁에 마지막으로 육군상을 만나기로 되어 있었다. 묵고 있는 호텔에는 오늘 밤 곧 빈으로 떠날 것이라고 일러두었다. 시간의 여유가 없었다. 슈톨바하가 육군부를 나와 기차를 타는 사이에 서류를 훔쳐내야만 했다.

물론 자크는 그런 도둑질에 참여할 필요가 없었다.(사실 그는 그것을 오히려 고맙게 생각했다.) 그의 역할은 단지 그 서류를 인계받아 즉시 독일에서 빼돌려 될 수 있는 대로 빨리 메네스트렐의 손에 넘기는 일이었다. 트라우텐바하는 지난 여러 해 동안 메네스트렐과 각별한 관계를 맺고 있었다. 메네스트렐은 그 서류의 중요성 여하에 따라 내일 브뤼셀에 모이게 되어 있는 인터내셔널의 지도자들에게 서류의 전달 여부를 정할 것이다. 그래서 자크는 벨기에행 기차표를 미리 사두었다가 오늘 밤 열시 반부터 프리드리히슈트라세역에 가 있기로 되어 있었다. 그리고 삼등 대합실에 있는 긴 의자에 누워 마치 깊은 잠에 들어 있는 것같이 하기로 되어 있었다. 신문지에 싸인 서류 뭉치를 한 여행자가 남의 눈에 안 띄게 그의 머리맡에 갖다 놓는다. 그리고 그 여행자는 아무 말도 건네지 않고 이내 사라진다는 지령을 두 번 되풀이해서 들었다.

"맥주를 한 잔 더 마시지." 하고 트라우텐바하가 말했다. "그러고 나서 헤어지도록 하자고."

자크는 아무 말도 않고 듣고만 있었다. 무언가 찜찜하다는 생각이 들었기 때문이다. 서류를 훔친다는 것, 그것이 비록 유익한 일을 위해서 하는 짓일지라도 그가 보기에 결코 유쾌한 일은 아니었다. 사명을 받으면서 그가 생각했던 일은 그런 종류의 계획에 가담하는 것이 아니었다. 그는 처음에는 별것 아닌 일을 부탁받은 것을 오히려 다행이라고 생각했다. 그러나 동시에 그런 장물 은닉이라든가 심부름 같은 소극적인 역할을 맡은 것에 실망한 나머지 은근히 화까지 치밀어 올랐다….

트라우텐바하와 헤어지기 전에 자크는 폰라우트에게 한 것과 똑같은 질문을 던졌다. 그의 말로는 오스트리아 정부와 독일 정부 사이에 묵계가 있었다고 하는데 그것이 정말인가?

"베르히톨트와 베트만 사이에 어떤 합의가 있었는지는 나도 모르겠어…. 그러나 오스트리아 참모본부와 독일 참모본부 사이에 공모가 있었다는 것은 가능한 일이야. 독일 정부가 베르히톨트와 독일 참모본부에 의해 똑같이 놀아났을지도 모른다는 생각은 들어…."

"그렇다면!" 하고 자크가 말했다. "독일군부가 처음부터 오스트리아의 참모본부와 공모하고 있다는 증거를 잡을 수 있다면! …그리고 삼 주 전부터 독일의 정책에 대해 책임을 지고 있고, 영국의 중재 제의를 독일로 하여금 회피하도록 현재 부추기고 있는 것은 오스트리아 장군들의 공범자인 당신네 독일 장군들의 음험한 공작이라는 것을 확인할 수 있으면 좋겠는데…!"(자크는 자신이 서류 도둑질에 가담하는 이유를 정당화하기 위해서라도 그 서류가 목적을 위해 특별히 유익한 도움을 가져다줄 수 있다는 것을 스스로 납득할 필요성을 느끼고 있었다.)

"나도 그렇게 생각해. 이것은 예상할 수 없을 정도의 결과를 갖게 될지 몰라…. 우리 나라의 사회주의 지도자 가운데서 가장 애국자라 할지라도 이제는 정부에 대해서 반기를 들고 나서지 않을 수 없을 거야. 그러니까 아무래도 대령의 서류를 들여다보는 것이 중요한 거야! …자네는 앉아 있어." 하고 트라우텐바하는 일어서면서 말했다. "내가 먼저 나갈 테니까. 그럼 역에서 열시 반이야. 그때까지는 조용히 있으면서 사람이 모이는 데는 피하도록 해. 밖에는 경찰들이 있으니까…."

오늘 밤에 여러 곳에서 있을 것이라는 시위의 위협도 육군상으로 하여금 오스트리아 참모본부의 비공식 밀사인 슈톨바하 폰 블루멘펠트 백작과 오랜 시간에 걸친, 마지막이자 결정적인 회담을 끝까지 밀고 나가게 하는 데 아무런 저해 요인이 되지 못했다.

회담은 아홉시 십오분쯤에 지극히 우호적인 분위기 속에서 끝났다. 육군상은 대령을 정문 계단의 층계참까지 배웅하는 친절을 베풀었다. 그는 경비원들과 전속 부관이 보는 앞에서 대령에게 손을 내밀었다. 대령은 허리를 약간 굽히면서 손을 잡았다. 두 사람 다 평복 차림이었다. 그들의 얼굴은 지쳐 있었고 침통했다. 그리고 다분히 함축된 뜻이 담긴 눈길을 주고받았다. 대령은 묵직한 황갈색의 서류가방을 옆에 끼고는 부관을 앞세우고 붉은 카펫이 깔린 넓은 계단을 내려갔다. 그는 계단 아래에서 뒤돌아보았다. 육군상은 흐뭇한 자세로 계속 눈으로 그를 따라가며 우정 어린 마지막 인사를 했다.

앞마당에는 육군부 자동차가 기다리고 있었다. 슈톨바하가 시가에 불을 붙여 물고 차 안에 깊숙이 자리 잡는 동안 부관은 운전사 쪽으로 몸을 구부려 시위를 피하기 위해, 그리고 대령이 묵고 있는 크르퓌르슈텐담의 호텔까지 무사히 안내하기 위해 길을 가르쳐주었다.

무더운 밤이었다. 초저녁에 비가 왔다. 그러나 잠시 퍼붓는 소나기였던 탓인지 시원하기는커녕 거리를 김이 자욱한 한증막처럼 만들어놓았다. 소요에 대비해서 상점의 불은 모두 꺼져 있었다. 그리고 아직 열시도 안 되었는데 베를린은 평상시 같으면 새벽녘에나 볼 수 있는 엄숙하고 음침한 모습을 띠고 있었다. 대령은 넓은 베를린의 전경을 물끄러미 바라보고 있었다. 대령은 이번 여행의 실제적 결과와 내일 빈에서 폰 회첸도르프 장군에게 제출하기로 되어 있는 보고에 대해서 흐뭇하게 생각하고 있었다. 의자에 앉으면서 기계적으로 서류가방을 자리 옆에 놓았다. 그는 문득 생각이 난 듯 그것을 들어 무릎 위에 올려놓았다. 그것은 니켈로 된 자물쇠가 달린 엷은 황갈색의 새 가죽 가방이었다. 흔한 형이지만 호화롭게 보여 각료실에 들고 드나들기에 손색이 없는 것이었다. 그는 베를린에 도착하자마자 이번 사명을 위해 그것을 크르퓌르슈텐담의 가방 가게에서 샀던 것이다.

자동차가 호텔 앞에 멈추자 도어보이가 곧 마중 나와 굽신거리고 인사하면서 호텔 입구까지 안내했다. 슈톨바하는 프런트 앞에 가서 가벼운 식사를 가져오도록 지시하면서 계산서도 준비하라고 했다. 야간특급열차를 타려고 생각했기 때문이다. 그러고는 뚱뚱한 몸집에 어울리지 않게 빠른 걸음으로 엘리베이

터를 타고 이층까지 올라갔다.

휘황찬란한 전등불이 비치고 있고 인기척 없는 커다란 복도 가운데에는 보이 한 명이 당번실의 문 앞 벤치에 앉아 있었다. 슈톨바하는 본 적이 없는 남자였다. 이층의 담당 보이와 교대한 것이 틀림없었다. 그 남자는 곧 일어나서 대령 앞을 걸어가 방문을 열어주었다. 그리고 전기 스위치를 돌린 다음 나무로 된 덧문을 내렸다. 방에는 창이 둘 달려 있고, 천장은 아주 높으며, 벽은 노란색 무늬가 있는 검은 벽지로 발라져 있었다. 방은 푸른색이 도는 타일로 된 화장실과 통해 있었다.

"대령님, 무슨 시키실 일은 없으십니까?"

"없어. 심은 다 성리됐어. 목욕이나 했으면 하는데."

"오늘 밤 떠나십니까?"

"그래."

룸보이는 대령이 방에 들어가면서 문 옆의 의자 위에 놓은 가방 쪽으로 무심한 눈길을 보냈다. 그리고 슈톨바하가 모자를 침대에 던지고 구슬 같은 땀방울이 흐르는 번들번들한 목덜미를 손수건으로 닦고 있는 동안 욕실에 들어가 물을 틀었다. 보이가 다시 방에 돌아왔을 때 오스트리아 참모총장의 특사는 연보라색 팬티 차림에 양말만 신고 있었다. 보이는 양탄자 위에 놓인 먼지투성이의 구두를 들었다.

"곧 가지고 오겠습니다." 하면서 보이는 방을 나갔다.

욕실과 당번실 사이에는 판자로 된 얇은 벽이 있을 뿐이었다. 보이는 양모로 된 헝겊으로 구두를 문지르면서 벽에 귀를 대고 소리를 엿듣고 있었다. 묵직한 대령의 몸이 요란스런 소리를 내며 탕 속에 들어가는 것을 들었을 때 보이는 빙그레 미소를 지었다. 그때 그는 황갈색 니켈 자물쇠 장식이 달려 있고, 안에는 헌 종이 뭉치가 들어 있는 멋진 새 가방을 벽장에서 꺼냈다. 그것을 신문지에 싼 다음 겨드랑이에 끼었다. 그리고 손에 구두를 들고 방문을 노크했다.

"들어와!" 슈톨바하가 소리쳤다.

'글렀구나.' 하고 보이는 곧 생각했다. 대령은 욕실 문을 활짝 열어놓고 있었기 때문에 이쪽 방에서는 욕탕 끝에 불쑥 내밀고 있는 대령의 장밋빛 두개골이 보였던 것이다.

보이는 굳이 들어가려 하지 않고 구두를 바닥에 놓은 다음 꾸러미를 들고 방에서 나왔다. 대령은 미지근한 탕 속에 턱까지 파묻고는 기분이 좋아 첨벙거리고 있었다. 그때 별안간 전깃불이 꺼졌다. 방도 욕실도 동시에 어둠 속에 파묻혀버렸다. 슈톨바하는 얼마 동안 참고 기다렸다. 그러나 전기가 들어오지 않자 벽을 손으로 더듬어 벨을 찾았다. 그리고 화가 난 듯 스위치를 눌렀다.

방의 어둠 속에서 보이의 목소리가 들려왔다.

"부르셨습니까?"

"무슨 일이야? 호텔 안이 정전인가?"

"아닙니다. 당번실에는 불이 꺼지지 않았습니다…. 아마 이 방의 퓨즈가 나갔나 봅니다. 곧 고쳐 드리겠습니다…. 잠깐이면 됩니다."

꽤 시간이 흘렀다.

"어떻게 된 거야?"

"죄송합니다…. 안전기를 찾고 있습니다. 문 옆에 있는 줄 알았는데…."

대령은 욕조 밖으로 머리를 내밀고는 보이가 무엇인가 뒤적거리며 소리 내고 있는 캄캄한 방 쪽으로 눈을 두고 있었다.

"아무래도 찾을 수 없습니다." 보이가 다시 말했다. "죄송합니다…. 다른 데를 보고 오겠습니다. 안전기는 복도에 있을지 모르겠습니다…."

보이는 재빨리 방을 나와 당번실에 가서 대령의 가방을 안전한 곳에 두고 급히 전깃불을 켰다.

사십오 분 뒤에 슈톨바하는 정성껏 몸을 닦고 향수를 뿌린 다음 옷을 입었다. 그리고 차를 마시고 소시지와 과일을 먹고 난 다음 시가에 불을 붙이고 시계를 보았다. 아직 시간은 안 되었지만—그는 서두르는 것을 싫어했다—프런트에 전화를 걸고 짐을 챙기러 오라고 했다.

"아니야, 그것은 내가 가지고 갈 거야." 대령은 문 옆의 의자에 놓인 황갈색 가방을 짐꾼이 들려고 하는 순간 말했다.

대령은 그것을 짐꾼의 손에서 돌려받아 자물쇠가 잠겨 있는지를 슬쩍 확인한 다음, 소중하게 팔짱에 꼈다. 그리고 잊은 것이 없는지 확인한 뒤에 방을 나왔다. 그는 늘 무엇에나 매우 꼼꼼했다.

이층을 내려오기 전에 대령은 팁을 주려고 보이를 찾았다. 그러나 복도에는 사람의 그림자도 보이지 않았다. 대령이 당번실 문을 열어보았다. 그러나 방은 텅 비어 있고, 보이의 모습은 보이지 않았다.

"바보 같은 녀석, 할 수 없지." 대령은 중얼거렸다. 그리고 빈행 특급열차를 타기 위해 홀홀히 사라졌다.

거의 같은 시각에 제네바 학생 에베를레(장 세바스티앵)는 프리드리히슈트라세역에서 브뤼셀행 열차를 탔다. 그는 아무런 짐도 지니지 않았다. 오직 꾸러미 하나만을 들고 있었는데, 그것은 커다란 책을 포장한 것 같아 보였다. 트라우텐바하는 잠깐 사이에 자물쇠를 뜯은 다음 서류를 신문지에 싸서 끈으로 묶었다. 그리고 아무런 쓸모없이 위험스럽기만 한 황갈색의 그 멋진 가방을 없애버렸다.

'이런 서류를 가지고 있다가 만약 독일 영내에서 들키면….' 하고 자크는 생각했다. 그러나 자신의 '사명'이 겨우 이 정도의 위험에 그친다는 것이 참 가소롭다고 생각하면서 오히려 그것을 재미있어 했다. 그리고 그것을 위험하다고는 생각하고 싶지 않았다. '공연히 제니를 걱정시켰군!' 그는 분연히 생각했다.

그러나 도중에 그는 화장실로 들어가 그 종이 뭉치를 폈다. 그리고 세관원의 심문을 피하기 위해 될 수 있는 대로 여러 군데 호주머니와 옷 안쪽에 나누어 숨겼다. 더 신중을 기하기 위해 그는 독일 영내 마지막 기차역에서 내려 시가 몇 개를 샀다. 그것은 국경의 세관에서 신고할 만한 거리를 장만하기 위해서였다.

어쨌든 세관 검사는 그에게 불쾌한 몇 분을 체험하게 했다. 드디어 기차가 벨기에 영토의 선로 위를 달리고 있다는 것을 확인했을 때에야 비로소 그는 자신이 땀에 흠뻑 젖어 있다는 것을 깨달았다. 그는 자기 자리에 몸을 파묻고 정성스럽게 단추를 낀 웃옷 위로 팔짱을 끼었다. 그리고 달콤하게 잠에 빠져 들어 갔다.

50

칠층 건물의 브뤼셀의 민중회관은 꼭대기층에서부터 맨 아래층까지 온통 벌집 쑤셔놓은 듯이 야단법석이었다. 국제사회주의 본부에서는 아침부터 임시 총회가 열리고 있었다. 각국 정부의 제국주의 정책을 분쇄하기 위한 끈질긴 노력을 지지하는 뜻에서 여기 벨기에의 수도에는 유럽 여러 나라의 사회당의 모든 지도자뿐만 아니라, 수요일 밤에 원형 경기장에서 거행하기로 되어 있는 반전 집회를 통해 국제적인 반향을 일으켜보기로 결심한 투사들도 도처에서 속속 모여들었다.

그들을 위해 메네스트렐이 제공한 비용 덕분에 (메네스트렐과 리차들레가 어떤 방법으로 **본부**의 비밀 자금을 조달했는지 그것을 아는 사람은 아무도 없었다.) 십여 명이 브뤼셀에 올 수 있었다. 그들은 회합 장소로서 안스파슈로路에서 가까운 알르가街의 타베른 뒤 리옹이라는 술집을 선정했다.

자크가 동지들과 재회한 곳, 그리고 슈톨바하의 문서 꾸러미를 메네스트렐에게 전한 곳도 바로 이 술집이었다. (조종사는 곧 자리에서 일어나 이 전리품을 처음으로 검토하기 위해 자기가 묵고 있는 호텔방에 틀어박혔다. 자크는 좀 더 늦게 거기에 가서 만나기로 되어 있었다.)

자크가 모습을 나타내자 모두들 즐거운 환성으로 그를 맞이했다. 먼저 자크를 본 키예프가 곧 소리를 질러댔다.

“티보! 잘 돌아왔어! …이봐, 어때? 덥군!”

본부에 항상 모이던 얼굴은 모두 보였다. 메네스트렐과 알프레다, 리차들레, 패터슨, 미퇴르크, 반네드, 페리네, 약품 판매상 사프리오, 세르게이 파블로비치 젤라우스키, 그리고 뚱뚱한 보아소니 영감, 그리고 '명상적 아시아인' 스카다, 거기에 간호사 베일을 쓰고 장밋빛 얼굴에다 금발의 머리를 한 젊은 여인 에밀리 카르트까지 있었다. 키예프는 출발하면서부터 '삼복더위니까'라고 말하면서 어떻게 해서든지 에밀의 베일을 벗기려고 했다.

자크는 미소를 띠고 모두가 내미는 손을 잡아주면서 흐뭇해했다. 상상했던 것보다 더 흐뭇한 느낌이 들었다. 왜냐하면 이렇게 벨기에의 술집에서 느닷없이 제네바의 여러 집회에서와 같은 뜨거운 분위기를 맛볼 수 있었기 때문이다.

"여, 이봐." 하고 키예프가 말했다. 그는 자크가 프랑스에서 오는 줄 알고 있었다. "그래, 카요 부인은 무죄가 됐다면서? … 그런데 무얼 마시겠나? 자네도 역시 녀석들의 맥주를 할 거야?"(키예프는 '북방 족속들이 마시는 그런 싸구려 맥주'는 경멸하고 있었다. 그리고 그가 즐겨 마시는 독한 베르무트에 충성을 바치고 있었다.)

키예프가 흥겨워 떠들어대는 모습은 최근 며칠 동안 제네바에서 거의 전반적으로 떠돌아다니던 낙관론을 잘 나타내고 있었다. 전처럼 메네스트렐이 모습을 나타내지 않던 **대화실**에서의 논쟁은 인터내셔널의 꿈을 거의 벗어나지 못했다. 그리고 유럽 각지에서 있었던 여러 가지 평화주의적 시위가 그 모임에서 감격적으로 받아들여졌기 때문에 아무리 불안한 소식이 전해지더라도 그 감격을 뒤흔들지는 못했을 것이다. 그들 그룹의 브뤼셀 도착, 다른 유럽 대표와의 최초의 접촉, 중요 인사들의 참석, 전쟁을 반대하는 이 엄숙한 단결, 이러한 것들은 그들 대부분의 사람들이 볼 때 승리를 위한 인터내셔널의 단호하면서도 효과적인 협력을 유감없이 보여주는 것이었다. 오늘 아침의 전보도 오스트리아가 세르비아에 대해 선전포고를 했고, 더욱이 어제저녁부터 베오그라드에 포격을 시작했다고 전했다. 그러나 그들은 오스트리아의 각서가 시사해주듯이 그것은 성채가 포탄 몇 발을 맞았을 뿐, 그 포격은 실제로는 중요하지 않고, 곧 그것은 경고나 상징적인 시위의 한 수단이지 적대 행위의 전주곡이라고는 볼 수 없다고 안이하게 생각하고 있었다.

페리네는 자크를 자기 곁에 앉도록 했다. 그는 아침나절을 프랑스 대표의 본부인 아틀란틱 호텔의 바에서 보냈다. 그리고 거기에서 최근의 파리 정보를 가지고 왔다. 그의 말에 따르면 조레스와 쥘 게드가 이끄는 하원의 사회주의자 그룹은 그 전날 케 도르세에서 외상 대리와 오랫동안 요담을 했다는 것이다. 그 방문 결과 당 소속 의원들은 성명서를 작성해서 그것을 통해 다음과 같이 단호하게 부르짖었다. '**프랑스만이 프랑스를 지배할 수 있으며**, 프랑스는 어떤 경우라도 **비밀 조약을 독단적으로 해석함으로써 무서운 분쟁에 말려들어 가서는 안 된다.**' 그러면서 그들은 **의회가 폐회 중이지만 조속한 시일 안에 하원을 소집할 것을** 요구하고 나섰다는 것이다. 결국 프랑스의 사회주의자들은 투쟁을 의회 쪽으로 몰고 갈 준비를 하고 있었다. 페리네는 프랑스 대표의 활기, 침착성, 변치 않는 희망에서 남달리 깊은 감명을 받았다. 조레스 역시 누구보다도 끈질기게 희망적 견해를 표명하고 있었다. 최근 그가 한 말은 자랑스럽게 인용되곤 했다. 그가 반데르벨드에게 다음과 같이 말하는 것을 주위 사람들이 들은 적이 있다고 전했다. '두고 봐, 아가디르 사건과 똑같이 될 테니까. 일의 기복은 있겠지만 그러나 일은 해결되고 말 거야.' 그러면서 자신의 낙관론을 여실히 증명이라도 해주려는 듯이 보스는 점심 식사 뒤에 한 시간 정도 자유로운 시간이 있어 반 에이크* 의 작품 앞에서 한가로이 보내기 위해 미술관에 갔었다는 것까지 이야기해주었다.

"나는 그를 봤어." 페리네가 말했다. "그리고 단언하는데 그는 실망한 사람의 모습을 하고 있지 않았어! 그는 바로 내 곁을 지나갔는데 한쪽 어깨가 축 늘어질 정도의 무거운 서류가방을 여전히 들고 맥고모자에다가 검은 모닝코트를 걸치고 있었어…. 언제 보아도 강의를 가는 대학교수의 모습이거든…. 한쪽 팔은 내가 모르는 녀석에게 맡기고 있었어. 나중에 들었는데 독일인 하제였어…. 그런데 말이야…. 마침 둘이 내 테이블 곁을 지나갈 때 하제가 발걸음을 멈추지 않겠어. 그러고는 괴상한 악센트가 섞인 프랑스 말로 이렇게 말하는 것을 나는 들었어. '카이저는 전쟁을 원하지 않습니다. 전쟁을 원치 않아요. 전쟁의 결과에 대해 너무나 두려워하고 있어요!' 바로 그때 조레스는 고개를 돌렸어. 그리고 매서운 눈초리에다 입가에는 미소를 띠고 이렇게 대답하더군. '그럼, 카이저로 하여금 오스트리아에 대해 강력하게 영향력을 행사하도록 하시오. 프랑스에서는 우리가 정부로 하여금 러시아에 영향력을 행사하도록 할 테니까!' 마침 내 테이블 앞에서였어…. 나는 그들 두 사람의 말을 자네들이 내 말을 여기서 이렇게 듣는 것과 똑같이 들었던

* 네덜란드, 벨기에의 화가로 플랑드르 회화 양식을 확립한 거장으로 평가받는다.

거야."

"러시아에 영향력을 행사한다…. 그렇다면 빨리 서둘러야 할지 몰라!" 리차들레가 중얼거렸다.

자크의 눈과 그의 눈이 마주쳤다. 그리고 자크는 리차들레가—그것은 확실히 메네스트렐의 생각을 반영하고 있는 것이틀림없었다—일반적인 낙관론과는 아주 거리가 멀다는 느낌이 들었다. 그 인상은 리차들레 자신에 의해 곧 확인되었다. 왜냐하면 그는 자크 쪽으로 몸을 굽히면서 의문에 찬 어조로 목소리를 낮추어 이렇게 덧붙였기 때문이다.

"그렇다면 프랑스는, 아니 프랑스를 이끌고 가는 사람들은 러시아의 동원을 용인함으로써, 또 러시아가 오스트리아의 도발에 또 다른 도발을 통해 응수하고 그리고 독일의 최후통첩을 묵살하는 태도로 응수하는 것을 용인함으로써 이미 암암리에 **전쟁을 인정하고 있다**고 말할 수 있지 않겠어!"

"러시아의 동원은 아직 **부분적인 것**에 지나지 않아." 하고 자크는 별로 확신도 없으면서 말에 끼어들었다.

"**부분적인** 동원? 일시적으로 위장된 **총**동원과 무슨 차이가 있어?"

샤르쇼우스키와 리차들레의 곁에, 구석 벤치에 앉아 있던 미퇴르크의 목소리가 요란스럽게 울려 퍼졌다.

"러시아 말이야? 러시아도 동원하고 있어. 그것은 확실해! 러시아는 차르 체제를 지지하는 **군국주의자들**의 손안에 있어. 지금 유럽의 각국 정부도 마찬가지로 반동 세력의 포로가 되어 있고! 또한 그 존재 이유 자체가 전쟁이 필요한 하나의 제도, 하나의 체제의 포로가 되어 있는 거야! 이것이 사실이야, **동**

지! 슬라브 민족의 해방? 그런 것은 구실에 지나지 않아! 차리즘은 슬라브 민족을 억압하는 것 이외에는 아무것도 한 일이 없거든! 폴란드에서는 슬라브 민족을 짓밟았어! 불가리아에서는 그들을 자유롭게 하는 척하면서 실은 더 가혹하게 탄압했어! 사실은 러시아의 **군국주의**와 오스트리아의 **군국주의** 사이에 옛 싸움이 또다시 시작되려는 것뿐이야!"

옆 테이블에서는 보아소니, 키예프, 패터슨, 사프리오가 갈수록 속을 알 수 없는 베를린 정부의 계획에 관해서 그칠 줄 모르는 논쟁을 계속하고 있었다. 이미 외교적으로 눈부신 성공을 거두고 있는 프란츠 요제프에게 약간의 강력한 충고만 하면 될 텐데 카이저는 어째서 중재를 끝내 거부하고 있는 것일까? 독일은 세르비아가 오스트리아군에게 침략당하는 일이 있더라도 거기에 아무런 이해가 없다. 사회민주당원들이 말하고 있듯이 만일 베를린이 전쟁을 원하지 않는다면 독일이 유럽에서 이와 같은 위험을 무릅쓸 이유가 어디 있을까? …패터슨은 영국의 태도에는 무어라고 간단하게 규정지을 수 없는 것이 있다고 지적했다.

"유럽의 관심은 온통 영국으로 향하고 있어." 보아소니가 거드름을 피우며 말했다. "오스트리아의 선전포고로 빈과 페테르부르크 사이의 쌍무 회담이 결렬됨으로써 앞으로는 런던의 중재를 계속 기다려보는 수밖에 딴 도리가 없어. 그러므로 중재자로서의 영국의 역할은 한층 중대성을 띠게 되었어."

브뤼셀에 도착하자마자 같은 영국의 사회주의자들을 만나러 달려갔던 패터슨은 영국 대표단원들이 영국 외무부에서 들은 소문을 심히 걱정하고 있다는 사실을 확인했다. 외상 그레이의 측근에서도 유력한 인사들이 중립을 선언한다는 것은 동맹국*의 호전적 정책을 부추길 수도 있다는 염려에서 외상에게 최후의 결심을 권하고 있었다는 것이다. 또 오스트리아-러시아 사이의 분쟁 발발의 경우, 영국의 중립적 태도에는 아무런 이상이 없을지 모르지만, 프랑스-독일 사이에 전쟁이 일어난다면 문제는 똑같지 않다는 것을 적어도 독일에 대해서 경고하도록 권하고 있었다는 것이다. 중립을 고수하려는 영국 사회주의자들은 그레이가 그러한 압력에 굴복하지나 않을는지, 그리고 특히 오늘 그러한 선언을 함으로써 지난주와 마찬가지로 영국 여론의 비난의 대상이 되지 않을까 걱정하고 있었다. 최후통첩에 나타난 믿을 수 없을 만큼의 가혹함, 더구나 세르비아를 공격하려는 오스트리아의 집요함은 영국에서 빈 정부에 대한 전 국민적인 증오심을 불러일으켰다는 것이다.

여행 때문에 지쳐 있는 자크는 이 모든 논쟁을 듣는 둥 마는 둥했다. 반가운 얼굴들을 다시 보게 되어 느낀 즐거움도 생각했던 것보다는 빨리 사라졌다.

그는 반네드와 젤라우스키와 스카다가 낮은 목소리로 이야기하고 있는 테이블 가까이로 가기 위해 일어났다.

"오늘은" 하고 반네드가 그의 맑고 부드러운 목소리로 말했다. "모두가 저마다 자기 일에만 전념하고 서로 아무런 동정도 베풀지 않고 생활하고 있어…. 이런 것은 마땅히 고쳐야 해, 젤라우스키…. 우선 인간의 마음이야. 동포애라는 것은 외부에서 법률로 만들어지는 것은 아니야…." 그는 잠시 보이지 않는 천

* 독일과 오스트리아를 일컫는다.

사들 쪽에 미소를 보낸 뒤 말을 계속했다. “물론 그런 것이 없더라도 사회주의적 **조직**은 만들 수 있겠지. 그러나 **사회주의**는 안 돼. 엄두도 못 낼 거야!”

반네드는 자크가 자기네 곁으로 오는 것을 보지 못했다. 그는 갑자기 자크의 모습을 보자 얼굴을 붉히면서 입을 다물었다.

스카다는 맥주컵 옆에 제본이 뜯어진 몇 권의 책을 놓았다.(그의 호주머니는 언제나 정기 간행물이나 책으로 불룩했다.) 자크는 아무 생각 없이 책의 표제를 쳐다보았다. 에픽테토스… 바쿠닌의 **저작집** 제4권… 엘리제 르클뤼의 **무정부주의와 교회**….

스카다는 젤라우스키를 향해 몸을 구부렸다. 반 센티미터 정도 두께의 안경 렌즈 너머로 작은 공 모양의 그의 두 눈은 놀랄 만큼 확대되어 마치 수란水卵같이 튀어나왔다.

“나는, 나는 조금도 조급하게 굴지 않을 거야.” 스카다는 버릇처럼 손톱으로 짧고 곱슬곱슬하고 착 달라붙은 머리를 긁으면서 부드러운 목소리로 설명했다. “내가 혁명을 바라는 것은 내 자신을 위해서가 아니야. 그것은 이십 년, 삼십 년, 아마 오십 년 뒤에 **올지도 몰라**! 나는 확실히 알고 있어! 그리고 내가 살아가기 위해서, 내가 행동하기 위해서 필요한 것은 그냥 그것으로 충분해….”

구석 쪽에서 리차들레가 다시 이야기를 시작했다. 자크는 듣고만 있었다. 리차들레의 예언자적인 말에서 그는 조종사의 생각을 떠올렸다.

“전쟁은 여러 나라로 하여금 그들의 부채를 평가절하해서 처리하도록 몰고 갈 거야. 그러면서 곧 여러 나라를 파산에 빠뜨리겠지. 그와 동시에 소액 예금자들을 더 가난하게 만들 테고.

그것은 아주 급속도로 전반적인 빈곤을 가져올 거야. 그것은 새로운 집단의 희생자들로 하여금 자본주의 체제에 대항하여 궐기하게 선동할 것이고, 그들은 우리 쪽으로 오게 될 거야. 전쟁은 자-동-적-으-로 사라져버릴 거야….”

미퇴르크가 말을 막았다. 보아소니, 키예프, 페리네 모두가 한꺼번에 떠들기 시작했다.

자크는 듣는 둥 마는 둥 했다. ‘내가 변한 것일까?’ 하고 그는 자문해보았다. ‘아니면 저 친구들이 변했나…?’ 그는 자신이 불안해하는 이유를 도무지 알 수 없었다. ‘전쟁의 위협은 우리들 동지를 놀라게도 하고… 분열시키기도 했다…. 각자 자신의 기질에 따라 자기 나름대로 반응을 보여왔다…. 행동의 필요성, 그렇다. 전반적이고 격렬한 행동의 필요성. 그런데 우리 가운데 누구도 과감하게 행동을 해보려고 드는 사람이 없다…. 우리 그룹은 고립되고 분열되어 있으며 이끌고 갈 만한 사람도 없고 규율도 없다…. 누구의 잘못인가? 메네스트렐의 책임일지도 모른다…. 메네스트렐이 나를 기다리고 있겠지.’ 하고 그는 시계를 보면서 생각했다.

자크는 패터슨 곁에 앉아 있는 알프레다 쪽으로 갔다.

“당신 호텔에 가려면 어느 방향의 전차를 타야 하지?”

“따라와.” 패터슨이 일어나며 말했다. “알프레다와 내가 바래다줄게.”

패터슨은 마침 영국의 사회주의자인 키어 하디라는 친구와 만날 약속이 있었다. 그는 자크의 팔을 잡았다. 그리고 알프레다를 뒤따라오게 하고는 술집 타베른에서 나왔다. 그는 몹시 흥분해 있는 것 같았다. 런던에서 신문기자를 하고 있는 하디의 친구로부터 당의 한 신문을 위한 아일랜드 조사를 부탁받았다는 것이다. 만일 그 일이 결정되면 패터슨은 내일 아침 새벽에 배를 타고 영국에 가기로 되어 있었다. 앞으로의 이런 일이 그의 마음을 뒤흔들어 놓았다. 대륙에 발을 디딘 지 오 년이 되었지만 그동안 그는 한 번도 영불해협을 건넌 적이 없었다!

해가 쨍쨍 내리쬐고 있었다. 포장길은 타는 듯했다. 도시를 짓누르고 있는 무더위를 식혀줄 만한 바람 한 점 불지 않았다. 웃옷도 걸치지 않고 파이프를 문 채, 작은 모자를 쓰고 흰 목 언저리에 와이셔츠 단추를 풀어 헤친 채, 긴 다리에 낡은 플란넬 바지를 기워 입은 패터슨은 그 어느 때보다 여행 중인 옥스퍼드대 학생의 면모를 더욱 보여주었다.

알프레다는 그들 곁에서 걷고 있었다. 면으로 된 하늘색 드레스는 자주 빨아서인지 색이 바래서 우아한 아마색을 띠었다. 검은 머리카락, 찡그린 작은 코, 인형 같은 큰 눈, 다소곳한 모습, 두 팔을 흔들거리는 것이 작은 계집애처럼 보였다. 그녀는 습관대로 아무 말도 않고 듣고만 있었다. 그러다가 목소리를 가볍게 떨면서 물어보았다.

"이번에 떠나면 제네바에는 언제 돌아오지요?"

패터슨의 얼굴은 어두워졌다.

"모르겠어."

알프레다는 망설이는 듯하더니 그를 향해 시선을 들었다. 그리고 뺨 위로 속눈썹 그림자를 깜빡거리면서 재빠른 동작으로 눈꺼풀을 아래로 내리깔고 중얼거렸다.

"꼭 돌아오겠지요, 패트?"

"물론이지." 그는 기운차게 대답했다. 그리고 자크의 팔을 놓고 그는 알프레다 곁으로 바싹 다가갔다. 그리고 그의 큰 손을 스스럼없이 그녀 어깨 위에 얹었다. "물론이야…. 의-심-할-여-지-없이!"

그들 세 사람은 아무 말도 나누지 않고 잠시 걸었다.

패터슨은 입에 물고 있던 파이프를 손에 들었다. 그리고 걸으면서도 머리를 약간 뒤로 젖히고는 자크를 마치 무슨 물건이라도 보듯이 유심히 관찰했다.

"나는 자네의 초상화를 생각하고 있어, 티보…. 아직 두 번은 해야 해…. 잠깐씩 두 번 말이야…. 그러면 끝낼 수 있을 거야…. 이봐, 아무래도 그놈의 작품을 끝마치기가 쉽지 않단 말이야!"

패터슨은 젊은이답게 껄껄대고 웃었다. 마침 네거리를 지나려 할 때 그는 자크 쪽을 돌아보면서 길모퉁이에 있는 작고 지붕이 낮은 집 하나를 어린아이처럼 손가락질했다.

"잘 봐둬. 저것이 젊은 윌리엄 스탠리 패터슨이 살고 있는 집이야. 내 **침실**은 크지. 글쎄, 담배 한 갑만 주면 대가로 침실의 절반은 제공하겠어."

자크는 아직 방을 정하지 않은 상태였다. 그는 미소를 지으면서 말했다.

"그러기로 하지."

"이층이야. 창문이 열려 있는… 이 호실이야. 기억하겠지?"

알프레다는 꼼짝도 않고 눈을 치켜올려 패터슨의 창을 바라보았다.

"그럼 여기서 헤어지지." 하고 패터슨이 자크에게 말했다. "역이 보이지? 조종사가 살고 있는 거리는 바로 그 뒤야."

"당신도 갈 거야?" 하고 자크가 알프레다에게 물었다. 그녀가 자기를 데리고 같이 가는 줄로 생각했기 때문이다.

알프레다는 소스라쳤다. 그리고 자크를 바라보았다. 그녀의 두 눈동자는 못내 아쉬운 망설임으로 가득 찬 듯 휘둥그레져 있었다.

한동안 침묵이 흘렀다.

"아니야. 지금은 자네만 가." 하고 패터슨이 데면데면하게 말했다. "아듀."

51

지난 두 주 동안 메네스트렐은 **본부**의 동지들 못지않게 격분한 태도로 '전쟁에는 전쟁으로!'라고 부르짖곤 했다. 그러나 인터내셔널이 전쟁에 반대하기 위해 온갖 활동을 다 벌이고 있지만 그것이 결코 전쟁을 방지할 수 없을 것이라는 확신에는 조금도 변함이 없었다. "진정한 혁명적 상황을 만들기 위해서는 전쟁이 필요해"라고 그는 알프레다에게 말하곤 했다. "아무도—이건 물론이야!—혁명이 그러한 상황, 혹은 다음 전쟁, 또는 다른 종류의 위기로부터 생길지 어떨지는 말할 수 없어. 그것은 여러 가지 상황에 달려 있어…. 그것은 특히 '최초의 승리'라는 사실에 달려 있어. 그럼 어느 나라가 먼저 이길까? 독일일까 아니면 프랑스와 러시아 두 나라일까? 그것은 예측할 수 없지…. 우리로서는 문제가 거기에 있는 것이 아니야. 우리의 현재의 전술은 그들의 제국주의적 전쟁을 조만간 프롤레타리아

혁명으로 전환시킬 수 있는 확신이 있는 **것처럼** 행동하는 데 있어…. 현재의 혁명 직전 상황을 어떻게 해서든지 격화시키는 거야. 다시 말하면 어디로부터 나오든 간에 모든 평화주의적 선의의 노력을 집결시키는 거야. 그리고 어떤 방법을 써서라도 소요를 조장시키고! 될 수 있는 대로 혼란을 극대화시키는 거야! 각국 정부의 계획을 최대한 방해해야 해!" 그는 마음속으로 생각했다. '다만 목적을 넘어서지 말 것. 전쟁을 지연시킬 위험이 있는 너무나 효과적인 술책은 모두 피할 것….'

브뤼셀에 도착하자마자 그는 일부러 타베른에서 먼 곳에 숙소를 정했다. 남부역 뒤, 빈터 구석의 작은 집에 묵고 있었다.

두 시간을 자기 방에서 혼자 슈톨바하 문서를 검토해본 그는 두 게르만 국가*의 참모본부의 공모 사실에 대해 더 이상 의심할 여지가 없음을 알았다. 곧 거기에는 부인할 수 없는 증거가 있었다…! 자크가 가지고 온 전리품은 거의 전부 슈톨바하가 베를린에서 참모본부의 지휘관들과 육군상 사이에서 주고받은 회담을 그날그날 기록한 메모인데, 회담이 있을 때마다 그 뒤에 그가 빈으로 보낸 메시지를 작성하는 데 사용된 것이 틀림없었다. 이 메모는 두 나라 참모본부 사이에 이루어지고 있는 현재의 협의 사항을 낱낱이 밝혀줄 뿐만 아니라, 바로 얼마 전에 일어난 여러 가지 일까지 시사해줌으로써 지난 몇 주일 동안 빈과 베를린 사이에 있었던 협상의 경과를 명확히 밝혀주었다. 이렇게 과거의 일을 밝혀내는 것은 굉장한 흥밋거리였다. 그것은 메네스트렐에게는 빈의 사회주의자 오스메르가 뵘

* 독일과 오스트리아를 일컫는다.

과 자크에게 부탁해서 7월 12일 제네바에서 자신에게 전달하도록 한 걱정되는 일을 뒷받침해주는 것이었다. 그리고 그렇게 함으로써 메네스트렐은 여러 가지 사실의 연속성을 재구성해 볼 수 있었다.

사라예보의 암살 사건이 있은 지 불과 며칠 뒤에 베르히톨트와 회첸도르프는 그들의 노황제로 하여금 이 사태를 이용해서 곧 동원령을 내림과 동시에 무력으로 세르비아를 무찔러버릴 결심을 하도록 하기 위해 온갖 책동을 꾸몄다. 그러나 프란츠 요제프 노황제는 좀처럼 말을 들으려 하지 않았다. 그는 오스트리아의 무력 행동은 카이저의 반대에 부딪칠 것이라고 하면서 반대했다. ('아! 아!' 하고 메네스트렐은 생각했다. '그것은 곧 그가 이미 러시아의 개입 가능성과 전면전쟁의 위험을 명확하게 간파하고 있었음을 증명하는 것이다…!') 그때 베르히톨트는 노황제의 반대를 꺾기 위해 자신의 비서실장인 알렉산드르 호요스를 즉시 베를린에 급파한다는 대담한 생각을 했다. 그 임무는 독일의 동의를 얻자는 것이었다. 호요스는 생각했던 대로 처음에는 카이저와 재상으로부터 거절당했다. 그들은 사실 러시아의 반발을 두려워했기 때문에 오스트리아에 끌려 유럽 전쟁에 말려 들어가는 것은 생각조차 않고 있었다. 그때 마침 프로이센 군부가 등장했다. 호요스는 그 군부가 완벽하게 통제되고 지극히 강력한 지원군이 되어줄 수 있다고 생각했다. 1913년 이월 이후 독일 참모본부는 슬라브 민족의 침략 위험, 또 세르비아와 러시아가 오스트리아에 대해서, 따라서 독일에 대해서 획책하고 있는 음모에 대해서 모르는 것 없이 다 알고 있었다. 뿐만 아니라 페테르부르크가 세르비아와 공모해서 사라예보 암살 사건에 어느 정도 간접적으로 관여했다고 의심하기까지 했다. 그러나 독일의 장군들은 마치 공리나 되는 것처럼 러시아는 어떤 경우에도 곧 전쟁에는 뛰어들 수 없다고, 적어도 앞으로 이 년 동안은 어떤 사태에도 말려들지 않을 것이라고 공언하고 있었다. 그들의 군비가 완료될 때까지 말이다. 이렇게 호요스에게 놀아난 독일군 수뇌부들은 현재의 유럽 정세로 보아 러시아가 전면전을 일으킬 만큼 강경 일변도로 나갈 위험은 극히 희박하며 지금이야말로 게르만 민족의 위력을 찬란하게 발휘할 절호의 기회라고 카이저와 베트만을 설득하는 데 성공했다. 이렇게 해서 호요스는 오스트리아가 자유롭게 행동해도 좋다는 권리를 얻어내는 한편 오스트리아가 어떤 요구를 하더라도 독일은 동맹국인 오스트리아를 확고하게 지지한다는 약속을 빈에 가져갈 수 있었다. 이러한 것들이 결국 최근 몇 주 사이에 걸쳐 이해할 수 없었던 오스트리아의 정책을 설명해주고 있었다. 한편 그것은 그 뒤부터 카이저와 그 측근자들이 전쟁이 일어날 공산 내지는 적어도 가능성을 막연하게나마 인정하고 있었다는 것을 증명하는 것이었다.

'이 사실을 나 혼자만 알게 되어서 다행이다.' 메네스트렐은 즉시 생각했다. '하마터면 도움을 청하기 위해 자크와 리차들레를 데리고 올 뻔했군!'

메네스트렐은 선 채로 침대 위로 몸을 구부리고 있었다. 장소가 비좁기 때문에 그는 침대 위에 서류를 몇 개의 작은 꾸러미로 분류해서 늘어놓았었다. 그는 자기 오른쪽에 있던 메모를 들었다. 그 모든 것은 비교적 과거에 속하는 것, 칠월 초순의 사건에 관한 것이었다. 그리고 그는 그것을 한 장의 봉투에 넣어

위에 **제1호**라고 써서 봉했다.

그러고 나서 그는 의자를 가까이 끌어다가 앉았다.

'이것들을 다시 한번 살펴봐야지.' 그는 왼쪽에 쌓아두었던 메모를 끌어당기면서 생각했다. '이것은 슈톨바하 그 친구의 사명의 전부다…. 이쪽 꾸러미는 오스트리아의 작전 계획. 전략이라든가 전문적인 상세한 보고 서류. 내 영역과는 무관한 것이다. 이것은 **제2호** 봉투에 넣자…. 자, 됐다…. 나에게 관계되는 것은 나머지 부분이다…. 메모에는 모두 날짜가 적혀 있다. 따라서 일련의 회담을 다시 편성해보는 것은 어려운 일이 아니다…. 그런데 사명의 목적은? 큰 글씨로 **독일의 동원령을 독촉하는 일**이라고 적혀 있다…. 이것이 최초의 서류다…. 베를린에 도착하자마자 폰 몰트케와의 회견… 등등…. 슈톨바하 대령은 독일 참모본부가 전쟁 준비를 서두르기를 역설했다…. 그러나 거기에 대한 대답은 '불가능합니다! 수상은 반대합니다. 그리고 수상은 카이저로부터 지지를 받고 있습니다!' 이런! 어째서 베트만이 반대했다는 걸까…! 그는 '아직 이르다'라고 말하고 있다. 그렇다면 그가 말하는 이유를 좀 조사해보자. …Primo, 국내 정치면에서의 이유. 민중의 시위, 『포어베르츠』지의 공격, 기타 등등에 대해서 격노하고 있군…. 아! 아! 사실은 사회민주당의 저항에 굉장히 골머리를 앓고 있어! …Secundo, 대외 정책면에서의 이유. 우선 독일을 위해 중립국, 특히 영국의 동의를 확보한다…. 다음에, 러시아의 위협이 더 강화될 것을 기다린다. 그거야 독일 정부가 '분명히 공격적으로 나오는 러시아'와 대면했을 때 독일의 사회주의자들은 물론, 모든 유럽으로 하여금 독일이 '정당방위의 입장'에 처해 있으며, '만일의 경우를 대비해서' 본의 아니게 동원한다는 것을 납득시킬 수 있기 때문이겠지…. 그래! 완벽한 논리야…! 그렇다면 그들의 동료인 베트만에게 그가 내키지 않는 일을 억지로 시키려면 슈톨바하와 독일 장군들은 어떤 책략을 쓰려고 하는 걸까…? 여기에 있는 메모는 모두가 그들의 계략이 어떻게 이루어졌는지 일목요연하게 보여주고 있다…. 러시아로 하여금 어떻게 해서든지 '독일에 대해 **적대적인 것**으로 인정되는 행동'을 취하게 하는 것이 문제다. '예를 들면 러시아가 동원하도록 몰아부칠 것'을 25일 밤에 슈톨바하가 암시를 주었군. 낡은 수법이야…! 거기에 대해 독일 쪽에서는 '그 말대로다. 그러나 그러기 위해서는 좋은 방법, 유일한 방법이 있다. 그것은 전적으로 오스트리아에 달려 있다. 곧, **오스트리아의 동원**이다…'라고 대답하고 있다. 장군이라는 자들은 생각보다 바보가 아니군! 그들은 만일 프란츠 요제프가 전군에 동원령을 내리기만 하면 (슈톨바하는 덧붙여 말했다. '그것은 앞으로 세르비아에 대한 위협일 뿐만 아니라 대러시아에 대한 명백한 위협도 된다.') 차르도 어쩔 수 없이 **총**동원령을 내려 대응하는 수밖에 없을 것이라는 사실을 잘 알고 있었군. 그리고 러시아가 **총**동원령을 내릴 경우에 카이저도 총동원령을 더 이상 거부할 수 없게 될 거야. 그렇게 되면 수상으로서는 유구무언일 테지. 다시 말하면 러시아의 침공이라는 분명한 위협이 직접적인 동기가 되어 독일이 동원하는 것이라면 누구도 군소리가 없을 테니까. 대내적으로건 대외적으로건 유럽의 여론도 독일의 여론처럼 이미 러시아에 대해서 상당히 들끓고 있는 형편이지. 그러니 사회민주당도 아무런 군소리를 못 할 거야…. 그래, 틀림없이 그럴 테지. 쥐데쿰과 그

일당들은 회의 석상에서마다 귀에 못이 박히도록 러시아의 위협을 되풀이할 테고! 베벨조차도! 그는 1900년쯤부터 이미 러시아의 위협을 받게 된다면 스스로 총을 잡겠다고 공언하고 있었으니까! …이번에야말로 사회주의자들은 그 말을 액면 그대로 받아들일지 몰라. 함정에 걸려드는 거야! …자기네가 파놓은 함정에 말이야! 그들로서는 어쩔 수 없는 일이지. **사회민주주의적인 입장**에서 어쩔 수 없겠지! 그들의 정부가 코자크의 제국주의에 대항해서 독일의 프롤레타리아를 지켜주려고 하는 이상 그들 정부와 협조하지 않을 수 없는 것이다! …잘들 해보라지! 그러니까 오래지 않아 오스트리아의 **총**동원! …슈톨바하가 베를린에 도착한 그다음 날부터 회첸도르프에게 줄기차게 전보를 보내서 오스트리아로 하여금 단연 **총**동원 쪽으로 향하도록 한 이유를 알 만해! …잘한다! 베를린의 장성들은 오스트리아를 중간에 세워서 러시아에 대해 음흉한 책략을 부리기 시작한다! 그러는 동안 카이저와 수상은 그런 줄도 모르고 한가하게 시가를 피우고 계실 테고!'

메네스트렐은 언제나 하는 버릇대로 엄지손가락과 둘째 손가락으로 얼굴 근육을 눌러 관자놀이 근처까지 잡아 올렸다. 그러고 나서 손가락을 뺨을 따라 가느다란 턱수염 끝까지 재빠르게 죽 끌어내렸다.

"좋아, 좋아…. 이대로 계속 진행해가는 거야! 일이 순조롭게 진행되는군!"

메네스트렐은 재빨리 이불 위에 흩어져 있던 메모를 다시 모아서 세번째 봉투에 넣었다. 그러고는 낮은 목소리로 되풀이했다.

"이 사실을 나 혼자서만 알게 되어 다행이다!"

그는 의자 등에 기대고 팔짱을 끼었다. 그리고 얼마 동안 꼼짝도 않고 있었다.

확실히 이들 서류는 헤아릴 수 없을 만큼 중요하고도 '새로운 사실'을 제공해주는 것이 틀림없었다. 독일 사회민주당원들은 몇몇 사람을 제외하고는 빈과 베를린 사이의 이러한 공모를 눈치채지 못하고 있었다. 황제 제도를 통렬히 비방하던 사람들까지도 독일이 오스트리아의 체면을 세워주기 위해 세계 평화와 제국의 장래를 위태롭게 하는 우를 범하리라는 생각은 하기조차 싫어했다. 따라서 그들은 공식적인 보도를 믿고 있었다. 곧 독일 외무부로서는 오스트리아의 최후통첩이란 '정말 뜻밖의 일'로서 처음부터 그 정확한 내용이나 도전적 성질을 몰랐기 때문에 독일은 성심성의껏 오스트리아와 그 상대 국가들 사이에 서서 중재를 하려고 애쓰는 것으로 그들은 믿고 있었다. 물론 눈치 빠른 패들은 빈과 베를린의 두 나라 참모본부 사이에 어떤 양해가 있었으리라는 것쯤은 충분히 알아차리고 있었다. (오전에 메네스트렐이 만난, 브뤼셀에 와 있는 독일 대표 하제도 일요일에 자신이 정부 쪽에 가서 취한 조치를 그에게 이야기해 준 바 있었다. 그는 당의 이름으로 독일-오스트리아 동맹은 엄격히 말해서 **방위적 성격**을 띠고 있다는 것을 엄숙하게 주지시켰다는 것이다. 그런데 당의 입장에 대한 정부 쪽의 반응이 '그러나 **만일** 러시아가 우리의 동맹국에 대해서 **적대 행위**로 나오면서 선수를 치면 어떻게 하느냐?'라는 것이었다고 하면서 은근히 불안감을 감추지 못하고 있었다. 그러면서도 지금까지 자기 자신은 오스트리아의 총동원이란 독일 군부가 러시아에 좋은 미끼가 달린 낚싯바늘의 구실을 하는 것이라고는 상상조차 못 하는 것 같았다!) 따라서 슈톨바하의 메모로 폭로된 부정할 수 없는 공모의 증거가 만일에 사회민주당의 지도자들 손아귀에 들어갈 경우에는 그야말로 그들의 반전 투쟁에서 무서운 무기가 될 수 있으며, 지금까지 그들이 빈 정부에만 국한하던 격렬한 공격을 당장 자기 나라 정부 쪽으로 돌리게 될 것이다.

'대단한 폭발력을 가진 무기야.' 메네스트렐은 생각했다. '이것을 잘만 쓰면 정말 예측할 수 없을 정도의 효과를 가져올 수 있을 것이다. …그렇다. 무슨 일이라도 할 수 있겠지. 극단적으로는 전쟁을 좌절시킬 수 있는 일까지도…!'

잠시 메네스트렐은 카이저와 수상이 이러한 증거가 백일하에 드러난 것을, 또는 독일 국민뿐만 아니라 세계의 여론이 독일 정부에 등을 돌릴 정도의 심한 신문 공세에 몰리는 것을 보고 놀라 떨며 다음과 같은 두 가지의 딜레마에 처하게 될 때의 일을 상상해보았다. 이를테면 사회주의의 모든 지도자를 체포함으로써 독일의 전 프롤레타리아, 유럽의 인터내셔널에 대해 공공연하게 싸움을 선포하든가(이 추측은 거의 상상할 수 없는 것이었다.) 아니면 사회주의자들의 협박에 굴복하여 호요스와 약속한 협력을 오스트리아에 거절함과 동시에 조속히 후퇴하든가 하는 일이었다. 만일 그렇게 된다면? 그러면 독일의 지지를 잃은 오스트리아는 아마 더 이상 전쟁 계획을 고집할 만한 용기가 없을 것이다. 다만 외교상의 흥정만으로 만족하는 수밖에 없겠지…. 그렇게 되면 모든 자본주의자들의 전쟁 계획은 뒤엎어지고 말 것이다.

"두고 봐야지!" 메네스트렐은 중얼거렸다.

그는 자리에서 일어나 잠시 방 안을 서성거리다가 물 한 컵을 마셨다. 그리고 다시 서류가 있는 데로 와서 앉았다.

"자, 조종사, 전략에 차질이 있어서는 안 돼! …여기 두 가지 안이 있다. 이 무기를 폭발시키느냐 아니면 그것을 뒷날을 위해 숨겨서 보관할 것이냐가 문제다…. 첫 번째 가정으로는 예를 들면 이 서류를 리프크네히트 같은 사람의 손에 넘기는 것인데 그러면 곧 이상한 소문이 확 퍼진다. 그렇게 되면 두 가지 경우를 생각할 수 있다. 괴상한 소문으로 인해 전쟁을 방지할 수 없는 경우와 아니면 전쟁을 방지할 수 있는 경우 두 가지이다. 그런 소문이 전쟁을 방지할 수 없는 경우를 상상해보자. 무슨 이득이 있을까? 물론 프롤레타리아는 전쟁터로 간다. 그러나 속았다는 확신을 갖게 되고, 이것은 내란을 위해 좋은 선전의 기회라고 말할 수 있다…. 그렇다. 하지만 바람은 지금 반대 방향으로 불고 있다. 이미 도처에 '전시적 정신 상태'가 팽배해 있다. 여기 브뤼셀에도 역력하다…. 그렇다면 사회민주당의 모든 지도자들이 오늘 과연 폭탄을 폭발시킬 만한 용기가 있을까? 그 점이 아무래도 걱정이다…. 적어도 그들이 서류를 『포어베르츠』에 발표할 경우도 생각해보자. 곧 압수당하겠지. 정부는 뻔뻔스럽게도 부인하는 태도로 나올 것이고, 독일에서는 민중의 정신 상태로 미루어 보아 우리의 비판보다는 아마 정부 쪽의 부인하는 말에 더 무게를 두고 믿을 게 틀림없다…. 그러면 이번에는 모든 예상을 뒤엎고 리프크네히트가 민중의 분노와 전 세계의 비판을 이용하여 카이저를 후퇴시켜서 전쟁을 방지하는 데 성공할 경우를 생각해보자. 물론 인터내셔널의 힘과 대중의 혁명 의식은 고양될 거다…. 그렇다. 그러나… 그러나 전쟁을 방지한다? 우리에게 둘도 없는 절호의 기회인데…!"

그는 잠시 굳은 얼굴 표정을 지으며 걸머져야 할 중대한 책임을 생각하면서 우뚝 서 있었다.

"안 돼!" 하고 그는 나지막하게 말했다. "안 돼! …비록 백의 하나 전쟁을 방지할 수 있는 기회가 있다 해도 결코 그것을 해서는 안 돼!"

그는 잠시 깊은 생각에 잠겼다.

'안 돼, 안 돼…. 문제를 어떻게 생각해보아도 안 돼…. 지금으로서 유일한 해답은 무기를 아무 때고 쓸 수 있도록 해두는 데 있다….'

그는 몸을 굽혔다. 그리고 결심한 듯 침대 밑에서 작은 가방을 꺼냈다.

"모두 이 속에 넣어두자. 아무에게도 말하지 말 것…. 때를 기다리기로 하자!"

그가 생각하는 때라는 것은 사기가 저하되어 동원된 대중이 결정적으로 흔들리기 시작할 때를 말한다. 그리고 그러한 사기 저하를 촉진시키고 격화시키기 위해서는 정부 간의 음모에 관한 결정적인 증거를 내밀어 일대 충격을 가하는 것이 중요하게 작용할 수 있는 그런 시기를 말한다.

그는 슬쩍 미소를 지었다. 그것은 신들린 사람과 같은 미소였다.

'이런저런 사태는 무엇과 관계가 있을까? 전쟁도 혁명도 어떻게 보면 내가 여기에 갖고 있는 봉투 세 개에 달려 있을지도 모른다!'

그는 그것을 손에 들었다. 그리고 기계적으로 그 무게를 달아보았다.

누군가 문을 노크하는 소리가 들렸다.

"프레다인가?"

"저예요. 티보."

"아!"

메네스트렐은 급히 봉투를 작은 가방 속에 넣었다. 그리고 문을 열러 가기 전에 열쇠로 잠갔다.

자크는 본능적으로 그 서류가 있는 곳을 찾기 위해 어수선한 방 안을 한번 둘러보았다.

"프레다는 자네와 같이 오지 않았나?" 하고 메네스트렐은 불만과 걱정하는 기색을 보이면서 말했다. 그러나 곧 그것을 억제했다. "앉으라는 말도 안 했군." 그는 익살스럽게 말하면서 방의 두 의자에 가득 쌓여 있는 산더미 같은 여자 옷을 가리켰다. "그런데 나는 막 나가려는 참이었어. 민중회관에서 **그 친구**들이 무얼 하고 있는지 좀 가보고 싶어서 말이야…."

"그런데… 그 서류는?" 하고 자크가 물었다.

조종사는 말하면서 작은 가방을 침대 밑으로 밀어넣었다.

"트라우텐바하 녀석은 정말 공연한 헛수고를 했더군." 그는 침착하게 말했다. "그리고 자네도 말이야…."

"그래요?"

자크는 깜짝 놀랐다기보다는 어안이 벙벙했다. 그는 그 서류가 쓸모없으리라는 생각은 꿈에도 한 적이 없었다. 그는 좀 더 자세하게 묻고 싶은 생각에 망설이고 있다가 마침내 용기를 내어 물었다.

"그래, 그 서류는 어떻게 하셨나요?"

메네스트렐은 발로 작은 가방을 가리켰다.

"오늘 밤에 자네가 본부에 모든 것을 보고해야 할 줄 알았는데…. 반데르벨드나 조레스에게…?"

조종사는 지그시 미소를 지었다. 입술 위에 짓는 미소라기보다 눈으로 짓는 차디찬 미소였다. 그리고 죽은 사람 같은 얼굴색에 그런 눈길의 미소가 어찌나 날카롭고 비인간적으로 보였던지 자크는 그만 시선을 떨구고 말았다.

"조레스에게? 반데르벨드에게?" 하며 메네스트렐은 날카로운 목소리로 말했다. "그들은 거기에서 연설할 거리조차 별로 찾아내지 못할 거야!" 자크가 낙심하는 태도를 보이자 그는 빈정대는 투를 버리고 덧붙였다. "물론 제네바에 돌아가서 이 모든 각서를 더 자세히 살펴볼 거야. 하지만 언뜻 보기에는 아무것도 없더군…. 전략상의 여러 가지 문제라든가 병력 수에 관한 목록이라든가…. 지금으로서는 도움될 것이 하나도 없어."

그는 웃옷을 다시 입고 모자를 들었다.

"같이 갈까? 걸으면서 천천히 이야기하지…. 끔찍이 덥군! 칠월의 브뤼셀은 잊지 못할 거야! …그런데 알프레다는 어디에 갔을까? 나를 데리러 온다고 했는데…. 자, 나가자구."

가는 도중에 줄곧 그는 자크에게 파리에 체류하는 동안의 일을 물어보았다. 그러나 서류에 관한 이야기는 입 밖에도 내지 않았다.

그는 여느 때보다도 발을 질질 끌며 걸었다. 새삼 변명이라도 하듯 퉁명스럽게 말했다. 여름 동안에, 특히 피로가 겹치고 한 다리의 근육이 비행기 사고가 있었던 다음 날처럼 가끔 쑤

시곤 한다는 것이었다.

"'상이군인'이 따로 있나." 하고 그는 슬며시 웃으면서 말했다. "좀 지나면 많이 좋아질 거야…."

민중회관 입구에서 자크가 작별 인사를 하려고 하자 그는 별안간 자크의 팔을 꽉 잡았다.

"그런데 자네는? 자네는 어떻게 된 거야?"

"어떻게 되다니요?"

"변한 것 같아. 글쎄, 뭐라고 할까…. 아주 달라졌어."

메네스트렐은 강하고, 검디검고, 총명한 눈길로 자크를 뚫어지게 바라보았다.

제니의 추억이 자크의 눈앞에서 삼시 어른거렸나. 사크는 섬찟해서 얼굴을 붉혔다. 변명을 하기도 싫었을뿐더러 거짓말을 하기도 싫었다. 자크는 아리송하게 미소를 짓고는 고개를 돌렸다.

"그럼 또 나중에 보자구." 하면서 조종사는 더 이상 추궁하지 않았다. "집회 전에 프레다와 타베른에서 저녁을 하기로 되어 있어. 우리 곁에 자리를 잡아놓지."

52

아침 여덟시부터 시르크 루아얄의 오천 좌석은 꽉 찼을 뿐만 아니라, 기둥과 기둥 사이의 통로에도 서 있는 시위 군중으로 발 들여놓을 틈이 없었다. 그리고 밖에 시르크를 둘러싸고 있는 좁은 길에도 군중이 개미 떼처럼 모여 있어서 극성인 몇몇 투사의 집계로는 벌써 오륙천 명에 달하고 있었다.

자크와 그의 친구들은 간신히 사람들 틈을 헤치고 홀 안으로 들어갔다.

'임원'들은 인터내셔널 본부 총회가 열리고 있는 민중회관에 붙잡혀 아직 오지 않았다. 총회가 분규를 겪고 있기 때문에 꽤 늦게까지 지연될지 모른다는 소문이었다. 키어 하디와 바이앙은 그 자리에 참석한 모든 대표들에게 전쟁 방지를 목적으로 하는 예비적인 총파업 원칙의 지지와 그리고 각 나라에서 당의 이름으로 이러한 파업 준비에 적극 참여한다는 것을 정식 의제로 채택하는 문제에 안간힘을 쓰고 있었다. 그 목적은 전쟁이 발발할 경우에 인터내셔널이 각국 정부의 전쟁 계획에 쐐기를 박겠다는 것이었다. 조레스는 이 제안을 전폭적으로 지지했다. 그래서 아침부터 논쟁이 격렬하게 계속되었다. 두 가지 주장, 언제나 변함없는 두 가지 주장이 팽팽히 맞섰다. 한편에서는 침략 전쟁의 경우 파업 원칙을 인정하자는 것이었다. 그러나 방어 전쟁의 경우에는, 파업으로 마비 상태에 있는 나라는 필연적으로 공격자에 의해 침략당하지 않을 수 없으므로 적에게 공격받은 국가는 무기를 가지고 스스로를 방어할 권리와 의무의 정당성을 인정하자는 것이었다. 독일 대표 대부분과 벨기에 및 프랑스 대표 다수는 그런 의견이었다. 그러면서 침략국에 대한 명확하고도 이론의 여지가 없는 정의를 내리는 데 역점을 두었다. 다른 대표들은 역사를 들먹였다. 그리고 최근의 프랑스, 독일, 또는 러시아 신문에 나타난 그런대로 설득력 있는 논지를 은근히 반영시켜 인용하면서 정당방위를 앞세운 전쟁의 허구성을 반박하고 나섰다. "어떤 정부도" 하고 그들은 말했다.

"국민을 전쟁으로 끌어들이려고 작정했을 때는 항상 무슨 구실을 찾아내어 공격을 당했다고 주장하거나 또는 그렇게 보이려고 한다. 따라서 이런 기만 술책을 꾸미지 못하게 하려면 전쟁 방지를 위한 파업 원칙을 미리 발표해두는 것이 무엇보다도 필요하다. 그렇게 함으로써 어떤 전쟁 위협일지라도 그 회답은 자동적인 것이 될 것이다. 또한 이 원칙은 지금 당장 모든 나라의 사회주의 지도자들의 만장일치로, 그리고 가능하면 조금도 빠져나갈 여지를 주지 말고 채택되어야 한다. 그렇게 함으로써 이 집단적 저항—효과면에서 유일무이한 전면적인 조업 중지를 통한 저항—은 위기가 발생했을 때 **도처에서 일제히** 일어날 수 있다." 그러나 유럽의 가까운 장래의 운명이 결정될 수 있는 이 논쟁의 결과에 관해서는 아직 아무도 알지 못했다.

자크는 누군가 팔꿈치를 치는 것을 느꼈다. 사프리오였다. 그는 자크의 모습을 보고 사람들 틈을 헤치고 왔다.

"파라졸로가 무솔리니에게서 받은 호전주의적 내용이 담긴 편지에 관해서 들려주고 싶은데." 하면서 그는 셔츠 안쪽 가슴팍에 소중하게 끼고 있던 여러 통의 접은 종이를 꺼냈다.

"최선을 다해 정서했어…. 그리고 리차들레가 『르 파날』을 위해 멋진 문장으로 번역했어. 이것 좀 보라고…."

너무 떠들썩해서 자크는 사프리오의 입술 아주 가까이까지 귀를 갖다 대는 수밖에 없었다.

"이것 봐…. 우선 이렇게 된 거야. '전쟁을 통해 부르주아 계급은 프롤레타리아로 하여금 이런 비통한 선택을 하지 않을 수 없게 한다. 곧, 반역을 하든가 아니면 살육에 참가하든가 말이다. 반역일 경우에는 이내 유혈 사태에 빠지게 되고, 살육일 경우에는 '의무', '조국'과 같은 어마어마한 말을 앞세워 그 말 뒤에 숨어버리는 것이다….' 듣고 있나? …베니토*는 계속 이렇게 쓰고 있어. '국가 사이의 전쟁이란 계급 협동의 가장 잔인한 형태이다. 부르주아 계급은 '조국'이라는 제단 위에 프롤레타리아를 바쳤을 때 회심의 미소를 짓는 것이다…!' 그리고 또 이렇게 말하고 있어. '인터내셔널, 그것은 앞으로 일어날 모든 일의 필연적인 귀결이다….' 그렇고말고." 하고 사프리오는 목소리를 떨면서 말했다. "바로 그거야! **인터내셔널**, 바로 그것이 목적이야! 자네도 알다시피 **인터내셔널**은 이미 그 힘이 강력하기 때문에 각국의 민중을 구할 수 있어! 오늘 밤의 이 정경을 보라구! 프롤레타리아의 단결, 이거야말로 세계의 평화인 거야!"

사프리오는 다시 일어섰다. 그의 두 눈은 빛나고 있었다. 그는 무엇인가 계속 말하는 것 같았지만 떠드는 소리가 점점 커져서 자크는 그의 말을 알아들을 수 없었다.

그렇지만 이렇게 숨 막히는 듯한 분위기 속에 몰려 있던 군중들은 차츰 초조해하기 시작했다. 그들을 붙잡아 두기 위해 벨기에 투사들은 그들의 노래 **프롤레타리아여 단결하라**를 부를 것을 생각해냈다. 모두가 함께 부르기 시작했다. 처음에는 망설이더니 옆 사람의 목소리에 힘입어 모두가 점점 힘차게 불렀다. 그러는 사이에 각자의 목소리뿐만 아니라 마음까지도 합쳐져갔다. 노래는 하나의 연계를 이루어 연대성을 반향해주는 구체적인 상징이 되어갔다.

애타게 기다렸던 대표들이 연단 구석에 마침내 모습을 나타

* 무솔리니의 이름.

내자 회의장에 모인 사람들 모두가 일어났다. 우렁찬 박수갈채가 터져 나왔다. 기쁨과 친근감과 신뢰감을 보여주는 갈채였다. 그리고 아무런 지시도 없었는데 자연발생적으로 **인터내셔널의 노래**가 거기에 있는 모든 사람들의 가슴으로부터 터져 나오면서 요란한 갈채 소리를 뒤덮었다. 노랫소리는 의장석에 앉아 있던 반데르벨드의 신호에 따라 아쉬운 듯 여운을 남기면서 그쳤다. 차츰 조용해지자 모든 사람들의 얼굴은 의장단에 있는 지도자들 쪽으로 향했다. 당의 여러 신문 덕택에 그들의 얼굴은 모두에게 널리 알려져 있었다. 사람들은 서로 손짓을 하며 그들의 이름을 속삭였다. 어느 한 나라도 참석하지 않은 나라가 없었다. 지금 대륙의 운명이 붕괴 직전에 놓인 이 시기에 전 유럽의 노동자들은 이 작은 연단에 의해 대표되고 있었고, 한결같이 집요하고 엄숙한 기대를 걸고 있는 몇천 명의 시선이 이 연단을 향해 집중되고 있었다.

이러한 집단적인 신뢰는 반데르벨드의 입을 통해, 인터내셔널 사무국은 독일 사회당의 제의에 따라 8월 23일에 빈에서 소집하기로 했던 인터내셔널 사회주의 회의를 8월 9일부터 파리에서 열기로 결정했다는 것이 알려졌을 때 한층 더 깊어졌다. 조레스와 게드는 프랑스 사회당의 이름으로 개최의 책임을 맡았다. 그리고 모든 사람들의 열렬한 지지를 구하기 위해 '전쟁과 프롤레타리아'라는 명칭을 붙여 그 시위운동에 전례 없는 반향을 불러일으킬 것을 구상하고 있었다.

"지금 두 강대국 국민이 맞서 싸우려는 이 순간에" 하고 반데르벨드가 외쳤다. **"사백만 이상의 사람들에 의해 선출된 그 나라의 조합 및 노동단체 대표들이 이른바 적국의 영토에 가서 서로 우정을 돈**

독히 하고 국민 사이의 평화를 유지할 의지를 선포한다는 것은 결코 진부한 광경은 아닙니다!"

독일 의회의 사회당 의원 하제는 박수갈채를 받으며 일어섰다. 그의 대담한 연설은 사회민주당의 성실한 협력에 관해 추호의 의심도 남기지 않았다.

"오스트리아의 최후통첩은 참으로 하나의 도발이었습니다. …오스트리아는 전쟁을 원했습니다. …오스트리아는 독일의 지지를 기대하고 있는 것 같습니다. …그러나 독일 사회주의는 비밀조약에 의해 프롤레타리아가 말려드는 것을 원하지 않습니다. …독일의 프롤레타리아는 선언합니다. 비록 러시아가 분쟁에 뛰어든다 하더라도 독일은 결코 개입해서는 안 됩니다!"

박수갈채 때문에 그의 연설은 매 구절마다 중단되곤 했다. 명확한 이 선언은 모두에게 안도감을 가져다주었다.

"우리의 적들이여 주의하라!"라고 외치면서 그는 연설을 마쳤다. "심한 빈곤과 억압에 지친 민중은 이제는 눈을 뜨고 사회주의 사회를 건설하기 위해 단결해야 합니다!"

이탈리아 대표 모르가리, 영국 대표 키어 하디, 러시아 대표 루바노비치가 잇달아 발언했다. 드디어 유럽의 프롤레타리아는 각자 자기 나라 정부의 위험한 제국주의를 타도하기 위해, 그리고 평화를 유지하는 데 필요한 양보를 요구하기 위해 목소리를 하나로 집약했다.

조레스 차례가 되어 그가 말하려고 앞으로 나가자 박수갈채는 한층 더 열렬했다.

조레스의 몸가짐은 그 어느 때보다 무거워 보였다. 그는 오늘 하루의 일로 지쳐 있었다. 목은 두 어깨 사이에 푹 파묻혀 있었고, 좁은 이마 위에는 땀으로 착 달라붙은 머리카락이 헝클어져 있었다. 연단을 천천히 올라가 몸을 움츠린 채 두 다리를 꼿꼿이 세우고 대중을 향해 섰을 때, 그는 밀려드는 재앙을 막기 위해 등을 돌려 땅을 단단히 딛고 있는 작고 다부진 거인처럼 보였다.

그는 외쳤다.

"여러분!"

그의 목소리는 언제나 그가 단상에 올라섰을 때마다 되풀이되는 타고난 천재성 같은 것으로서, 단번에 수천 명이나 되는 사람들의 환호하는 목소리를 눌러버렸다. 엄숙한 정적이 감돌았다. 그것은 폭풍우 선의 숲속의 고요함 바로 그것이었다.

그는 잠시 생각을 가다듬는 것 같더니 주먹을 불끈 쥐었다. 그러고는 갑자기 짧은 두 팔을 가슴 위로 가져갔다. ("바다표범이 설교하는 것 같군." 하고 패터슨이 불손한 태도로 말했다.) 처음에는 급하지 않게 조용히, 이렇다 할 힘도 들이지 않고 그는 연설을 시작했다. 그러나 처음 몇 마디부터 그의 목소리는 마치 청동의 종이 흔들거릴 때 나는 소리처럼 울려 퍼지면서 공간을 가득 메웠다. 홀 안은 곧 종루처럼 울렸다.

자크는 몸을 앞으로 구부린 채 주먹 위에 턱을 고이고 있었다. 그리고 그의 두 눈은 얼굴을 치켜들고 있는 조레스를 향했다. 조레스의 얼굴은 언제나 어딘가 딴 곳을 보는 것 같았다. 자크는 그가 하는 말 한마디 한마디를 놓치지 않았다.

조레스는 아무것도 새로운 것을 내놓지는 않았다. 그는 다시 한번 정복 정책과 국위 선양 정책의 위험, 각국 정부의 외교의 우유부단성, 맹목적 애국주의자들의 광기, 전쟁의 참화에 대해 역설했다. 그의 생각은 간단했다. 그가 쓰는 어휘도 한정되어 있었다. 그가 노리는 효과도 대개 지극히 평범한 선동의 범위를 벗어나지 못하고 있었다. 이렇게 특징이 없는 평범한 말인데도 오늘 밤 자크를 포함해서 여기에 온 군중 사이에 대단한 긴장의 흐름이 감돌게 했다. 그들은 연설가의 명령에 따라 동요했고, 또는 동포애나 분노, 증오나 희망으로 몸을 떨었고, 마치 바람에 우는 하프처럼 몸을 떨었다. 이처럼 사람을 매혹시키는 조레스의 힘은 과연 어디에서 오는 것일까? 긴장한 수천의 얼굴 위에 점점 커지는 커다란 소용돌이를 불러일으키는 그의 집요한 목소리 때문일까? 인간에 대한 지극히 분명한 그의 사랑 때문일까? 신념 때문일까? 내적인 서정성 때문일까? 재기에 넘친 언어 구사와 분명한 행동 의식, 역사가로서의 명찰明察과 시인으로서의 공상, 질서에 대한 동경과 혁명의 의지, 이 모든 것이 기적적인 조화를 이루고 있는 그의 교향악적 정신 때문일까? 특히 오늘 밤 청중 한 사람 한 사람의 골수까지 스며들고 있는 움직일 수 없는 확신은 그의 이런 말, 이런 목소리, 이런 부동의 자세에 힘입어 발산되는 것이 틀림없었다. 이것은 곧 눈앞에 다가올 승리에 대한 확신이었고, 이미 민중의 거부가 각국 정부로 하여금 망설이게 하고, 전쟁을 획책하는 흉악한 세력이 평화의 세력을 이길 수 없을 것이라는 확신이었다.

일장의 감동적인 연설을 끝내고 아직 긴장 상태에서 벗어나지 못한 듯 흥분을 감추지 못하며, 신성한 열변 때문에 움츠러진 몸으로 그가 마침내 단상을 떠날 때 홀 전체의 사람들은 일어서서 우뢰와 같은 박수갈채를 보냈다. 박수와 발을 구르는 소리는 마치 산골짜기에서 천둥이 메아리치듯 얼마 동안 홀의 이쪽 벽에서 저쪽 벽까지 귀가 터질 듯이 울려 퍼졌다. 청중들은 팔을 뻗어 모자, 손수건, 신문, 단장을 미친 듯이 흔들어댔다. 마치 밀밭을 휩쓸고 지나가는 폭풍우의 형세였다. 이렇게 흥분이 절정에 달한 순간에 조레스가 자극적인 말 한마디만이라도 외치며 손짓을 해보였다면 열광해 있던 이 군중은 고개를 숙이고 있는 그를 뒤따라 어떤 바스티유*라도 습격했을지 모른다.

어느새 이런 소란도 서서히 가라앉았더니 리듬이 생겼다. 자신들을 죄고 있던 바이스에서 벗어나려는 것처럼 흥분해 있던 모든 가슴들은 다시 음악과 노래로 쏠렸다.

저주받은 자들이여, 일어나라…!

밖에서는 안으로 들어올 수 없었던 수천의 시위 군중이 경찰이 진을 치고 있는데도 불구하고 부근의 거리를 꽉 메우고 일제히 **인터내셔널의 노래**를 부르기 시작했다.

저주받은 자들이여, 일어나라…!

………

이제야 일어날 때가 왔다!

53

차츰 사람들은 홀을 빠져 나갔다. 자크는 사람들에게 밀려

* 프랑스 혁명 당시 파리 시민이 습격한 감옥이다.

이리 왔다 저리 갔다 하면서도 난파당했을 때의 사람처럼 자신에게 매달려 있는 반네드를 보호하느라고 안간힘을 썼다. 그러면서 그는 몇 미터 떨어진 곳에 몰려 있는 메네스트렐, 미퇴르크, 리차들레, 사프리오, 젤라우스키, 패터슨, 알프레다에게서 눈을 떼지 않았다. 그런데 어떻게 하면 그들 곁으로 갈 수 있을까? 그는 반네드를 앞으로 밀면서 동료들 곁으로 조금이라도 가까워질 수 있는 사람들의 움직임을 최대한으로 이용해서 점차로 그들과의 간격을 좁혀갔다. 마침내 몸싸움을 안 하고도 그는 인파에 밀려 일행과 함께 출구 쪽으로 밀려갔다.

때로는 팡파르처럼 요란스럽게 울려 퍼지는가 하면 또 때로는 콧노래처럼 은은하게 들려오는 **인터내셔널의 노랫**소리에 섞여 날카로운 고함 소리가 들려왔다. "전쟁 반대!" "사회주의 만세!" "평화 만세!"

"이리로 와. 미아가 될라." 하고 메네스트렐이 말했다.

그러나 알프레다는 그 말을 듣지 못했다. 그녀는 패터슨의 팔에 매달려 있으면서 앞에서 무슨 일이 일어나고 있는지 꼭 알고 싶어했다.

"기다려 봐." 하고 영국인이 나지막이 말했다.

그는 자신의 두 손을 단단히 마주 잡았다. 그리고 허리를 굽혀 알프레다에게 발받침을 만들어주었다. 그녀는 마침내 그 위에 발을 올려놓았다.

"어잇!"

그는 허리에 꽉 힘을 주며 일어섰다. 그리고 사람들 머리 위로 알프레다를 들어 올렸다. 그녀는 계속 웃고 있었다. 그리고 몸의 균형을 유지하기 위하여 몸을 패터슨의 윗몸에 착 붙이고 있었다. 크게 뜬 그녀의 인형같이 큰 두 눈은 오늘 밤 활활 타는 불길처럼 빛나고 있었다.

"아무것도 안 보여요." 그녀는 술에 취한 사람처럼 나른한 목소리로 말했다. "아무것도… 무수한 깃발뿐이에요!"

그녀는 좀처럼 내려오려 하지 않았다. 영국인은 그녀의 스커트에 시야가 가려 비틀거리면서 계속 걸었다.

어떻게 된 영문인지도 모르게 그들은 모두 밖으로 나와 있었다.

거리에 나오자 인파는 홀 안에서보다 더 대단했다. 그리고 떠드는 소리가 어찌나 심하고 줄기찼던지 무슨 말을 떠들어대고 있는지 통 알 수 없었다. 얼마 동안 제사리걸음을 하다가 인파는 방향을 잡고서 움직이기 시작했다. 그리고 몇 겹이나 되는 경찰의 비상선을 물리치고 나가 길가 인도에 몰려 있는 구경꾼들을 함께 몰고 가면서 천천히 어둠 속을 향해 흘러갔다.

"어디로 끌려가는 걸까?" 하고 자크가 물어보았다.

"Zusammen marschieren, Camm'rad!"* 하고 미퇴르크가 외쳤다. 살갗이 늘어진 그의 얼굴은 마치 열탕에서 막 나온 사람처럼 벌겋게 부어 있었다.

"정부 청사에 가서 시위하려는 거겠지." 하고 리차들레가 설명했다.

"Keinen Krieg! Friede! Friede!"** 하고 미퇴르크가 외쳤다.

젤라우스키는 목구멍에서 나오는 소리로 억양을 붙여 외쳤

* '모두 같이 행진하는 거야, 동지'라는 뜻의 독일어.

** '전쟁 반대! 평화! 평화!'라는 뜻의 독일어.

다.

"Dalöi Väinou! Mir! Mir!"*

"프레다는 어디 갔지?" 메네스트렐이 중얼거렸다.

자크는 알프레다를 찾으려고 뒤돌아보았다. 뒤에는 리차들레가 머리를 높이 들고 그의 영원한 미소, 너무나 개방적인 미소를 입가에 띠고 걷고 있었다. 그 뒤에는 반네드가 미퇴르크와 젤라우스키 사이에 끼여 걷고 있었다. 반네드는 두 팔꿈치를 두 동료의 팔에 맡겼다. 그래서 그는 그들에게 들려 가는 것 같았다. 그는 소리도 지르지 않고 노래도 부르지 않았다. 눈을 반쯤 감은 채 하얀 얼굴에 비통해하며 넋을 잃은 것 같은 표정으로 하늘을 쳐다보고 있었다…. 멀리, 뒤에는 알프레다와 패터슨이 따르고 있었다. 자크에게는 그들의 얼굴만이 보였다. 어찌나 서로 몸을 꽉 붙이고 있었던지 몸과 몸이 서로 엉켜 있는 것 같았다.

"알프레다는 어디 갔지?" 하고 조종사는 걱정하는 목소리로 되풀이했다. 그는 자신의 개를 잃은 장님과도 같아 보였다.

푹푹 찌는 늦은 여름밤이었다. 상점마다 쇼윈도의 불은 꺼져 있었다. 그리고 불이 켜져 있는 창문마다 사람들의 검은 그림자가 몸을 창 앞으로 내밀고 있었다. 여러 간선도로의 교차지점에는 불도 켜지 않은 텅 빈 전차가 염주같이 이어져 한 줄로 레일 위에 늘어서 있었다. 거리마다 보행자들이 떼를 지어 쏟아져 나와 이동하는 인파는 끊임없이 불어나고 있었다. 시위대원의 대부분은 브뤼셀과 교외의 노동자들이었다. 그리고 도

* '전쟁 반대! 평화! 평화!'라는 뜻의 러시아어.

처에서, 앙베르, 강, 리에주, 나무르, 모든 광산의 중심지로부터 많은 투사들이 브뤼셀의 사회주의자들과 외국에서 온 대표들과 합류하기 위해 왔다. 오늘 밤 브뤼셀은 마치 유럽 평화의 수도가 된 듯한 느낌을 주었다.

'이것으로 됐다!' 자크는 생각했다. '이것으로 평화는 얻게 된 셈이다! 이 세상의 어떤 힘도 이 방죽을 무너뜨릴 수는 없을 것이다! 여기에 있는 이 민중이 이 방죽을 지키는 한 전쟁은 일어나지 않을 것이다!'

무력해진 경찰력은 네 겹의 경찰 비상선을 치고 왕궁과 정원과 각 부서를 지키는 것으로 만족했다. 그 앞을 시위대의 선두가 유유히 행진을 계속해가면서 루아얄 광장에 이르렀다. 그리고 시내 중심가 쪽으로 향하면서, 침묵 속에 싸여 있는 장중한 관청 앞을 지날 때마다 수천의 입은 한결같은 열정을 가지고 "사회주의 만세!" "전쟁 반대!"를 부르짖고 있었다.

선두에는 진지한 모습의 대열이 제각기 깃발을 둘러싸고 의연하게 행진을 계속하고 있었다. 그 밖의 사람들은 시끄럽고 소란스러운 야외 축제에서와 같이 대열을 짓고는 제멋대로 그 뒤를 따르고 있었다. 여자들은 남자들의 팔에 매달려 있었다. 아버지의 어깨 위에 올라탄 아이들은 놀란 것 같은 눈을 하고 있었다. 모두가 프롤레타리아의 위대한 힘의 일부를 대표한다는 정신을 가지고 있었다. 얼굴은 긴장되고 눈은 똑바로 앞을 보면서, 그들은 거의 서로 말도 나누지 않고 앞으로 가고 있었다. 그리고 걸음을 멈출 때도 보조를 맞추곤 했다. 전등불이 비치는 곳에서는 그들의 벗겨진 이마가 빛나곤 했다. 신뢰감에 도취되어 있고, 똑같은 의지로 뭉쳐 있는 이 모든 사람들의 얼굴 위에는 오늘 밤 각국 정부와 싸워서 이긴 것 같은 확신이 엿보였다. 그리고 이처럼 쇄도한 사람들의 물결 너머로 목청을 높여 끊임없이 외쳐대는 **인터내셔널의 노래**는 마치 모든 사람들의 심장의 고동처럼 힘차게 울려 퍼졌다.

자크는 여러 차례 메네스트렐이 무엇인가 말할 것이 있는 듯 자기가 있는 쪽으로 더 가까이 오고자 하는 것을 눈치챘다. 그러나 그때마다 그는 사람들에게 밀리거나 혹은 소란이 심해져서 못하곤 했다.

"마침내 **대중의 행동**이군요!" 하고 자크는 메네스트렐을 보며 외쳤다. 자크는 상대의 체면을 생각해서 애써 미소를 지으려고 했다. 그러나 그의 시선은 모든 사람들의 눈빛과 마찬가지로 흥분된 기쁨으로 빛나고 있었다.

조종사는 아무 대답도 하지 않았다. 그의 눈동자는 냉혹했고, 그의 입가에는 고통을 나타내는 주름이 잡혀져 있었다. 자크는 그것이 무엇 때문인지 알 수 없었다.

두 사람 앞에서 소란스러운 요동이 일어나더니 갑자기 시위 행렬이 흔들렸다. 선두가 어떤 장애에 부딪친 것이 틀림없었다. 자크가 소요의 원인을 알아보려고 발돋움을 했을 때 그의 귀에는 조종사의 목소리가 들렸다. 매우 빠른 말투로 내뱉은 몇 마디였고, 언제나 사람을 당황하게 하는 날카로운 목소리였다.

"이봐, 내 생각 같아서는 오늘 프레다는…."

소란 때문에 말끝이 들릴까 말까 했다. 자크는 섬뜩한 생각이 들어 뒤돌아보았다. 그가 듣기에는 "…호텔에 돌아오지 않을 거야"라고 말하는 것 같았다.

그들의 시선이 마주쳤다. 조종사의 얼굴은 그늘 속에 있었다. 고양이 눈같이 무표정한 그의 검은 동공은 동물적인 인광을 발하면서 타오르고 있었다.

바로 그 순간 큰 소요가 그들이 있는 데까지 몰려와 그들을 밀어붙였다.

미디로路의 교차 지점에서 깃발 하나를 중심으로 순식간에 모인 소수의 민족주의자들의 무리가 무모하게도 시위대의 행진을 막으려고 했다. 약간의 실랑이가 있기는 했지만 시위 대원들이 행진을 계속하는 것을 막지는 못했다. 그러나 그런 행동의 중단과 동요 때문에 자크는 메네스트렐과 동지들로부터 완전히 떨어지게 되었다.

오른쪽으로 밀린 자크는 집 처마 밑에 갇혀버리고 말았다. 한편 길 중앙에는 뒤쪽에서 밀어붙이기 때문에 대단한 사람들의 물결이 생겨 메네스트렐 일행을 앞으로 밀고 나갔다. 그런데 자크는 잠시 꼼짝 못 하고 묶여 있는 장소에서 몇 미터 떨어진 곳에 있는 패터슨의 얼굴이 갑자기 눈에 띄었다. 그는 여전히 알프레다와 함께 있었다. 그들은 자크를 보지 못하고 지나쳐버렸다. 그러나 자크는 그들을 바라볼 만한 시간적 여유가 있었다. 그들은 이미 전과 같은 사이는 아닌 것 같았다…. 어슴푸레한 빛이 골상을 두드러지게 나타냈기 때문에 패터슨의 얼굴은 기괴한 모습을 띠었다. 보통 때는 줄곧 움직이며 웃음을 짓고 있던 그의 눈동자에는 무엇인가를 응시하는 듯한 빛이 역력했고, 그것은 어떻게 보면 잔혹한 광기와도 같았다. 알프레다의 얼굴도 그에 못지않게 변해 있었다. 격렬하고 무엇인가 결심한 듯 육감적인 그녀의 표정은 얼굴을 일그러뜨리는 동시에 천하게 바꾸어놓았다. 그것은 마치 술에 취한 매춘부의 얼굴 같았다. 그녀는 관자놀이를 패터슨의 어깨에 기대고 있었다. 입을 벌린 채, 단속적인 목소리로 **인터내셔널의 노래**를 부르고 있었다. 그녀는 자기 자신의 승리, 자신의 해방, 본능의 승리를 구가하는 것 같았다…. 자크에게는 '내 생각 같아서는 오늘 저녁 프레다는 돌아오지 않을 거야….' 하던 메네스트렐의 말이 생각났다.

자크는 겁이 났다. 그리고 그들에게 무슨 말을 할지 생각하지도 않고, 그들과 다시 만나기 위해 군중 속으로 파고들어 가려고 했다. 그는 "패트!" 하고 외쳤다. 그러나 그를 둘러싸고 있는 인파에 밀려 그는 꼼짝도 할 수 없었다. 빠져나가려고 애써보았지만 헛일이었다. 단념하는 수밖에 없었다. 그는 계속 얼마 동안 눈으로 두 사람의 뒤를 쫓았다. 마침내 그들의 모습이 시야에서 완전히 사라지자 될 대로 되라는 식으로 인파에 몸을 맡기고 떠밀리는 대로 앞으로 나아갔다.

혼자가 된 자크는 집단적 감염이라고나 할까 이상한 현상에 사로잡혔다. 모든 시간과 공간의 개념이 사라져버렸다. 개인적 의식도 사라져버렸다. 그것은 마치 확실하지 않은, 혼수상태 같은 원천적인 세계로 되돌아가는 것 같은 느낌이 들었다. 이렇게 끊임없이 이동하는 집단, 우정 넘치는 집단 속에 묻혀 녹아버린 자크는 자기 자신은 완전히 잊어버린 듯한 느낌이었다. 마음속에는 표면까지 솟아오르지 못하는 뜨거운 샘과도 같이 자신이 하나의 총체, 수數와 진실과 힘의 총체의 일부를 이루고 있다는 막연한 의식이 깔려 있었다. 그러나 그는 그런 것을 염두에 두고 있지는 않았다. 그러면서 멍한 상태로, 졸음이 와서 쉬고 있듯이 가벼운 도취감에 사로잡힌 채 그는 계속 걷고 있었다.

이렇게 지극히 행복한 상태는 한 시간, 아니 그 이상 계속되었다. 인도 끝에 발을 부딪치는 순간 그는 이런 몽롱한 상태에서 깨어날 수 있었다. 갑자기 자신이 피곤한 상태라는 것을 깨달았다.

시위대는 양쪽의 어두운 건물 사이를 천천히, 완강한 흐름으로 계속 전진해갔다. 뒤에서는 노래를 거의 부르고 있지 않았다. 이따금 억눌린 가슴을 터뜨리는 것 같은 "평화 만세!" "인터내셔널 만세!"라고 외치는 거센 소리가 들려왔다. 그 외침은 마치 새벽녘의 닭 울음소리처럼 여기저기에서 똑같은 외침을 불러일으키곤 했다. 그러고는 다시 조용해졌다. 그러나 그것은 잠시 동안의 말 없는 흥분, 군중의 제자리걸음에 지나지 않았다.

자크는 방향을 바꾸어 길가 쪽으로 가서 건물 있는 데로 접근했다. 그리고 문을 닫은 가게들을 따라 몸을 옮기면서 도망갈 기회를 노리고 있었다. 그러자 골목길 하나가 보였다. 그곳은 구경 나온 동네 사람들로 꽉 차 있었다. 자크는 그곳을 교묘하게 헤치고 나가 벽에 만들어놓은 한 분수대 가까이의 텅 빈 공간까지 갈 수 있었다. 정다운 소리를 내며 신선하고 맑은 물이 흐르고 있었다. 그는 물을 마시고 나서 이마와 두 손을 적셨다. 그리고 한동안 그곳에서 숨을 돌리며 머물러 있었다. 머리 위에는 여름밤의 하늘이 빛났다. 그는 이틀 전의 파리와 어제의 베를린 역에서의 소동을 생각해보았다. 유럽의 모든 도시에서 민중은 똑같이 세찬 힘으로 무익한 희생에 대항해서 봉기했다. 도처에서, 빈에서는 링슈트라세에서, 런던에서는 트라팔가 스퀘어에서, 페테르부르크에서는 코자크 기병들이 시위 대원들에게 칼을 번쩍이며 휘둘러대는 네우스키 광장에서, 도처에서 "Friede! Peace! Mir!"*를 높이 외치고 있었다. 국경을 초월하여 모든 노동자들의 손이 똑같은 동포애의 이상을 향해 뻗고 있었다. 그리고 유럽 전체가 똑같은 외침으로 들끓고 있었다. 앞날을 걱정할 필요가 있을까? 내일은 전 인류가 자신들의 고뇌에서 해방되어 더 나은 운명을 마련하기 위해 다시금 힘을 기울일 수 있을 텐데….

앞날! … 제니….

제니의 모습이 갑자기 그의 마음을 사로잡았다. 모든 것을 물리치면서, 그리고 오늘 밤의 격렬했던 흥분도 아랑곳없이 그리움과 애틋한 정으로 사무치는 욕망이 엄습하는 것이었다.

그는 일어서서 다시 어둠 속을 걷기 시작했다.

잠을 자는 것…. 지금 그가 원하는 것은 이것뿐이었다. 어디라도 좋다. 벤치에서라도…. 그는 잘 알지도 못하는 이 도시의 어느 한 곳에서 갈 길을 찾아 헤매었다. 뜻하지 않게 인기척이 없는 어떤 광장으로 나왔다. 알고 보니 그곳은 오늘 오후 패터슨과 알프레다와 함께 지나온 곳이었다. 용기를 내자…. 패터슨의 방이 있는 호텔까지는 그리 멀지 않을 것이다….

그는 별로 힘들이지 않고 그 호텔을 찾아냈다.

간신히 구두와 웃옷 그리고 칼라만 벗은 다음, 옷을 입은 채로 침대에 몸을 던졌다.

* '평화'라는 뜻의 독일어, 영어, 러시아어.

54

눈을 떴을 때 방 안은 눈이 부시게 환했다. 자크는 얼마 지나서야 겨우 제정신이 들었다. 방구석에 무릎을 꿇고 있는 한 남자의 등이 엿보였다. 패터슨이었다…. 그는 바닥 위의 열려 있는 여행 가방 속에 서둘러 옷을 챙겨 넣고 있었다. 벌써 나가는 것일까? 몇 시나 되었을까?

"패트, 자넨가?"

그는 아무런 대답도 하지 않고 가방을 닫고 그것을 문 가까이에 놓았다. 그러고는 침대 쪽으로 걸어왔다. 그의 얼굴은 창백했고 눈에는 독기가 서려 있었다.

"데리고 가겠어!" 그는 내뱉듯이 말했다.

그의 목소리는 일종의 위협적인 투로 떨리고 있었다.

자크는 피로에 지친 두 눈으로 어이없다는 듯 그의 얼굴을 바라보았다.

"Hush!* 조용히 해!" 하고 자크는 입술조차 움직이지 않았는데 패터슨 쪽에서 더듬거리며 말했다. "알고 있어! …이렇게 됐어! 이제 아무도 어떻게 할 수 없어…!"

자크는 순간 모든 것을 알아차렸다. 그리고 악몽 속에서 몸부림치다 눈을 뜬 어린애와 같은 표정을 지으며 패터슨의 얼굴을 뚫어지게 바라보았다.

"그녀는 저 아래, 택시 안에 있어. 마음을 굳혔어. 나 역시 그렇고. 그녀는 그 사람에게는 아무 말도 안 했어. 그 사람이 불쌍

* '조용히'라는 뜻의 영어.

하다면서 아무것도 말하고 싶지 않다는군. 자기 물건을 찾으러 가려고 하지도 않아. 우리는 떠날 거야. 그녀는 그를 다시는 만나지 않을 거야. 오스탕드행 첫차를 탈 거야. 내일 저녁에는 런던이지…. 모든 것은 이렇게 끝나버렸어. 아무도 어떻게 할 수 없어!"

자크는 몸을 일으켜 세웠다. 나무 침대에 머리를 기대고 아무 말도 하지 않았다. '살인범의 낯짝이구나.' 그는 생각했다.

"나는 몇 달 전부터 생각하고 있었어!" 하고 패터슨은 말하면서 전등불 밑에 꼼짝 않고 있었다. "그러나 나는 한 번도 감히 말을 꺼낼 생각을 못 했어…. 그런데 오늘 밤에야 비로소 나는 알게 됐어. 그녀도 나와 똑같이…. 불쌍한 darling! 자네는 알프레다가 그 사람과 지낸 생활이 어떤 것이었는지 몰라…. 인간 이하야. **아무것도** 아니야! …하기야 훌륭한 임무를 띠고 있지! 그것을 그녀에게도 알렸어. 그녀는 모든 것을 받아들였지! 그녀는 그것이 가능하다고 생각하고 있었어…. 그러나 아무것도 모르고 있었던 거야…. 자신을 희생시킬 수 없다는 생각이 든 거야…. 그녀를 나무라지 말아줘!" 하고 패터슨은 별안간 되풀이했다. 그런 그의 모습은 마치 어리둥절해 있는 자크의 얼굴에서 무엇인가 준엄한 비판의 빛을 읽은 듯했다. "자네는 그가 어떤 사람인지 모르고 있어! 무엇이든지 해치울 수 있는 사람이야! 아무것도 믿지 않고. 또 아무것도 믿을 수 없는 절망감에서 자기 자신을 믿으려고조차 하지 않아. 왜냐하면 그 자신이 **아무것도 아니니까**!"

자크는 침대에 두 팔을 뻗고 머리를 약간 뒤로 젖힌 채 불빛에 눈이 부셔 꼼짝도 하지 않았다. 문은 열려 있었다. 쫓으려고 하지 않았기 때문에 모기가 귓전에 와서 윙윙거렸다. 그는 많은 피를 흘린 사람들이 느끼는 것 같은 역겨움을 느꼈다.

"인간은 누구나 살아갈 권리를 가지고 있어!" 하고 영국인은 거친 목소리로 말했다. "자네는 누군가에게 물에 빠진 사람을 구출하러 물에 뛰어들라고 할 수 있어. 하지만 자신이 죽어 가면서까지 그 사람의 머리를 계속 물 위로 들어 올리고 있으라고 요구할 수는 없어! …그녀는 살고 싶어 해. 그럼! 그러던 참에 내가 나타난 거야. 그래서 그녀를 데리고 가는 거지! … Hush!"

"나는 당신들을 조금도 나무라지 않아." 자크는 고개를 움직이시 않고 중얼거렸다. "그러나 나는 그를 생각하고 있어…."

"You don't knowc him! He is capable of anything! …that man is a monster…a perfect monster!"*

"그는 아마 죽을지도 몰라, 패트."

패터슨의 입술이 반쯤 열렸다. 그리고 창백한 그의 얼굴은 마치 한 대 얻어맞은 것같이 일그러졌다. 그런 패터슨의 모습이 자크에게는 갑자기 흉측스럽게 여겨져 그것을 보고 있을 수가 없었다. '살인범.' 그는 또다시 생각했다. 그의 얼굴에서 잠시 눈을 돌린 다음 낮은 목소리로 자크는 말을 계속했다.

"나는 당을 생각하고 있어. 당에는 지도자가 필요해. 그 어느 때보다도…. 그것은 일종의 배신이야, 패트. 이중의 배신이야. 모든 면에서 배신이야."

* '자네는 그 사람을 몰라! 그 사람은 무슨 일이든지 저지를 수 있어! … 그는 괴물이야! 완전한 괴물이야!'라는 뜻의 영어.

영국인은 이미 문턱까지 가 있었다. 비스듬히 쓴 챙 달린 모자, 창백한 얼굴, 쫓기는 듯한 눈, 입을 삐죽거리는 모습은 갑자기 그에게서 불량배 같은 면모를 느끼게 했다. 그는 몸을 굽혀 여행 가방을 손에 들었다. 이제 그는 살인범이라기보다는 오히려 강도 같았다.

"Good night!" 하고 그는 말했다. 시선을 떨군 채 치켜들려고도 하지 않고 도망치듯 떠나가버렸다.

문이 닫히자마자 제니의 생각이 참을 수 없을 정도로 자크를 엄습해왔다. 어째서 제니 생각이 날까? …조용한 거리에서 자동차가 움직이기 시작하는 소리가 들렸다. 한참 동안 머리를 나무 침대에 기댄 채, 눈은 닫힌 문을 응시하면서 그는 꼼짝 않고 있었다. 그의 눈앞에는 패터슨의 고운 얼굴, 싱그러운 눈, 금발의 소년 같은 그의 미소가 떠오르는가 하면, 해고당한 하인 아니면 현장을 들킨 도둑 같은 울적한 모습, 뻔뻔스러우면서도 부끄러워하는 그 모습이 아른거렸다…. 정욕으로 흉하게 비뚤어진 얼굴…. 지하철의 통로에서 제니를 쫓아갈 때의 자신의 모습이 그랬을지도 모른다…. 그리고 그날 자신도 역시 비열한 행위, 배신 행위를 할 수 있지 않았을까?

여섯시 반인데도 잠을 이룰 수 없었던 자크는 메네스트렐의 숙소로 달려갔다.

하숙집 안은 아직 모든 것이 잠들어 있었다. 나이 든 여자 한 사람이 현관의 타일을 닦고 있었다. 자크는 순간 망설였다. 이대로 돌아갈까? 여덟시 기차를 타려면 더 이상 방문을 지연시킬 시간이 없었다. 그리고 어젯밤의 일이 있었던 이상 메네스트렐을 만나지 않고 브뤼셀을 떠날 수는 없었다.

그는 우선 조종사의 방을 노크했다. 아무런 대답이 없다. 방이 틀렸나? 그럴 리가 없다. 어제 왔던 곳은 바로 이십구 호실이다. 메네스트렐은 밤새도록 기다리다가 잠들어버렸을까? … 또 한 번 노크해보려고 하는 순간 자크는 안에서 맨발로 급히 걸어오는 발소리와 자물쇠에 손이 닿는 소리를 들었다. 터무니없고 무서운 생각이 문득 그의 뇌리를 스쳐갔다. 그는 본능적으로 손잡이를 잡아 돌렸다. 문이 열렸다. 그때 마침 열쇠로 잠그려고 하는 메네스트렐과 마주쳤다.

두 사람은 얼굴을 뚫어지게 바라보았다. 싸늘한 조종사의 얼굴에는 수수께끼 같은 표정이 서려 있었다. 분한 마음에서 오는 표정일지도 모르지…. 그는 잠시 망설이는 것 같아 보였다. 오는 손님을 밀치고 문을 잠그려고 했을까? 자크는 그가 그랬을지 모른다는 생각도 해보았다. 문의 손잡이를 돌렸을 때와 똑같은 직감으로 그는 어깨로 문을 한번 밀치고 방 안으로 들어갔다.

자크는 곧 방의 모습이 변해 있는 것을 알아차렸다. 더 넓어 보였다. 테이블과 의자는 벽 쪽으로 밀어놓았기 때문에 옷장 거울 앞의 방 한가운데는 텅 비어 있었다. 침대는 흐트러져 있었다. 그러나 위에는 이불이 덮혀 있었다. 방 안은 무엇인가를 하기 위해 잘 정돈되어 있었다. 메네스트렐 자신도 푸른색 잠옷을 입고 있었는데 그것은 다림질한 흔적이 역력했다. 외투걸이에는 옷이 하나도 걸려 있지 않았다. 세면대에는 화장 도구가 보이지 않았다. 모든 것이 출발을 위해 창가에 있는 두 개의 여행 가방 속에 넣어진 것 같았다. 그러나 잠옷 차림으로, 게

다가 맨발로 외출할 수는 없지 않았겠는가…?

자크의 두 눈은 메네스트렐 쪽으로 향했다. 메네스트렐은 같은 장소에 꼼짝 않고 있었다. 그러면서 자크를 바라보고 있었다. 그는 우두커니 서 있었다. 그러나 두 다리에 안정감을 잃은 것 같아 보였다. 그런 그의 모습은 마치 수술 뒤의 혼수상태에서 깨어나기 시작하는 수술 환자, 또는 저승에서 되살아온 망자亡者를 연상케 했다.

"무얼 **하려고** 했지요?" 자크가 머뭇거리면서 물었다.

"나 말인가?" 메네스트렐이 반문했다. 그는 자신도 모르게 시선을 떨구었다. 비틀거리면서 벽 있는 데까지 물러갔다. 그리고 무슨 말인지 잘 알아듣지 못한 것처럼 우물우물 말했다.

"내가 무얼 **하려고** 했느냐고…?"

그러면서 테이블 곁에 앉자 두 손으로 천천히 이마를 감쌌다.

테이블도 이상할 정도로 정돈되어 있었다. 거기에는 봉한 두 통의 편지가 뒤집혀 나란히 놓여 있었다. 그리고 접힌 한 장의 신문지 위에는 만년필, 지갑, 시계, 열쇠 꾸러미, 벨기에 돈 등 일용품들이 가지런히 놓여 있었다.

자크는 잠시 난감해하면서 꼼짝도 않고 있었다. 마침내 그는 메네스트렐 곁으로 다가갔다. 상대는 얼른 고개를 치켜들면서 말했다.

"쉿…."

그는 힘들여 일어나서 절뚝거리면서 몇 걸음 걸어 자크 쪽으로 다가왔다. 그리고 다시 한번 반복해서 물었다. 그러나 그 어조는 조금 전과는 달랐다.

"무얼 하려고 했느냐고? …그래! 옷을 입으려던 참이었어…. 그러고 나서 자네와 같이 나가려고 했지!"

그는 자크를 보지도 않고 가방 하나를 열었다. 옷가지를 꺼내어 그것들을 침대에 펼쳐놓은 다음 신문지 꾸러미 속에서 먼지투성이의 구두를 꺼냈다. 그리고 마치 자기 혼자만 있는 것처럼 옷을 입기 시작했다. 준비가 다 되자 그는 테이블까지 걸어갔다. 의자에 앉아서 아무 말도 않고 있는 자크는 거들떠보지도 않고 두 통의 편지를 집자 그것을 갈기갈기 찢어 벽난로에 던져버렸다.

그때 줄곧 그를 응시하고 있던 자크는 벽난로 속이 금방 종이를 내운 새로 가득 찬 것을 알았다. '그렇게 서류를 많이 갖고 있었을까?' 하고 자크는 자문해보았다. 그러나 문득 '슈톨바하 문서?'라는 생각이 들었다. 그는 열려 있는 가방 쪽으로 당황한 눈길을 던졌다. 그 가방에는 별로 든 것이 없었다. 그리고 문서 다운 꾸러미도 보이지 않았다. '다른 가방에 넣었겠지.' 하고 자크는 문득 뇌리를 스친 터무니없는 의심을 떨쳐버리기 위해 그렇게 생각했다.

메네스트렐은 테이블 곁으로 돌아왔다. 돈, 지갑, 열쇠 꾸러미를 집어 차근차근 호주머니에 넣었다.

그제야 비로소 그는 자크가 있다는 것을 생각해낸 것 같았다. 자크를 물끄러미 보더니 자크가 있는 쪽으로 걸어왔다.

"이봐, 오길 잘했어…. 안 그래? 나를 도와준 셈이지…."

그의 얼굴은 평온했다. 그는 야릇하게 미소를 지었다.

"보람 있는 일은 아무것도 없이… 원해봤자 아무런 소용이 없고, 걱정해도 소용이 없고…. 헛되고… 헛될 뿐이야…."

그는 홀연히 자크에게 두 손을 함께 내밀었다. 자크가 감격스럽게 그 손을 잡자 메네스트렐은 여전히 미소를 지으면서 말했다.

"So nimm denn meine Hände, und führe mich….* 자!" 하고 덧붙여 말하면서 그는 자크에게서 물러섰다.

그는 가방이 있는 쪽으로 걸어가 하나를 들려고 애썼다. 자크도 얼른 몸을 굽혀 다른 하나를 들려고 했다.

"아니야. 그것은 내 것이 아니야…. 놓고 갈 거야."

흐린 그의 눈발 속을 비통한 슬픔과 애정의 미소가 얼핏 스쳐 지나갔다.

'문서는 태워버렸구나.' 하고 생각하면서 자크는 어이없어 했다. 그러나 그는 아무것도 물으려 하지 않았다.

그들은 함께 방을 나왔다. 메네스트렐은 평소보다 약간 더 다리를 절고 있었다.

아래로 내려온 그들은 사무실 문 앞을 지나면서도 안으로 들어가지 않았다. 자크는 생각했다. '숙박료 계산도 끝냈구나!'

"제네바행 급행열차는… 일곱시 십오분에 있군." 하고 메네스트렐은 현관 벽에 붙어 있는 기차 시간표를 보면서 중얼거렸다. "그런데 자네는? 여덟시 파리행 기차를 탈 건가? 나를 기차에 태워줄 만한 시간은 있군…. 이것 봐, 이렇게 모두 해결되는 거야…!"

* '자, 손을 잡고 데려다줘'라는 뜻의 독일어.

55

자크가 벨기에에서 오는 기차에서 내렸을 때 파리 시가는 잠깐 뜨거운 소나기가 막 지나가고 한낮의 태양이 한층 더 타는 듯한 햇살을 쏟고 있었다.

정세는 암담하고 불길한 조짐이 거듭 쌓이고 있었다. 여행하는 동안에 그가 들은 것은 모두가 걱정스러운 징후들뿐이었다. 기차는 만원이었다. 국경 지방 주민들 사이에는 커다란 마음의 동요가 일고 있었다. 휴가를 받아 귀향했던 북부 지방의 병사들이나 장교들에게는 그들의 연대로 복귀하도록 전보로 통첩되었다. 자크는 프랑스 사회주의자들과 같은 기차로 브뤼셀을 출발하기는 했지만 그들과는 따로 떨어져 북부 지방 사람들로 붐비는 찻간에 탔다. 그 사람들은 서로 알지도 못하면서 이야기를 나누고 신문을 돌려 읽으며 정보를 주고받고 있었다. 그들은 불안해하면서 여러 가지 사태에 관한 논평을 하고 있었다. 불안하다고는 해도 거기에는 놀라움과 호기심과 미심쩍어 하는 마음이 두려움보다 더 큰 부분을 차지하고 있는 것 같았다. 대부분의 사람들이 전쟁이 일어날 것이라는 생각에 이미 익숙해진 것이 분명했다. 프랑스 정부가 미리 취한 대비책에 관해 주고받는 이야기에는 무엇인가 시사하는 바가 있었다. 벌써 도처에서 철도, 다리, 수로水路, 군수공장이 군대의 감시 아래에 있다는 것이었다. 현역병 대대가 코르베유의 제분소들을 점령했다. 제분소 사장은 『악시옹 프랑세즈』에 의해 독일군의 예비 장교라고 비난받고 있던 인물이었다. 파리에서는 송수 시설과 식료품 저장소가 군대의 감시 아래에 있었다. 가슴에 훈장을 단 한 신사가 기술자를 자칭하면서 제법 그럴듯하게 에펠탑에 무선 장치를 설치하기 위해 이미 여러 가지 공사가 급히 진행 중임을 설명하고 있었다. 자동차 제조업자라는 한 파리 사람은 마침 자동차 경기에 사용하려고 모아놓은 수백 대의 자동차가 징발까지는 아니지만, 새로운 조치가 있을 때까지라면서 그냥 묶여 있을지도 모른다고 한탄하고 있었다.

자크는 생 캉탱 역에서 구한 『위마니테』를 통해 정부가 어제 29일 수요일에 노동총연맹이 바그람관에서 열기로 했던 집회를 막바지에 가서 봉쇄했다는 것을 알고 깜짝 놀라면서 분개했다. 그 집회에는 파리와 파리 교외의 모든 노동단체들이 집단 시위를 하기 위해 모이기로 되어 있었다. 금지령에도 불구하고 테른가街에 몰려온 시위대는 난폭한 경찰의 공격으로 흩어졌다는 것이다. 소요는 밤이 되어도 얼마 동안 계속되었다. 하마터면 적극적인 시위대의 몇몇 대열은 내무부와 엘리제궁까지 밀고 나갈 뻔했다는 것이다. 이런 민족주의자들의 권력 행사는 푸앵카레의 귀국 때문이라고 했다. 그것은 바로 집회의 권리를 존중하지 않고 지난날의 공화주의의 자유마저 유린하여 노동자의 항의열을 분쇄하려는 정부의 의사 표시인 것 같았다.

기차는 삼십 분 연착했다. 역 구내 식당에서 샌드위치를 먹고 나오면서 자크는 카페 뒤 프로그레에서 몇 번 만난 적이 있는 나이 든 지지자를 만났다. 루벨이라는 그 사람은 『사회투쟁』의 편집자였다. 그는 크레이에 살고 있었으며, 매일 오후에 신문사에 오곤 했다. 둘은 같이 역을 나왔다. 역 앞 광장과 거기에 면해 있는 건물들은 아직 깃발로 장식되어 있었다. 어제 있었던 대통령의 파리 귀환은 파리시에 애국심의 폭발을 불러일으켰는데, 루벨은 현장을 목격했다고 하면서 매우 흥분해서 이야기를 했다.

"알고 있어." 하며 자크는 상대의 이야기를 가로막았다. "신문이란 신문은 모두 그것을 대서특필하고 있어. 역겨워…. 설마 『사회투쟁』까지 장단을 맞추고 있지는 않겠지?"

"『사회투쟁』이? 그럼 최근에 실은 보스의 글은 읽지 않았나?"

"아니, 브뤼셀에서 지금 막 오는 길이야."

"자네는 늦구먼…."

"귀스타브 에르베 말인가?"

"에르베는 어리석은 몽상가가 아니야…. 그는 모든 사실을 있는 그대로 보고 있어…. 벌써 며칠 전부터 그는 이제 전쟁은 불가피하다는 것, 반대 입장에 서서 고집부려봤자 어리석은 일이고, 심지어 죄악이라고까지 생각했던 거야…. 화요일의 글을 보라고. 알게 될 거야…."

"에르베가 애국주의자라고?"

"애국주의자라고 말할 수 있겠지…. 현실주의자라고 말할 수도 있겠고! 그는 정부의 조치에 도발적인 제스처가 있었다고 비난해선 안 된다고 솔직하게 말하고 있어. 그러면서 결론으로 프랑스가 자국의 국토를 지키기 위해 싸우지 않을 수 없게 된 이상 지난 여러 주 동안에 프랑스가 취한 정책을 두고 볼 때 프롤레타리아의 배반은 어떤 면으로도 정당화될 수 없다는 거야."

"에르베가 그런 말을 했어?"

"그는 그것이 하나의 **매국 행위**라고까지 아주 명백하게 쓰고 있어! 왜냐하면 지켜야 할 이 국토는 뭐니 뭐니 해도 프랑스 대혁명의 조국이기 때문이라는 거야!"

자크는 걸음을 멈추었다. 그는 말없이 루벨을 바라보았다. 곰곰이 생각해보면 별로 놀랄 일도 아니었다. 왜냐하면 두 주 전에 총파업 문제가 바이앙과 조레스에 의해 프랑스 사회주의자 대회에서 토의에 붙여졌을 때 에르베가 맹렬하게 반대 입장을 취하고 있었던 것이 생각났기 때문이다.

루벨은 말을 계속했다.

"자네는 뒤늦어…. 정말 뒤늦어…. 다른 데서 어떻게들 이야기하고 있는지 가서 들어보지 그래…. 이를테면『라 프티트 레퓌블리크』* 같은 데 말이야…. 그렇지 않으면 공화당 본부 같은 곳이라든가. 나도 어제저녁에 거기에 들렀는데… 어디나 다 같은 의견이야…. 도처에서 눈을 뜨고 있어…. 사태를 이해한 사람은 에르베만이 아니야…. 각 국민 사이의 동포애, 그것도 아주 그럴싸해. 그러나 벌써 사태는 발생하고 있어. 그것을 직시해야 해. 그런데 자네는 뭘 하고 싶어 하나?"

"아무거나. 뭐 새삼스럽게…."

"**다른 전쟁**을 피하기 위해서는 내란도 불사하겠다는 뜻인가? 유토피아! …현시점에서는 아무도 꼼짝하려 들지 않을 거야…. 외부의 침략 위협을 눈앞에 두고 있는 현재로서는 어떤 반란 공작도 실패하고 말 거야. 노동자 핵심 세력에서도, 인터내셔널에서까지도, 대다수의 사람들은 일반 대중과 발을 맞추어 자기네 영토를 지키려고 해…. 국제적인 동포애, 그렇지,

* '소공화국'이라는 뜻.

원칙으로는. 그러나 당분간 그런 문제는 이차적인 거야. 지금은 누구나 다 제한된 동포애를 생각하고 있어. 곧 **프랑스 국민**으로서의 동포애 말이야…. 거기에다, 제기랄, 독일 놈들이 아주 오래전부터 계속 귀찮게 굴고 있으니까! 녀석들 정말 해볼 테면…!"

대여섯 명의 신문팔이들이 광장을 급히 뛰어가며 외치고 있었다.

『파리-미디』!*

루벨은 신문을 사려고 차도를 건너갔다. 자크도 그를 따라가려고 하는 순간 근처를 배회하던 빈 택시 한 대가 그의 앞으로 왔다. 자크는 부랴부랴 택시에 올라탔다. 만사 제쳐놓고 제니의 집으로 달려가는 거다.

'에르베, 그 친구….' 하고 자크는 불쾌하게 생각했다. '그런 자들까지도 기세가 꺾인다면 다른 사람들, 서민들, 일반 대중들은 도대체 어떻게 버티란 말인가…. 이들은 손에 드는 신문에서마다 정당한 전쟁과 정당하지 않은 전쟁이 있으며, 프로이센 제국주의에 대항하는 전쟁, 요컨대 범게르만주의자들과의 결판을 내는 전쟁이야말로 정당한 전쟁, 신성한 전쟁이고, 민주적 자유를 수호하기 위한 십자군 전쟁이라고 떠들어대는 것을 읽을 테니 말이다…!'

옵세르바투아르가街에 도착한 자크는 퐁타냉가家의 발코니 쪽을 쳐다보았다. 창문은 모두 열려 있었다.

* 『파리』의 정오판을 말한다.

'제니의 어머니는 돌아오셨을까?' 자크는 생각했다.

아니다. 제니는 혼자였다. 창백한 얼굴을 하고 기뻐서 마음을 설레며 현관문을 열어주고는 현관의 어둠 속으로 뒷걸음질하는 제니를 보자 자크는 제니가 혼자라는 사실을 확인할 수 있었다. 제니는 불안하지만 아주 부드러운 눈길로 자크를 뚫어지게 바라보았다. 자크는 제니에게 다가가 자신도 모르게 두 팔을 벌렸다. 제니는 몸을 떨며 눈을 감고 자크의 품에 안겼다. 두 사람에게는 이것이 최초의 포옹이었다…. 그것은 두 사람 다 전혀 예기치 않았던 일이다. 아주 잠깐 동안의 포옹. 제니는 문득 거역하지 못할 현실을 다시 의식한 듯 자크에게서 빠져나왔다. 그리고 신문이 펼쳐져 있는 테이블 위를 가리키며 말했다.

"정말이에요?"

"뭐가?"

"저… 동원령!"

자크는 제니가 가리킨 신문을 집어들었다. 그것은 역 광장에서 신문팔이가 외치며 팔고 있던 『파리-미디』였다. 벌써 한시간 전부터 파리 시내의 동네마다 몇천 부씩 팔려 나간 신문이었다. 그것을 보고 질겁을 한 수위 아주머니가 제니에게 가져다준 것이다.

자크의 얼굴이 상기되었다.

어젯밤에 엘리제궁에서 군사 회의가 열렸다 …. 제3군단은 급히 국경 지대로 파견되었다 …. 제8군단에 소속된 부대원들은 의복, 탄약, 야전 식량을 지급받고 출발 명령을 기다리고 있다…!

제니는 몹시 불안해서 얼굴이 굳어진 채 자크를 바라보고 있었다. 그녀는 참다못해 불쑥 물었다.

"전쟁이 나면, 자크…. 당신도 출정하나요?"

자크는 벌써 닷새 전부터 기다리고 있었던 질문이다. 신문에서 눈을 떼고 고개를 세게 저으며 그는 단호하게 안 간다는 뜻을 나타냈다.

제니는 속으로 생각했다. '나도 그러리라고 생각했었어요.' 그러고는 자신을 괴롭히고 있는 꺼림칙한 생각을 애써 떨쳐버리면서 그녀는 얼른 생각했다. '출정을 거부하는 데는 굉장한 용기가 필요한 거야!'

침묵을 깬 것은 제니였다.

"이리 와요."

제니는 그의 손을 잡고 이끌었다. 그녀의 방문은 열려 있었다. 제니는 잠시 망설이다가 자크를 들어오게 했다. 자크는 별 생각 없이 제니의 뒤를 따라갔다.

"아마 사실이 아닐 거야." 하고 자크는 한숨을 지으며 말했다. "그러나 내일이라도 그럴 수 있을지 몰라. 전쟁은 사방에서 우리를 조이고 있으니까. 그 위험은 점점 다가오고 있어. 러시아는 절대로 양보하지 않아. 독일도 마찬가지이고…. 어느 나라에서나 정부는 똑같은 가소로운 제의와 똑같은 아집과 똑같은 거절을 고집스럽게 되풀이할 뿐이야…."

'그래.' 하고 제니는 생각했다. '무서워서 그런 것이 아니야. 자크에게는 용기가 있어. 그는 논리적이야. 그가 다른 사람들처럼 굴 리가 없어. 그는 굴복하지 않을 거야. 틀림없이 남아 있을 거야.'

제니는 잠자코 자크에게 다가가 그의 가슴에 몸을 바싹 붙였다.

'나하고 같이 있어줄 거야!' 제니는 문득 생각했다. 그녀의 가슴은 자신도 모르게 뛰었다.

자크는 제니를 팔로 감싸안았다. 그리고 선 채로 몸을 구부려 반쯤 가려진 그녀의 이마에 입을 맞추었다. 제니는 꽉 안겨 있는 것을 느끼면서 감미로움에 정신이 아득해지는 것 같았다. 제니는 자신도 왠지 모르게 자크가 자기를 들어 올려 어디론가 데려갈 수 있도록 하기 위해 될 수 있는 대로 몸을 움츠리고 가볍게 하려고 애썼다…. 제니는 여행 중에 있었던 일에 대해서 자크에게 물어보고 싶은 생각이 굴뚝같았지만 감히 그러지를 못했다. 자크는 자기의 얼굴로 한번 비비면서 그녀의 얼굴을 살짝 들어 올리게 했다. 입술은 그녀의 뺨, 매끄러운 긴 뺨을 스치고 입까지 미끄러져 갔다. 제니는 입을 꽉 다물고 있었지만 피하지는 않았다. 제니는 그 집요한 입맞춤에 숨이 막히는 것 같았다. 숨을 쉬기 위해 얼굴과 얼굴 사이에 손을 넣어 윗몸을 뒤로 젖혔다. 제니의 표정은 놀랍도록 평온하고 엄숙했다. 그녀는 자기가 이렇게 또렷하게 자신을 의식하고 책임을 느끼며 결단력이 있어본 적이 지금까지 한 번도 없었던 것 같았다. 자크는 조심스럽게 제니를 다시 힘껏 껴안았다. 제니는 수줍음도 없이 순순히 자신을 내맡겼다. 그녀는 이처럼 그의 팔에 안겨 있다는 것을 느끼는 것 이외에 더 바라는 것이 아무것도 없었다. 뺨과 뺨을 맞대고 서로 가만히 껴안은 채로 그들은 창 앞에 놓여 있는 좁은 디방에 앉아 있었다. 얼마 동안 그들은 아무 말 없이 꼼짝 않고 있었다.

"엄마한테서는 여전히 소식이 없어요." 낮은 목소리로 제니가 말했다.

"정말… 어머니한테서…."

제니는 자신을 괴롭히고 있는 걱정거리에 대해서 그가 아주 무관심한 것이 순간 원망스럽게 여겨졌다.

"아무 소식도 없어?"

"빈역에서 써 보낸 '무사히 도착'이란 내용의 월요일 자 엽서 한 장뿐이에요!"

제니는 그 엽서를 어제 수요일 아침에 받았다. 그리고 그 뒤로 극도로 불안해져서 우편물들을 기다려보았으나 허사였다. 편지도 전보도 오지 않았다…. 그녀는 여러 가지 억측을 하며 갈피를 못 잡고 있었다.

자크는 멍하게 낯선 방 안을 둘러보았다. 이 방을 며칠 전에 보았더라면 이처럼 감격하지는 않았을지 모른다. 그곳은 밝고 잘 정돈되어 있고, 그리고 흰색과 파란색 줄무늬가 섞인 벽지를 바른 작은 방이었다. 벽난로가 화장대 대신으로 쓰이고 있었다. 거기에는 상아빗과 바늘꽂이가 있고, 거울 모서리에는 사진 몇 장이 끼어 있었다. 테이블에는 하얀 가죽 받침이 놓여 있었다. 급히 접어놓은 신문 몇 장 말고는 무엇 하나 흐트러진 것이 없었다.

자크는 귓속말로 제니에게 말했다.

"당신의 방…." 그녀가 아무 대답도 하지 않자 그는 어물어물하며 말했다. "어머니께서 여행을 계속하실 줄을 몰랐어…."

"당신은 엄마를 몰라요! 엄마는 한번 결심한 일은 절대로 포기하는 법이 없어요. 엄마는 그리고 그쪽에 가 있는 이상 생각한 일을 어떻게 해서든지 해결하려고 하실 거예요…. 그런데 엄마가 그 일을 할 수 있을는지…. 어떻게 생각하세요? 이런 때 오스트리아에 있는 것이 위험하지는 않을까요? 어때요? 무슨 일은 없을까요? 지체할 경우 그쪽에서 엄마를 되돌아올 수 있게나 할까요?

"모르겠어." 하고 자크는 솔직히 대답했다.

"그럼 어떻게 하죠? 주소도 모르고 있으니…. 아무 소식이 없다는 것을 어떻게 생각해야 할까요? 그쪽을 떠났다면 전보라도 쳤을 텐데…. 그러니까 엄마는 역시 빈에 있는 게 분명해요. 그리고 엄마는 틀림없이 편지를 썼을 거예요. 그 편지가 도중에 없어졌겠지요…." 제니는 걱정스런 몸짓을 하며 테이블에 있는 신문을 가리켰다. "이런 것을 읽으면 걱정을 안 할 수가 없어요…."

제니는 아침 일찍부터 신문을 사러 나갔었다. 그리고 자크가 오는데 집을 비우면 안 될 것이라고 생각하여 서둘러 돌아왔었다. 그리고 모두 자기에게 소중한 사람들인 자크나 어머니, 다니엘의 주위를 맴돌고 있는 위험에 온통 정신이 팔려 아침 내내 여러 신문을 읽고 또 읽곤 했다.

"다니엘도 제게 편지를 썼어요." 하고 제니는 일어서면서 말했다.

그녀는 받침 밑에서 봉투 하나를 꺼내어 자크에게 내밀었다. 그리고 나서 마치 충실한 동물처럼 스스로 다시 와서 그에게 몸을 바싹 붙였다.

다니엘은 편지에서 퐁타냉 부인이 예정보다 여행을 오래 끌고 있는 것에 불안을 감추지 못하고 있었다. 그는 이렇게 혼란스러운 때 파리에 홀로 있는 제니의 처지를 측은히 여긴다고 했다. 그러면서 앙투안이나 에케 부부를 찾아가보라고 했다. 그는 동생에게 너무 불안해하지 말라고 간곡하게 말하면서 아직 사태는 수습될 여지가 있다고 했다. 그러나 추신으로 그는 자기가 소속되어 있는 사단에 비상이 걸렸는데 그날 밤 안으로 뤼네빌을 떠날 것으로 보이며, 어쩌면 얼마 동안은 소식을 전하는 것도 어려울 것이라고 덧붙였다.

제니는 자크 가슴에 머리를 기댄 채 눈을 들어 그가 편지를 읽는 모습을 올려다보고 있었다. 자크는 편지를 다시 접어서 그녀에게 돌려주었다. 그는 제니가 희망적인 말을 기다리고 있다는 것을 알았다.

"다니엘이 말한 대로야. 사태는 아직 수습될 수 있어…. 단지 각국의 국민들이 알아주기만 한다면…. 그들이 행동하기로 결심한다면…. 바로 이것을 위해서 최후의, 최후의 순간까지 힘써야 해!"

한시도 뇌리를 떠나지 않는 생각에 사로잡힌 그는 파리, 베를린, 브뤼셀에서 있었던 시위와, 무슨 수를 써서라도 전 유럽의 평화를 갈구하는 그들의 의지를 관철하려고 외치는 군중의 한결같은 열정을 목격했을 때 자신이 얼마나 감동했었는가를 간단히 들려주었다. 그는 지금 여기에 있는 것이 갑자기 부끄럽게 생각되었다. 동지들의 활동, 오늘 있을 이런저런 사회당 지부별로 조직된 행사, 자신이 직접 해야 할 일, 가능한 빨리 당에서 비용으로 쓸 수 있도록 해야 할 돈에 대해서 생각했다…. 자크는 얼굴을 번쩍 들었다. 그리고 제니의 머리를 쓰다듬으면서 좀 거칠고 우울한 투로 말했다.

"제니, 나는 언제까지나 당신하고 있을 수는 없어…. 해야 할 일이 너무나 많아….”

제니는 꼼짝도 하지 않았다. 그러나 자크는 제니가 긴장하는 것을 느꼈고, 그녀의 절망적인 시선을 보았다. 자크는 더욱 격렬하게 제니를 가슴에 껴안고 핼쑥해진 그녀의 얼굴에 마구 키스를 해주었다. 그는 제니가 불쌍하게 여겨졌다. 도저히 구할 길 없는 무언의 이 고통 때문에 여러 가지 사태의 모든 중량이 그에게는 갑자기 더 무겁게 느껴졌다.

“그렇다고 당신을 함께 데리고 갈 수도 없고….” 하고 그는 생각한 것을 분명히 말하려는 듯 나지막하게 말했다.

제니는 놀라며 물었다.

“왜 안 돼요?”

무엇을 하고자 하는지 자크가 알아차리기도 전에 그녀는 그의 팔을 빠져나가 옷장을 열고 모자와 장갑을 꺼냈다.

“제니! 말했지 않아…. 그래서는 안 돼…. 나는 할 일도 많고, 또 만나야 할 사람도 많아…. 『위마니테』에도 가야 하고…. 또 『르 리베르테르』와 그 밖에 다른 곳에… 오늘 저녁에는 몽루주에도 가야 해…. 그동안 무얼 하겠어?”

“길가에 있을게요….” 제니는 애원하듯 말했다. 그런 그녀의 말투에 당사자는 물론 자크도 놀라지 않을 수 없었다. 그녀는 이미 자존심 같은 것은 깡그리 잊고 있었다. 삼 일 동안 떨어져 있으면서 그녀는 아주 변해버린 것이다. “언제까지라도 기다릴 거예요…. 조금도 귀찮게 굴지는 않을 테니까…. 자크, 당신을 따라가게 해주세요. 당신과 언제나 같이 있게 해주세요…. 아니에요, 그런 부탁을 하는 게 아니에요. 저도 안 된다는 것을 알고 있어요…. 하지만 제발… 여기에… 이런 신문들과 함께 나를 내버려두고 가지 마세요!"

지금까지 자크가 제니를 이처럼 가깝게 느껴보기는 이번이 처음이었다. 그것은 새로운 제니, 투쟁을 위한 동지였기 때문이다!

"데리고 가지!" 그는 흔쾌히 외쳤다. "친구들도 소개하고…. 두고 보면 알아…. 오늘 저녁에 몽루주 집회에 같이 가…. 따라와!"

"먼저 해야 할 일은 상속 문제를 처리하는 거야…." 하고 그는 둘이서 밖으로 나오자마자 침착하게 말했다. "그런 다음 『파리-미디』의 기사가 사실인지 알아봐야겠어."

그의 목소리는 들떠 있었다. 그는 제니가 같이 있음으로 해서 가장 즐거웠던 시절의 활기를 되찾았던 것이다. 그는 제니의 팔꿈치 밑으로 손을 넣었다. 그러고는 빠른 걸음으로 그녀를 뤽상부르 쪽으로 이끌고 갔다.

중개인 사무소(은행의 각 지점, 저축은행, 우편국도 마찬가지였다.)에는 지폐를 금화로 바꾸려고 창구에 사람들이 떼로 몰려와 야단법석이었다. 증권시장은 이틀 전부터 그야말로 아우성이었다. 증권 중개인들과 거래소 밖의 증권 중개인들은 만일을 생각하여 7월 결산을 8월 말로 연기할 수 있는 지불 정지령을 내리도록 정부 당국에 압력을 가했다.

"정보가 매우 정확하셨더군요, 선생." 하고 지배인은 눈을 껌벅거리면서 감탄해 마지않았다. "마흔여덟 시간 차이로 하마터면 말씀대로 못해 드릴 뻔했습니다!"

"알고 있습니다." 하고 자크는 침착하게 말했다.

몇 시간 뒤에 티보 씨가 남긴 막대한 재산의 반은—그렇게 짧은 시일 안에는 도저히 해결할 수 없는 남아메리카 주식 이백오십만 프랑을 제외하고—스테파니의 배려로 신중하고 맡을 만한 자격이 있는 사람의 손에 넘어갔다. 이 사람은 익명의 기부금을 스물네 시간 안에 인터내셔널 본부에 기탁할 책임을 맡았던 것이다.

56

같은 시간에 앙투안은 뤼멜에게 주사를 놓기 위해 케 도르세 계단을 올라가고 있었다. 며칠 전부터 특히 외상이 돌아온 뒤부터 뤼멜은 밤낮으로 기진맥진해 있어서 위니베르시테가街에 오는 것을 포기할 수밖에 없었다. 그리고 몸을 혹사한 탓에 전과는 달리 매일 주사를 맞아야 했기 때문에 결국 앙투안이 정기적으로 그를 찾아가기로 한 것이다. 앙투안은 그 왕진을 기꺼이 받아들였다. 이십 분을 뤼멜의 사무실에서 보내곤 했는데, 이것은 그로 하여금 외교적으로 급변하고 있는 여러 상황을 그날그날 알 수 있게 해주었다. 덕분에 그는 뜻하지 않게 파리에서 정보에 가장 정통한 사람의 하나로 자처하게 되었다.

복도와 그 옆에 작은 응접실에는 여러 사람이 면담을 기다리고 있었다. 그러나 경비는 앙투안을 알고 있었기 때문에 뒷문으로 그를 안내했다.

"그러면" 하고 앙투안은 호주머니에서 『파리-미디』를 꺼내면서 말했다. "사태는 점점 급박해지고 있단 말인가?"

"체…." 하고 뤼멜은 일어서며 눈살을 찌푸렸다. "그런 건 어서 찢어버리게나…. 즉각 부인했어! 이런 파렴치한 허위 보도는 정부가 고소할 거야. 경찰이 곧 남아 있는 부수를 모두 압수했어."

"그럼 허위 보도였단 말이지?" 앙투안은 안심했다는 투로 말했다.

"그… 그런 건 아니야."

앙투안은 사무실 구석에 기구를 놓으며 고개를 들었다. 그리고 피곤한 모습으로 천천히 옷을 벗는 뤼멜을 잠자코 주시했다.

"어제저녁에 매우 심각한 조짐이 있었던 건 틀림없어…." 피로 때문에 가라앉은 그의 목소리는 앙투안이 볼 때 변해 있는 것 같았다. "새벽 네시에 우리는 모두가 일어나 있었어. 초조한 상태였으니까. 육군상과 해군상이 급히 엘리제궁에 불려 갔는데, 그 자리에는 벌써 수상도 와 있었어. 두 시간 동안 진지하게… 비상조치에 관해 토의를 한 거야."

"그래서… 그 조치는 취하지 않기로 한 건가?"

"결국 취하지 않기로 했지, 아직은…. 오늘 아침부터는 약간의 정세 완화를 전하라는 지시가 있었을 뿐이야. 독일은 군대를 동원하지 않겠다고 정식으로 통고해왔어. 뿐만 아니라 빈 정부와 페테르부르크 정부와는 적극적으로 '담판'하고 있다는 거야. 그렇기 때문에 지금으로서는 공연히 주도권을 잡거나 해서 일을 위험하게 몰고 간다면…."

"그런데 독일의 그런 태도는 좋은 징조이구먼!"

뤼멜은 눈짓으로 그의 말을 가로막았다.

"이 사람아, 그거야 속임수지! 속임수에 지나지 않아! 가능하면 동맹국*의 주장에 이탈리아를 끌어들이려고 하는 온건한 제스처인 거야. 사실은 아무런 성과도 얻을 수 없는 제스처지. 오스트리아는 이제 물러설 수 없고, 러시아는 물러서려고 하지도 않는다는 것을 독일도 우리 못지않게 잘 알고 있어."

"그거 끔찍한 일이군. 자네 말을 들으니…."

"오스트리아도 그렇고 러시아도 그래… 그 밖에 다른 나라들도…. 이봐, 그렇기 때문에 사태가 꼬여가고 있는 거야. 정부 안에서는 거의 전부가 여전히 평화를 원하고 있어. 하지만 또 전쟁을 원하는 정부도 지금 도처에 있어…. 각국 정부는 어쩔 수 없는 형세에 따라 불길한 가정 앞에서 한결같이 '어쨌든 한번 해볼 만한 승부다…. 어쩌면 손안에 넣기에 좋은 기회인지도 모른다!'라고 생각하고 있거든. 그건 그래! 자네도 알다시피 유럽 각국은 오래전부터 마음속으로는 어떤 목적을 달성해야겠다는 생각, 어차피 전쟁에 끌려 들어갈 바에는 거기에서 어떤 이익을 끌어내야겠다는 생각을 언제나 해왔어…."

"우리 나라도?"

"우리 나라에서 가장 평화주의자라는 지도자들까지 '요컨대 이번이야말로 독일과 결판을 짓고…. 알자스-로렌을 다시 찾을 수 있는 좋은 기회인지 모른다'라고 생각하고 있어. 독일은 독일대로 이 기회에 포위망을 뚫으려고 생각하고 있고. 영국은 그 나름대로 독일 해군을 전멸시켜 독일의 무역과 식민지를 가로채려 하고. 각 나라가 큰 재앙을 피하려고 하면서도 그 이면에는… 여차 일이 터질 경우 손에 넣을지도 모르는 이익을 노

* 독일, 오스트리아, 헝가리를 말한다.

리고 있는 거야."

뤼멜은 낮고 단조로운 말투로 자기의 생각을 피력했다. 그는 이야기하는 데 지친 것 같았고, 너무 피곤해서 가만히 있을 기운도 없는 것처럼 보였다.

"그래서?" 하고 앙투안이 물었다. 그는 기대와 불확실성에서 오는 물리적 공포 때문에 이제는 차라리 전쟁이 터져 별수 없이 출정하는 수밖에 없다는 말을 듣는 편이 더 낫겠다는 생각이 들었다.

"그런 데다가…." 하고 뤼멜은 묻는 말에는 대답도 하지 않고 이야기를 시작했다. 그는 입을 다물고 곱슬곱슬하게 컬을 한 머리를 손끝으로 천천히 쓰다듬고 나서 두 손으로 이마를 감쌌다.

두 주일 동안 아침부터 저녁까지 그 모든 문제에 관해 떠벌리고 또 그 모든 것이 전개되는 것을 들어온 그는 자기가 말하고 있는 사태가 얼마나 심각한 것인지를 의식하는 것조차 잊고 있는 것 같았다. 선 채로 두 눈을 내리깔고 두 손으로 관자놀이를 누르며 그는 미소를 짓고 있었다. 그의 와이셔츠 자락이 노란 솜털이 난 희고 통통한 넓적다리 위에 펄럭거리고 있었다. 그의 미소는 앙투안에게 보내는 미소가 아니었다. 그것은 멍청하고 짜증스러워하는 미소, 거의 바보스러워 보이는 미소였다. 전혀 '사자답지' 않은 미소였다. 눈에 띄게 초췌한 모습을 그의 부은 얼굴, 잿빛 곱슬 머리카락이 땀으로 찰싹 붙어 있는 핏기 없고 주름진 이마 위에서 읽을 수 있었다. 그는 지난 이틀 밤을 꼬박 케 도르세에서 보냈던 것이다. 지쳐 있는 정도가 아니었다. 극적이었던 이번 한 주일 동안의 충격으로 인해 힘이 빠지고 허약해졌으며 거의 녹초가 되었다. 그런 그의 모습은 물속에서 오랫동안 이리저리 끌려다닌 물고기 같았다. 주사 덕분에 (그리고 앙투안이 만류하는데도 불구하고 두 시간마다 복용한 콜라정제* 덕분에) 일과만은 해낼 수 있었다. 그러나 그것은 최면 상태에서였다. 기운을 되찾은 신체는 다시 제 기능을 발휘하기는 하지만 중요한 어느 기관이 틀림없이 고장을 일으킨 것 같아 보였다. 이제 몸이 더 이상 말을 듣지 않는 것이었다.

뤼멜은 보기에도 측은한 생각이 들게 했다. 그럼에도 불구하고 앙투안은 궁금증을 풀고 싶었다. 앙투안은 되풀이해 물었다.

"그런 데다가 어쨌다는 거야?"

뤼멜은 몸을 떨었다. 손을 떼지 않고 얼굴을 돌렸다. 머리가 윙윙거리고 지끈거려서 하찮은 충격을 받아도 곧 머리가 깨질 것만 같았다. 그래. 이 상태가 언제까지나 계속될 수는 없어. 결국에 가서는 머릿속에서 무엇인가가 터지고 말 거야…. 지금 장소는 상관없어. 설사 그곳이 감방이라도 좋으니 반나절만이라도 혼자 있으면서 푹 쉴 수 있다면 자신의 지위와 야망을 송두리째 버려도 좋겠다….

그러면서도 그는 목소리를 낮추어 말을 계속했다.

"그런 데다가 **우리 나라**는 이런 것을 **알고 있어**. 베를린은 만일 러시아가 군대를 조금이라도 동원한다면 독일은 지체 없이 동원령을 내릴 것이라고 페테르부르크에 통고했다는 사실을 말이야…. 일종의 최후통첩이지!"

* 자극성 불면 약제.

"그렇다면 무엇이 러시아로 하여금 동원령을 못 하도록 방해하고 있는 거야?" 앙투안이 외쳤다. "어제 차르가 헤이그의 국제 사법재판소의 중재를 제안했다고 하지 않았는가?"

"바로 그거야. 문제는 **오직** 거기에 있어. 러시아의 경우 중재를 떠들어대고는 있지만 끈질기게 동원을 계속하고 있어!" 하고 뤼멜은 일종의 냉담한 투로 말했다. "우리에게 통고하지 않았을 뿐만 아니라 우리 모르게 시작한 동원이야! …그러면 언제부터였을까? 어떤 사람들의 말로는 **24일부터**라는 거야! 오스트리아의 선전포고가 있기 나흘 전이지! 오스트리아가 군대를 동원하기 닷새 전이고! 어제저녁에 사조노프 씨는 우리에게 러시아는 전쟁 준비를 서두르고 있다고 분명히 말했어. 내가 알기로는 어느 누구보다도 진지하게 무슨 일이 있어도 전쟁은 피하기를 바라고 있는 비비아니 씨는 아연실색한 거야. 동원—**총**동원—의 칙령이 오늘 저녁 페테르부르크에서 공식적으로 발표된다 해도 우리는 아무도 놀라지 않을 거야! …오늘밤의 군사 회의도 바로 그 문제 때문이거든…. 사실은 헤이그의 평화재판소에서 중재를 해주기를 바라는 것 같은 이상주의적인 제안보다 훨씬 더 중요한 거야! 또는 카이저와 그의 사촌인 차르 사이에 오가는 것으로 보이는 '우호적인' 서신만큼이나 말이야! …그럼 러시아는 왜 그렇게 도전적인 태도를 보이는 것일까? 그것은 푸앵카레가 늘 독일이 무력으로 나오지 않는 한 러시아는 프랑스로부터 군사적 원조를 기대할 수 없다고 신중하게 되풀이했기 때문일까? 그것도 의심스러워…. 사람들은 페테르부르크가 베를린으로 하여금 도전적인 태도를 취하게 해서 그 결과 프랑스도 동맹국으로서 약속을 지키지 않을 수 없게 만들기를 바란다고 말하고 있어…!"

뤼멜은 입을 다물었다. 그는 자신의 무릎을 주의 깊게 살펴보고 나서 두 다리를 만졌다. 더 이상 말하기를 주저하고 있는 것일까? 앙투안은 그렇게 생각하지 않았다. 그는 오늘 이 외교관은 말해도 되는 것과 안 되는 것을 전혀 판단할 수 없는 상태에 있지 않나 하는 인상을 받았다.

"푸앵카레 씨는 아주 강경해." 하며 뤼멜은 머리를 들지 않고 말을 계속했다. "아주 강경해…. 생각해보라고. 오늘 밤에 페테르부르크 주재 프랑스 대사관에 프랑스 정부의 이름으로 러시아의 동원을 **단호히 거부**하라는 훈령이 가 있을 거야."

"아주 잘했어!" 하고 앙투안은 순진하게 외쳤다. "나는 푸앵카레가 전쟁에 동의할 거라고 믿는 자들과는 언제나 의견을 달리해왔어."

뤼멜은 그 말에 얼른 대답하지 않았다.

"푸앵카레 씨는 무엇보다도 우리 나라의 책임을 안전하게 해두려고 하는 거야." 하고 뤼멜은 의외로 입을 삐죽거리며 중얼거렸다. "이제 알다시피 늦건 빠르건, 일이야 어찌 되든, 전보는 쳐놓았어. 그것은 기록으로 남아 우리의 평화 의지를 입증할 거야…. 그걸로 프랑스의 명예는 구제됐어…. 하마터면… 썩 잘한 일이야."

전화벨 소리가 나직하게 울리자 뤼멜은 수화기를 들었다.

"안 돼…. 신문 기자는 아무도 만날 수 없다고 해…. 안 돼. 그 사람도!"

앙투안은 곰곰이 생각해보다가 말했다.

"그런데 프랑스가 지금이라도 굳이 러시아의 동원을 막으려 한다면 공식적인 반대보다도 훨씬 더 효과적인 방법은 없을까? 지난번에 한 자네 이야기로는, 만일 러시아가 독일보다 **먼저** 군대를 동원할 경우에는 조약에 따라 프랑스는 러시아를 원조하지 않아도 된다는 것이었어. 그렇다면 어느 정도 강력하게 사조노프에게 그것을 상기시켜서 전쟁 준비를 지연시키도록 하면 되잖아?"

뤼멜은 마치 어린아이가 지껄이는 것을 듣는 사람처럼 점잖게 어깨를 으쓱했다.

"이봐, 지난날에 맺은 프랑스-러시아 조약이 지금에 와서 무슨 소용이 있겠나? 내 생각이 틀렸는지 어떤지는 역사가 말해줄 거야. 어쨌든 내 짐작으로는 지난 이태 동안에, 특히 최근 몇 주 동안에—러시아의 끊임없는 이중성의 교묘한 술수에다가 또 우리 지도자들의 순진한 부주의까지 합세해서—러시아의 동맹은 아무런 **조건 없이** 개정됐고…. 그리고 프랑스는 사전에 동맹국의 모든 군사행동에 묶여버린 것이 틀림없어…. 그런데 이것은 우리 나라 외상의 짓 같지는 않아…." 하고 뤼멜은 낮은 목소리로 덧붙였다.

"그렇지만 비비아니와 푸앵카레는 의견이 같았을 텐데…."

"피이." 하며 뤼멜이 말했다. "의견이야 물론 같았겠지…. 다른 것이 있다면 그것은 비비아니 씨가 군부 세력에 언제나 저항해왔다는 점일 거야…. 알다시피 비비아니 씨가 수상이 되기 전에는 삼년 군복무에 반대한 사람이었어…. 어제만 해도 배에서 내렸을 때 그는 모든 일이 잘되게 되어 있고 또 그러리라고 굳게 믿고 있는 것 같았어. 그런데 그는 지금 어떻게 생각하고 있을까? 오늘 밤에 확대 각료회의가 끝난 뒤에 그는 알아볼 수 없을 만큼 변해 있었고, 보기에도 측은한 생각이 들 정도였으니까…. 만일 우리 나라가 군대를 동원할 경우 그가 사직한다 해도 나는 놀라지 않을 거야….”

이렇게 말하면서 그는 질질 끄는 발걸음으로 긴 의자로 걸어가서 쿠션에 코를 파묻고 길게 엎드렸다.

“오늘은” 하고 여전히 거드름을 피우며 말했다. “오른쪽 넓적다리지, 안 그래?”

앙투안은 주사를 놓기 위해 가까이 갔다.

긴 침묵이 흘렀다.

“처음에는” 하고 뤼멜은 쿠션에 묻힌 목소리로 말했다. “오스트리아가 평화를 지키려는 모든 노력을 의도적으로 게을리 하는 것 같았어. 그런데 지금은 러시아인 것이 틀림없어….” 그는 일어나 다시 옷을 입기 시작했다. “그래서 러시아는 이번 영국의 새 중재 노력을 완강하게 거부하면서 무산시키고 만 거야. 실은 어제 런던에서 이 문제에 대한 진지한 검토가 있었고, 모종의 절충안이 제출되었던 거야. 영국은 베오그라드의 점령을 하나의 기정사실, 곧 오스트리아가 잡고 있는 단순한 담보인 것으로 잠정적으로 승인하겠다고 제의하면서 그 대신 오스트리아에게 자신들의 의도를 누구나가 알 수 있도록 분명히 해 달라고 했어. 협상을 시작하려면 최소한 이것이 출발점이었으니까. 다만 여기에는 강대국들의 만장일치의 찬성이 필요했어. 그런데 러시아는 단호하게 거절한 거야. 그러면서 절대 조건으로 세르비아의 적대 행위 중지와 오스트리아 군대의 베오그라드 철수를 요구해왔어. 이것은 사실 지금의 정세로 보아 오스트리아로서는 받아들일 수 없는 양보를 요구하는 것밖에 안 돼! 그래서 모든 것은 다시 수포로 돌아가고 말았어…. 그건 그래. 헛된 희망 따위는 품어봤자 소용없어. 러시아는 바꿀 수 없는 결정을 해놓고 그것에 따라 움직이고 있어. 그런데 그 결정은 어제의 일이 아닌 것 같아…. 러시아는 더 이상 말도 들으려 하지 않아. 이제는 이 전쟁을 포기하려 하지 않고, 오히려 이 전쟁이 자기 나라에 이익이 되기를 기대하고 있어. 결국 러시아는 우리 모두를 전쟁으로 이끌고 가는 거야…. 우리는 그것을 피할 수 없을 테고!"

그는 웃옷을 다시 입었다. 그리고 넥타이가 제대로 매어졌는지 거울을 보고 확인하려고 기계적으로 벽난로 쪽으로 걸어갔다. 그런데 가다 말고 돌아보며 말했다.

"그런데 우리 케 도르세 안에 정말로 사실을 알고 있는 사람이 있는 줄 아나? 진짜 정보보다는 허위 정보가 훨씬 더 많아…. 어떻게 하면 그것을 가려낼 수 있을까? 좀 생각해보게. 두 주 전부터 케 도르세와 참모본부의 모든 사무실마다 전화벨 소리가 끊이지 않아. 그것도 즉각적인 대답을 요구하는 전화야. 그래서 지칠 대로 지친 책임자들은 깊이 생각할 시간도 검토할 시간도 없어! 생각해봐. 어느 나라 할 것 없이 참사관들, 각료들, 국가원수들의 책상에는 인접 국가의 속셈을 알리는 암호 전보가 시시각각으로 쌓이고 있어! 미치광이처럼 요란스럽게 늘어놓는 객설로서, 서로 모순된 정보와 주장이면서 모두가 다른 어느 것보다도 중대하고 절박하다는 거야! 이렇게 시끌벅적한 혼잡 속에서 어떻게 그 내막을 똑똑히 알 수 있겠어? 예를 들면, 비밀 첩보망을 통해서 극비의 정보가 들어왔는데 뜻밖의 절박한 위험을 알리는 거야. 그런데 알고 보면 신속히

손만 쓰면 아직은 막을 수 있는 그런 위험이지. 도저히 확인할 길이 없어. 이쪽에서 손을 썼는데 그 정보가 허위였다면 우리의 행동이 사태를 악화시켜 상대국의 결정적인 행위를 불러일으킬지도 모르고, 모처럼 이루어지려던 협상을 망쳐버릴 우려가 있는 거야. 그러나 손을 쓰지 않고 있는데 그 위험이 사실이라면? 내일이면 이미 때는 늦어…. 글자 그대로 유럽은 마치 술 취한 여자처럼 비틀거리고 있어. 절반은 사실이고 절반은 거짓인 그 숱한 정보가 난무하는 속에서 말이야…."

뤼멜은 서툰 솜씨로 칼라를 매만지며 방 안을 왔다 갔다 하고 있었다. 그러면서 그 역시 유럽이 그러하듯이 혼란스런 자신의 생각에 휘말려 휘청거리고 있었다.

"불쌍한 각국의 대사관들!" 하고 그는 중얼거렸다. "모두가 그들을 비난하고 있어…. 하지만 평화를 지킬 수 있는 것은 그들밖에 없었어. 그리고 만일 그들이 문제의 핵심을 향해 전력을 기울일 수 있었더라면 아마 평화를 지키는 데 성공했을 거야. 그런데 그들은 자신들의 전력을 인간들의 자존심, 그리고 국민의 자존심을 지키는 데만 쏟고 있거든! 딱한 일이야…."

그는 아무 말 없이 왕진 가방을 챙기고 있는 앙투안 곁으로 와서 멈춰 섰다.

"그런 데다가" 하며 그는 생각한 바를 분명히 말하지 않을 수 없다는 듯이 계속했다. "지금에 와서는 외교관들이나 정부 당국자들만으로는 결정할 수 없게 되었어…. 여기 케 도르세에서도 모두들 며칠 전부터 정치와 외교로서 해결할 시기는 이미 지났다고 느끼고 있어…. 지금은 각 나라에 발언권을 갖고 있는 사람들이 있어. 군인들이야…. 그들이 가장 강자들이야. 그들은 국가 안전을 들먹이며 떠들어대고 있어. 그리고 모든 민간 세력들은 그 앞에서 꼼짝 못 하고 있고…. 그래, 가장 비호전적인 나라에서조차 실권은 이미 참모본부의 손안에 들어가 있어…. 이봐, 사태가 이쯤 된 이상… 이쯤 된 이상….” 그는 얼버무리는 제스처를 취했다. 다시 얼굴을 찌푸리며 바보 같은 미소가 입가에 떠올랐다.

전화가 울렸다.

잠시 그는 전화기를 뚫어지게 바라보았다.

“위험한 톱니바퀴지.” 하고 그는 눈을 아래로 향한 채 중얼거렸다. “서로 맞물리는 것도 없이 굴러가는 톱니바퀴 같은 거야…. 우리는 파멸을 향해 달려가고 있어. 미치 비탈길을 내려가는 기차가 브레이크가 걸리지 않아 그 자체의 무게 때문에 가속이 붙어 걷잡을 수 없이 달려가는 것처럼… 나중에는 현기증이 날 만큼 말이야…. 사태는 이미 손에서 떠나버린 것 같은 느낌이야…. 인도하는 사람도 없이, 아무도 바라지 않는 방향으로, 제멋대로 가고 있어…. 아무도… 각료들도 왕들도 바라지 않는 방향으로 말이야. 이렇다 할 이름 있는 어느 누구도… 우리 모두가 허둥지둥하고, 무엇에 쫓기고, 무장해제를 당하고, 농락을 당하고 있다는 느낌이 들어…. 어떻게 해서 이렇게 되었고 누구 때문인지도 몰라…. 각자 그런 일은 행하지 않겠다고 말한 일을, 어제까지만 해도 절대로 행하고 싶지 않다고 말하던 짓을 하고 있어…. 책임 있는 사람들은 모두 노리개가 된 것 같아. 모르기는 해도 까마득히 높은 곳에서, 아주 먼 곳에서 조종하는 불가사의한 세력의 노리개가 된 듯한 느낌이 들어….”

뤼멜은 계속 멍한 눈으로 전화기를 바라보면서 그 위에 손을 얹었다. 마침내 그는 자세를 바로 했다. 그리고 수화기를 들기 전에 앙투안에게 다정한 손짓을 해 보였다.

"그럼 내일 보세…. 미안해, 배웅은 하지 않겠네."

57

케 도르세에서 나온 앙투안은 몹시 지쳐서 열이 나고 마음이 산란해져, 그날의 일과가 꽉 짜여져 있기는 하지만 왕진을 계속하기 전에 잠시 집에 들러 쉬기로 했다. 그는 그런 일이 일어나리라고는 믿지 않았지만 마음속으로는 이렇게 되뇌고 있었다. '한 달만 있으면… 동원되겠지…. 미지의 세계….'

둥근 천장 밑으로 들어서자마자 한 젊은 남자가 눈에 띄었다. 남자는 현관에서 나오다가 앙투안을 보고 멈추어 섰다.

시몽 드 바탱쿠르였다.

'그녀의 남편이군.' 앙투안은 몸을 가다듬으며 생각했다.

전에 여러 번 만난 일이 있었고, 작년에도 안의 딸에게 깁스를 해 줄 때에 만난 적이 있었는데도 앙투안은 그를 금방 알아보지 못했다.

시몽은 변명을 늘어놓았다.

"오늘은 진찰하시는 날로 생각했었지요, 의사 선생님…. 그래서 내일 뵈었으면 하고 약속을 해놓았습니다. 실은 오늘 저녁에 베르크로 돌아가고 싶은 마음이 굴뚝같습니다. 그다지 폐가 되지 않는다면…."

‘무슨 일로 날 만나자는 걸까?’ 앙투안은 경계심을 가지고 생각했다. 그는 피하지 않고 당당하게 행동하고 싶었다.

“십 분 정도면….” 하고 그는 무뚝뚝하게 말했다. “죄송합니다만 하루 종일 왕진이 있어서…. 올라오세요.”

두 사람의 입김과 땀내가 뒤범벅이 되어 풍기는 좁은 엘리베이터 안에 그 사람과 나란히 서 있는 앙투안은 묘한 혐오감이 도를 지나 원한 비슷한 감정으로 변해 몸이 굳어진 채 마음속으로 되뇌었다. ‘안의 남편…. 남편….’

“전쟁을 피할 수 있을 걸로 생각하십니까.” 바탱쿠르는 느닷없이 물어왔다. 어렴풋한 미소, 순박하고 부드러운 미소가 그의 입술 위에 감돌았다.

“저도 어떻게 되는 건지 모르겠습니다.” 앙투안은 침울하게 말했다.

젊은 사람의 얼굴은 일그러졌다.

“그렇게 될 수는 없겠지요…. 그 지경까지 갈 수는 없어요….”

앙투안은 아무 말도 없이 열쇠 꾸러미를 만지작거리고 있었다. 그는 문을 밀었다.

“가시죠.”

“딸아이 위게트 일로 상의드릴 것이 있어서 왔습니다….” 하고 시몽이 이야기를 시작했다.

자신에게는 아무것도 아닌 그 아이의 이름을 그는 지극히 감동적으로 불렀다. 하기는 그는 그 아이를 자기 딸처럼 사랑했고, 병을 치유해주려고 온 정성을 기울여온 것 같았다. 그는 어린 환자의 요양 생활에 관해 세세한 것까지 빠뜨리지 않고 들려주었다. 그의 말에 따르면 위게트는 깁스를 한 상태에서 그토록 오랫동안 움직이지 못하면서도 천사와 같은 인내심으로 견디어왔다는 것이다. 그 아이는 하루에 아홉 내지 열 시간을 밖에서 지냈다. 하얀 조랑말을 한 마리 사주었는데 그것은 그 아이의 '관'*을 베르크의 여러 동네를 거쳐 모래 언덕까지 끌고 가도록 하기 위해서였으며, 밤이면 그는 아이에게 책을 읽어주고, 프랑스어, 역사, 지리를 조금씩 가르쳐주었다는 것이다.

앙투안은 바탱쿠르를 자기 방까지 안내하면서 아무 말 없이 그의 이야기를 듣고 있었다. 그리고 자신의 직업적인 관심사도 있고 해서 그의 객설을 들으면서 환자의 병세에 관해 그에게 가르쳐줄 수 있는 몇 가지 징후를 모으기에 애를 썼다. 그는 안과의 관계는 까맣게 모르고 있었다. 다만 전에 안을 자주 앉게 했던 바로 그 안락의자에 바탱쿠르가 몸을 파묻는 것을 보았을 때에야 비로소 그는 이상하리만큼 집요하게 이런 생각을 하게 되었다. '저기에 있는 저 남자, 나에게 말을 붙이고 나에게 미소를 지으며 자신의 여러 가지 걱정거리를 나에게 털어놓기 위해 온 저 남자, 나는 그를 속이고 있고, 그의 아내를 훔쳤다. 그런데 그는 그런 사실을 모르고 있다….'

처음에는 구체적으로 무어라고 꼬집어 말할 수 없는 거북스런 느낌만 들었다. 그것은 만지고 싶지 않은 것을 만졌을 때, 게다가 좀 구역질까지 나는 것을 만졌을 때 느끼는 것 같은 불쾌감이었다. 그러다가 시몽이 갑자기 침묵을 지키며 약간 주저하는 듯한 모습을 보이자 앙투안의 뇌리에는 의혹이 스쳐 지나갔다. '알고 있는 걸까?'

* 누운 채로 올라탈 수 있는 마차용 관을 말한다.

“실은 선생님께 환자를 간호하는 저의 처지를 말씀드리려고 온 것은 아닙니다.” 하고 바탱쿠르가 말했다.

탐색하는 듯한 앙투안의 눈초리에 상대방은 용기를 얻어 이야기를 계속했다.

“지금 여러 가지 귀찮은 문제들이 저에게 일어나고 있어서요…. 편지로는 오해를 살 우려도 있고 해서…. 모든 것을 확실히 하려면 직접 찾아뵙고 말씀드리는 편이 낫겠다 싶어서….”

‘하기야, 어찌 됐든 그가 모를 리가 없지 않을까?’ 앙투안은 불현듯 생각했다.

잠시 침묵이 흘렀다. 그동안에 앙투안은 괴상한 추측에 빠져들어갔다.

“실은” 하며 마침내 시몽이 입을 열었다. “베르크에 눌러앉아 있는 것이 과연 위게트에게 좋은지 어떤지 잘 몰라서요.” 그러면서 기후에 관해 여러 가지로 설명하기 시작했다.

그의 말에 따르면 회복 속도가 부활절 이후로 눈에 띄게 느려졌다는 것이다. 하지만 베르크의 의사는 자기 고장을 옹호하는 마음에서 바다와 인접한 곳이 아이에게 나쁘다는 생각은 조금도 하지 않았다는 것이다. 어쩌면 해발海拔 때문이었을까? 그때 마침 위게트의 유모인 미스 메리가 영국의 친지들로부터 피레네 동부 지방의 한 젊은 의사에 관한 특별한 정보를 얻었는데 그 의사는 이 방면의 전문의로서 놀라운 성과를 거두고 있었다는 것이다….

앙투안은 꼼짝도 하지 않고, 옆모습이 염소처럼 구부러진 마른 얼굴, 모래 언덕의 햇볕에도 그을리지 않는 연한 블론드색 피부를 바라보고 있었다. 그리고 바탱쿠르의 말에 귀를 기울이면서 찬성하는 점과 반대하는 점을 신중히 생각하고 있는 것처럼 보였다. 그러나 실은 바탱쿠르의 말은 거의 듣고 있지 않았다. 그는 가끔 안이 속내 이야기를 할 때 남편을 가리켜 무능하고, 불성실하고, 이기적이고, 허영심이 많고, 음흉스럽게 악한 남자라고 혹평하던 말을 생각하고 있었다. 그때까지도 그는 그 초상화를 액면 그대로 받아들였다. 왜냐하면 그녀가 시몽에 관해 말할 때는 진심에서 우러나오는 것처럼 하면서 태연하게 멸시하는 듯한 태도를 보이곤 했기 때문이다. 그러나 본인을 눈앞에 둔 지금, 앙투안의 머릿속에서는 여러 가지 착잡한 생각이 뒤얽혀버렸다.

"위게트를 퐁-로뫼에 데리고 가면 안 될까요?" 바탱쿠르가 물었다.

"좋은 생각 같군요…. 좋아요…." 앙투안은 나지막하게 말했다.

"물론 그 아이 곁에 자리 잡도록 하겠습니다. 그 아이를 위해 좋은 일이라면 멀리 가건 쓸쓸하건 그런 것은 아무래도 좋습니다. 그런데 저의 아내 말씀인데요…." 안에 관한 추억을 더듬는 그의 얼굴에는 고통스러운 표정이 잠시 떠오르다가 이내 사라졌다. "아내는 베르크로 우리를 보러 잘 오지 않았습니다." 하고 그는 애써 관대한 미소를 지으며 털어놓았다. "선생님도 아시다시피 파리는 아주 가깝지요. 아내는 언제나 친구들에게 초대받으며 그녀답지 않게 사교계의 생활에 얽매여 있습니다…. 그러나 우리와 함께 퐁-로뫼에서 산다면 파리의 생활 같은 것은 곧 잊어버릴지도 모르지요…."

그의 눈길에는 다시 부부 관계로 돌아갔으면 하는 꿈이 엿보이기는 했지만 그것을 믿고 있는 것 같지는 않았다. 그는 첫날 못지않게 그 여인을 애틋하게 사랑하는 것이 틀림없었다.

"모든 것이 달라지겠지요…." 하고 그는 아리송하게 중얼거렸다.

앙투안은 시몽에 대한 안의 비판이 겉보기에 그럴듯했던 이유를 알 것 같았다. 그렇기는 하지만—그리고 이러한 확신은 점점 더 분명하게 그의 마음속에 굳게 자리 잡았다—저기, 자기 앞에, 안락의자에 앉아 있는 남자는 안이 묘사하던 인물과는 근본적으로 다르다는 생각이 들었다. 위선, 이기주의, 악의. 조금이라도 주의력을 가진 관찰자라면 이처럼 당사자를 앞에 놓고 직접 접촉을 통하여 살펴보거나 명민한 직감을 가졌다면 이런 비난은 채 오 분도 가지 않을 것이 분명했다. 오히려 그의 하찮은 말, 어색한 몸가짐에서까지도 바탕쿠르다운 정직함, 타고난 겸손, 선량함이 뚜렷이 나타나고 있었다. '마음 약한 사람, 확실히 그렇다!' 하고 앙투안은 생각했다. '빈틈없는 사람임에 틀림없어. 걱정도 많고, 어쩌면 모자라는 사람일지도…. 불성실한 사람은 분명히 아니다!'

시몽은 차분히 자기의 이야기를 계속했다. 신뢰와 감사의 뜻이 가득 담긴 호인의 시선으로 그는 앙투안의 의견을 듣지 않고는 그렇게 중대한 결심을 할 생각은 꿈에도 해본 적이 없다고 털어놓았다. 그는 앙투안에게 그 문제를 전적으로 일임했다. 그리고 앙투안의 능력과 열성을 알고 있었다. 심지어 그는 병의 원인을 알고 판단하기 위해 잠시라도 좋으니까 어린 환자를 보러 베르크까지 와줄 것을 바라기까지 했다. 지금 상황으로는 물론 별도리가 없겠지만….

앙투안은 그의 말을 주의 깊게 듣고 있었다. 그는 안과의 관계를 영원히 끊기로 결심했다.

그것은 과연 그 자리에서 몇 분 만에 결정될 수 있는 문제일까? 아니면 이러한 극단적인 결심은 이미 오래전부터 그의 마음 한구석에 자리 잡고 있었던 것일까? 더구나 갑자기 절박하고 강압적이며 불가항력인 필요에 따라 이렇게 즉각적으로 굴복하고 마는 것을 과연 결심이라고 불러도 될까? …그가 조금이라도 그 결심을 분석할 만한 여유가 있었다면, 최근 며칠 동안 안의 전화를 어떻게 해서라도 피하고자 했던 것, 그녀가 레옹을 통해 만나자고 계속 제의해온 것을 줄기차게 피해온 이면에는 이미 그녀와의 관계를 끊으려는 무의식적인 욕구가 은밀하게 작용했던 것이라고 생각했을 것이 틀림없다. 또 이번 일이 시국과 아무런 관련이 없는 것같이 보이지만 실은 유럽을 들끓게 하고 있는 비극이 이런 초연한 태도와 무관하지는 않았을 것이 틀림없다. 다시 말하면, 온 세계를 혼란 속으로 빠뜨리고 있는 여러 가지 사건에 비추어 볼 때, 안과의 관계는 이런 저런 새로운 감각에 이제는 맞지 않는 것으로 여겨졌을지 모른다.

어쨌든 이렇게 헤어질 것을 서두르게 되고, 거의 자신도 모르는 사이에 그 결정이 이미 끝난 일로 여겨지는 것은 그의 서재 안에 앉아 있는 시몽의 존재 때문이었다. 그는 자기가 기만한 사람과 자기 집 안에서 서로 마주 앉아 있다는 사실, 아무렇지도 않게 엄숙한 얼굴을 하고 그 사람에게서 이러한 존경과 신뢰를 받고 있다는 사실, 자기가 받은 온갖 수모를 전혀 눈치채지 못하고 있는 그 사람과 마치 신뢰할 수 있는 친구처럼 이야기하고 있다는 사실, 이 모든 것이 그에게는 견디기 어려운 것이었다. 그는 마음속으로 막연히 생각했다. '그래서는 안 돼…. 그럴 수가 없어…. 인생이 그래서는 안 되지…. 우선 나부터. 그래, 나의 즐거움, 나의 쾌락 같은 것부터…. 그러나 뒤에는 기이하게도 무모하게 희생되는 운명들, 속박된 인간들이 있다…. 이 세상에 혼란과 거짓, 불의와 정신적인 고통이 존재하는 것은 나와 같은 인간, 나와 같은 생활, 나와 같은 행동을 하는 인간들 때문이다….'

이상하게도 그는 자기 자신에게 비교적 단호한 투로 '이제 안과 나와의 관계는 끝장났다'라고 마음속으로 다짐한 순간부터 모든 것이 마치 마법처럼 어둠 속으로 사라진 느낌이었다. 그렇다. 지금까지 아무 일도 없었던 것같이 생각되었다. 그는 이제 조금도 거리낌 없이 바탱쿠르의 눈을 바라보며, 그에게 미소를 짓고, 그를 격려하고, 그에게 이런저런 조언을 해줄 수 있었다. 시몽이 자리에서 일어나면서 초등학교 학생처럼 수줍은 태도로 "벌써 십 분이 지난 것 같은데요"라고 더듬더듬 말할 때 앙투안은 웃으면서 그의 어깨에 다정하게 손을 얹었다. 앙투안은 이야기를 계속하면서 계단까지 그를 배웅했다. 다음 주에 베르크에 가겠다는 것도 약속했다. (앙투안은 잠시 모든 것을 잊고 있었던 것이다. 전쟁까지도…. 그런데 갑자기 그것이 머리에 떠올랐다. 또 현재의 모든 가치를 뒤엎으려고 위협하는 재앙을 마음속에 두고 있다 보니까 이런 엉뚱한 사적 면담을 차분하게 받아들였으리라는 생각이 들었다. '한 달 뒤면 우리는 둘 다 죽고 없을지도 모른다.' 하고 그는 생각했다. '그런 것과 비교하면 나머지 것들은 무슨 소용이 있겠는가…?')

"여덟시 삼십분 기차를 타면 랑에는 열한시쯤에 도착하고, 점심은 베르크에서 들 수 있습니다." 하고 아주 명랑해진 시몽이 말했다.

"뜻밖의 일이 일어나지 않는 한…." 하고 앙투안이 말했다.

시몽의 얼굴은 창백해지면서 일그러졌다. 그는 순간 주먹으로 입술을 눌렀다. 비통한 고뇌로 그의 눈은 휘둥그레졌다. 바로 그 순간 오랜 위그노 교도*의 자손으로 바탱쿠르 백작 대령의 아들인 그가 자기의 병역 의무를 몹시 걱정스럽게 생각하고 있다는 것을 분명하게 알아볼 수 있었다.

"제가 동원되면 위게트는 어떻게 될까요?" 시몽은 앙투안 쪽을 보지 않고 말했다. "그렇게 되면 미스 메리만 남거든요…." 그 순간에 두 사람은 동시에 그리고 거의 같은 식으로 안을 생각했다.

바탱쿠르는 아무 말 없이 문 쪽으로 걸어갔다. 층계참에서 그는 뒤돌아보며 물었다.

"선생님은 언제 출정하십니까?"

"첫날입니다…. 보병대대 군의관… 콩피에뉴에 있는 제54연대…. 그런데 댁은?"

"셋째 날입니다…. 중사… 베르됭에 있는 경기병 제4연대."

두 사람은 다정하게 악수했다. 그리고 앙투안은 마지막으로 우정 어린 제스처를 해 보인 다음 조용히 문을 닫았다.

앙투안은 잠시 동안 카펫을 내려다보면서 우두커니 서 있었다. 그의 눈앞에는 통렬한 영상이 떠올랐다. 그것은 경기병 중

* 프랑스의 칼뱅파 신교도를 말한다.

사의 옷을 입은 시몽 드 바탱쿠르가 알자스의 평야에서 포탄 세례를 받아가며 그 소대의 선두에 서서 달리는 모습이었다….

요란스런 전화벨 소리에 그는 펄쩍 몸을 가다듬었다.

'안이겠지.' 그는 생각했다. 그는 냉담한 미소를 지었다. 전화기에 달려가 모든 것을 즉시 결말짓고 싶은 욕망이 그를 사로잡았다.

복도 끝에서 레옹이 수화기를 이미 들었다.

"네…. 8월 7일 금요일이라고요? 알겠습니다…. 세시에… 장테 교수님 부탁이라고요? …알겠습니다, 선생님. 그렇게 적어두겠습니다…."

비망록을 뒤적이면서 계단을 내려오던 앙투안은 이층 층계참에서 귀에 익은 목소리에 고개를 들었다. 그는 문을 밀고 고문서 보관실 쪽으로 갔다.

스튀들레와 르와가 앉아서 토론을 하고 있었다. 그들은 흰 가운을 입고 있지 않았다. 그들의 주위에는 오늘 신문이 테이블과 의자 위에 널려 있었다.

"그래, 이 사람들아, 이게 일하는 건가?"

스튀들레는 침울한 모습을 하고 어깨를 으쓱해 보였다.

르와는 자리에서 일어나 미소를 짓더니 의아스러운 태도로 앙투안을 바라보았다.

"뤼멜을 만나셨습니까, 선배님?"

"만났어. 『파리-미디』의 보도는 잘못된 거야. 정부에서는 그것을 부인했어. 하지만 정세는 점점 더 나빠지고 있어…." 잠깐 사이를 두었다가 그는 간결하게 덧붙였다. "심연의 가장자리를 빙빙 돌고 있어….”

스튀들레는 투덜거렸다.

“그런데 독일은 준비를 하고 있어…!”

“우리 나라도 하고 있어요, 다행히도.” 르와가 대꾸했다.

잠시 침묵이 흘렀다.

“평화의 마지막 기회는 노동자 계급의 손안에 있어.” 스튀들레가 한숨을 지으며 말했다. “하지만 그들이 그것을 깨달을 때는 이미 시기적으로 너무 늦을 거야…. 대중들에게는 전쟁에 대한 일종의 끔찍한 숙명론이 잠재해 있어…. 어떻게 보면 이해가 가. 초등학교 때부터 아이들은 잘못된 생각을 갖고 있어. 옛날에 있었던 여러 차례의 전쟁, 영광, 깃발, 조국에 관해 그들에게 가르치는 방식 때문에… 군대 행진, 열병閱兵에 부여하는 위엄 때문에… 게다가 병역의무 때문에…. 오늘날 우리는 그런 비상식적인 언행의 대가를 값비싸게 치르고 있는 거야!”

르와는 비웃는 태도로 듣고 있었다.

앙투안은 다시 비망록을 꺼내 자세히 살펴보았다.

“그럼, 이따 봐.” 하고 앙투안은 모자를 쓰면서 퉁명스럽게 말했다. “이러다간 오늘 왕진을 못 끝내겠어…. 그럼 저녁에!”

두 사람만 남았다. 르와는 칼리프의 앞을 막아서며 말했다.

“언젠가는 ‘그렇게 될 것’이 틀림없어요. 적어도 지금의 상황이 그다지 나쁘지 않다는 것만이라도 인정하는 게 좋겠어요!”

“이봐, 그만해 둬!”

“천만에요…. 이번만은 아무런 선입견 없이 생각해보세요! …모든 걸 따지고 보면 우리 나라는 썩 좋은 입장에 있어요…. 프랑스로서는 전쟁이 러시아와 독일 사이에서 먼저 터지는 것이 무엇보다도 바람직한 일이에요. 그렇게 돼야 러시아의 협력을 확보할 수 있으니까요. 그리고 원조하는 입장에 서게 되니까 언제나 가장 유리하지요…. 다른 한편으로 우리는 충분한 여유를 갖고—나는 그렇게 되길 바라요—우리의 참모본부가 두려워하는 그런 급습을 당하는 일 없이 슬며시 동원 준비를 할 수 있거든요. 이 모든 것이 우리 나라의 가능성을 높여주는 겁니다….”

스튀들레는 아무 말 없이 그를 바라보고 있었다.

“자아.” 하며 르와가 말했다. “당신이 올바른 생각을 가진 사람이라면 내 의견에 찬성하지 않을 수 없을 거예요. 해묵은 분쟁을 청산하고 드디어 국위를 신앙하기에 지금이 절호의 기회예요!”

“국위!” 하고 스튀들레는 화를 내며 투덜거렸다.

문이 열리더니 주슬렝이 들어왔다.

“자네들 여전히 논쟁하고 있나?” 하고 그는 지겹다는 듯이 말했다.

(주슬렝은 가운을 입고 있었다. 그는 다른 사람들처럼 터무니없는 생각은 하지 않았다. 앞으로 삼 주가 지나면 자기가 오전 시간을 바쳐온 연구의 결과를 확인하러 다시 거기에 오지 못하리라는 것을 그는 알고 있었다. 하지만 아무 일도 없었다는 듯이 일하는 것을 자신의 의무로 생각하고 있었다. “우선 일을 하고 있으면 생각을 안 하게 되니까.” 하고 그는 회색빛이 감도는 두 눈에 슬픈 미소를 띠면서 앙투안에게 말하곤 했다.)

“어딜 가나 똑같이 바보 같은 소리만 되풀이하고 있으니!” 하고 스튀들레가 어깨를 으쓱하며 그에게 외쳤다. “여기에서는 프랑스의 영광! 저기에서는 오스트리아의 애국심! 러시아에서는 발칸반도에서 슬라브 민족의 위신을 지켜야 한다고 외치고…. 전면적인 대량 학살을 불러일으키는 것보다는, 좀 늦은 감이 있기는 해도 각 국민의 평화를 보장해주는 것이 그 얼마나 '영광'스런 일인지를 모르는 것 같아!"

스튀들레는 민족주의자들이 숭고함, 무사 무욕, 여러 가지 영웅적인 덕행을 자기들만의 전유물로 언제나 주장하는 것을 심히 못마땅하게 생각하고 있었다. 그는 어느 당에도 가입하지 않았다. 그렇다고 여러 나라의 수도에서 호전적인 세력들과 격렬하게 싸우고 있는 혁명 투사들이 어느 누구 못지않게 숭고함과 희생정신, 실현하기 힘든 이상을 위해 자신을 뛰어넘고자 하는 의지, 영웅적인 열정과 정신력의 소유자라는 것을 모르지는 않았다.

그는 주슬렝도 르와도 보고 있지 않았다. 예언자 같은 그의 눈은 움직이지 않고 응집된 광채를 발하고 있었다.

"민족의 영광!" 하며 스튀들레는 다시 투덜거렸다. "양심을 잠재우기 위해 거창한 말은 이제 모두 동원됐어! …그 모든 것의 어리석음을 은폐하고 양식이 눈을 들 때마다 막아야 하니까! **영광! 조국! 문명!** …그런데 그런 속임수 뒤에 무엇이 있는 줄 알아? 산업적인 이해관계, 시장 경쟁, 정치가들과 기업가들의 결탁, 각 나라의 지배계급들의 지칠 줄 모르는 탐욕이 도사리고 있어! 어처구니없는 노릇이지! 문명을 수호한다고? 가장 지독한 야만 행위를 통해서 말이야? 가장 비열한 본능을 폭발시켜서? …'권리'와 '정의'를 옹호한다고? 아무도 모르는 암살 행위로? 우리를 해칠 생각이 없으면서 매한가지로 똑같은 감언이설에 따라 마지못해 우리와 대적하게 된 그런 불쌍한 사람들에게 발포함으로써? 어리석은 짓이야! 어리석은 짓이야!"

"좋아요, 칼리프!" 하고 르와가 경멸하는 듯 내뱉었다.

"그래, 좋아." 주슬렝은 르와의 어깨에 손을 얹으며 부드럽게 말했다.

주슬렝은 그들 가운데 최연소자인 마뉘엘 르와에 대해 앙투안과 마찬가지의 온정을 품고 있었다. 주슬렝은 왠지 모르게 르와가 좋았다. 그의 침착한 담력, 너그럽고 순박한 마음 때문이었다. 무슨 일에든 가만히 있지 못하며, 언제나 자신을 희생할 태세를 갖추고 있는 이 무사와 같은 르와에게서 주슬렝은 어떤 매력을 느낄 수 있었다. 실험실의 사람이며 절대적인 것을 탐구하는 그는 르와의 이런 점에 무관심할 수 없었다. 그는 이런 순수한 이상, 전쟁을 통한 쇄신에 소박한 신념을 두고 있는 르와를 존경하고 있었다. 전쟁이란 분명히 많은 피를 흘려야 하는 것이지만….

"영광…." 하며 그는 나지막한 소리로 말했다. "내 생각으로는 도덕적 가치가 아무런 뜻을 지니지 못하는 곳에 그것을 끌어들인 것은 큰 잘못인 것 같아. 곧 여러 국가를 분열시키고 있는 경제적 투쟁 속에 말이야…. 그것이 모든 것을 왜곡시키고, 해치고 있어. 또 현실적인 온갖 상거래를 마비시키고 있고. 그것은 상사商社들 사이의 단순한 경쟁에 지나지 않고. 또 그래야만 하는 것을 감정적, 이념적인 대립으로, **종교전쟁으로** 가장시키고 있는 거야!"

"카요는 1911년에 그것을 일찍 간파했어." 칼리프는 격렬하게 말했다. "그가 없었더라면…."

르와는 공격적인 어투로 그의 말을 가로막았다.

"그렇다면 당신은 카요를 중죄 재판소에서가 아니라 케 도르세에서 보는 편이 낫다고 생각하는 거요…?"

"물론이지. 그가 계속 권좌에 있었더라면 우리는 틀림없이 지금과 같은 상태에 있지 않을 거야! …그가 없었다면 전면전쟁, 그 알량한 사건도 여러 국민의 행복을 위해 삼 년은 일찍 일어났을 거야. 하기는 자네 친구들과 자네는 그것이 지금 임박해오니까 좋아서 어쩔 줄 모르는 것 같지만! …그는 민족의 영광 따위는 입에 담지도 않았어. 그는 이해관계가 달린 일만을 문제 삼았던 거야. 만사를 제쳐놓고 현실적인 면, 문제가 되고 있는 이해관계에 집착했던 거야! …그 덕에 최악의 경우를 모면할 수 있었거든!"

주슬렝은 르와의 시선에서 악의가 번득이는 것을 보았다. 그는 재빨리 대화에 끼어들었다.

"내 생각으로도 그런 면에 너무 완강하게 집착하지 않는다면 아무리 적대 관계에 있다 해도 외교적인 절충, 서로의 양보를 통해 해결될 수 있다고 믿어. 이해관계란 감정 문제보다 더 쉽게 해결되는 법이니까! …내 생각도 카요 같은 사람이 있으면…. 전쟁이 일어난다면 클레오파트라의 코에 운명을 걸었던 역사가들은 분쟁의 복잡한 원인들 가운데서 『르 피가로』의 운명적인 권총 사건에 역시 중요성을 부여할 거야…."

르와는 자신 있다는 듯 껄껄대며 웃기 시작했다.

"나는 대답을 안 하는 게 낫겠군요." 하고 그는 유쾌하게 말했다. "그런 것은 훗날에 맡기지요!"

58

"이 사람들과 함께 가지." 하고 자크가 제니에게 말했다. 카페 뒤 크루아상에는 십여 명의 사람들이 모여 있었는데 그들은 막스 바스티안이 연설하기로 되어 있는 몽루주에 같이 가기 위해서였다.

(오늘 저녁 모든 구역, 그르넬, 보지라르, 바티뇰, 빌레트에서 사회주의자들의 각 지부는 작은 집회를 열고 있었다. 벨빌우아즈에서는 바이앙이 발언하기로 되어 있었다. 그래서 한바탕 소동이 벌어질 것으로 예상하고 있었다. 라틴구區에서는 학생들이 빌리에 회관에서 집회를 열기로 되어 있었다.)

일행은 샤틀레까지 버스로 가서 오를레앙 문까지는 전차를 탔다. 그러고 나서 전차를 갈아타고 에글리즈 광장까지 갔다. 거기에서 전차를 내려 걸어서 사람들로 붐비는 거리를 지나 전에 극장이었던 집회 장소까지 가야 했다.

무더운 밤이었다. 변두리의 공기는 악취를 풍겼다. 동네 사람들은 모두 저녁을 끝내고 밖에 나와 서성거리며 불안해하고 있었다. 주요 간선 도로변에는 변두리로 석간을 팔러 온 신문팔이의 고함 소리가 울려 퍼졌다.

제니는 오래된 거리의 포도 위를 비틀거리며 걷고 있었다. 그녀는 지쳐 있었다. 크레이프 베일의 무게에다 무더위 때문에, 베일에서 풍겨 나오는 염료 냄새 때문에 머리가 아프기 시작했다. 거의가 작업복 차림의 사람들 틈에서 상복을 입고 있는 제니는 소외감을 느끼지 않을 수 없었다. 무의식적으로 그녀는 장갑을 벗었다.

곁에서 걷고 있던 자크는 제니가 몹시 힘들어하며 걷고 있다는 것을 눈치챘다. 하지만 제니의 팔을 잡아주기를 주저했다. 그는 친구들 앞에서 제니를 동지로 대하고 있었기 때문이다. 그는『위마니테』에 들어온 최근의 소식에 관해서 스테파니와 이야기를 주고받으면서 이따금 격려의 눈길을 제니에게 던지곤 했다.

스테파니는 노동자들의 움직임에 자신의 낙관론의 근거를 두고 있었다. 그의 말에 따르면 노동자들의 움직임은 더 격화되고 있다는 것이다. 민중의 항의도 늘어가고 사회당의 선언, 사회당 의원 단체의 선언, 노동총연맹의 선언, 센 연합회의 선언, 자유사상가 총본부의 선언이 있었다.

"도처에서 소란을 피우고, 도처에서 데모를 벌이고 있어!" 그는 자신 있게 말했다. 흑옥처럼 새까만 그의 두 눈에는 희망의 빛이 번득이고 있었다.

그는 베스트팔렌*에서 돌아와 뒤 크루아상에서 저녁을 먹고 있는 한 아일랜드 사회주의자로부터 오늘 저녁에 독일의 철강 산업의 중심지인 에센에서, 크루프 병기 공장의 소재지에서 대규모의 평화적인 시위가 열리기로 되어 있다는 것을 들었다. 또한 그 아일랜드인은 상당수의 노동자들이 비공식 집회에서 제국주의 정부의 호전적 경향을 저지하려고 태업을 찬성하는 구호를 외쳤다고 전해주었다.

그런데 오후에 심각한 위기감이 전해졌다. 독일에서 날아온 불안한 소문이 편집실 안에 퍼졌던 것이다. 카이저는, 사조노

* 독일의 주 이름.

프에게서 최후통첩적인 투로 러시아의 동원에 관한 해명을 받아내도록 했는데, 그 회답으로서 이번의 동원은 부분적인 것이며, **지금에 와서 중지시킬 수는 없다**는 뜻을 전해 받고는 동원령 준비를 명령했다는 것이다. 사실 두 시간 동안 사람들은 모든 것이 아주 절망적인 것으로 믿었다. 이윽고 독일 대사관은 그 소문을 부인했다. 그리고 그 표현이 너무나 단호했기 때문에 독일의 동원 소식은 사실 근거 없는 것 같아 보였다. 그 소식은 베를린에서 『로칼란차이거』에 의해 전해졌다는 사실을 알았다. 곧 『파리-미디』의 근거 없는 기사에 대한 국경 저쪽에서의 응수 같은 것이었다. 이런 잇단 실망스런 사건 때문에 여론은 극도로 위험한 흥분 상태에 빠져 있었다. 조레스는 무엇보다도 이런 공포에서 오는 모든 피해를 두려워하고 있었다. 그는 각 단체와 각 가정에서 할 일은, 정당방위라는 강박관념에 사로잡혀 평화의 적들에게 말려들 수 있는 막연한 공포심과 싸우는 것이라고 계속 되풀이했다.

"그가 귀국한 뒤 그를 본 적이 있나?" 자크가 물었다.

"그럼. 지금까지 두 시간 동안 함께 일을 하다가 오는 길이야."

조레스는 벨기에에서 돌아오자마자, 브뤼셀에서 있었던 대결의 결과를 사회주의 의원단에 보고하러 가기 전에, 8월 9일 파리에서 열기로 되어 있는 인터내셔널 회의 준비를 착수하기 위해 동지들을 한자리에 모았다. 프랑스 사회당으로서는 유럽 사회주의의 중요한 이 집회를 무슨 일이 있어도 성공시켜야 했는데, 기일이 앞으로 열흘밖에 남지 않았던 것이다. 따라서 한시도 헛되게 보낼 시간이 없었다.

조레스가 『위마니테』에 모습을 나타내자 모두들 활기를 되찾았다. 그는 독일 사회주의자들의 확고한 태도에 힘을 얻고, 그들로부터 얻어낸 약속을 신뢰하면서, 투쟁을 더욱 활발히 전개하려는 새로운 열의에 차서 돌아왔다. 바그람 회관 문제에 대해 정부가 취한 태도에 분격한 그는 곧 권력과 맞서 싸울 결의를 다졌다. 그리고 8월 2일, 오는 일요일에 대규모의 반전 집회를 조직함으로써 평화수호자들에게 괄목할 만한 보복의 기회를 마련해주기로 한 것이다.

"힘을 내." 제니의 팔을 붙잡으면서 자크가 말했다. "저기야."

제니는 한 건물 현관에 매복해 있는 경찰 일개 소대를 보았다. 청년들이 『라 바타유 조합주의자』와 『르 리베르테르』를 팔고 있었다.

그들은 막다른 골목 안으로 들어갔는데 거기에는 사람들이 극장 안으로 들어가지는 않고 무리를 지어 서서 이야기를 늘어놓으면서 늑장을 부리고 있었다. 그렇지만 회의는 시작되었다. 회의장은 만원이었다.

"바스티안의 연설을 들으러 왔나?" 하고 마침 회의장에서 나오는 투사 한 사람이 자크에게 물었다. "바스티안은 연맹에 붙들려 있기 때문에 오지 못할 것 같아."

실망한 자크는 그냥 되돌아가려 했다. 그러나 제니는 곧 되돌아가려는 것 같지가 않아 보였다. 다른 친구들은 내버려두고 그는 제니를 이끌고 빈자리가 두 개 있는 맨 앞줄로 갔다.

지부의 서기장인 르포르라는 사람이 무대 위에 정원용 테이블에 앉아 회의를 주재했다.

연사는 몽루주의 시의원으로서 무대 앞 가장자리에 서 있었다. 그는 전쟁이란 **아크로니즘***이라고 여러 번 되풀이했다.

사람들은 그의 연설을 들으려 하지 않는 듯 옆에 앉은 사람들과 이야기를 나누고 있었다.

"조용히 하시오!" 하고 이따금 의장이 철제 책상을 손바닥으로 치며 큰 소리로 외치곤 했다.

"사람들 얼굴을 더 가까이에서 봐." 하고 자크가 낮은 소리로 말했다. "혁명가들은 대충 그 얼굴 생김생김으로 분간할 수 있어. 혁명을 턱에 갖고 있는 사람들이 있는가 하면, 눈 속에 갖고 있는 사람들도 있어…."

'그럼 자기는?' 하고 제니는 생각했다. 그녀는 주위 사람들은 보지 않고 자크의 얼굴, 불쑥 나온 의지에 찬 그의 턱, 활기에 차 있고 좀 차갑게 느껴지며 정력적으로 빛나는 그의 시선을 살피고 있었다.

"당신 발언할 건가요?" 하고 제니는 머뭇거리며 낮은 소리로 물었다. 그녀는 오면서 줄곧 그 일을 생각했다. 자크를 좀 더 우러러보기 위해 그가 발언하기를 원했던 것이다. 그러나 무언가 멋쩍은 생각이 들어 묻기를 꺼려 했던 것이다.

"그럴 생각은 없어." 하고 자크는 제니의 팔 밑에 손을 밀어 넣으면서 대답했다. "나는 대중 앞에서는 말을 잘 못 해. 몇 번 이야기할 기회가 있었는데 그때마다 늘 말에 끌리고 뉘앙스를 변질시키고 진짜 생각을 왜곡시키고 있다는 느낌이 들어 굳어져버리거든…."

* '시대착오'의 뜻인 '아나크로니즘'을 잘못 발음한 것이다.

제니에게는 이렇게 자크가 자기에게 마음을 털어놓는 것을 듣는 것보다 즐거운 일은 없었다. 그렇지만 그가 자신에 관해 이야기하는 것은 대체로 그녀도 이미 알고 있었던 것이다. 자크가 이야기하고 있는 동안에 제니는 옷을 통해 자기의 팔꿈치를 붙들고 있는 그의 손의 열기를 느낄 수 있었다. 그리고 그 때문에 마음이 어찌나 강한 충격을 받았던지 자기의 살을 파고드는 그 감미로운 열정, 그것 이외에는 아무것도 생각할 수 없었다.

"알다시피" 하며 자크는 말을 계속했다. "나는 거짓말을 하고 있다는 느낌, 내가 생각하고 있는 이상의 것을 말하고 있는 것 같은 느낌이 들 때가 종종 있어…. 그래서는 안 되는데…."

그의 말은 옳았다. 그러나 또한 이야기를 할 때 무언가 자극적인 도취감을 느끼면서, 청중과 자기 사이에 어떤 의사의 교환, 공감대 같은 것을 거의 언제나 느꼈던 것도 사실이다.

연단에는 목덜미가 불그레한 한 뚱뚱한 남자가 시의원을 대신해 올라왔다. 그의 낮은 목소리는 처음 몇 마디부터 청중의 주의를 끌었다. 그는 청중을 향해 잇달아 결정적인 문구를 내뱉었지만 그가 하는 말 속에는 아무런 사고의 맥락을 찾아볼 수 없었다.

"권력은 민중을 착취하는 자의 손안에 들어가 있습니다! …보통선거란 음흉한 장난입니다! …노동자는 산업적 봉건제도의 노예입니다! …자본주의자들인 군수품 납품업자들의 정책은 유럽의 마루 밑에 일촉즉발의 화약통을 쌓아놓았습니다! …민중 여러분, 여러분은 크뢰조*의 주주들에게 그 배당금을 확보해주기 위해 총알에 맞아 죽고자 합니까…?"

떠나갈 듯한 박수갈채로 짧고 숨 가쁜 듯한 이 단정적인 말 한마디 한마디가 기계적으로 끊기곤 했는데, 그때마다 그는 테이블을 세차게 두드리곤 했다. 그는 박수갈채를 받는 것에 익숙해 있었다. 그래서 한마디가 끝날 때마다 그는 박수를 기다리기 위해 말을 뚝 멈추곤 했다. 그리고 마치 목구멍에 풍뎅이라도 들어간 것처럼 잠시 입을 벌리곤 했다.

자크는 제니 쪽으로 몸을 구부리며 말했다.

"어리석기 짝이 없군…. 청중들에게 저런 말을 해서는 안 되지…. 그들은 다수이고 힘이 있다는 것을 깨닫게 해야 해! 그들은 막연하게 그 사실을 알고는 있지만 **느끼지** 못하고 있어! 직접적이고 결정적인 경험을 통해 알아야만 해. 그것을 위해서라도, 또한 이번에는 프롤레타리아가 이기는 것이 참 중요해! 그들이 실제로 자신들의 능력만으로 침략 정책을 막을 수 있고, 각국 정부를 후퇴시킬 수 있다는 것을 알 때, 그때에야 진정으로 그들은 자신들의 힘을 알게 될 테고, 그때야 비로소 진정으로 그들은 어떤 일도 해낼 수 있다는 것을 깨닫게 될 거야…!"

한편 청중은 두 번째 연사의 지리멸렬한 말투에 싫증을 내기 시작했다. 극장 한구석에서는 동료들끼리 논쟁에 열을 올리더니 싸움으로까지 번졌다.

"조용히 하시오!" 하고 서기장인 르포르가 외쳤다. "중앙위원회의 지시입니다…. 당의 규율입니다…. 조용히 해요, 여러분…!"

그는 경찰의 개입을 유발할지도 모를 어떤 혼란도 일어나는

* 프랑스의 유명한 군수 공장이다.

것을 두려워하고 있는 것이 분명했다. 그래서 그는 아무런 소요 없이 집회가 끝나는 것에만 마음을 쓰고 있었다.

그날 밤의 마지막 발언 예정자인 세 번째 연사가 연단 앞에 서자 잠시 정적이 감돌았다. 레비 마스라는 중등학교 라카날의 역사 교수였는데, 그는 사회주의적 저술과 대학과의 분쟁으로 널리 알려져 있다. 70년*이후의 프랑스-독일 관계를 주제로 이야기하기로 되어 있었다. 박학을 과시하며 그는 당면 문제를 설명했다. 연설을 시작한 지 이십오 분이 지나도록 겨우 사라예보의 암살 사건까지밖에 이르지 못했다. 그는 울리는 낮은 목소리로 '용감한 소수 민족 세르비아'에 관해 말했는데, 그때 그의 뾰족코에 걸려 있던 코안경이 그의 그런 목소리 때문에 떨렸다. 그는 동맹국 그룹별로, 그리고 오스트리아-독일 및 프랑스-러시아 사이의 조약을 비교 검토하기 시작했다.

청중은 참다못해 크게 동요하기 시작했다.

"집어치워! 본론을 이야기해!"

"행동 계획을 말해!"

"뭘 해야 하는 거야? 어떻게 전쟁을 막자는 거야?"

"조용히 하시오." 점점 더 초조해진 르포르가 되풀이했다.

"차마 볼 수 없군!" 하고 자크가 제니의 귀에다 대고 속삭였다. "여기에 있는 이 사람들은 모두 단순명료하고 실제적인 지령을 받으려고 온 거야. 그런데 저들 머릿속에 외교사를 잔뜩 주입시킨 채 집으로 돌려보내려 하는군. 저들은 이런 모든 것은 너무 복잡해서 자신들로서는 도저히 이해할 수 없고… 결국

* 프로이센-프랑스 전쟁이 일어난 1870년을 말한다.

불가피한 일을 기다리는 수밖에 별도리가 없다는 느낌을 갖게 될 거야!"

사방에서 야유가 빗발쳤다.

"사태는 어떻게 되어가는 거야? 우리는 어떻게 되는 거야?"

"진실을 알고 싶다!"

"옳소! 진실을!"

"여러분, 진실이라고요?" 하고 레비 마스는 야유에 과감히 맞서며 외쳤다. "진실은 프랑스가 평화를 사랑하는 나라라는 것입니다. 그리고 지난 두 주일 전부터 프랑스는 모든 제국주의 국가들이 당황해할 정도로 이 사실을 당당하게 증명하고 있습니다! 국내 정책에 대해서는 비판이 있을 수 있지만 우리 정부는 어려운 과업을 수행하고 있습니다! 사회당의 의무는 정부의 과업을 복잡하지 않게 하는 것입니다! 물론 우리는 부르주아가 강령으로 삼고 있는 민족주의적 미사여구를 그대로 받아들여서는 안 됩니다! 그러나—이것은 큰 소리로 말해야 하고, 또 모든 사람들 앞에서 큰 소리로 외쳐야 합니다만—프랑스인이라면 아무도 외국의 새로운 침략에 대항해서 자기의 국토를 지키기를 거부하는 사람은 없을 것입니다!"

자크는 화가 나서 어쩔 줄 몰랐다.

"듣고 있어?" 그는 다시 제니에게 몸을 기대면서 말했다. "국민을 전쟁으로 끌어들이는 데 저보다 더 나은 말은 없을 거야! …자기들이 원하는 대로 국민이 받아들이도록 하기 위해서는 독일의 공격이 내일로 임박했다고 믿게 하면 돼!"

제니는 푸른 눈을 들어 자크를 보며 말했다.

"발언해요! 당신이!"

자크는 아무런 대답도 않고 연사를 바라보고 있었다. 그는 주위에서 불만의 소리가 높아져가는 것을 느낄 수 있었다. 특히 갈피를 못 잡고 있는 군중들의 마음속에는 겉으로 나타내지는 않지만 고귀한 열정, 혁명적 행동에 걸맞은 열정이 끓고 있는 것을 그는 감지할 수 있었다. 그래서 그것을 이용하지 않는다는 것은 죄를 범하는 것 같은 느낌이 들었다.

"좋아!" 하고 갑자기 자크가 외쳤다.

그는 발언을 신청하기 위해 손을 들었다.

의장은 잠시 자크의 얼굴을 유심히 바라보다가 일부러 고개를 돌려버렸다.

자크는 종이쪽지에 자기 이름을 갈겨썼다. 그러나 그것을 르포르가 있는 데까지 가져갈 사람이 아무도 없었다.

웅성거리는 소리가 더 커지는 가운데 레비 마스는 이런 말로 연설을 마쳤다.

"여러분, 확실히 상황은 미묘합니다! 하지만 절망적이지는 않습니다. 정부가 국민의 지지를 받는 한 위협당하고 있는 평화를 굳건히 지킬 것입니다! 우리의 위대한 조레스의 논설을 다시 읽어보십시오! 국경선 저쪽에서 무모하게도 우리에게 싸움을 걸어오는 자들은 우리의 정치가와 외교관들 뒤에 '권리'의 평화적인 수호를 위해 의견을 같이하는 사회주의적 프랑스가 있다는 것을 알아야만 합니다!"

그는 코안경을 바로잡더니 의장과 눈짓을 주고받았다. 그리고 뒤돌아보지도 않고 총총히 무대 뒤로 사라졌다. 그와 개인적으로 알고 있는 친구들의 박수가 있기는 했지만 그것도 떠들썩한 항의 소리와 여기저기에서 불어대는 휘파람 소리에 묻히고 말았다.

르포르는 서 있었다. 그는 조용해지기를 바라면서 거드름 피우는 것 같은 몸짓을 해 보였다. 청중은 그가 무슨 말을 하려는 줄 알고 잠시 조용해졌다. 그는 이 기회를 이용해서 외쳤다.

"여러분, 이것으로 폐회하겠습니다!"

"안 됩니다!" 하고 자크가 자리에서 부르짖었다.

그러나 이미 참석자들은 무대를 등지고, 막다른 골목 쪽으로 열려 있는 세 개의 출구로 몰려가고 있었다. 접는 의자가 삐걱거리는 소리, 아우성 소리, 말다툼 소리가 뒤섞여 법석을 이루었기 때문에 그것을 제어하기란 불가능했다.

자그는 흥분한 나머지 어쩔 줄 모르고 있었다. 정확한 정보를 얻고자 하는 선의의 이 사람들이 인터내셔널이 자기들에게서 무엇을 기대하고 있는지를 알지 못하고 무질서하기 짝이 없는 이 강연을 떠나서는 절대로 안 된다!

그는 인파를 헤치고 오케스트라 박스까지 갔다. 무대는 이 어두운 공간을 사이에 두고 청중석과 분리되어 있어서 도저히 올라갈 수 없었다. 자크는 울화가 치밀어 어쩔 줄 모르고 있었다.

"발언이 있습니다!"

그는 오케스트라 박스를 따라 무대 앞 일층의 칸막이 관람석까지 가서 훌쩍 뛰어올라 칸막이 관람석 안으로 들어갔다. 거기에서 복도를 따라 무대 뒤에 이르는 문을 발견했다. 사람들을 밀어젖히고 마침내 무대 위에 나타났다. 무대에는 아무도 없었다. 그는 계속 외쳤다.

"발언이 있습니다!"

그러나 그의 목소리는 소란 때문에 들리지 않았다. 그의 앞에는 이미 사 분의 삼 정도가 빈 극장이 마치 먼지가 자욱한 깊은 웅덩이를 파놓은 듯 있었다. 그는 정원용 탁자 쪽으로 달려갔다. 그리고 징을 때리듯이 두 주먹으로 미친 듯이 탁자를 두들기기 시작했다.

"동지들! 발언이 있습니다!"

아직 회의장 안에 남아 있던 사람들, 아마 오십 명쯤 되는 사람들이 무대 쪽을 돌아보았다.

웅성거리는 소리가 들려왔다.

"들어봅시다! …조용히들 하시오! …들어봅시다…!"

자크는 경종을 울리듯이 계속 탁자를 두드리고 있었다. 그의 얼굴은 창백했고 머리는 헝클어져 있었다. 그는 두리번거리며 장내를 돌아보았다. 목청을 다해 그는 부르짖었다.

"전쟁! 전쟁!"

갑자기 정적이 감돌았다.

"전쟁! 전쟁이 우리 눈앞에 닥쳐왔습니다! 스물네 시간 안에 전쟁이 유럽을 덮칠지 모릅니다! …여러분은 진실을 알고자 하시지요? 바로 이것이 진실입니다. 한 달도 못 되어서 오늘 밤에 여기에 계신 여러분들이 학살을 당할지도 모르는 일입니다…!"

그는 격렬한 손짓으로 눈 위에 흘러내린 머리카락을 쓸어 올렸다.

"전쟁! 여러분은 전쟁을 원치 않으시겠지요? 그런데 **그들은** 전쟁을 바라고 있습니다! 그들이 여러분에게 그것을 강요할 것입니다! 여러분은 희생자가 될 것입니다! 그러나 여러분도 마찬가지로 범죄자가 될 것입니다! 왜냐하면 전쟁, 그것을 막는 일은 오로지 여러분에게 달려 있기 때문입니다…. 여러분은 저를 보고 계시지요? 여러분 모두가 '어떻게 하면 좋단 말인가?'라고 스스로에게 묻고 있습니다. 그리고 오늘 밤 여기에 오신 것은 바로 그 때문입니다…. 그럼 제가 여러분에게 그 방법을 말씀드리겠습니다! 아직 할 일은 있습니다! 아직 한 가지 구원의 길이 있습니다! 오직 한 가지밖에 없습니다! 저항하기 위해 단결하는 것입니다! 전쟁을 거부하는 것입니다!"

더욱 침착해지고 이상하리만큼 자제력을 되찾은 자크는 잠시 사이를 두었다가 목소리를 가다듬고 자기가 하는 말을 알아듣도록 하기 위해 한마디 한마디를 분명하게 끊어서 발음하면서 연설을 계속했다.

"여러분은 이런 말을 듣고 계시지요. '전쟁을 유발시키는 것은 자본주의이다, 민족주의의 경쟁이다, 돈의 위력이다, 무기상인들이다. 이 말은 사실입니다. 그러나 깊이 생각해보십시오. 전쟁이란 무엇입니까? 단순히 이해관계의 충돌인가요? 유감스럽게도 그렇지 않습니다! 전쟁이란 인간의 일이고, 또 피를 요구합니다! 전쟁이란 민중이 동원되어 서로 싸우는 것입니다! 민중이 동원되기를 거부하고, 민중이 싸우기를 거부한다면 모든 책임 있는 각료들, 모든 은행가들, 모든 트러스트 조직자들, 모든 군수품 납품업자들은 전쟁을 일으킬 수 없을 것입니다! 대포와 총은 저절로 작동되는 것은 아닙니다! 전쟁을 하려면 군인이 있어야 합니다! 그런데 자본주의가 이윤 추구와 살상을 위해 필요한 군인이 바로 우리들인 것입니다! 어떠한 합법적인 권력, 어떠한 동원령도 우리가 없으면, 우리의 동의가 없으면, 우리가 따라가주지 않는다면 아무것도 아닌 것입니다! 따라서 우리의 운명은 오로지 우리에게 달려 있습니다! 우리의 운명은 우리가 마음대로 결정할 수 있습니다. 왜냐하면 우리는 다수이고 힘이 있기 때문입니다!"

갑자기 모든 것이 흔들렸다. 갑작스런 현기증…. 번개처럼 자신의 책임감이 그의 뇌리를 스쳐갔다. 발언한 것이 옳은 일이었을까? 내가 진실을 파악하고 있다고 나 자신에게 말할 수 있을까? …잠시 양심의 가책을 느낀 그는 허탈감에서 빠져나오지 못하고 있었다.

바로 그때 극장 구석에서 술렁거리는 것이 보였다. 늦게 돌아가던 사람들이 나가기를 포기하고 자석에 끌려오는 쇳가루처럼 무대 쪽으로 천천히 다가오고 있었다. 순식간에 불안한 마음이 누그러지더니 아무런 흔적도 없이 사라져버렸다. 다시금 자신이 생각하고 있는 모든 것, 아무 말 없이 자신을 향해 의문을 제기하고 있는 저 사람들에게 말해주고자 하는 모든 것이 명료하고 이론의 여지가 없는 것으로 여겨졌다.

자크는 앞으로 한 걸음 나아가 무대 앞으로 몸을 구부리며 외쳤다.

"신문을 믿지 마십시오! 신문은 진실을 왜곡하고 있습니다!"

"브라보!" 외치는 소리가 들렸다.

"신문은 민족주의자들에게 매수당해 있습니다! 자기들의 탐욕을 은폐하기 위해 모든 정부는 거짓 신문이 필요합니다. 그런데 그 신문은 국민들끼리 서로 학살하는 것이 국민 개개인으로서는 신성한 목적, 신성한 국토방위를 위해, 권리, 정의, 자유, 문화의 승리를 위해 영웅적으로 몸을 바치는 것이라고 국민들을 설득하고 있습니다! …마치 **정당한** 전쟁이 있는 것처럼 말입니다! 마치 몇백만의 무고한 백성을 억지로 고통과 죽음으로 몰고 가는 것이 옳은 일인 것처럼 말입니다!"

"브라보! 브라보!"

막다른 골목을 향해 열려 있는 세 개의 문은 구경꾼들로 꽉 차버렸다. 그들은 밖에 있는 사람들에게 조금씩 밀려 드디어 안으로 들어와 자리를 잡고 앉았다.

"조용히들 하시오! 들어봅시다!" 여기저기서 속삭이듯 말했다.

"여러분은 소수의 살인범들이 그들 자신이 준비한 사태에 온통 정신이 팔려 평화를 사랑하는 몇백만의 유럽인을 전쟁터로 내보는 것을 더 이상 참으시렵니까? …전쟁을 하려는 의사, 그것은 결코 민중의 의사가 아닙니다! 그것은 오로지 각국 정부의 의사인 것입니다! 민중의 적은 민중을 착취하는 자들 말고는 없습니다! 민중들 서로는 적이 아닙니다! 독일의 노동자들 가운데 총을 들고 프랑스의 노동자들에게 총을 쏘기 위해 처자와 직업을 버리려는 사람은 하나도 없습니다!"

찬동의 웅성거림이 청중들 사이에 퍼졌다.

제니는 뒤를 돌아보았다. 이제는 이삼백, 어쩌면 그 이상의 사람들이 긴장한 얼굴로 듣고 있었다.

자크는 갈피를 잡지 못하고 있는 무언의 이 군중 쪽으로 몸을 굽혔다. 그들은 곤충의 집처럼 자리를 뜨지 않고 수군거리고 있었다. 누구인지 전혀 분간할 수 없는 이들의 얼굴 얼굴에서는 호소하는 듯한 빛이 역력했는데, 그것이 자크에게는 뜻하지 않은 엄청난 힘을 가져다주었다. 그와 동시에 그의 확신과 희망은 열 배나 더 그 강도를 더해갔다. 그는 잠시 생각했다. '제니가 듣고 있지.' 그는 깊이 숨을 들이마셨다. 그리고 다시 열정적으로 연설을 시작했다.

"우리는 희생자로 끌려 나가게 되는 것을 기다리며 거기에 그렇게 팔짱을 끼고 멍청히 있어야 할까요? 각국 정부의 평화적 항의를 믿고 있어도 되겠습니까? 유럽을 헤어날 수 없는 혼란에 빠뜨려 허덕이게 만든 것은 누구입니까? 은밀한 술수를 써서 우리를 큰 재앙 일보 직전까지 몰고 온 정치가들, 수상들, 군왕들, 그들 자신이 파렴치하게도 위태롭게 만든 그 평화를 외교 협상으로 구할 수 있기를 기대할 만큼 우리는 어리석어야 합니까? 아닙니다! 이제 각국 정부가 평화를 보장할 시기는 지났습니다! 이제 평화는 민중들의 안에 있습니다! 우리의 손안에, 우리에게 달려 있습니다!"

다시 박수갈채가 터져 나오면서 그의 말을 중단시켰다. 그는 이마의 땀을 닦았다. 그리고 숨 가빠 하는 달리기 선수처럼 잠시 헐떡거렸다. 그는 자신의 힘을 자각했다. 그러면서 자신의 말 한마디 한마디가 청중들의 뇌리에 강렬하게 파고들면서, 마치 화약고를 폭파시키는 뇌관처럼 터질 때마다 그런 폭발 충격을 애타게 기다리고 있던 반항적인 사상의 화약고가 마구 폭발하는 것을 느꼈다.

자크는 초조한 몸짓을 해 보이며 정숙할 것을 요구했다.

"'무엇을 할 것인가?'라고 여러분은 물을 것입니다. 하라는 대로 해서는 안 됩니다…!"

"브라보!"

"혼자서는 각자 아무것도 할 수 없습니다. 그러나 하나로 굳게 뭉치면 못할 것이 없습니다! …이 점을 잘 알아야 합니다. 나라 살림, 국가 안정의 토대인 그 균형은 오로지 노동자들에게 달려 있습니다. 민중은 강력한 무기를 가지고 있습니다! 물리-칠-수-없는 무기! 그리고 그 무기는 바로 파업입니다! **총파업!**"

회의장 구석에서 누군가가 큰 소리로 외쳤다.

"독일 놈들이 그걸 이용해서 우리를 쓰러뜨리게 하려는 수작이야!"

자크는 몸을 움찔했다. 그러면서 연설 방해자를 눈으로 찾았다.

"그 반대요! 독일의 노동자는 우리들과 함께 걸을 것이요! 나는 그것을 알고 있습니다! 나는 독일에서 오는 길입니다! 내 눈으로 보았습니다! 운터 덴 린덴의 여러 시위를 보았습니다! 카이저의 창문 밑에서 평화를 외치는 소리를 들었습니다! 독일의 노동자들도 여러분과 마찬가지로 총파업을 할 준비가 되어 있습니다! 그들이 아직 못하고 있는 까닭은 러시아에 대한 두려움 때문입니다. 누구의 잘못인가요? 잘못은 우리, 우리의 지도자들, 우리 나라가 차리즘과 맺은 어처구니없는 동맹에 있는 것입니다. 차리즘이야말로 러시아에 대한 독일의 공포를 부채질한 거나 다름이 없습니다. 어쨌든 깊이 생각해보십시오. 어떻게 하면 독일 국민의 안정을 최대한으로 보장해줄 수 있을까, 다시 말해서 전쟁의 길로 치닫고 있는 러시아를 어떻게 하면 막을 수 있을까요? 그것은 우리에게 달려 있습니다. 우리 프랑스인이 싸우기를 거부하면 됩니다! 파업을 결의함으로써 우리 프랑스인은 일석이조의 효과를 얻는 것입니다. 곧 전쟁 의욕에 사로잡혀 있는 차리즘을 마비시킬 수 있고, 독일 노동자와 프랑스 노동자의 현재 같은 친교를 방해하는 장애물을 송두리째 제거하게 됩니다! 두 정부에 대항하여 동시에 총파업을 일으켜 친교를 돈독히 합시다!”

흥분한 청중은 박수갈채를 보내려 했다. 그러나 자크는 그럴 틈을 주지 않았다.

“파업만이 우리 모두를 구할 수 있는 유일한 행동입니다! 생각해보십시오! 우리 지도자들의 한 번의 신호로 같은 날, 같은 시간에 도처에서 나라 살림은 당장에 마비되어 멎게 됩니다! …파업 명령만 있으면 모든 공장, 상점, 관공서는 텅 비게 될 것입니다! 길에서는 파업자들의 현장 감시반이 도시로 반입되는 식량 보급을 차단합니다! 빵, 고기, 우유는 파업 위원회에 의해 배급됩니다! 물, 가스, 전기도 끊길 것입니다! 기차, 버스, 택시도 없습니다! 편지와 신문은 말할 것도 없고! 전화나 전보도 안 됩니다! 사회의 모든 기능이 갑자기 정지되는 것입니다! 거리에는 불안해하는 군중이 방황합니다. 폭동도 없고 혼란도 없습니다. 침묵과 공포만 있을 뿐입니다! …여기에 대해서 정부는 무슨 수를 쓸 수 있겠습니까? 경찰력과 몇 명의 지원병으로 이 공격에 정면으로 대항할 수 있을까요? 식량 저장은 어떻게 할 수 있겠습니까? 주민들에게 식량을 어떻게 공급하겠습니까? 보안대원과 군대조차 먹여 살릴 수 없는 정부, 민족주의 정책을 지지하던 사람들조차도 공포에 질려 정부에 압력을 가하는 그런 정부로서는 항복하는 길 말고 무슨 방책이 있겠습니까? 며칠이나… 아니, 며칠이라고는 말하지 않습니다. 몇 시간이나, 이런 봉쇄, 대중 생활 전체가 송두리째 마비되고 마는 이런 것에 대항해 싸울 수 있을까요? 그리고 대중의 의사가 이처럼 표출되는 상황에서 어떤 정치가가 감히 전쟁을 꿈꾸겠습니까? 정부에 반대해서 봉기한 민중에게 어떤 정부가 감히 소총과 탄약을 지급하겠습니까?"

열광적인 박수갈채가 그의 연설을 중단시키곤 했다. 그는 소란을 진정시키기 위해 있는 힘을 다 모았다. 그렇게 애쓰다 보니 그의 얼굴이 붉어지고 턱은 떨리며 목의 근육과 혈관이 부풀어 오르는 것을 제니는 보았다.

"지금은 중대한 시기입니다. 하지만 모든 것은 아직 우리에게 달려 있습니다! 우리가 소유하고 있는 무기는 매우 강력하기 때문에 그것을 쓸 필요가 없으리라고 생각합니다! 파업을 하겠다는 위협만이—노동 대중이 정말 일치단결해서 거기에 호소하리라는 것을 정부가 똑똑히 알 경우—우리를 지옥으로 이끌고 가는 정책 방향을 당장 수정할 것입니다! …동지들, 우리는 무엇을 해야 합니까? 그것은 간단하고 분명합니다! 단 한 가지 목표밖에 없습니다. 평화입니다! 당파적인 모든 싸움을 초월한 단결뿐입니다! 저항을 하는 데 단결하는 것입니다! 거부하는 데 단결하는 것입니다! 인터내셔널의 지도자들을 중심으로 뭉칩시다! 그들로 하여금 온갖 수단을 다 써서 파업을 조직하고, 나라의 운명과 유럽의 운명이 달려 있는 프롤레타리아의 위대한 공세를 준비하도록 요청합시다!"

그는 말을 뚝 그쳤다. 갑자기 하고 싶었던 말을 다 해버린 듯한 느낌이 들었다.

제니는 그를 뚫어지게 바라보고 있었다. 자크가 눈을 깜박거리며 머뭇거리다가 팔을 들어 손을 흔드는 것을 보았다. 지친 듯한 미소로 인해 자크의 두 입술은 떨리고 있었다. 그는 취한 사람처럼 빙글 돌더니 두 개의 무대장치 기둥 사이로 사라졌다.

군중은 고함을 지르고 있었다.

"브라보! …그의 말이 옳다! …전쟁은 싫다! …파업이다! …평화 만세…!"

갈채는 몇 분 동안 계속되었다. 청중은 그 자리에 선 채로 박수를 치며 연사를 다시 부르기 위해 소리를 지르고 있었다.

끝내 연사가 다시 나타나지 않자 그들은 웅성거리며 출구 쪽으로 몰려갔다.

연사는 무대 뒤 어둠침침한 곳에 주저앉아 있었다. 온몸이 달아오르고 기진맥진해지고 땀투성이가 된 채 낡은 무대장식들 더미 뒤에 있는 상자에 앉은 자크는 흐트러진 머리에 팔꿈치를 무릎 위에 올려놓고 두 주먹으로 눈을 감쌌다. 이런 난파 상태에 빠진 그는 될 수 있는 대로 오랫동안 모든 사람을 피해 혼자 있고 싶은 생각밖에 없었다.

제니가 한참 동안 찾아다니다가 스테파니의 안내로 마침내 그를 발견한 곳이 바로 거기였다.

그는 고개를 들었다. 갑자기 명랑해진 얼굴로 자기 앞에 서 있는 제니에게 미소를 지었다. 제니는 아무 말 없이 뚫어지게 자크의 얼굴을 바라보았다.

"이제 여기에서 나가는 게 문제야." 하고 그들 뒤에 있던 스테파니가 중얼거렸다.

자크는 일어났다.

텅 빈 회의장은 어둠 속에 묻혔다. 사방의 문은 누군가가 밖에서 닫아놓았다. 그러나 무대 한구석에서 희미하게 비치고 있는 전등 덕분에 그들은 복도로 나올 수 있었다. 복도는 극장 뒤에 있는 비상구로 통하고 있었다. 그들은 석탄광을 따라 널빤지와 긴 나무 발판이 가득 널려 있는 작은 마당으로 나왔다. 마당은 인적이 없어 보이는 좁은 거리와 면해 있었다.

그런데 그들이 그 거리로 들어서자마자 두 사람이 어둠 속에서 모습을 드러냈다.

"경찰입니다!" 하고 한 사람이 말했다. 그러면서 그는 마술사 같은 동작으로 주머니에서 명함을 꺼내 스테파니의 코밑에 들이대며 물었다. "신분증명서 좀 보여주시겠습니까?"

스테파니는 자신의 기자증을 사복 형사에게 내밀었다.

"신문기자입니다!"

경찰관은 건성으로 수첩을 훑어보았다. 그가 찾고 있는 것은 아까 연설을 한 사람이었다.

다행히도 자크는 오늘 제니와 돌아다니다가 무를랑의 집에 들러 지갑을 다시 들고 나왔다. 그러나 무모하게도 독일 국경을 넘을 때 이용했던 제네바 대학의 학생증을 그대로 바지 주머니에 지니고 있었다. '만일 몸수색을 하면….' 하고 그는 생각했다.

사복형사는 그렇게까지 열의를 보이지 않았다. 그는 가로등 불빛 아래에서 자크의 여권을 살펴보았다. 그리고 여러 번 연필에 침을 발라가며 수첩에 몇 자 끼적거렸다.

"거주지는?"

"제네바입니다."

"파리에서는 어디에 묵으십니까?"

자크는 잠시 망설였다. 그는 여행하기 전에 묵은 적이 있고, 그에게 절대적인 안전을 제공해주던 주르가街의 방이 이제는 더 이상 자유스럽지 못하다는 것을 무를랑의 집에 들렀을 때 전해 들었다. 새로운 거처지는 아직 물색해두지 않았다. 오늘 밤에는 투르넬 강변로 모퉁이에 있는 베르나르댕가街의 싸구려 여인숙에 가서 묵을 생각이었다. 그는 그 주소를 말해주었다. 경찰관은 그것을 수첩에 적었다.

그러고 나서 경찰관은 자크 곁에 있는 제니에게로 몸을 돌렸다. 그녀는 몇 장의 명함과 우연하게도 핸드백 속에 넣어두었던 다니엘에게서 온 편지 봉투밖에 지니고 있지 않았다. 경찰관은 조금도 까다롭게 굴지 않았다. 그리고 그녀의 이름을 수첩에 적지도 않았다.

"고맙습니다." 하고 그는 정중하게 말했다.

그는 거수경례를 하고 동료 경찰관과 함께 사라졌다.

"사회질서는 지켜져야 하는 거야." 스테파니는 비아냥거리듯 말했다.

자크는 이제서야 미소를 지어 보였다.

"나는 찍혔어…."

제니는 자크의 팔을 잡고 매달리다시피 했다. 얼굴은 일그러져 있었다.

"그들은 당신을 어떻게 하려는 걸까요?" 제니는 힘없는 목소리로 물었다.

"아무것도 아니야, 그만해 둬!"

스테파니는 웃음을 터뜨리며 말했다.

"그자들이 우리를 어떻게 하겠어? 우리야말로 철저히 법을 지키고 있는데."

"한 가지 꺼림칙한 것은" 하며 자크가 털어놓았다. "내가 묵고 있는 리에뵈르 호텔 주소를 가르쳐준 거야."

"내일 그곳을 떠나 다른 데서 묵으면 돼."

무더운 밤이었다. 골목길에는 역한 악취가 풍기고 있었다. 제니는 자크에게 몸을 바싹 붙이고 있었다. 가슴이 울렁거려 견딜 수 없었다. 우둘투둘한 포도를 비틀거리며 걷다가 발목을 삐었다. 그래서 자크가 팔을 잡아주지 않았더라면 넘어질 뻔했다. 잠시 걸음을 멈추고 어느 헛간 벽에 어깨를 기대었다. 삔 발목이 몹시 아팠기 때문이다.

"아! 자크…." 하고 제니는 나지막한 소리로 말했다. "몹시 피곤해요…."

"내게 기대고 있어."

축 늘어진 제니의 모습을 보자 더 사랑스럽게 여겨졌다.

큰 거리로 통하는 골목길을 벗어났을 때는 이미 떠들썩했던 군중은 흩어진 뒤였다.

"둘이 다 이 벤치에 앉도록 해." 하고 스테파니가 명령하듯 말했다. "마지막 전차를 놓치면 안 되니까 나는 먼저 가볼게. 시청 앞에 택시 정류소가 있어. 택시를 한 대 보내줄게."

삼 분쯤 지나서 택시가 인도 끝에 와 섰을 때 제니는 자신이 약해져 있는 것이 부끄럽게 여겨졌다.

"그럴 필요는 없는데. 전차 있는 데까지 걸어서 갈 수 있었을 텐데…." 남에게 폐를 끼치지 않는 것을 자랑으로 여겨왔던 제니는 이렇게 자크의 생활에 짐이 되고 있는 자신이 원망스러웠다.

차에 올라타자마자 제니는 좀 더 편안히 그의 가슴속에 파묻히고 싶어서 모자와 베일을 벗었다. 제니는 자신의 뺨을 통해 뜨거운 자크의 가슴이 헐떡거리며 고동치는 것을 느꼈다. 제니는 머리를 움직이지 않고 손을 들어 자크의 얼굴을 더듬어 찾았다. 자크는 미소를 지었다. 제니는 그의 입을 만져보고 그 사실을 알아챘다. 그때 그녀는 자크가 정말로 거기에 있는지 확인이라도 하려는 것처럼 손을 도로 당겨 다시 그의 두 팔 사이로 파고들었다.

택시는 속력을 늦추었다. '벌써 다 왔나?' 제니는 못내 아쉬워하며 혼자 생각했다. 그런데 그녀의 생각이 틀렸다. 아직 집에 온 것이 아니었다. 오를레앙 문과 임시 세관이 눈에 들어왔다.

"오늘 밤은 어디에서 묵으실래요?"

"글쎄, 리에뵈르에서 묵을까 하는데, 왜?"

제니는 무엇인가 말하려다가 그냥 입을 다물어버렸다. 자크는 제니 위로 몸을 숙였다. 제니는 두 눈을 감았다. 자크의 입술이 눈을 감고 있는 그녀의 눈꺼풀 위에 오랫동안 머물러 있었다. 그녀의 귀에는 분명치 않게 중얼거리는 몇 마디가 들려왔다. "귀여운… 나의 사랑… 제니…." 그녀는 따스한 입술이 자신의 뺨을 따라 미끄러져 내려와 코언저리를 스치고 입술에 와 닿는 것을 느꼈다. 그녀의 입술은 본능적으로 경련을 일으켰다. 자크는 더 이상 계속하지 않고 고개를 들었다. 그리고 더 힘차게 팔로 감으면서 정열적으로 껴안았다. 이번에는 제니가 스스로 입을 내밀었다. 그러나 자크는 알아차리지 못했다. 그는 이미 몸을 가다듬고 포옹을 풀었다. 그러고 나서 택시 문을 열었다. 제니는 그제야 택시가 멈추었다는 것을 알았다. 언제 멈추었을까? 집의 정면과 대문이 보였다.

자크가 먼저 차에서 내려 제니를 부축해주었다. 그가 운전기사에게 요금을 지불하는 동안 제니는 마치 몽유병 환자처럼 초인종이 있는 곳까지 서너 걸음 걸어갔다. 터무니없는 유혹이 뇌리를 스쳐갔다. 그러나 어머니가 돌아와 계실지도 모른다…. 어머니 생각을 하자 제니는 갑자기 가슴이 뭉클해짐을 느꼈다. 불안감이 그녀를 온통 사로잡았다. 떨리는 손으로 초인종을 눌렀다.

자크가 곁으로 왔을 때 문은 반쯤 열려 있었다. 그리고 수위실 앞에 있는 전등이 켜져 있었다.

"내일." 하고 자크는 급히 말했다.

제니는 승낙의 표시로 고개를 숙였다. 제니는 한마디도 말할 수 없었다. 자크는 제니의 손을 잡아 자신의 두 손으로 꼭 쥐었다.

"아침에는 안 돼…." 하고 그는 다급한 목소리로 말했다. "두 시면 어때? 데리러 올까?"

제니는 두 번째 승낙의 표시를 해 보였다. 그러고 나서 자크에게서 손을 뺐다. 그리고 문을 밀었다.

자크는 제니가 어색한 걸음걸이로 불빛이 비치는 곳을 지나 뒤돌아보지 않고 어둠 속으로 사라지는 것을 보았다. 그는 문이 닫히기를 기다렸다.

(다음 권에서 계속)

미행에서 만든 책들

1	소설	마르셀 프루스트	최미경	**쾌락과 나날**
2	시	조르주 바타유	권지현	**아르캉젤리크**
3	소설	유리 올레샤	김성일	**리옴빠**
4	시	월리스 스티븐스	정하연	**하모니엄**
5	소설	나카지마 아쓰시	박은정	**빛과 바람과 꿈**
6	시	요제프 어틸러	진경애	**너무 아프다**
7	시	플로르벨라 이스팡카	김지은	**누구의 것도 아닌 나**
8	소설	카트린 퀴세	권지현	**데이비드 호크니의 인생**
9	르포	스티그 다게르만	이유진	**독일의 가을**
10	동화	거트루드 스타인	신혜빈	**세상은 둥글다**
11	산문	미시마 유키오	강방화·손정임	**문장독본**
12	소설	마르셀 프루스트	최미경	**익명의 발신인**
13	시	E. E. 커밍스	송혜리	**내 심장이 항상 열려 있기를**
14	시	E. E. 커밍스	송혜리	**세상이 더 푸르러진다면**
15	산문	데라야마 슈지	손정임	**가출 예찬**
16	칼럼	에릭 사티	박윤신	**사티 에릭 사티**
17	산문	뤽 다르덴	조은미	**인간의 일에 대하여**
18	르포	존 스타인벡·로버트 카파	허승철	**러시아 저널**
19	소설	윌리엄 포크너	신혜빈	**나이츠 갬빗**
20	산문	미시마 유키오	손정임·강방화	**소설독본**
21	소설	조르주 로덴바흐	임민지	**죽음의 도시 브뤼주**
22	시	프랭크 오하라	송혜리	**점심 시집**
23	산문	브론테 자매	김자영·이수진	**벨기에 에세이**
24	소설	뱅자맹 콩스탕	이수진	**아돌프 / 세실**
25	산문	안드레이 플라토노프	윤영순	**전쟁 산문**
26	소설	안토니 포고렐스키 외	김경준	**난 지금 잠에서 깼다**
27	소설	모리 오가이	전양주	**청년**
28	소설	알베르틴 사라쟁	이수진	**복사뼈**
29	산문	페르난두 페소아	김지은	**이명의 탄생**
30	산문	가타야마 히로코	손정임	**등화절**
31	산문	고바야시 히데오	유은경·이재창	**비평가의 책 읽기**

32	소설	조르주 바타유	유기환	**마담 에드와르다 / 나의 어머니 / 시체**
33	시론	라헬 베스팔로프	이세진	**일리아스에 대하여**
34	시	하트 크레인	손혜숙	**다리**
35	산문	다니자키 준이치로	이한정	**문장독본**
36	소설	로제 마르탱 뒤 가르	정지영	**티보가 사람들(전 11권)**

한국 문학

1	시	김성호	**로로**
2	시	유기환	**당신이 꽃 옆에 서기 전에는**

로제 마르탱 뒤 가르(Roger Martin du Gard, 1881-1958)는 예술의 중흥기인 '벨 에포크'에서 전란과 이념의 시대로 이행하는 20세기의 역사의 한복판에서 활동한 작가이다. 1881년 파리 근교의 뇌이쉬르센에서 태어났다. 페늘롱 중학교를 졸업하고, 국립 고문서 학교에서 공부했다. 마르탱 뒤 가르는 이곳에서 면밀한 자료 수집, 과학적 논리 전개, 객관적 문장력 등의 훈련을 쌓았다.
1908년에 장편소설『생성』을 발표하면서 문단에 데뷔한 그는 1913년『장 바루아』를 발표하면서 두각을 나타내기 시작했다. 그 뒤로『오래된 프랑스』,『아프리카의 비화』 등의 소설과『를뢰 영감의 유언』 등의 희곡 작품들을 발표했다.
1920년부터 대하소설『티보가 사람들』을 집필하기 시작했으며, 그중 1936년에 발표된「1914년 여름」으로 이듬해 노벨문학상을 수상했다. 그리고「에필로그」는 1940년에 발표했다.『티보가 사람들』의 완성 뒤로 전원에 칩거하며 제2차 세계대전을 다룬 제2의 대하소설『모모르 중령의 수기』를 집필하였으며, 이 작품을 자신이 죽은 뒤에 출판할 것을 조건으로 국립도서관에 맡겼다. 1958년 8월 벨렘에서 사망했다.
로제 마르탱 뒤 가르의 대표작『티보가 사람들』은 1, 2차 양차 세계대선 사이에 위치한 작가가 참혹한 전쟁의 소용돌이 속에서도 20세기의 역사를 웅장한 인간 벽화로 그려낸 대작이다. 총 여덟 편의 연작 소설로 이루어진 이 작품은 신과 인간, 예술과 이념에 대한 작가의 고찰을 고스란히 보여주면서 영원히 해소되지 않을 인간 본원의 갈등을 그리고 있다.
알베르 카뮈는 로제 마르탱 뒤 가르를 "영원한 현대인으로 남을 작가", 앙드레 지드는 "20년 후에야 진정한 평가를 받을 작가"라는 찬사를 보냈다.

옮긴이 정지영은 1937년 함경북도 회령에서 출생하였다. 서울대 불문과 및 동대학원을 졸업하고 프랑스 그르노블 대학에서 문학박사 학위를 받았다. 서울대 불문과 교수를 역임하였고, 현재 같은 과 명예교수로 있다. 저서로는『프라임 불한사전』이 있고, 주요 논문으로는『티보가 사람들』에 대한 다수의 논문을 비롯「까뮈의『이방인』에 쓰인 자유 간접 화법」,「빅토르 위고의 시의 형식」 등이 있다.『티보가 사람들』을 국내에 처음 완역하여 소개했다.

티보가 사람들
7부 1914년 여름 2

로제 마르탱 뒤 가르
정지영 옮김

초판 1쇄 발행 2025년 10월 31일

펴낸곳 미행
출판등록 제2020-000047호
전화 070-4045-7249
메일 mihaenghouse@gmail.com
인쇄 제책 영신사

ISBN 979-11-92004-39-6 04860
979-11-92004-31-0 (세트)